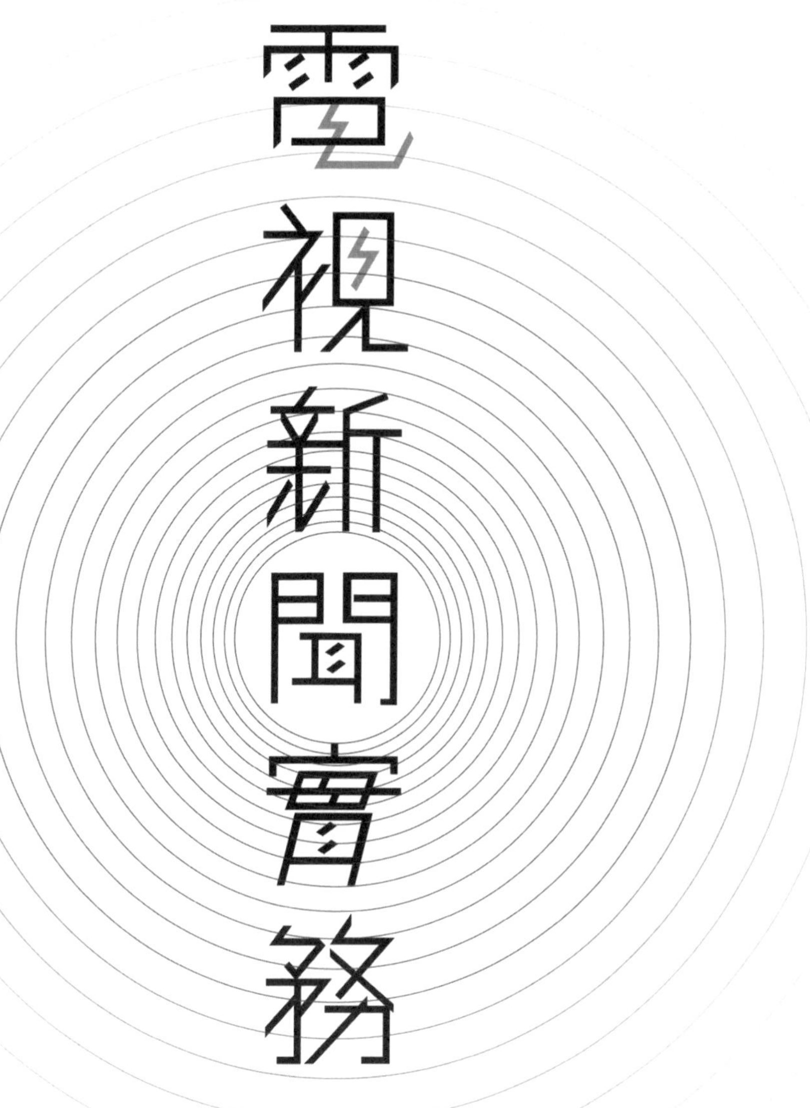

電視新聞實務

彭文正　廖士翔／著

國家圖書館出版品預行編目資料

電視新聞實務 / 彭文正,廖士翔著. ——初版一刷.
——臺北市: 三民, 2017
面; 公分
參考書目: 面

ISBN 978-957-14-6267-7 (平裝)
1. 電視新聞 2. 新聞報導

897.5 105025323

© 電視新聞實務

著作人 彭文正 廖士翔
責任編輯 翁英傑
美術設計 黃愛平
發行人 劉振強
著作財產權人 三民書局股份有限公司
發行所 三民書局股份有限公司
地址 臺北市復興北路386號
電話 (02)25006600
郵撥帳號 0009998-5
門市部 (復北店) 臺北市復興北路386號
(重南店) 臺北市重慶南路一段61號
出版日期 初版一刷 2017年4月
編號 S 890950
行政院新聞局登記證局版臺業字第〇二〇〇號

ISBN 978-957-14-6267-7 (平裝)
http://www.sanmin.com.tw 三民網路書店

媒體尚未成功　記者仍須努力

十年可以磨一劍，也可以完成一本電視新聞「鉅著」。這本書從提筆到完稿，經歷物換星移幾度秋。

從一個世紀前的黑白螢幕，到無所不在又無遠弗屆的移動平臺，「電視」的樣貌千變萬化，已經很難具體地定義它。但是它最重要的內容始終沒變，一世紀來都在紀錄宇宙發生的事，真實的、虛擬的，和捏造的。技術不是電視新聞的精髓，它易學易忘，三十年前踏進實務界所學的攝影、剪接、特效、導，全都變了；但是感動人的元素和影響力始終不變。

這本書集合了我三年新聞學生、三年主播、兩年新聞製作人、一年電視臺總經理、三年公廣集團董事、十五年新聞所教授，和三年政論節目主持人的點點滴滴，鉅細靡遺、毫無保留。

謝謝歷任在臺大新聞所的助理憲文、永彬、釗東、偉真和士翔；他們不只貢獻智慧和勞力，也鞭策著我在新聞學術的路上勿忘初衷。

完稿這天，正是小女兒的生日，也是2016年的最後一天，謝謝家人的支持。

這本書獻給天上的天父和天上的父親。

彭文正

2016年12月31日

於臺北

沉浸影音的魅力　感受多頻的氛圍

休閒的時候，總是懷念週末的綜藝節目，假日的偶像劇。政局動盪時，總會想起電視機前，關心的政治評論、社會運動。求學的時候，從社團活動到進入研究所，乃至於出社會，我都在鑽研「電視」這門學問。比起平面媒體擲地有聲的華麗詞彙，電視媒體那令人目眩神迷的聲光效果，更刺激我學習的熱情。

從高中、大學時期的電視臺社團，到大學時期輔修傳播學程，之後進入臺大新聞所、東京大學，還有現在在電視臺服務的經驗。這段過程中，我不斷從做中學，在學界、在業界，都要感謝許多老師、長官，有了貴人的鞭策與鼓勵，才能讓我有這個機會，與各位分享電視新聞的美妙。

學習電視新聞，研究電視新聞，第一線製播電視新聞，回到學校教電視新聞，每一段經驗都讓我很有感觸。從老三臺時代，到現在數十家新聞臺的激烈競爭，加上新媒體的浪潮，電視的定義不斷被改寫，電視新聞似乎成了夕陽工業。即便壓力排山倒海而來，但我必須逆風高飛，勇往直前。

因為時代是自己開創的！

狄更斯說：「這是一個最好的時代，也是一個最壞的時代。」2006 年，《時代》雜誌評選的年度風雲人物，就是「你」。因為在這個時代，不論電視新聞，或是創製媒體的門檻都降低許多，靠電視、網路暴紅，已非遙不可及。新一代名人、網紅頭角崢嶸，善用媒體優勢，再加上純熟的技術，只要準備好，運氣到了，相信舞臺就是你的。

影音人人會拍，剪接人人能做。要怎樣做出高質感的影音，甚至是經營自己的媒體，成為「出頭」的關鍵。希望透過這本書，不只是分享經驗，更重要的，希望能讓您了解電視的魅力，而且還能運用同樣的技巧，跳脫傳統「電視」的定義，在無垠無涯的網路世界中，創造屬於自己的一片藍海。

本書得以完成，首先要感謝我研究所的指導教授，彭文正老師的拔擢，讓我有這個機會，完成我人生第一本教科書著作。在寫作的過程中，更要感謝許多業界的前輩幫忙，包括台灣電視公司公共事務室的李偉國主任、壹電視「正晶限時批」前團隊、客家電視新聞記者潘成旺先生、昔日在臺大新聞所共事的蔡永彬學長，以及徐偉真、王釗東同學，提供許多珍貴的照片，並於本書撰寫過程中不吝指教、給予幫助。還有，一路以來教導我的教授、老師們，指點我的長官們，以及過去相互配合的製播團隊，沒有大家的愛護，就沒有我今天的成就。在此，我要向各位，致上最深的謝意。

小時候，我看電視。學生時代，我學傳播，也教技術。現在，我報新聞，也做節目，甚至教新聞。

期望你我能藉此教學相長，一同徜徉這個「滿滿的影音大平臺」。

廖士翔

2016 年 12 月 31 日

於臺北市北投區

目次 CONTENTS

自序／彭文正
媒體尚未成功　記者仍須努力
自序／廖士翔
沉浸影音的魅力　感受多頻的氛圍

第一章　電視的百變樣貌

壹、電視的演變與發展
一、電視發展的歷程　3
二、科技與電視的演變　3
三、移動與互動
——電視的大未來　9

貳、電視新聞媒體的功能與分類
一、電視新聞的功能　12
二、電視新聞媒體的類型　14

參、什麼是新聞？新聞哪裡來？
一、電視新聞取捨的標準　15
二、電視新聞的主要來源　17

肆、電視新聞製作流程與編制
一、電視新聞基本作業流程　19
二、電視新聞人力職掌　20

伍、結　語　23
習　題　24

第二章　無遠弗屆的電視臺

壹、世界知名的商業電視臺
一、美國廣播公司 (ABC)　26
二、有線電視新聞網 (CNN)　33
三、福斯新聞頻道 (Fox News Channel)　36
四、半島電視臺 (Al Jazeera)　37

貳、世界指標性的公共電視
一、英國廣播公司 (BBC)　38
二、日本放送協會 (NHK)　40

參、國內主要電視、新聞臺
一、飛凡傳播股份有限公司　42
二、旺旺中時媒體集團　44
三、民間全民電視股份有限公司 (FTV)　46
四、無線衛星電視臺 (TVBS)　48
五、東森媒體集團 (EBC)　49
六、三立電視股份有限公司 (SET)　50
七、年代電視事業股份有限公司　51
八、八大電視股份有限公司 (GTV)　53

肆、非商業電視頻道
一、台灣公共廣播電視集團 (TBS)　54
二、宗教公益頻道　61

伍、結　語　62
習　題　63

第三章　上街買菜，採訪去！

壹、電視新聞採訪的特性

一、聲音、影像為必要條件　64

二、感官性　64

三、即時性與同步性　65

四、高度團隊合作　65

五、新聞成本高　66

六、記者條件高　66

貳、電視新聞採訪團隊

一、文字記者　67

二、攝影記者　68

三、SNG 工作團隊　69

參、電視新聞採訪工作

一、採訪前——做足萬全準備　70

二、進行中——多聽多看多注意　72

三、遇困難——靠人脈找救援　74

四、製播中——留意最新變化　75

五、採訪後——追蹤後續發展　75

肆、電視新聞採訪應注意事項

一、火　災　76

二、颱風、豪雨　76

三、示威活動、械鬥　77

四、殺人、綁架事件　78

五、交通事故　78

六、選舉場合　79

七、直升機採訪　79

伍、結　語　82

習　題　82

第四章　百聞不如一見的奧祕

壹、工欲善其事，必先利其器——認識攝影機

一、攝影機的種類　83

二、攝影機的鏡頭　87

貳、有你萬事足——攝影輔助器材

一、攝影機基本承載物　92

二、攝影機的移動　98

參、一手掌握——控制光線與設備

一、光與色的基本介紹　100

二、攝影機的各部分設備　103

三、基本操作　107

肆、保護機器也保護自己——攝影機的操作須知

一、使用攝影機的小叮嚀　108

二、攝影機標準使用程序　109

伍、構圖的藝術

一、影響構圖的因素　114

二、構圖原則　115

三、構圖心理學　120

陸、拍攝的角度與景物的相對位置

一、景物的大小與相對位置　123

二、攝影運鏡的角度及其效果　127

柒、新聞攝影的美麗與哀愁
一、新聞攝影規範準則 129
二、攝影記者應培養的好習慣 135
捌、結　語 136
習　題 137

第五章　怎麼寫出精彩的電視新聞
壹、新聞稿的元素
一、電視新聞的元素 139
二、製作新聞帶 143
三、寫作範例 147
貳、新聞稿的寫作原則
一、特定用語 150
二、如何寫出清楚易讀的新聞稿？ 151
三、新聞寫作的基本訓練 154
參、新聞寫作重點 156
肆、結　語 159
習　題 159

第六章　電視新聞的聲音世界
壹、聲　音
一、聲音的本質 161
二、電視新聞的聲音製作 162
貳、處理聲音的器材
一、麥克風 162
二、其他音效器材 172
參、錄音的進行
一、開始前先測試設備 173
二、解決現場問題 174
三、確定主音錄在哪裡 174
四、決定錄音狀況 175
五、倒數計時和使用字板 175
六、錄音過程須有人監聽 175
七、混　音 176
肆、取主音、去噪音的技巧
一、如何收錄不同音源？ 176
二、噪音的處理 177
伍、電視新聞的聲音剪接
一、電視新聞裡的聲音 179
二、聲音的剪接 183
陸、結　語 184
習　題 185

第七章　新聞畫面的排列組合
壹、線性與非線性剪接
一、線性剪接 (linear editing) 187
二、非線性剪接 (nonlinear editing) 190
三、線性、非線性剪接 191
貳、千變萬化的剪接手法
一、剪接在電視節目中的運用 191
二、剪接的模式與類別 193
參、剪接的策略與步驟

一、影像組合的策略　194
二、新聞帶剪接步驟　197
肆、影像敘事的關鍵角色
一、剪接師的類型　198
二、剪接的模式　199
三、畫面銜接的邏輯　202
伍、結　語　205
習　題　205
【附錄】非線性剪接教學——以 Adobe Premiere Pro CS5.5 為例　206

第八章　宴會主人怎麼開菜單

壹、電視新聞編輯人員工作簡介
一、製作人　210
二、主　編　211
三、編輯助理　211
貳、編選新聞的依據
一、新聞學的觀點　213
二、收視率的考量　215
三、新聞室的習慣　215
參、編排新聞的依據
一、新聞節目中的重點單元　217
二、新聞排序的思考　218
三、各時段新聞編排的技巧　221
肆、編排新聞順序的方法
一、物以類聚法　224
二、一氣呵成法　224
三、孫子兵法——上駟對下駟　224
四、實在沒辦法——隨機應變　225
伍、電視新聞鏡面與標題
一、電視新聞鏡面　226
二、電視新聞標題　230
陸、結　語　231
習　題　232
【附錄】監看評估電視新聞學習單　233

第九章　錄影現場的萬千世界

壹、攝影棚相關設備
一、攝影棚 **(studio)**　235
二、副控室 **(sub-control room)**　243
三、主控室 **(master control room)**　248
貳、錄影相關人員的工作
一、攝影棚　249
二、副控室　250
三、主控室　252
參、棚外錄影
一、棚外的混雜程度　254
二、棚外環境　254
三、棚外天候　255
四、棚外收音　255
肆、結　語　256
習　題　257

第十章　如何成為好主播

壹、主播必須讓人賞心悅目

一、合宜的穿著打扮　259

二、從容大器的氣質儀態　260

貳、主播的話語必須悅耳動聽

一、發　音　261

二、斷　句　262

三、音　調　263

四、速　度　263

五、語　調　264

六、重　音　265

參、主播是專業還是花瓶？

一、什麼是主播的專業？　267

二、主播的基礎訓練　268

肆、主播@新聞現場

一、導播的指令　270

二、播出的節奏　271

三、提詞裝置　271

四、畫面上，任何瑕疵都會放大　273

伍、電視新聞訪談

一、事前準備　274

二、訪談開始　275

三、訪談中　275

陸、結　語　277

習　題　278

第十一章　電視節目企畫製作

壹、電視節目製作概論

一、製作團隊　279

二、製作制度　281

三、製播形式　282

貳、電視節目製播流程

一、企畫與準備　283

二、錄　影　287

三、後　製　288

四、播出與反饋　288

五、檢討與修正　290

參、電視節目性質

一、一般新聞節目　291

二、新聞評論、時事座談、訪談節目　292

三、深度專題節目　293

四、實況轉播節目　294

五、生活資訊節目　295

六、教育知性節目　296

七、特別節目　296

肆、電視節目製播環境

一、製作規畫的互動　297

二、當前的大環境　301

伍、結　語　303

習　題　303

【附錄】財團法人公共電視文化事業基

金會九十一年公開徵選優良節目節目企畫書書寫格式 305

第十二章　每日開「獎」的成績單

壹、收視率是什麼？
一、收視率的計算方式 306
二、收視率的種類 307
三、收視率的報告形式 309
貳、如何調查收視率？
一、簿本登記法 314
二、電話調查法 314
三、收視記錄器調查法 315
參、影響收視率的因素
一、節目畫面 315
二、節目時段 316
三、節目內容 319
四、節目編排 320
五、節目主持人 321
六、非常態因素 322
肆、收視率調查的問題與亂象
一、調查機構與研究方法的問題 323
二、收視數字代表一切 326
三、為達收視率不擇手段 328
伍、改善收視率亂象的方法
一、避免單一公司壟斷收視調查 334
二、引進收視質調查的概念 335
三、改變電視臺與廣告主的心態與交易制度 336
陸、結　語 337
習　題 337

第十三章　新聞倫理:記者的為與不為

壹、新聞倫理的原則 340
貳、新聞工作者自律及他律組織
一、新聞工作者自律及他律組織的類型 341
二、臺灣的新聞工作者自律及他律組織 343
參、新聞工作者須知
一、與消息來源相互尊重 345
二、應適當拿捏涉入事件程度 346
三、獨家的迷思會讓你跌倒 346
四、新聞娛樂化、八卦化 347
五、隱性採訪的為與不為 347
六、面對誘惑和好處 348
七、處理新聞別走偏鋒 349
肆、其他臺灣媒體的特殊現象 350
伍、閱聽人監督新聞機構機制
一、監督的前提 351
二、監督的方式 352
陸、媒體工作者的省思
一、客觀中立的新聞學存在嗎？ 353

二、記者的工作與專業是什麼？　353
三、為什麼新聞界會產生亂象？　354
柒、國內外的新聞獎項
一、國外重要獎項　354
二、國內重要獎項　355
捌、結語：有為者亦若是　356
習　題　357

參考資料　358
圖片來源　364

第一章　電視的百變樣貌

在這一章你能學到：

1. 電視的種類和發展演進的歷史
2. 未來電視發展的新科技與趨勢
3. 電視新聞的功能和分類
4. 電視新聞的來源類型和取捨標準
5. 電視新聞和新聞節目的製作流程和人員編制

電視的分類從最簡單的「黑白電視」或「彩色電視」，「無線電視」或「有線電視」，到最近很熱門的「液晶電視」。再具科技感一點的人，思考的可能是「網路電視」或「手機電視」。但事實上，廣義的電視遠不止於此，還包括了以下這些：

IPTV、Web 2.0 TV、DVB-H TV、DTT、DCA TV、DAB、DMB、P2P TV、3G TV、MOD TV、MHP TV、Mobile TV、HDTV 等（詳細介紹請見表 1–1）。

科技的快速變遷，讓我們對天天收看的電視突然感到陌生。科技帶來了日新月異的電視平臺，也徹底顛覆了內容製作的思維。如果你對「電視」這個概念還停留在傳統印象中，你將無法成為一個 21 世紀的電視人。

壹、電視的演變與發展

電視源自電影、廣播和戲劇，承襲這 3 種藝術的既定成就，並結合現代科技的精緻傑作。

電視的應用、普及率及影響力讓其他媒體瞠乎其後。從以前的奢侈品，到近年來家家戶戶都有電視，甚至現在連手機、平板電腦等行動裝置，都能隨時隨地收看電視。

電視的發展迄今已超過百年，以下將詳細介紹電視在人類生活的進步與展演。

一、電視發展的歷程

電視在各個發展階段歷經了不同的挑戰，逐漸以科技的優勢，突破了媒體本身的重重限制。近年來最明顯的是數位科技的出現，將電視的即時性及互動性發揮得淋漓盡致，使電視再度躍居媒體的主導地位。我們可以從圖 1–1 回顧世界與臺灣電視發展的重要里程碑。

電視經過近百年的演變，從黑白進入彩色，又進入現在的數位、高畫質時代。電視的傳播形式從無線到有線，從單一頻道到多元發展，豐富人類的生活。隨著科技的演進，電視的定義也將被改寫，顛覆目前對電視與電視臺的定義。

二、科技與電視的演變

㈠訊號的改變：從類比到數位

以傳輸訊號而言，傳統電視以類比訊號 (analog signal) 為主[①]。運作方式是將電視的影音訊號轉化為強弱不同的電壓後，變成類比訊號。藉由不同的振幅與頻率的電波，傳遞不同電視臺的節目到家戶後，再透過電視機將訊號還原成影音。

但在訊號轉化為電壓的過程中，容易受到外在環境的干擾，也會因為轉換時輸出的設備不同而有很大的差異。所以使用類比訊號的傳統電視，畫面顏色、亮度常會失真，也會有閃爍、解析度低的問題。

為克服失真的問題，1990 年代起，數位轉換技術開始發展。與類比電視不同的是，數位電視將影像與聲音轉換成一連串 0 和 1 的數據資料後傳遞。由於數位解碼的規則比電壓解碼的規則更標準且精確，所以較不容易失真，可以傳遞畫質更佳、更多內容的電視訊號。攝影技術也隨著數位科技的發達，記錄訊號由類比轉為數位，從一卷卷錄影帶變成一片片磁碟。

訊號數位化的科技純熟後，電視傳播便開始往高畫質發展，希望能用更細緻的畫面，將攝影記錄下的所有影像更真實地傳達給觀眾，猶如現場親眼所見一般。

① 類比訊號大致可分為 3 種傳輸系統，分別為 NTSC（national television system committee，美國國家電視系統委員會公制）、PAL（phase alternating line，逐行倒相制）與 SECAM（法語 séquentiel couleur à mémoire，塞康制）。臺灣類比電視使用的是 NTSC，已於 2012 年 6 月 30 日起停用。

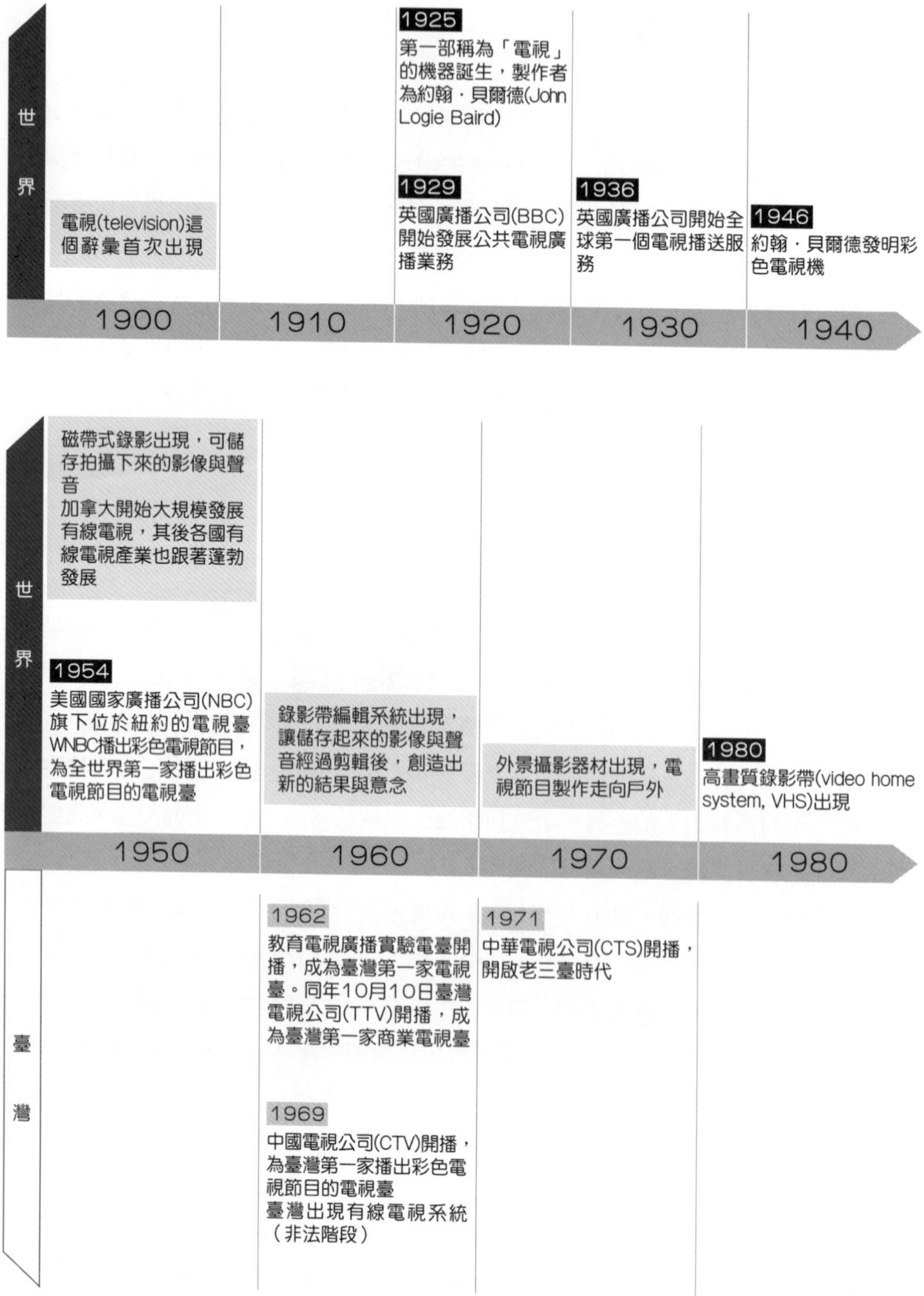

世界

電視(television)這個辭彙首次出現

1925
第一部稱為「電視」的機器誕生，製作者為約翰·貝爾德(John Logie Baird)

1929
英國廣播公司(BBC)開始發展公共電視廣播業務

1936
英國廣播公司開始全球第一個電視播送服務

1946
約翰·貝爾德發明彩色電視機

1900　1910　1920　1930　1940

世界

磁帶式錄影出現，可儲存拍攝下來的影像與聲音
加拿大開始大規模發展有線電視，其後各國有線電視產業也跟著蓬勃發展

1954
美國國家廣播公司(NBC)旗下位於紐約的電視臺WNBC播出彩色電視節目，為全世界第一家播出彩色電視節目的電視臺

錄影帶編輯系統出現，讓儲存起來的影像與聲音經過剪輯後，創造出新的結果與意念

外景攝影器材出現，電視節目製作走向戶外

1980
高畫質錄影帶(video home system, VHS)出現

1950　1960　1970　1980

臺灣

1962
教育電視廣播實驗電臺開播，成為臺灣第一家電視臺。同年10月10日臺灣電視公司(TTV)開播，成為臺灣第一家商業電視臺

1969
中國電視公司(CTV)開播，為臺灣第一家播出彩色電視節目的電視臺
臺灣出現有線電視系統（非法階段）

1971
中華電視公司(CTS)開播，開啟老三臺時代

圖 1-1　世界與臺灣電視與電視臺簡史

世界

1990

數位式影像傳輸系統逐漸建立
液晶電視(liquid crystal display, LCD)開始量產
衛星電視開始蓬勃發展

2000

數位高畫質電視開始普及，電視臺的播出系統也漸以此為主
比數位高畫質解析度更佳的4K解析度(4K resolution)技術開始發展

2003

德國柏林布蘭登堡地區關閉了最後的類比無線電波，成為世界上第一個全數位電視地面廣播的地區

2005

日本放送協會(NHK)發表比4K解析度更高的「超高畫質電視」(UHDTV)技術

2010

2010

南韓的SKY 3D開播，為全世界第一個3D電視臺

2014

日本放送協會以4K解析度轉播世界盃足球賽

臺灣

1990

1991

星空衛視(STAR TV)在臺開播，臺灣第四臺產業開始蓬勃發展

1993

《有線電視法》通過，打破頻道家數限制，臺灣電視產業進入戰國時代。9月，無線衛星電視臺(TVBS)開播，為臺灣第一家本土的衛星電視臺

1994

真相新聞網開播，為臺灣第一家有線電視新聞頻道

1997

民間全民電視公司(FTV)開播，為臺灣第一家民營的無線電視臺

1998

公共電視(PTS)開播，為臺灣第一家公共媒體

2000

2003

客家電視臺(Hakka TV)開播，為臺灣第一家族群頻道，也是全世界第一家24小時全天候以族群語言播出節目的電視臺

2007

黨政軍退出媒體，公共廣播電視集團(TBS)成立

2010

各電視臺爭相發展網路影音直播

2012

無線電視類比訊號全面停播，完成數位化

2017

有線電視全面數位化

㈡數位高畫質時代：HD 不夠看，超高畫質、3D 電視發展中

數位訊號可以比類比訊號傳遞更龐大的數據，且較少失真。以數位訊號播放節目，若要維持類比訊號的解析度可說是相當容易。因此電視開發、改良的工作，便轉向如何傳遞解析度更高、更接近真實所見的畫面了。

數位電視的解析度大約是 720×480 到 720×576，與類比訊號的傳統電視畫質差不多，因此將這 2 種解析度訂為「標準畫質」(standard-definition, SD)，象徵這是數位電視中最基本、最低標準的解析度，而這樣的畫質還不能稱為高畫質。

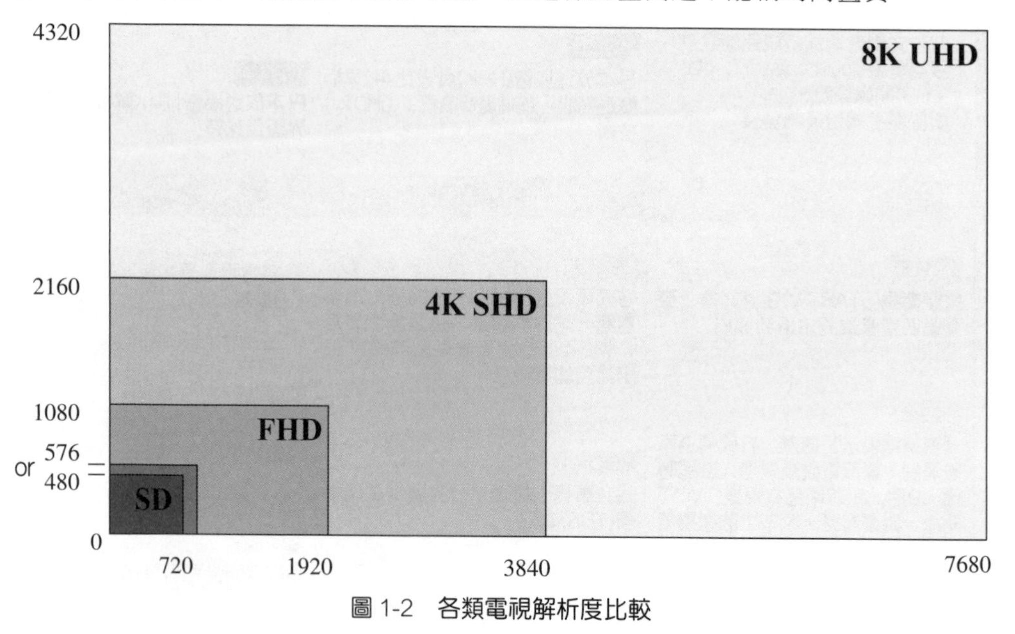

圖 1-2　各類電視解析度比較

1990 年代，高畫質 (high-definition, HD) 電視蓬勃發展，到 2000 年代開始普及。這時高畫質電視的解析度已可達到 1920×1080 的水準，相當於標準畫質電視的 6 倍。也就是說，高畫質電視已能呈現比標準畫質細緻 6 倍的影像。

此外，電視錄影、播放的長寬比，也從 4:3 變成 16:9。傳統電視系統受限於類比訊號的傳輸流量有限，只能採用螢幕長寬比為 4:3 的模式，無法傳遞 16:9 的節目。但人類的視覺比例大約介於 16:9 與 16:10 之間，因此 4:3 的畫面經常失真。

數位傳播技術發達後，以往流量不足的窘境已不再是問題。這便是現在的電視機或顯示器都將畫面比例設計為 16:9 的原因。

但高畫質電視漸漸不能滿足挑剔的觀眾，2000 年代起便開始發展比高畫質電

視再精細 4 倍的 4K 電視②。4K 電視的解析度已來到 3840 × 2160，4K 就是 4000，指的是水平方向畫素 3840 的近似值。

日本、香港的部分電視臺已使用 4K 解析度進行新聞採訪、節目製播。2014 年的世界盃足球賽，日本的 NHK 就以 4K 的畫質轉播。

不過，目前 4K 電視的價格偏高，2013 年時，50 吋的 4K 電視約為 800 美元，但已可漸漸量產。不久的將來，4K 電視將漸漸深入各家庭之中。

2005 年的日本愛知博覽會上，NHK 展示了超高畫質 (ultra high-definition, UHD) 電視，又稱為 8K 電視，解析度是 4K 的 4 倍，來到 7680 × 4320。

8K 電視的製作成本高，且所需的記憶空間相當大，每 20 分鐘的影片約耗費 4 TB 的儲存空間，但目前資料儲存與網路傳輸的科技發展並未跟上此一腳步，估計要到 2020 年前後才能普及。

上述的各種畫質，都僅能呈現兩度空間 (two-dimension, 2D) 的平面視覺。在不斷精進畫質的同時，呈現三度空間 (three-dimension, 3D) 的技術也在發展中。透過 3D 技術，可以克服傳統 2D 播送缺乏景深、立體感的問題，讓觀眾更能身歷其境。

傳統 3D 畫面的原理是兩眼透過特殊眼鏡各自觀察不同影像後，經大腦處理而產生 3D 的立體效果。近年來，裸視 3D 技術開始普及，未來個人不必仰賴特殊眼鏡，就能直接收看 3D 立體影像。2010 年 6 月，南韓 SKY 3D 電視臺開播，成為全球第一個 3D 電視頻道，3D 電視與播送可說是方興未艾。

但 3D 電視的視角，還是侷限於電視螢幕上。隨著虛擬實境 (virtual reality, VR) 與擴增實境 (augmented reality, AR)③ 技術發達，不只能讓 3D 影像更突出，還能使畫面邊界沒有侷限，讓觀眾就像置身畫面拍攝的現場般，感受所有事物的相對距離。

2016 年中暴紅的任天堂手機遊戲「精靈寶可夢」(Pokémon Go)，就是應用了擴增實境技術，讓神奇寶貝（亦稱寶可夢）怪獸們，出現在現實生活的場景中，就像是在玩家的身邊一樣。而第九章〈錄影現場的萬千世界〉，將介紹電視臺各式攝影棚，其中虛實合一攝影棚，就是一種擴增實境的呈現。

---

② 4K 解析度另一英文名為 super high-definition，但此名較少用，通常仍以 4K 稱呼。

③ 虛擬實境是利用電腦模擬，產生一個三度空間的虛擬世界，提供使用者視覺的模擬，彷彿身歷其境。擴增實境則是透過攝影鏡頭擷取的影像，透過運算置入虛擬物件，也就是在螢幕上將虛擬世界與現實世界結合互動。

2016年的法國網球公開賽，法國電視臺不只用4K轉播球賽，更結合虛擬實境技術，讓觀眾有更真實的觀賽感受。電視臺甚至將關鍵擊球、球賽幕後等節目片段，製作成虛擬實境節目，將精彩片段近距離呈現給觀眾。

未來的虛擬實境電視，更不只是視覺與聽覺的饗宴，還可搭配其他穿戴裝置，模擬實物的觸覺，甚至是嗅覺與味覺。讓看電視，變成多重感官的體驗。

㈢播放平臺的改變

廣義的電視是指可看到影像的載具，電視臺則是提供自製或外製託播內容，以現場播出、延後播出或隨選視訊的方式，播放給觀眾收視的內容生產管理或經營者。

隨著科技的演進，現在人人都可以透過網路建構影像平臺，廣義來說人人都能成為一個個獨立的電視臺或經營者。

新的電視概念依其播放原理、方式和平臺之不同，可分為以下樣貌④：

表1-1　新型態電視播放平臺之比較

新的電視概念	播放方式	範　例
IPTV (internet protocol TV)	利用網路在電腦螢幕上觀看影音節目	I'mTV (www.im.tv)、愛電視 (www.isch.tv)、Yahoo! TV (tw.video.yahoo.com)、愛奇藝 (www.iqiyi.com) 等 它們也可透過電視機上網收看
Web 2.0 TV	利用Web 2.0⑤上傳及分享的機制，透過電腦上網觀看民眾自發創作或上傳的影音內容	YouTube (www.youtube.com)
DVB-H TV (digital video broadcasting handheld TV)	即數位行動電視，利用手機、PDA等行動載具來接收無線數位電視節目	臺灣的DVB-H之試播計畫由公共廣播集團負責，在2007年底開始試播新節目，在日本已行之有年，可透過手機接收無線電視
DTT (digital terrestrial TV)	即數位無線電視，透過數位機上盒來接收無線電視節目	—

④　李學文 (2007)，「WiMAX-HDTV 會是次世代的電視嗎？」，UDN數位文化誌，http://mag.udn.com/mag/dc/storypage.jsp?f_ART_ID=59267

⑤　Web 2.0是新的網路通信方式，相較於傳統網路，更重視個別用戶，讓人與人之間的訊息傳遞與協作互動更為熱絡，讓網路通訊不再是單一傳遞，而是由多元的使用者共同建構。

DCA TV (digital cable TV)	即數位有線電視，透過數位機上盒來接收有線電視節目	—
DAB⑥ / DMB⑦ 數位廣播 (digital audio broadcasting/ digital multimedia broadcasting)	用 DMB 的接收機收聽數位廣播節目（在技術上，DMB 同樣可以經營視訊業務，所以 DAB 與 DMB 已無差異，DAB 一詞已被 DMB 取代）	—
P2P TV (point to point TV)	即點對點影視節目下載服務	SopCast、PPS、PPLive 等
3G TV	透過 3G（3rd-generation，第三代行動電話）的電信網路來收看影音內容	中華電信、台灣大哥大、遠傳、台灣之星、亞太等電信公司都有經營
MOD TV (multimedia on demand TV)	透過機上盒上網來收看影音內容	中華電信 MOD、壹電視網樂通（2012 年停止服務）等
MHP TV (multimedia home platform TV)	透過內建 MHP⑧ 軟體的機上盒收看無線數位電視節目。由於其可具備某種層次的互動功能，因此可稱為互動電視	—
Mobile TV	即手機電視，透過智慧型手機下載播放平臺的 App，以連網方式收看影音內容	IPTV 等可在 App Store 或 Android Market 上下載的手機程式，以及 Facebook 及各電視臺的網路直播

三、移動與互動——電視的大未來

除了上述各種不同播放平臺的電視之外，Wi-MAX 和 LTE 寬頻科技的問世，使得電視不再是客廳的專屬品。它出現在高速疾駛的車中、每個行人的掌中，它使

⑥ 數位音訊廣播是在 1980 年代開發出來的電臺廣播數位技術。相較於傳統 FM/AM 的廣播系統，DAB 可以在同個波段中，透過不同的位元比率，同時傳遞多個廣播音訊，作為多個頻道之用。但因為聲訊經過壓縮，會有音質不佳的缺點。

⑦ 多媒體數位廣播是由南韓開發，於 2005 年起廣泛使用於行動裝置上。藉此技術，可傳送電視、廣播、數位內容等資訊，較 DAB 的用途更為廣泛。

⑧ 多媒體家庭平臺 (multimedia home platform, MHP)，是一種結合數位機上盒、家用網路、訊號接收器、電腦與其他資通訊系統等的多媒體平臺，可提供多種媒體功能。

電視無所不在，可以看，還可以傳，開啟了移動式互動電視的新紀元。

Wi-MAX 的全名是「微波存取全球互通」(worldwide interoperability for microwave access)，從 2001 年起就開始研發，目前市場上已出現相關產品。它可以在 50 公里的範圍內，提供和大部分有線區域網路相同的數據傳輸率，也可以將大量寬頻連接引入遠端區域，或使通信範圍覆蓋多個分散的區域。

Wi-MAX 的標準又分為「固定式」和「移動式」。

固定式標準可在 10 GHz 至 66 GHz 的頻率間，最遠可達 50 公里的範圍內，提供高達 70 Mbps 的數據傳輸率。

最新開發出的移動式標準，則可應用在 2 GHz 至 6 GHz 的頻率間，除了傳輸距離達 50 公里，還能支援行動接收，可同時提供固定式與移動式的無線網路用戶接入，使得畫質清晰的移動式電視應運而生，而所謂的移動式 Wi-MAX-HDTV，就是利用移動式 Wi-MAX 的頻寬來傳輸 HDTV (high-definition TV) 高解析度的節目。

LTE 4G 與同為 4G 技術的 Wi-MAX 有很大的不同，標榜下載可達 100 Mbps、上傳可達 50 Mbps 的水準，比 3.5G⑨、3G 行動網路還要快，再加上 LTE 4G 在網路方面的發展和 VoIP⑩ 的支援，LTE 4G 未來對互動電視的發展將不可小覷。

經過幾年的競合，Wi-MAX 和 LTE 4G 的市占率差距逐漸拉大，臺灣官方重金支持的 Wi-MAX 技術明顯位居下風，全球行動網路市場多半已是 LTE 4G 的天下。

上述新科技將對電視產業帶來革命性的影響，也徹底改變了觀眾收看電視的習慣。例如，你可以利用任何支援移動式接收的載具，在疾駛於高速公路上的車中，同時收看 1080p⑪ 畫質的 HDTV 節目、上網和朋友與同事用 WhatsApp 聊天、透過 Skype 這類 VoIP 來打網路電話，或是收發 e-mail，不會有任何遲延。

---

⑨ 高速下行封包存取 (high speed downlink packet access, HSDPA)，是一種新的通訊協定，能在高速移動的過程中，提供穩定的傳輸品質，目前廣泛用於行動通訊與行動上網技術。下載的傳輸速度可達 14.4Mbps，速度是 3G 技術的 5 倍、GPRS 的 20 倍。

⑩ IP 電話 (voice over internet protocol, VoIP)，又稱為網路電話，是一種新的電話通訊技術。傳統電話是將音頻轉換成電波來傳遞，VoIP 則是將語音訊號數位化，並且壓縮、封包，透過網路傳遞，由接收端將訊息解壓縮，還原成聲音訊號，現在廣泛用於固網技術中。

⑪ 1080p 的 p 意指逐行掃描 (progress scan)，是 1 種新的視訊顯示模式。相較於傳統陰極射線採用隔行掃描 (interlaced scan)，這種新型態成像方式的電視螢幕，畫質更為清晰，閃爍較少。前面的數字 1080 則是指垂直方向有 1080 條水平線逐行掃描。1080p 的解析度為 1920 × 1080，雖已屬高畫質畫面，但非 full HD 格式。

圖 1-3 各電視臺在 YouTube 上的網路直播視訊

圖 1-4 電視臺在 Facebook 上玩直播，個人也能透過直播隨時隨地成為電視臺

你還可以在 iPhone 或 Android 手機上，透過 Facebook、Line 等 App，一邊收發多媒體簡訊，一邊收看多媒體電影；看到精彩片段還可以立刻轉傳出去，或在群組中和好友分享；你也可以當一個電視臺，在網路上同步直播你現在做的事情，與全世界的好友一同分享，甚至即時互動。

如此看來，或許 IPTV、Web 2.0 TV 這類與網路有關的電視服務，最有機會從 21 世紀各式各樣的「電視」中勝出。

至於移動式的電視，由於智慧型手機用戶快速成長，成天盯著手機螢幕看的「低頭族」愈來愈多，手機電視勢必創造出新的電視收視習慣，屆時電視新聞的長度、格式、採訪、寫作和製作的方式，甚至廣告市場的生態，都會掀起一波巨大的變革。這將重新定義電視與電視新聞，顛覆我們目前的一切想像。

貳、電視新聞媒體的功能與分類

電視因為具有影像和聲音，又能突破時空限制，即時傳送現場畫面，因此具有高度的教育功能和娛樂價值。再加上影像和聲音具有一定程度的強迫性，容易吸引觀眾的注意力；除非你不打開電視，否則具有吸引力的內容，透過影音的強勢放送，極容易使得看電視成為家庭中的主要活動。

近年來，智慧型手機的普及，更是將電視帶出了客廳，成為掌上型的可攜電視，影響力更上層樓。

觀眾不再需要急急忙忙趕回家看連續劇或球賽了，因為電視就像 1960 年代的匪諜一般，「就在你身邊」。

一、電視新聞的功能

電視新聞除了具備議題設定 (agenda setting)、議題建構 (agenda building)、設定框架 (framing) 等一般新聞媒體的功能[12]，還具備了將新聞現場同步帶到眼前的臨場感和震撼力。電視新聞的功能需具備以下要素：

⑫ 議題設定為大眾媒體透過報導的內容與數量，藉此強調某議題的現象。議題建構是媒體在與政治、公眾的互動中，發掘新聞議題，並加以報導，使其成為焦點的過程。框架是人們受背景與文化影響，在詮釋、說明與回應事件時所使用的架構。

㈠新聞包含觀眾「想要知道」的事以及觀眾「需要知道」的事

究竟是觀眾想知道的事重要？還是觀眾需要知道的事重要？這得視動機而定。

一般商業電視臺會從收視率的角度考量新聞的重要性，因此多半會把觀眾「想要知道」的事或容易吸引觀眾的事，放在第一順位。

然而，優質的電視新聞應該要將觀眾「需要知道」的事放在第一優先，即便觀眾可能沒有意識到事件對他們的必要性。

㈡新聞既不是「執政黨」，也不是「反對黨」

電視新聞具有較其他媒體更即時且直接的影響力。它的立場應該是中立的。

從國內事務的角度觀之，它必須代表全體人民的利益，站在制高點守望全民的福祉，包括不同社會階層及族群。

它還必須監督所有掌握公共資源的人，包括執政黨、在野黨和民間團體等任何有關公共事務的正式與非正式組織。

從更開闊的視野觀之，電視新聞不只守望國內事務，更應守望人類共同的良善價值，監督全球公共領域相關的人、事、物。

㈢新聞不只要「迅速」，更要「確實」

迅速固然重要，但是確實更為可貴。錯誤的「獨家」，只不過是獨家的笑話罷了；迅速而錯誤的訊息，恐將製造迅速的災難。

因此，「查證」是新聞媒體的必需，更是分秒必爭的電視新聞的第一優先。錯誤的新聞不只會對新聞當事人造成無可彌補的傷害，更會將累積一世的記者聲望與電視臺信譽毀於一旦。

㈣新聞要「聲」「光」「色」，不要「腥」「羶」「色」

電視新聞最大的特色在於影像與聲音所表達出的臨場感。一則有影響力的電視新聞，除了新聞的本質之外，畫面帶來的震撼力、聲音表達的真實感以及影音與文字結合的說服力，缺一不可。

由於稍有不慎，聲光色極可能淪為追逐收視率下的腥羶色，所以電視新聞工作者當時時刻刻提醒自己，「社會責任」是永恆不變的座右銘。

二、電視新聞媒體的類型

解嚴之後的臺灣天空，多元而豐富。向全國播放電視新聞的頻道多達 10 來個，這還不包括地方有線電視系統自製的區域新聞；日益蓬勃的網路，也勢必不會缺席。未來的世界將會是一個到處都是新聞臺，到處都可以看電視新聞的時代。

以收視群眾的多寡和特性而言，電視新聞媒體大致上可以分為以下 3 類：

㈠主流媒體

1. 以全國觀眾為收視群，傳遞普遍性的資訊。
2. 報導分析議題時，盡可能呈現多元意見。
3. 以商業電視臺為主，以營利為目的。

㈡非主流媒體

1. 以特定觀眾為收視群，傳遞特定的資訊。
2. 不以多元意見呈現為目標，通常會聚焦於特定的立場與題材。
3. 以公益媒體、族群電視或宗教頻道為主。例如，客家電視臺、好消息電視臺。

㈢八卦媒體 (tabloids)

1. 以腥羶色和古怪的故事為題材，以誇大的手法呈現新聞，以博取注意為目的。
2. 消息來源往往不可靠。
3. 將在網路上興起，成為另類新聞頻道。

參、什麼是新聞？新聞哪裡來？

每天發生在我們周遭的事件，總像跑馬燈一樣，林林總總、五花八門，但不是所有事件都可以成為新聞。記者每天要不斷決定某事件值不值得發展為新聞，大家耳熟能詳的「狗咬人不是新聞，人咬狗才是新聞」就是其中一個篩選標準。

然而這個標準仍嫌籠統，因為狗咬人是不是新聞，得要看牠咬的是什麼人；人咬狗是不是新聞，還得要看它發生在哪裡。

一、電視新聞取捨的標準

以下指標可以幫助新聞工作者做精準和有效的新聞判斷：

㈠影響性 (impact) 與關聯性 (relevance)

對個人在安全、健康、福利、財務、感受上造成影響的，或是和民眾生活切身相關的，包括了食、衣、住、行、育、樂和開門 7 件事（柴米油鹽醬醋茶）。比方說，颱風來襲、油價調漲、國道塞車等。

㈡顯著性 (prominence)

本身具有顯著性的人、事、物、地點。不需要刻意標明身分，大部分觀眾就知道他是誰的，就是具有顯著性的人物，例如總統、影視名人、運動明星等。而顯著的事物和地點就好比《哈利波特》這本書、臺北的 101 大樓等。

只要跟這些顯著的人、事、物、地點有關的，儘管是一般事件，仍然有新聞價值。例如，有人身體不適是不是新聞，得看此人是誰；一般人身體不適，絕非新聞，但總統的健康情形或知名女團成員周子瑜的手指破皮，就一定可以搏版面。停電應該不是什麼特別值得關注的事，但是 101 大樓停電，就極有可能出動 SNG（satellite news gathering，衛星連線報導）車現場直播。

㈢衝突性 (conflict)

不同族群、不同政治立場、勞資雙方等角色之間發生紛爭，或是大自然對人類的反撲，都是衝突。不過對觀眾而言，更有用的資訊是衝突背後的原因和影響是什麼，這需要記者多做一些功課。

如果只強調衝突畫面的感官刺激，觀眾就失去了反省與進步的機會，記者充其量也只是社會亂源的製造者。

㈣奇特性 (uniqueness/unusual)

犯罪事件是不是新聞，要看它的特殊性。每天都有人犯案，也都有人破案，如果只一味追求犯罪新聞的刺激，就會造成犯罪新聞充斥的亂象。

奇特性意味著稀有性，必須因時、因地、因文化而異。例如「人咬狗才是新聞」。若以搶劫為例，如果小偷搶的是名人，或是搶劫只搶到 1 塊錢，就會是新聞。

此外，事件發展的不可預期性往往造成了所謂的戲劇化。像是哈佛小子林書豪在 NBA 成名前，原本不被看好，被派上場救援時，原本也以為球隊放棄比賽了，但卻沒想到他逆轉勝，讓人跌破眼鏡，他也因此一炮而紅。因此，不可預期性及戲劇化也是新聞聚焦之處。

㈤地域性 (location)

將新聞「在地化」，就是找出新聞對區域性觀眾的意義。例如，世界衛生組織列出所有禽流感疫區，這件事看起來只有一般的影響性，但將它在地化之後，我們會關心臺灣是否名列其中？為什麼會如此？以及什麼時候可以被除名？

又如，臺中科學園區的發展對當地人民的居住品質造成影響，這會被地方電視臺視為焦點，卻未必是全國觀眾最關心的事。

㈥人情趣味 (human interest)

足以激起閱聽人的同感、悲傷、喜樂等情緒反應，但不至於對個人生活造成顯著影響的，就是人情趣味新聞。這類新聞像是一道小菜，也許價格不貴，卻可能是饕客光臨的原因；它會在大魚大肉之間，顯現不凡的價值。

人畢竟是感情的動物，德國哲學家尼采 (Friedrich Wilhelm Nietzsche) 曾說：「一切文章，我最愛以血淚寫成的。」這說明了貼近觀眾的心，就會引起共鳴。

例如，因某場車禍而導致身體障礙的人，他所遇到的挑戰與人生觀，或是木柵動物園的國王企鵝生小企鵝等，都足以挑動人心。

㈦畫面的特殊性 (quality of video/audio)

電視新聞的獨特性，在於它可以打破時空限制，將人物及事件活靈活現地重現眼前。因此珍貴的影像和聲音，往往可以超越前述的一般新聞取捨要點，而成為重要的新聞元素。

例如，太空梭升空已不是什麼新聞，但是一個角度很好、影像很清晰的太空梭升空畫面，十分具有臨場感和震撼力，總是可以讓觀眾百看不厭。

又如，鮭魚逆流產卵或總統演講口誤這類畫面，很難歸類於哪一種新聞，也無法符合上述地域性、衝突性或顯著性的原則，卻很能吸引觀眾，成為一則好新聞。

二、電視新聞的主要來源

對一個好的新聞記者而言，新聞題材俯拾即是，也就是「事事洞察皆學問，人情練達即文章」。

身為記者的第一步，就是隨時注意身旁所看到、所聽到的種種事物，然後要如中國宋儒張載所言：「於不疑處有疑，方是進矣！」

當一個好記者，要如何眼觀四面、耳聽八方，從中發現新聞題材，以下是 4 個基本的方法 (Keller & Hawking, 2002, pp.42–44)：

㈠近身觀察

對於周遭的點點滴滴，要有新聞的敏銳度。不經意看到的微小事物，往往可能發展成重大的新聞事件。例如，聽說有人在水源區傾倒廢棄物。

如果不是親眼看見，就要特別詳加查證，確實做好「再確認」。就算是親眼所見，也不能輕率地就以此推斷事件的發生經過。

因為雖說「眼見為信」，但是人常犯的錯包括「想當然爾」、「倒因為果」、「先入為主」等，這些都有可能造成錯誤的新聞。所以記者必須對自己觀察到的現象有所保留，並且不斷質疑與修正，直到追到正確的事實為止。

通常查證要有 2 個以上的管道。在電視新聞的製作中，可以請目擊證人入鏡現身說法，如果需要保護目擊者，則要使用馬賽克和變音。

㈡傾耳聆聽

記者常根據他人的說法找到資料來源，正是所謂的道聽塗說。但千萬不要小看這些馬路消息，幾乎動搖美國國本的「水門事件」⑬ 就是這麼被發掘出來的。

---

⑬ 水門事件之所以會被發現，正是因為民主黨總部水門大廈的管理員無意間發現車庫的門有異狀，才揭開這場驚天動地政治醜聞的序幕，最終導致總統尼克森 (Richard Nixon) 下臺。由此可見，任何小線索都有可能是大新聞的頭緒。

馬路消息無所不在，然而記者與一般人不同的是，一般人只會傳述八卦，不想追根究柢；好的記者則會從一句話中聽到大獨家，然後抽絲剝繭、查證追蹤，最後變成一個驚天動地的大事件。

㈢文獻檔案

在學會觀察和聽聞身旁事物之後，記者必須學會挑選新聞題材。如何在一堆玻璃瓦礫中篩選出鑽石，是記者的功力所在。

記者可以透過網路、學術期刊、存報等文獻資料去尋找「鑽石」，但須注意不能有聞必錄，應時時於不疑處有疑，然後找出證據解答疑惑。

網路上可以找到各式各樣的消息，然而其中大都是未經證實的馬路消息，但是也不乏重要的新聞線索，不可小看。只是網路消息一定要花加倍的功夫查證，才不會如《中時晚報》引用網路消息，寫出「周星馳要拍少林棒球」這則烏龍新聞。

學術期刊看似與新聞無關，但當中其實有許多新奇的發明，也不乏對生活很有幫助的產品或創意，通常只是因為缺乏包裝致使感興趣的人不多。

至於存報方面，可以讓記者了解過去發生的事情，並且可以對一些事件保持追蹤，而這個過程往往會有意想不到的收穫。

㈣影音資料

不同媒介的記者通常會對不同的題材感興趣；即便對同一事件，電視媒體和平面媒體關注的焦點也可能大相逕庭。

通常平面記者只重視事件發展和內容；而電視記者最關心的是有沒有辦法捕捉到畫面，若是沒有好的新聞畫面，就算新聞有極高的重要性，也可能無法編入重要的時段，甚至被捨棄。

例如，像是連續假期期間，各遊樂區、景點人潮洶湧，聯外道路堵車綿延數公里，就為一睹春暖花開的美景。這樣的新聞畫面美麗豐富，新聞臺可能每節整點新聞都會進行衛星連線報導，或是製播多條相關新聞報導；但平面媒體就不見得如此了，可能只會在地方版略為報導而已。

因此，畫面可說是電視新聞最重要的靈魂，記者想盡辦法，不論是自己拍攝，或是透過人脈向有關單位或人物取得複製影像，就是要讓畫面說話，提高該則新聞的重要性。

肆、電視新聞製作流程與編制

電視新聞部幾乎具備了電視臺所有的功能，可以稱為「電視臺中的電視臺」。

新聞部因為要即時收發、傳送及播出新聞，所以具備懂衛星、微波和網路傳訊工程的工程人員；也具備節目部所有類似腳本寫作、影像拍攝、後製剪輯的人才；隨著置入性節目愈來愈多，現在的電視臺新聞部還具有宣傳和整合行銷的人才，儼然成為一個獨立產製播銷的獨立臺中臺。

一、電視新聞基本作業流程

電視製作的原理是光電效應。人類的眼睛能看見景物，是因為眼睛接收外界光線進入視網膜後轉變成能量刺激腦部而來。

攝影機攝取影像的原理也相同，它將拍攝到的畫面從光能轉變成電能（此即光電效應），電視機再將電能透過映像管轉變成人眼能接收的光能；麥克風的功能亦同，會將音波轉變成電能，再透過喇叭將電能轉回人耳能接收的音波，觀眾便可在電視上看見和聽見節目內容。

電視的製作是聲音、影像與文字結合的藝術，電視新聞則更強調團隊合作的整體表現成果。從新聞線索、議題設定、採訪名單、新聞採訪、新聞製作、新聞播出、檢討會議到觀眾回饋，環環相扣，且分秒必爭。

製作一節新聞必須考量的因素至少包括成本、人力、物力、收視率，以及電視臺整體環境的配合。電視新聞的製作，可以分為棚內和棚外作業：

㈠棚　內

大多為主播播報，透過攝影機將影像傳進副控室，結合後製完成之新聞影片，再透過主控室傳送至收視戶。

㈡棚　外

記者外出拍好帶子，回公司配音並剪接製作完成，在新聞中播出。

還有直接從棚內連線到新聞現場的 SNG ， 透過人造衛星在幾秒鐘內把新聞現場的影像和聲音，以電波的方式傳送到棚內。由於 SNG 花費很高，通常用來傳送非常重要，且需要立刻告訴觀眾的新聞事件。

二、電視新聞人力職掌

㈠完整的電視新聞和新聞節目人力編制

一個完整的電視製作團隊，是精緻分工且相互支援的。分工愈細的團隊，通常可以產製出品質較佳的節目內容。

例如，一個採訪團隊，可以由一名攝影記者身兼燈光、文字，也可以是由一名攝影記者、一名文字記者、一名燈光師、一名音效師與一名執行製作組成的團隊，這端視經費的多寡及對品質的堅持程度而定。以下是一個完整的電視新聞和新聞節目團隊所需要的編制及執掌 (Zettl, 2003)：

1.新聞雜誌節目或新聞訪談節目部主要人員

人　員	職　責
執行製作 (executive producer)	負責一系列的製作或節目。控制預算並且協調各資源
製作人 (producer)	管理節目中各人員的工作，協調技術人員與非技術人員的工作內容
助理製作人 (associate producer)	協助製作人執行新聞節目製作
線上製作人 (line producer)	監督節目每日的運作情形，決定預算和拍攝時程、租賃場地與器材、處理大部分工作人員的聘僱與合約
外景製作人 (field producer)	協助製作人管理外景拍攝事宜
製作經理 (production manager)	安排機器和人員的時間表
製作助理 (production assistant)	協助製作人或導播，在排練時記錄他們的建議
導播 (director)	指導演員與技術的運作。透過演員和技術，將腳本化作生動的影音內容
副導播 (associate director)	協助導播，包括控制時間、協調溝通等
配音員 (announcer)	旁白或配音，通常是由採訪記者擔綱，翻譯重製的節目也常請配音員配音

現場指導 (floor manager)	依據導播的指示，協調棚內主播和工作人員的作業
現場工作人員 (floor person)	管理布景、燈光、採買等

2.非技術製作人員

人　員	職　責
寫稿記者 (writer)	部分美國新聞及新聞節目實施「採寫分離制」，記者只負責採訪，然後口述給寫稿記者撰寫新聞稿
藝術總監 (art director)	負責節目藝術創意、整體造型及視覺美學等
動畫師 (graphic artist)	負責用電腦做出圖片、標題、圖表、背景及虛擬動畫等
化妝師 (makeup artist)	幫主播、節目主持人或受訪來賓化妝
服裝設計師 (costume designer)	設計或洽借主播或主持人的服裝
音效設計師 (sound designer)	製作音軌，包括對話或音效

3.技術製作人員

人　員	職　責
總工程師 (chief engineer)	管理所有的技術人員跟設備 ， 並設計和維護編採及播出系統
助理工程師 (assistant chief engineer)	協助總工程師處理所有技術上的問題
督導工程師 (studio or remote engineer-in-charge)	監督所有的技術操作
維修工程師 (maintenance engineer)	保養和檢修設備

4.操作人員

人　員	職　責
技術指導 (technical director)	管理所有技術人員，並負責製作與播出相關之工程技術
攝影師 (camera operator)	操作攝影機
攝影指導 (director of photography)	管理燈光和攝影機
燈光指導 (lighting director)	負責燈光

影像操作人員 (video operator)	調校攝影機及所有與播出影像相關之設備
成音技術員 (audio technician)	負責音效、配樂及成音
錄影技術員 (videotape operator)	控制錄影設備
字幕合成操作者 (character generator operator)	將字幕和圖像素材整合成電視影像
影像剪接師 (videotape editor)	新聞或新聞節目剪接
數位影像師 (digital graphic artist)	製作數位影像

傳統的電視臺需要較為龐大的人力編制，特別是在工程部和工程製作中心方面，需要昂貴的器材以及相關的操作、管理、維修的專業人員。

節目製作和新聞製作在第一線作業的人員有些差異。節目製作要靠現場導播、戲劇指導、演員或主持人來完成；而新聞製作則是需要文字記者、攝影記者、剪接師來製作內容。這 2 種型態的內容一旦送進副控室之後，副控室內的導播、技術導播等作業則大同小異。

㈡整點電視新聞的人力編制

人　員	職　責
新聞導播 (news director)	負責所有的新聞播出作業
執行製作 (executive producer)	通常負責新聞節目或時段的總協調
製作人 (producer)	負責某時段或某系列（則）新聞的製作
採訪主任 (assignment editor)	指派記者與攝影師去採訪特定事件
文字記者 (reporter)	負責採訪及撰寫新聞稿
攝影記者 (videographer)	和文字記者合作決定新聞畫面
剪接師 (videotape editor)	根據文字記者或製作人的需求來剪輯畫面
主播 (anchor)	新聞主要播報者，主要在攝影棚中播報
氣象播報員 (weathercaster)	播報氣象
體育播報員 (sportscaster)	播報體育新聞

㈢網路新聞臺的人力編制

當網際網路崛起之後，新的傳播形態應運而生。一種嶄新的、分散式的、由下而上的、共同參與式的傳播方式正在逐漸興起。

以 YouTube 這個影音分享平臺為例，截至 2014 年 1 月為止，每月有超過 10 億名不重複的使用者瀏覽，平均每分鐘有 1 百小時的影片上傳⑭。

又如維基百科 (Wikipedia) 鼓勵所有人共同編撰線上百科全書，目前約有 2 千 1 百萬個註冊會員，共同創造一個集體知識庫⑮。

這類傳播模式運用個人化經驗創造集體智慧，也將逐漸應用在新聞製作上。

新興的網路新聞臺，不像傳統的電視新聞臺需要至少 1 百人以上的編制，與至少上億元的軟硬體設備。網路新聞臺只需要一定規格的伺服器和頻寬，影像畫質的要求通常不會太嚴格。新聞影片可以開放給網友投稿，大家都可以當記者。

網路新聞臺不需要太多經費和人力，但這樣的新聞來源在可信度和專業度上將備受爭議，編輯和後製的守門人工作需要更為謹慎，在播出之前需確實查核影片內容，層層把關，為觀眾堅守「真實」的防線。

伍、結　語

電視新聞是結合科技與人文的技術，也是融合知性與感性的藝術。它既要聲音，又要畫面；既要深入，又要淺出；既要確實，又要迅速；既要曲高，又要和眾。

因為電視新聞負有告知和監督的責任，又不時被賦予教育和娛樂的期望，因此，電視機的體型雖然愈來愈輕薄短小，電視新聞的擔子卻愈來愈厚實沉重。

拜科技之賜，千里江陵不再須一日還，只消彈指之間，遠在天邊的景象就近在眼前。隨著數位科技帶來的精緻化，聲音畫質的逼真程度已經到了身歷其境的境界；高解析的技術，更將電視機從功能性的載具，變成藝術性的舞臺。

無線傳輸及網際網路把「看電視」從客廳沙發拉到了世界任何角落；無遠弗屆的覆蓋率和無所不包的內容，也給電視工作者增添了無比沉重的責任與使命。

---

⑭ YouTube 官方統計資料，請見：https://www.youtube.com/yt/press/statistics.html

⑮ Wikipedia 官方統計資料，請見：http://en.wikipedia.org/wiki/Wikipedia:About

播放一節電視新聞，扣掉廣告之後只有 50 分鐘，但背後卻是一個至少 1 百人的編制共同努力的過程。

新聞的調度、採訪、攝影、撰稿、剪輯、特效、編排、字幕、導播、燈光、播報、錄製、播放，像是一條綿密的生產線，任何環節出現任何瑕疵，都將呈現在觀眾眼前，受到無情的批判，身為電視從業人員，豈可不慎乎！有志於做一個現代的數位無冕王，能不練好十年功嗎？

習 題

1. 電視新聞和網路結合之後，傳統的電視將會變成什麼樣子？具備哪些新的功能？會帶來哪些生活上的便利？可能會有哪些後遺症？
2. 移動式電視包含哪些？觀眾在什麼情況下會收看移動式電視？哪些節目適合在移動式電視上播放？
3. 什麼是互動電視？互動電視適合播放哪些類型的節目？互動電視可以應用在生活的哪些層面？
4. 電視新聞有哪些取捨的標準？這些標準是否有固定的優先順序？當這些標準互相衝突時，該如何取捨？
5. 請舉出以下事件或傳聞中，記者可能取得或查證新聞線索的來源有哪些。
   (1)某企業有股票內線交易醜聞
   (2)新政府內閣人事提前外洩
   (3) ISIS 在土耳其機場發動恐怖攻擊
   (4)中國大陸因南海問題將向菲律賓宣戰
   (5)周星馳要開拍「少林棒球」
   (6)《民生報》停刊
   (7)臺灣威航不堪虧損結束營業
6. 現在網路媒體發達，是否人人都能成為媒體？請嘗試使用社群媒體的直播功能，播報新聞給好友看。

第二章　無遠弗屆的電視臺

在這一章你能學到：

1. 世界知名商業電視臺的沿革和經營模式
2. 在國際上具有影響力的公共電視臺經營理念
3. 電視新聞部一天的作業流程
4. 國內電視新聞臺的環境生態
5. 臺灣公共廣播集團的組織與運作模式

一個有影響力的電視臺，它能跨越語言、超越文化，甚至改變歷史。想想「迪士尼頻道」，它陪伴了多少地區、多少人種、多少語言的孩子們成長，置入了多少思想，甚至夢想和幻想。

新聞頻道也是如此，透過議題設定 (agenda setting) 和框架效應 (framing effect) 功能，選擇題材、散播思想、針砭時弊，不但為歷史做見證，更決定是非功過和黑白曲直。

一個影響力無遠弗屆的電視臺，憑仗的不只是精良的設備和優秀的人才，更重要的是能感動人的文化使命。

從世界電視頻道發展的興衰史中，我們可以取法的，不僅是它們的經營層面，更是它們在大時代的脈絡下所孕育的人文價值和理念精髓。

美國三大電視網（NBC、CBS 與 ABC）、有線電視新聞網 (CNN)、福斯新聞頻道 (FNC)、英國廣播公司 (BBC)、日本放送協會 (NHK)、半島電視臺 (Al Jazeera) 等，都是國際上具有特殊代表性的電視臺。

臺灣最早的台灣電視公司 (TTV) 比起英國廣播公司的電視播送，雖整整晚了 30 年，但也開啟了臺灣電視的新頁。30 年後，有線電視更將臺灣電視生態推入了戰國時代。

這些舉足輕重的媒體，留下了什麼樣的足跡呢？將在本章為你導覽。

壹、世界知名的商業電視臺

一、美國廣播公司 (ABC)

㈠ ABC 的發展過程

1927 年 2 月 23 日，美國國會通過《廣播法案》(*Radio Act*)，1934 年完成《通訊法案》(*Communication Act*)，並成立 7 人聯邦傳播委員會 (Federal Communications Commission, FCC)。

為了避免稀有的無線電波資源被獨占壟斷，法律明文規定一家公司不得擁有 2 個以上的廣播網。

因此 FCC 在 1943 年要求擁有紅、藍色廣播網的國家廣播公司 (National Broadcasting Company, NBC) 出售藍色廣播網，結果由美國廣播系統 (American Broadcasting System) 買下，成立一家獨立的廣播機構，並在 1945 年改名為美國廣播公司 (American Broadcasting Company, ABC)。

1940 年代中期，美國廣播事業快速成長，出現 NBC、ABC 和 CBS（Columbia Broadcasting System，哥倫比亞廣播公司）三強鼎立的態勢。

與此同時，電視廣播事業漸漸興起，傳統廣播的占有率漸漸萎縮，使得 ABC 的經營面臨嚴峻的考驗。

1953 年，ABC 以 2 千 5 百萬美元的價格，賣給聯合派拉蒙劇院公司 (United Paramount Theater) 的葛登森 (Leonard Goldenson)。新東家將 ABC 改名為美國廣播－派拉蒙劇院公司 (American Broadcasting Paramount Theaters)，直至 1965 年才恢復 ABC 的舊稱。

1970 年代正值衛星電視崛起之際，新興電視臺如 HBO (Home Box Office)、CNN 和 WTBS (Walker Technology Broadcasting Corporation) 陸續加入競爭。

ABC 在 1980 年代初期買下有線電視臺 ESPN (Entertainment Sports Programming Network)，希望藉此體育付費頻道另闢財源。

由於體育競賽如棒球、美式足球等一直是美國人生活的重心，觀看電視轉播常是生活中不可或缺的一部分，使得 ESPN 持續成為 ABC 旗下最賺錢的金雞母。

1986 年 3 月，ABC 被首都傳播公司 (Capital Cities Communication) 以 35 億美元買下，改名為 Capital Cities/ABC，旗下擁有 225 個簽約合作的電視臺以及 10 個地方獨立電視臺，收視戶占全美 24%，涵蓋率居全美第四。

合併後的第二年，首都傳播公司大幅削減支出，裁員 3 百人，將近全體員工的 5 分之 1；同時加碼投資新聞和娛樂節目。這一波改革收到了立竿見影的成效，使 ABC 重獲收視率冠軍。

1995 年，華特・迪士尼公司 (The Walt Disney Co.) 以 190 億美元買下 ABC，是美國公司併購史上第二高的天價，之後也帶動了媒體整併的風潮：西屋電力公司 (Westinghouse Electric Corporation) 與 CBS 合併，時代華納 (Time Warner) 則與擁有 CNN、TBS (Turner Broadcasting System)、TNT (Turner Network Television) 的透納廣播公司 (Turner Broadcasting System, Inc.) 合併，美國的媒體生態邁入了垂直整合加水平整合的集團時代。

ABC 是第一個在晚間新聞黃金時段起用女主播的電視臺。1976 年，ABC 以 1 紙 1 百萬美元的合約，將芭芭拉・華特斯 (Barbara Walters) 從 NBC 挖角過來，和李森納 (Harry Reasoner) 一起播報晚間新聞。

此舉使 ABC 大受注目，同時也讓華特斯成為當時電視圈最著名的女性。但華特斯和李森納的合作沒有很成功，後來華特斯自立門戶，獨自主持訪談性的新聞節目 “20/20”，反倒一炮而紅，成為當時最具影響力的主持人。

㈡ ABC 新聞部的組織架構

在組織架構方面，各電視臺大同小異；即使是跨文化之間，相似度也很高。

有新聞時段的電視臺，主要包括 24 小時全頻新聞臺（如 CNN）及綜合性電視臺（如 ABC），兩者因為新聞播出時段及公司營運目標不同，所以組織架構會有較大的差異。

ABC 電視臺是一個依附於大型廣播集團，卻又相對獨立的媒體機構。ABC 新聞部的節目製作模式，通常是「製作人制」；就角色分工來說是一個水平式結構，製作人權限強大，負責指揮與統籌人、事、物，使每一節新聞能展現各自的風格特色。圖 2-1 為 ABC 新聞部的組織結構①：

---

① 取自 ABC 新聞網：http://abc.go.com/

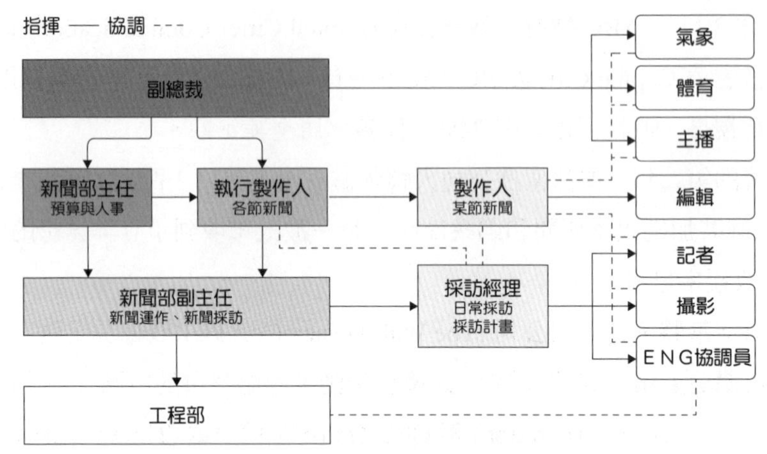

圖 2-1 ABC 新聞部的組織結構

㈢ ABC 的新聞類節目形式

1.新 聞

播出國內外和本地新聞，有新聞、短訊和部分深入報導、背景報導；多為 30 至 60 分鐘，由主持人主持，單人播出或多人分工播出。早晨是重要的新聞時段，晚上則是最主要的黃金時段 (prime time)。

ABC 最有名的新聞節目就是前老牌主播彼得・詹寧斯 (Peter Jennings) 主持的「今夜世界新聞」(World News Tonight)，此節目為新聞的旗艦，影響甚大。

2.新聞雜誌節目

新聞雜誌節目以完整、深入、多樣性見長，包含深度報導、背景報導、新聞分析和現實紀錄短片等；一般為 30 至 60 分鐘，在晚間黃金時段播出，第二天也會安排重播。

每週五晚間 10 點至 11 點播出的「20/20」，是極富歷史性和影響力的新聞雜誌節目，自 1978 年開播以來，已有超過 35 年的歷史。

3.新聞談話節目

從媒介報導的新聞裡挑選大眾感興趣的話題，由主持人與嘉賓及 call-in 的觀眾進行討論。節目中有認真嚴肅的討論對話，也有調侃幽默乃至聳人聽聞的內容。

自 1980 年起開播的「夜線」(Nightline)，就以「針針見血式的訪問」(probing interviews) 著稱。

㈣ ABC 一天的新聞節目與類型②

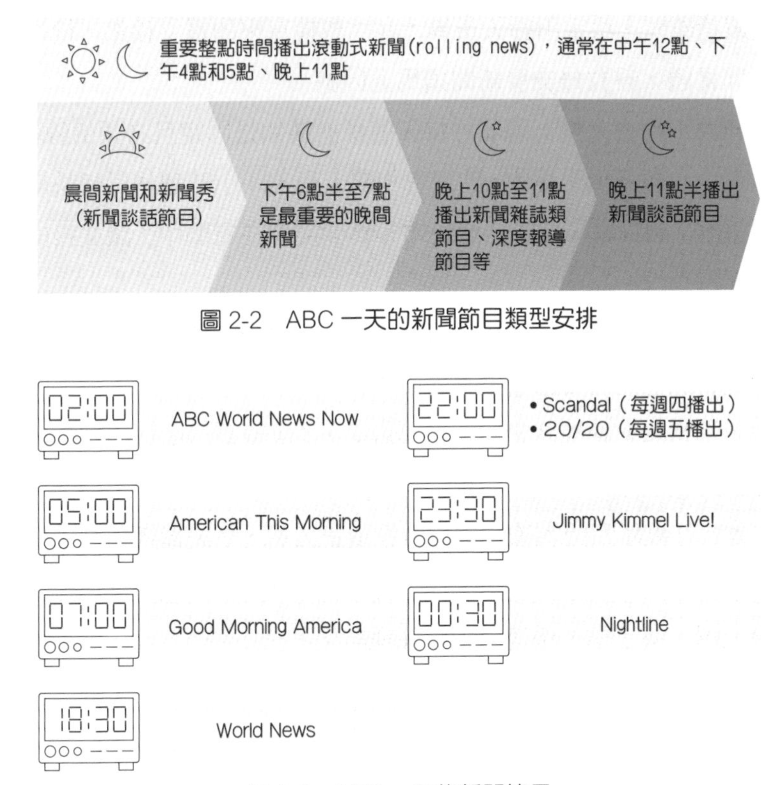

圖 2-2　ABC 一天的新聞節目類型安排

圖 2-3　ABC 一天的新聞節目

㈤ ABC 新聞節目的工作流程

以 ABC「世界新聞」(World News) 節目為例，其一天工作流程如下③：

---

② 取自 ABC 新聞網：http://abc.go.com/

③ 取自 ABC 新聞網：http://abc.go.com/

08:30 a.m.

專司採訪調派的責任編輯通常一大早就要進入辦公室，開始為東岸時間晚上6點半的「世界新聞」做準備。

首先，該責任編輯必須了解昨夜與今晨發生過什麼新聞，找出目前正在發生的事件，以便取捨新聞、決定出勤人員等，並瀏覽傳真來的電文稿紙，檢視各大通訊社發出的新聞標題，看有無突發新聞須馬上因應。

對電視新聞工作者來說，通訊社每天的採訪通知是固定且必須的線索。

採訪調派中心包括值班編輯、助理與相關人員，24小時運作以保持新聞資訊連貫，並把調派誰、到何處、採訪什麼新聞等資訊記錄在電腦中，讓交接的編輯與相關人員可以了解情況。

此外，助理會給責任編輯一份昨夜與今晨的「新聞採訪表」，有些編輯會根據此表，決定是否派遣記者繼續追蹤某新聞事件。

編輯也會透過網路連線各地新聞辦事處④，了解派駐海內外的特派員所輸入的預定採訪線索。

另外，負責社會新聞的主管會指派特定值班人員，全天候透過特殊無線電接收器頻率，接聽警察局、消防隊、高速公路巡邏隊與醫院的通話，以便提供資料給編輯因應突發狀況，決定是否派遣記者前往採訪。

編輯臺的編輯們同樣忙著與派駐各國重要都市的記者聯絡，了解記者當天要發出的新聞。

助理們則監看各重要國家的衛星新聞，以掌握事件動態，隨時待命。

09:00 a.m.

製作人進辦公室，首要之務也是閱讀資料了解狀況，包括通訊社的新聞電訊、新聞採訪表、國內外新聞辦事處記者的新聞稿，以及昨夜與今晨的新聞等。

而主播先在家中用電腦接收各大通訊社的新聞資料，知道當天最主要的新聞該如何採訪處理，並預期新的發展，9點半前就會進入辦公室。

---

④　新聞總部在主要都市設有辦事處，派駐採訪小組在劃定的責任區內採訪，並利用國內衛星將新聞傳回總部。辦事處記者要外出採訪前，會將新聞線索輸入電腦，讓總部掌握狀況。

主播也須閱讀相關資訊，包括《紐約時報》(*The New York Times*)、《華爾街日報》(*The Wall Street Journal*)、《華盛頓郵報》(*The Washington Post*) 等大報，以及祕書準備的重大新聞背景資料。

09:30 a.m.

早上 9 點半，新聞部主要工作人員正忙著蒐集資料之際，執行製作人要參加新聞主管會報，與新聞部經理、副理、其他新聞節目執行製作人交換意見。

10:30 a.m.

10 點半固定舉行採訪會議，由執行製作人主持，參加者有新聞製作人、主播、撰稿人及導播。分布全美的辦事處記者，透過電話提出採訪計畫與建議主題，聲音會從會議桌上的擴音器傳出，讓與會者聽得清楚。

會議結束後，製播人員就能約略知道哪些新聞會列入採訪計畫。各種問題也大量湧現，等待製作人解答。

有的記者會前來遊說他們的新聞，要求在當晚的節目播出；有的撰稿人替主播捉刀寫導言，請示時間長度。不論是透過電話或親自遊說，每個記者總會想盡辦法向製作人爭取新聞的播出與允許的長度，但製作人得就整體考量，適時扮演黑臉。

同時，導播逐一與政治、外交或其他類新聞撰稿人及編輯晤談，企圖在新聞畫面送回前找出輔助動畫及美工圖卡（兩者皆為 Computer Graphic，簡稱 CG)，有的新聞還需要配合的音樂。

接著，導播會到美工部和美工人員討論。由於當晚播出的新聞還未成形，所以這類討論是非正式的，只是初步的圖卡會議，為可能使用到的視覺圖卡預做安排。

12:00 a.m.

午後，製作人、主播、導播及其他相關人員不斷更新資訊，密切交換意見，掌握最新情況。特別是主播必須不厭其煩地與國內外記者通話，澄清疑點、了解最新情況，或要求記者加入訪問問題等。

有時，主播會與製作人或撰稿人爭辯字句使用的恰當性，不斷改寫新聞稿到滿意為止。

04:00-04:30 p.m.

執行製作人在辦公室召集相關人員舉行編輯會議，排定新聞播出順序並決定每條新聞的長度。

各地記者幾乎也在同一時間，開始透過衛星陸續傳回新聞，而製作人、主播，以及各相關人員皆可從新聞部的電視上看到內容，以進行相應的製播事宜。

編輯會議通過的「新聞播出順序表」(rundown)，決定了什麼新聞要播出、播出前後順序與長度、影帶剪輯優先次序、準備哪些新聞稿及視覺圖卡、排出幾個廣告破口與時間長度等。簡言之，此表是新聞部個人與全體的行動準則。

拿到表後，導播即召開動畫圖卡會議，主要決定 2 方面的問題：

1. **技術方面**：包括有哪些畫面、畫面從何取得、由哪部機器播放等。
2. **新聞內容方面**：例如在主播播報導言時，要配合什麼樣的圖卡，或配合新聞內容製作電腦繪圖，以動畫表達拍不到的新聞畫面（如法庭內的情形、來不及捕捉到的突發事件）等。

06:00 p.m.

6 點左右，導播與美工人員、撰稿人召開最後會議，商討是否配合突發新聞或晚到新聞設計另外的圖卡。

6 點 10 分，主播坐定播報臺，翻閱各條新聞的導言稿件，撰稿人和助理會遞給主播 1 頁頁修正的新聞稿。

另一方面，新聞部一片忙亂，各製作人催交新聞影帶，每個人承受的壓力隨著新聞播出時間逼近而急速上升。

06:30 p.m.

「世界新聞」準時播出。

播出過程可能會出現一些意外狀況，例如影帶播放機故障、讀稿機失靈、畫面切換器停擺等技術問題，需要導播立即下令處理。

有時一些影帶尚未剪輯完畢，還有播報中發現待播新聞稿長度不足或過長，都需要立刻解決。助理臨時闖進副控室，要求更正新聞稿字句的情況也時常發生。

二、有線電視新聞網 (CNN)

㈠ CNN 的發展過程

CNN 全名為 Cable News Network，即「有線電視新聞網」，由泰德・透納 (Ted Turner) 於 1980 年 6 月 1 日在亞特蘭大開創，是全球第一家 24 小時全新聞電視臺，目前為時代華納所有。

1991 年波灣戰爭期間，CNN 的直播在美國亞特蘭大、英國倫敦、中國香港和科威特 4 地進行，將全世界包括美國中央情報局 (CIA) 在內無法掌握的第一手戰情，即時傳到每個家庭的客廳裡，直接挑戰了傳統的情報蒐集體制，更硬生生將美國三大電視網及各國電視臺給比了下去，讓 CNN 一炮而紅。它的宣傳語「環繞全世界」(Around the World) 的精神充分展現無遺。

CNN 開播以來，已發展出 15 個有線和衛星電視頻道網路、12 個網站、2 個當地電視網路和 2 個廣播網路，在全球還擁有多個地區和外語頻道。其中 cnn.com 是史上第一個新聞網站，在 1995 年創立。

根據 CNN 官方網站的資料⑤，現在 CNN 在全球有 44 個分部，約 4 千名新聞工作者提供各式各樣的新聞及訊息，其中國際新聞報導有一半是透過設在倫敦及香港的分部製作的。

目前，全世界已有超過 2.7 億家戶能收看 CNN，與新聞有關的公司包括有線電視新聞國內網 (CNN Domestic)、頭條新聞網 (CNN Headline News)、有線電視新聞國際網 (CNN International)、有線電視新聞西文網 (CNN en Español)、機場頻道 (Airport Channel) 和廣播網 (CNN Radio) 等，其中的西文網是針對拉丁美洲國家播放，形式、內容皆與 CNN 國內網相似，只是全用西班牙語播送。

除了在美國本土以「即時、整點、現場」為號召，改變了一天 4 節新聞的收視習慣之外，CNN 的全球布局也展露了強烈的企圖心。CNN 國際網包括了 CNNj（日文網），CNN TÜRK（土耳其語網），在德國的 n-tv 等。

---

⑤ 取自 CNN 網站：http://edition.cnn.com/tour/learning/scavenger.hunt.key.html
和 http://cnnpressroom.blogs.cnn.com/cnn-fact-sheet/

㈡ CNN 的組織架構

儘管 CNN 所有的新聞頻道各自獨立，擁有自己的製播設備、人事編制、發射系統等，但編輯部門只有 1 個，就是 CNN 國內網的編輯部。國內網編輯部為「中央廚房制」的統籌編播平臺，將全球各地的新聞匯集編寫，供各新聞網使用。

在公司內部組織方面，總裁負責所有新聞頻道，之下設有 27 位副總裁，包括 3 位執行副總裁、6 位資深副總裁，以及 18 位副總裁。

3 位執行副總裁分別監督所有的新聞採訪、國內網所有節目的製播，以及負責頭條新聞網的業務。其他重要分處的主任、深入報導的負責人、資料及研究主管、電腦繪圖主管等都有副總裁頭銜。

CNN 新聞部分為三大部門：編採、製作與攝播。各新聞網共用一個編採部門，但各有製作及攝播部門⑥：

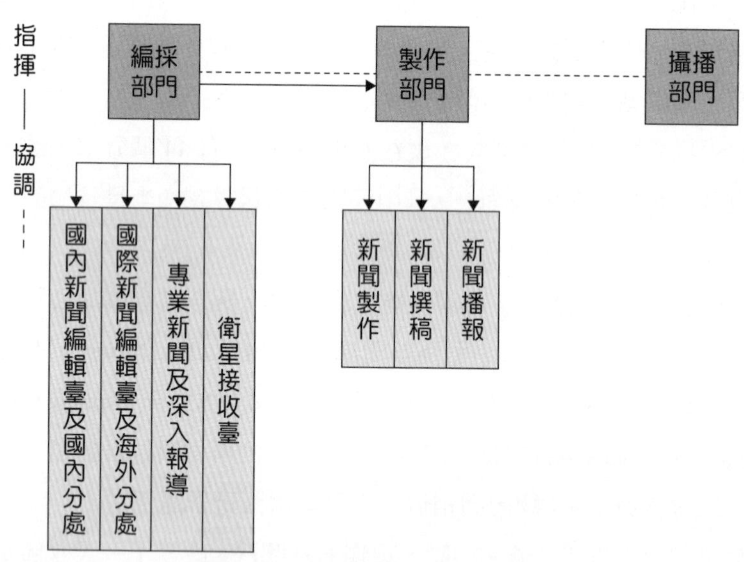

圖 2-4　CNN 新聞作業三大部門

㈢ CNN 的新聞工作流程

電視新聞因為內容具有很大的不確定性，新聞事件可能發生在任何時間和空間，因此新聞調度上需要兼具「迅速」與「確實」的靈活指派能力。

⑥　取自 CNN 網站：http://www.cnn.com/

「迅速」指的是必須在第一時間掌握新聞線索，以最快的速度，將最接近新聞現場的採訪團隊搭配適合的裝備（如需不需要 SNG、是否要訂衛星等）派遣到新聞發生的核心點。

「確實」指的是採訪中心必須精準掌握新聞線索的內容，研判該事件未來的走向，蒐集充分的資料支援前線，並且當機立斷，決定應當派遣的人員和裝備。

CNN 具有 24 小時全天候播出的性質，因此在播出系統和前、後製的搭配上，必須更具機動性。除了「時時刻刻報新聞」之外，採訪調度會議、編輯會議和動畫圖卡會議也因此必須時時刻刻都在進行。以下是不斷在進行的工作流程：

1.編輯臺

編輯臺與國內外各分處進行例行聯繫，充分掌握每天的新聞動態，常常透過合作的電視臺（如臺灣的合作單位為東森新聞），播報最即時發生的事件。

⑴**各分處**：透過電腦連線與總部編輯臺以及製作部門維繫互動。

⑵**衛星接收臺**：從電腦上知道幾時、從哪裡、經過哪條衛星線路，會有影像或帶子傳送進來，收到後轉錄數份，方便各網、各緊鄰時段的新聞使用。

⑶**編輯臺**：根據電腦上的採訪資訊，追蹤衛星接收臺接收到的新聞，記錄時間和內容後，再將資料輸入電腦，讓各網的製作人知道哪些新聞已經收到，以及重要的訪問內容是什麼，再交由製作人取捨。

⑷**各節新聞的製作人**：從電腦上閱讀當天的通訊社電稿、編輯臺當天的參考稿，以及執行製作人或督導製作人關於新聞處理的指示，排定該節節目的重點、新聞的順序以及呈現方式。

2.後　製

俗稱「菜單」的新聞播出順序表出來以後，助理製作人、撰稿人、審稿人、電腦繪圖人、導播各有一份。

助理製作人根據「菜單」找到帶子，交給剪輯人員剪輯。電腦繪圖部門根據「菜單」上每條新聞所需的配圖，從資料庫去找配圖，然後加以補充修飾；如果時間緊急，就直接使用資料庫裡的配圖。

這份新聞播出順序表是編輯臺、後製和播出三方共同的工作準則。

3.播　出

節目播出時，副控室有製作人、導播、助理導播、視訊、成音、字幕人員及技術導播，過程中與錄影室、電腦繪圖室、主控室及在外面採訪的記者密切保持聯繫，掌握第一現場動態，作為播出調度的依據。

三、福斯新聞頻道 (Fox News Channel)

1986 年 5 月 6 日，福斯廣播公司 (Fox Broadcasting Company) 正式成立。5 個月後，成功製播第一部影集「瓊・瑞弗斯深夜秀」(The Late Show Starring Joan Rivers)，由 96 個電臺轉播，涵蓋了當時美國 76% 的地區。

目前，福斯廣播公司旗下包括電影臺、兒童臺、卡通臺、新聞臺等數十個頻道。2011 年底，星空衛視相關頻道也併入福斯電視網，使該集團的頻道更多元。

福斯新聞頻道 (Fox News Channels, FNC) 在 1996 年 10 月開播，一開張就困難重重。首先，福斯新聞臺得面對擁有 1 千 1 百萬收視戶的 CNN，為求突破，因此和 NBC 合作，播出 MSNBC⑦ 的節目。

接下來，面對似已極度飽和的新聞市場，以及未來 5 年可能損失高達 4 億美元的風險，FNC 仍堅持以其有限的資金，投入眾人皆不看好的新聞戰局。

根據統計，目前全球已有超過 9 千萬戶能收看福斯新聞頻道的節目⑧，成為世界上著名的新聞臺之一。

FNC 在今日已是美國數一數二的無線及有線電視網。昔日的初生之犢，如今已經可以和老字號的 CNN 媲美，原因除了市場訴求的區隔之外，FOX 的投資和決策者還有一項特質，那就是他們過人的大膽精神。

《美國新聞與世界報導》(*U.S. News & World Report*) 曾提及福斯新聞的立場，描述主編休姆 (Brit Hume) 毫不畏懼人們批評福斯是右派、作秀或甚至是違法的媒體，他「歡迎」他們的挑戰。

---

⑦ MSNBC 為 NBC 的新聞頻道，於 1996 年開播。MSNBC 分別代表 2 個經營者微軟 (Microsoft) 和美國國家廣播公司 (NBC) 的縮寫。2012 年 7 月，微軟與 NBC 結束合作，該頻道更名為 NBC NEWS。

⑧ 取自福斯新聞臺網站：http://press.foxnews.com/corporate-info/

這種大無畏的精神，正是福斯在眾多挫敗和群敵環伺之下，仍能在新聞界占有一席之地的原因。

美國前總統柯林頓 (Bill Clinton) 和呂文斯基 (Monica Lewinsky) 的性醜聞爆發後，FNC 抓緊機會與共和黨站在同一陣線，大肆炮轟柯林頓和民主黨，自此奠定了穩定的市場基礎。

而 2000 年的美國總統大選裡，FNC 和 CNN 對於小布希 (George W. Bush) 與高爾 (Al Gore, Jr.) 長達 36 天的選舉風波，因報導立場不同而掀起媒體大戰的高潮。

FNC 在短時間內能夠竄起，從原本被當作昂貴的投資笑話，到現在成為舉足輕重的媒體，並在多項重要新聞議題上，領先原合作對象 MSNBC，直逼 CNN，關鍵就在於其觀點傾向右派，吸引了那些對左派新聞興致缺缺的保守派人士。

FNC 所屬集團董事長梅鐸 (Rupert Murdoch) 認為，FNC 是在對抗主流媒體一面倒的自由派觀點，而回歸公平與平衡報導而已。

四、半島電視臺 (Al Jazeera)

半島電視臺的阿拉伯語為 Al Jazeera，本意是「島嶼」，固然可以呼應地理上的阿拉伯半島，但在電視臺的臺標之下，有一行字解釋了這個名稱的真正含義：「意見，及異見」(opinion, and other opinion)，表明半島電視臺致力於提供不同的觀點，以及和「主流」不一樣的「異見」。

在 911 事件之前，其「異見」針對的是阿拉伯的主流社會。半島電視臺觸及很多阿拉伯世界的禁忌，例如性、一夫多妻、政府腐敗、婦女權力等，在阿拉伯國家中非常獨樹一幟。

911 事件發生後，半島電視臺由此發跡，所謂的「主流」還包括西方政府或媒體。911 事件 1 週年時，半島電視臺播放基地組織 (Al-Qaeda) 的錄影帶和賓拉登 (Osama bin Laden) 的聲明，讓美國政府對它愈來愈反感，卻又不得不認真對待。

創辦一家電視新聞臺的構想來自於卡達的外交部長哈馬德・本・賈西姆 (Sheikh Hamad bin Jassim bin Jaber Al Thani)，這個提案獲得 1995 年新上任的親王哈馬德・本・哈利法 (Hamad bin Khalifa Al Thani) 的贊同。

哈馬德・本・哈利法取消了卡達存在已久的新聞審查制度，半島電視臺可說是政治體制改革下的產物（雖然不做新聞審查，但是半島電視臺仍被要求不准批評卡達政府和親王家族）。

1996 年 2 月，半島電視臺在 1 億 3 千 7 百萬美元挹注下成立，同年 11 月 1 日正式開播，並連續 5 年由政府每年撥款 10 億美元支援，半島電視臺遂成為阿拉伯世界第一家在本土發射訊號的私營電視新聞臺，也是阿拉伯世界第一家用阿拉伯語 24 小時連續播出全球報導的電視新聞臺。

開臺之初，半島電視臺以高薪和享有完全自由的雙重許諾從英國廣播公司 (British Broadcasting Corporation, BBC) 阿拉伯語部挖走一大批著名的阿拉伯語播音員、主持人、編輯、記者及技術人員等，組成了電視臺的核心，再加上從其他管道獲得的人才，可說是集結了阿拉伯世界新聞領域的菁英。

此外，半島電視臺還成立半島國際 (Al Jazeera International, AJI) 英語電視臺，於 2006 年 5 月開播，鎖定約 4 千萬個收視戶，提供全球觀眾「立足中東地區、放眼國際社會」的新聞觀點。

半島電視臺已被看作阿拉伯世界最強的聲音，有「阿拉伯的 CNN」之稱。在半島電視臺的積極拓展下，其在國際媒體及國際社會中，已扮演愈來愈重要的角色。

貳、世界指標性的公共電視

一、英國廣播公司 (BBC)

1904 年英國通過《無線電信法》(*Wireless Telegraphy Act*)，授予英國郵政局頒發電臺廣播牌照的權利。1919 年，廣播干擾軍事通訊，郵政局便停止發出牌照，於是 1920 年代初期，廣播電臺數量驟減，愈來愈多人要求成立一個國家廣播電臺。一個由無線電收音機製造商組成的委員會經過幾個月的討論，最終提出一個方案，催生了 BBC。

英國廣播公司成立於 1922 年，由馬可尼公司 (Marconi)、英國通用電力公司 (General Electric Company, GEC)、英國湯姆森休斯頓公司 (British Thomson Houston, BTH) 等大財團共同出資。1922 年 11 月 14 日，BBC 的第一個電臺，從倫敦牛津街的塞爾福里奇百貨公司 (Selfridges Department Store) 屋頂開始廣播。

1932 年，BBC 帝國服務 (BBC Empire Service) 開播，這是 BBC 第一個向英國本土以外地區廣播的電臺頻道。1938 年，BBC 阿拉伯語電臺開播，這是 BBC 的第一個外語頻道。

二次大戰結束時，BBC 已經以英語、阿拉伯語、法語、德語、義大利語、葡萄牙語和西班牙語等 7 種語言向全世界廣播。

蘇格蘭工程師貝爾德 (John Logie Baird) 從 1932 年開始和 BBC 合作，嘗試進行電視播送。1936 年 11 月 2 日，BBC 開始了全球第一個電視播送服務。

電視廣播曾在二次大戰期間中斷，但在 1946 年復播。1953 年 6 月 2 日，BBC 現場直播伊莉莎白二世 (Elizabeth II) 在西敏寺的登基大典，估計全英國約有 2 千萬人透過電視目睹了實況。

截至今日，英國的每個家庭或企業都必須購買 1 年限的電視執照（但老年人和少數低收入者除外，他們的費用由英國文化、媒體與體育部承擔），以確保 BBC 能夠擁有足夠的資金實現「教育、通告和娛樂」大眾的宗旨，費用則是由政府訂定。

正是由於這種特殊的經費來源，使得 BBC 不可以播放任何商業廣告。雖然理論上節目製作人不受到任何商業利益驅使，但事實上還是需要面對各種壓力，例如來自其他商業電視臺的競爭，而政府也可藉由改變接收執照費來施壓。

多年來，BBC 還獲得來自政府的特別撥款，例如 BBC 國際頻道的部分經費就來自英國外交部。近年來，BBC 也透過商業活動賺錢，例如出售播出過的節目等。

BBC 也積極拓展海外市場。1991 年 10 月，BBC 開始向亞洲及中東播出電視節目。1992 年 12 月，頻道覆蓋範圍擴展到了非洲。1995 年 1 月進行重組，並進一步覆蓋了歐洲地區。2001 年，完成全球覆蓋。

全球頻道部分，目前有 BBC 娛樂臺（BBC Entertainment，亞洲）、BBC 美國頻道 (BBC America)、BBC 加拿大頻道 (BBC Canada)、BBC 食物頻道（BBC Food，南非與北歐）、BBC 兒童頻道（BBC Kid，加拿大）、BBC 世界新聞頻道（BBC World News，全球各地）等。

在英國境內，則有無線的 BBC 第一臺 (BBC One) 和 BBC 第二臺 (BBC Two)；數位電視有 BBC 第三臺（BBC Three，原名 BBC Choice）、BBC 第四臺（BBC Four，原名 BBC Knowledge）、BBC 國會臺 (BBC Parliament)、BBC 新聞臺 (BBC News)、CBBC（6 歲至 12 歲的兒童節目頻道）、Cbeebies（6 歲以下的幼兒節目頻

道)、BBC 高畫質臺 (BBC HD) 等。

新聞頻道部分，則可追溯到 1991 年 BBC 世界電視服務 (BBC World Service Television) 啟播時。該頻道於 1995 年更名為 BBC 世界頻道 (BBC World)，2009 年再更名為 BBC 世界新聞頻道 (BBC World News)。

與 BBC 國際頻道（BBC World Service，此為 BBC 下的國際廣播電臺）不同的是，BBC 世界新聞頻道是一家商業電視臺，靠廣告收入維生，因此不符合 BBC 公共電視的精神，只能在英國以外的地區播放。

至於在英國國內，則有 1997 年開播的 BBC 新聞頻道（原名 BBC News 24，現已更名為 BBC News Channel）。

BBC 在世界各地約有 3 千名記者採訪新聞，再由新聞部製播相關新聞節目，包括一般的整點新聞、最新消息、體育、財經等節目。

目前 BBC 全世界收視人口已超過 2.4 億，在英國國內也有 4 千萬人能收看 BBC 的新聞。

二、日本放送協會 (NHK)

日本著名的公共電視臺 NHK 是日本放送協会（にっぽんほうそうきょうかい，Nippon Hoso Kyokai）三個日文音譯字母的簡稱，即日本廣播電視公司 (Japan Broadcasting Corporation)，是一個財團法人機構，不隸屬於政府或任何政黨。

NHK 的歷史最早可溯自 1925 年 3 月 22 日成立的日本第一個廣播公司——東京廣播電臺 (Tokyo Broadcasting Station)，比全世界第一個廣播電臺（1920 年成立於美國匹茲堡的 KOKA 電臺）晚了 4 年又 4 個月。1926 年，東京廣播電臺擴展為全國性組織，並正式定名為日本放送協會。

NHK 在 1930 年成立了放送技術研究所 (Science and Technical Research Laboratories)，開始研究電視科技的領域。

1931 年 NHK 第二個廣播網路開始運作，並於 1946 年成立了另一個研發中心——放送文化研究所 (Broadcasting Culture Research Institute)，對廣播和節目內容進行調查分析及收視影響評估。

1950 年，《廣播電視法》通過，NHK 進入了新的里程碑，成立了以經營委員會為主的法人組織。

1952 年，NHK 東京臺獲得執照，並在 1953 年 3 月正式播出常態性的電視節目；同年 8 月，日本第一個商業臺 NTV (Nippon Television Network Corporation) 才開始運作。

1957 年 NHK 和 NTV 開始實驗超高頻率 (VHF) 彩色電視；1960 年，正式、常態性的彩色電視節目問世；1971 年，一般性節目頻道全部以彩色播出。

NHK 並致力於新媒體的研究發明。1980 年在美國正式展出高顯像電視 (high-definition TV, HDTV)，1985 年更名為高視覺電視 (hi-vision TV)。

經營獨立、製作獨立和經濟獨立是 NHK 經營的三大核心訴求。經營獨立是指，行政體系不受任何黨派或商業團體操縱，角色中立。製作獨立是指，不以行政命令來領導作業，並尊重專業人員。經濟獨立是指，主要財源直接來自民眾，而非政府或廣告商，如此較能保持客觀中立和為民服務的立場。

因此根據《廣播電視法》第 32 條的規定，NHK 的主要經濟來源是向人民徵收收視費。平均而言，收視費約占其收入的 97%，其他來源包括利息收入，以及出售節目、錄影帶、書籍刊物等，財源獨立。

目前 NHK 主要有綜合臺、E 臺、BS1 和 BS Premium 等 4 個頻道。在新聞部分，NHK 在日本境內有 54 個放送局，在紐約、巴黎、北京、臺北等 10 個海外大城則設有支局，旗下共有 21 個事務所，負責採訪新聞⑨。

不過，NHK 在日本境內的頻道，至今仍未成立 24 小時新聞頻道，僅於晨間、午間、晚間、夜間播出約 30 分鐘的新聞，以及各整點約 5 至 10 分鐘的整點新聞與氣象。

在海外頻道方面，NHK 環球廣播網 (NHK World TV) 於 1998 年獨立成立專門頻道，對海外播出英語新聞與節目。這部分則為 24 小時播出，每小時播出 20 到 30 分鐘的整點新聞，之後播出科學、日本文化的相關節目，運作模式類似 CNN 的新聞頻道。

---

⑨ 取自 NHK World：http://www3.nhk.or.jp/nhkworld/09020209/

參、國內主要電視、新聞臺

一、飛凡傳播股份有限公司

飛凡傳播從財經類書籍出版起家，並於 1993 年開放衛星廣播電視公司設立時，拓展電視版圖。2007 年時，集團企業「非凡國際科技」標得臺灣第一家電視臺——台視近 26% 的股份，成為最大股東與經營者。自此，飛凡傳播公司的媒體版圖，從原先的出版社與衛星電視臺，再擴及無線電視臺。

㈠台灣電視公司 (TTV)

台視於 1962 年 4 月 28 日正式設立，是臺灣第一家電視臺，也是臺灣電視的先驅。首任董事長為林柏壽，首任總經理為周天翔，同年 10 月 10 日開播，開啟了臺灣電視傳播事業的新紀元。

台灣電視公司是法人機構，2007 年之前，金融機構持股約占 47.3%，其他法人、外國機構以及個人股東約占 52.7%。

為因應黨、政、軍退出媒體經營權[10]，行政院成立股權轉讓審議小組，審議台視公股釋出事宜。第一階段公開標售，第二階段全民釋股。

2007 年 4 月 11 日，非凡國際科技標得台視 25.77% 股權，合計日資股東移轉，非凡持股達 40.17%，成為台視最大股東。第二階段全民釋股於 2007 年 6 月 5 日完成抽籤，公股從此全面退出。

目前台視由飛凡傳播股份有限公司經營，與非凡電視臺屬同一企業。

台視開播至今逾 50 年，資本額從創業時的新臺幣 3 千萬元，增加到新臺幣 28 億元[11]。

---

⑩ 臺灣的電視臺在解嚴之前，主要經營者分別為省政府（台視）、國民黨（中視）、黎明文教基金會（軍方單位，華視）。黨、政、軍退出媒體的訴求，主要是希望媒體能扮演好第四權的角色，獨立自主，而非黨、政、軍的宣傳工具。黨、政、軍所持有的股份稱為公股，在此一過程中，黨、政、軍的公股必須釋出，以失去其影響力。

⑪ 經濟部商業司資料：http://gcis.nat.gov.tw/pub/cmpy/cmpyInfoAction.do?method=detail&banNo=20685000

節目的播出時數與色彩，也自每週 35 小時的黑白節目，發展到現在每天 24 小時的彩色節目。

在節目製作方面，則從一開始輸入外國節目，發展到向海外輸出節目，像是電視劇、綜藝節目等，在海外的華人圈有相當大的分量。

又因應數位電視發展，台視也陸續開闢台視家庭臺、台視國際臺和台視財經臺 3 個數位頻道，現今共有台視 HD 主頻、財經臺、綜合臺、新聞臺等 4 個頻道。

新聞方面，台視新聞部的歷史可追溯至 1962 年開播時的新聞組，是隸屬於節目部之下的單位，現在的台視新聞當時稱為「電視新聞」；直到 1968 年，才將新聞組升為新聞部，並將節目更名為現稱。

1970 年代前，台視人才濟濟，能考進新聞部的人，都是千中選一的菁英，再加上臺內紮實而穩健的訓練，自然培養出很多專業的新聞工作者。

有線電視開放後，不少有線新聞臺的主管以及資深主播，都是出自台視新聞部，因此台視新聞部也被同業戲稱為「有線電視主播記者訓練班」。

國際新聞方面，台視目前每天透過衛星直接接收路透社電視新聞 (Reuters TV News) 及美國有線電視新聞網所供應的新聞畫面。在日本有特派記者，並與日本富士電視臺 (Fuji TV) 締結姐妹臺，互相交換新聞資源。

㈡非凡電視臺 (USTV)

飛凡集團包括非凡電視臺、非凡出版社和非凡國際科技等，由黃崧創立。

1989 年，黃崧創立非凡出版社，出版財經股市書籍，當時資本額只有新臺幣 35 萬元。1993 年轉型為飛凡傳播公司，開始發展電視頻道事業。

1994 年，非凡 1 臺開播，內容為股市分析節目；隔年透過亞太 1 號人造衛星傳送節目訊號，是國內第一批以衛星直播的頻道。

1997 年，非凡 2 臺開播，內容為產業資訊與財經新聞節目；同年，非凡 1 臺更名為非凡商業臺，非凡 2 臺更名為非凡新聞臺，並合組為非凡衛星電視臺，為臺灣第一個本土的專業財經新聞網。

2000 年，非凡衛星電視臺更名為非凡電視臺。

2002 年，非凡國際臺成立，除了在香港落地之外，並在北美、美西、美東、紐澳等地區放送。

非凡電視臺的利基點在於市場定位清楚，只報導財經新聞，政治新聞、體育新聞等篇幅相對少，社會新聞幾乎沒有，這樣的策略倒是使非凡電視臺在 10 多臺新聞臺中取得了一席之地。

二、旺旺中時媒體集團

中國旺旺控股有限公司董事長蔡衍明，在 2008 年 11 月買下中時集團。

旺旺中時媒體集團持有中國電視公司和中天電視臺 2 家電視公司，其中包括中視無線臺、中視新聞臺、中視經典臺、中視菁采臺、中天新聞臺、中天娛樂臺、中天綜合臺，以及中天國際臺等。

㈠中國電視公司 (CTV)

中視成立於 1968 年 9 月 3 日，當時由中國國民黨總裁蔣介石規畫，以中國廣播公司為中心，結合特定之工商文化界人士共同集資創建。谷鳳翔為董事長、黎世芬為總經理，同年 10 月 9 日開始試播，10 月 31 日正式開播。

中視的開播改變了台視獨占的情況，且一次完成全國電視播映網路，並注入彩色播映的新觀念，將臺灣的電視由黑白帶入彩色的時代，可以說是開啟臺灣電視史上的另一個新頁。

現今又因應數位電視發展，中視也陸續開闢中視新聞臺、MY LIFE 健康生活頻道等數位頻道。目前共有中視主頻 HD、中視新聞臺、中視經典臺、中視菁采臺等 4 個頻道。

由於國內電視節目的蓬勃發展，加上電視臺開放民營之後競爭激烈，中視於 1986 年從寸土寸金的仁愛路舊址搬遷至南港。搬遷之後的空間，除了可供製作大型節目外，更能滿足年製作量 2 千 5 百小時以上的節目錄製需求。

2007 年，由於當時的經營者時報集團重整旗下資源，中視新聞部從南港搬至內湖的時報雜誌大樓，與中天新聞臺共享資源；而部分中天節目部門則搬到南港。

1999 年 8 月 9 日，中視股票公開上市，為國內第一家股票上市之媒體。中視成立時的資本額為新臺幣 1 億元，此時已超過 31 億元。

這時包含中國國民黨轉投資企業的股份，包括華夏投資公司、中國廣播公司與《中央日報》，占 41%；一般企業的股份占 23%，包括正聲廣播公司、台灣霸菱投資公司、元榮投資公司、錸德科技與華信銀行；其餘 36% 是個人股份。

而隨著社會上「黨、政、軍退出媒體」的訴求聲浪日益高漲，2005 年 12 月 24 日，中國國民黨將華夏投資公司掌控的中視股權，連同中國廣播公司及中央電影公司的股權一同售予一個在香港註冊成立的財團，該財團由榮麗投資公司（《中國時報》董事長余建新等持有）持有 2 成權益取得經營權。

然而，之後隨即傳出該項交易是「假交易」。當時的新聞局長謝志偉指控時報集團從中獲取龐大利益，讓中視股份雖已是從國民黨釋出，但實際仍由政黨掌控，在「黨、政、軍退出媒體」的最後一哩路上，頻添風波。

2008 年，中視與中天電視易主，由旺旺控股公司經營。目前，中視的資本額已超過 36 億元⑫ 。另外，中視的關係企業包括中視文化、大中國際多媒體、中視資訊科技，以及中視公關顧問等。

在新聞部分，不同於台視新聞的發展，中視新聞在中視成立時，就屬於一級單位，與節目部、工程部平起平坐，顯見電視新聞的重要性愈趨提升。

雖說開播之初收視率一直較台視新聞遜色，但從 2004 年起，中視新聞晚間的收視率連續數年保持第一，讓當時的中視得以「新聞王國」自居。

㈡中天電視臺 (CtiTV)

1994 年，香港商人于品海所創辦的傳訊電視網絡有限公司開播，擁有中天與大地 2 個頻道，開播時的定位是以全球華人為目標觀眾，最大的特色在於各節新聞都有加註繁體中文字幕。

1997 年 1 月 30 日，中國電視公司與象山集團成員——木喬傳播事業股份有限公司合資設立中視衛星傳播股份有限公司，接手經營木喬傳播經營的心動頻道，並改名為中視二臺，英文名稱為 HER TV，1997 年 4 月 2 日開播，定位是女性頻道。

1997 年 9 月，和信集團接手傳訊電視。

---

⑫ 經濟部商業司資料：https://gcis.nat.gov.tw/pub/cmpy/cmpyInfoAction.do?method=detail&banNo=18556774

1998 年，中視二臺轉型為綜合頻道。2000 年，象山集團接手經營中視二臺，並更名為中視衛星，同年底從和信集團手中買下傳訊電視經營權。

2001 年，象山集團把中視衛星與傳訊電視合併為勁道數位電視股份有限公司，中視衛星改名為中天娛樂臺，中天頻道改分為中天新聞臺與勁報電視臺，勁報電視臺後來又更名為中天資訊臺。

大地頻道則先以大地電視臺之名獨立運作了一段時間，之後併入緯來電視網，更名為緯來戲劇臺。

2002 年 6 月，中國時報集團入主勁道數位電視股份有限公司，改名為中天電視股份有限公司。

2004 年 1 月，中天資訊臺轉型為綜合頻道，更名為中天綜合臺。

中天電視加入中時集團之後，促成臺灣跨媒體集團的誕生。這個由電子與平面媒體所建構起來的全媒體平臺，結合中文網路媒體中時電子報，以報紙、影音、網路三位一體的方式向全球發送新聞。

目前，中天新聞臺與中視新聞共享新聞採訪資源，並結合旗下各媒體平臺，發展新媒體事業。而中天的新聞部另有調查報導中心，製播許多深度報導，也是該臺的特色之一。

2011 年，旺旺中時集團欲拓展事業版圖，除旗下的電視、報紙、雜誌、網路等媒體之外，還意欲收購有線電視系統「中嘉網路」，引發學者與社運團體一連串的「反媒體壟斷運動」，並指出旺旺中時集團入主媒體後，置入性行銷狀況嚴重，呼籲政府除了須防止黨、政、軍介入媒體之外，也需立法規範財團與商業團體控制媒體，訴求制定《反媒體壟斷法》。

直至今日，相關爭議仍未停歇。反媒體壟斷運動也使當時的壹傳媒集團與旺中集團因立場不同而相互對立，引起許多新聞報導的爭議。

三、民間全民電視股份有限公司 (FTV)

民視於 1997 年 6 月 11 日正式開播，是繼台視、中視及華視之後成立的第四家無線電視臺，由民間集資而成，也是臺灣第一家民營的無線電視臺。

1994 年 1 月 28 日，行政院新聞局開放第四家無線電視頻道申請，當時 2 家有意角逐的公司民間傳播公司及全民電通公司，合併成立民間全民聯合無線電視公司籌備處，同年 6 月 30 日向新聞局提出申請。

1995 年 6 月 16 日，民視獲得過半數評審委員支持，取得籌備許可。在臺灣，黨、政、軍壟斷無線電波 35 年之後，由當時的反對黨及社運人士不斷衝撞體制才得以建立的民營電視臺，有其不凡的意義。

民視在籌備的過程中，喊出的口號是「來自民間，屬於全民」，吸引 7 千餘名發起人，募得新臺幣 16 億餘資金，並於 8 個月內，由近 3 萬名股東增資至新臺幣 40 億元。

民視於 1996 年 3 月 27 日正式成立董監事會，推舉蔡同榮擔任董事長、張俊宏擔任副董事長。其後，民視聘請當時的華視主任祕書陳剛信為執行常董，TVBS 副總經理李光輝為總經理。

就頻道而言，民視除了有無線的民視主頻 HD 與有線電視的民視新聞臺⑬ 外，因應數位電視發展，民視也開闢數位頻道台灣交通電視臺與民視臺灣臺等。

在新聞方面，民視除了華語新聞外，特別重視閩南語新聞，為該臺一大特色。

以民視無線臺而言，新聞時段是在早上 7 點、中午 12 點、晚上 7 點，與其他電視臺最大的不同是，這 3 節新聞全以閩南語播出，包含主播與記者的旁白皆是。

至於民視新聞臺，除了全天各節整點新聞以外，還有閩南語和英語新聞、時事談話性節目、深度報導節目等。

民視新聞在 2002 年即引進非線性數位製播系統。2003 年 5 月，民視新聞宣布全新數位化製播新聞正式啟動，創造「無帶化」電視新聞新紀元。

以往節目的剪接、配音和加入字幕、圖像等後製作業，都是按部就班的繁瑣過程，對講求時效的電視新聞而言，若能快速處理後製作業，必能增加工作效率。

數位製播最主要的優點就是不必反覆複製影帶或轉換格式，減少影音資料的損耗，從製作到播放都能維持高畫質。

然而，這對於習慣使用傳統類比剪輯、製播系統的新聞人而言，如何適應並完全熟練無帶化製播，是一大挑戰。

---

⑬ 該臺已可於無線電視頻道中收看。

四、無線衛星電視臺 (TVBS)

TVBS 是臺灣本土第一個衛星電視臺，由香港的電視廣播有限公司 (TVB) 及臺灣的年代集團合資，創立聯意製作股份有限公司執行，於 1993 年 9 月 28 日首播。

TVBS 每年自製超過 6 千小時的新聞及節目，旗下頻道除了 TVBS 之外，還包括 TVBS 歡樂臺 (TVBS-G) 及 TVBS 新聞臺 (TVBS-N)。

1997 年 6 月 2 日，TVBS Asia 頻道也正式開播，對臺灣以外的地區播放。TVBS 家族頻道在美國、加拿大、新加坡、印尼、馬來西亞、澳門、澳洲等地均可同步收看。

TVBS 新聞臺於 1995 年 10 月 2 日開播，以「沒有國界，沒有時差」為理念，成為臺灣第一個 24 小時全天候播放新聞的頻道。

不過，除突發事件外（颱風、地震或特殊新聞事件），該臺自淩晨 1 點至清晨 6 點不直播新聞，僅重播前一日的晚間新聞。

TVBS 在香港、北京、上海、華府等地都派駐記者與特派員，也與多個國際媒體發展長期的合作關係，例如 NHK 在 TVBS 設有辦事處，並與 TVB、CNN、新加坡電視臺 (Media Corp.)、中央電視臺 (CCTV)、上海電視臺 (STV)、上海東方電視臺 (OTV)、福建電視臺 (FJTV) 等媒體互有往來，以建立完整的全球資訊網路。

2008 年 8 月 1 日起，TVBS-N 打出「整點新聞整點播」口號，每日整點放送新聞，內容包括本地新聞、國際新聞、娛樂新聞及體育新聞等。

除了每日新聞，TVBS 亦致力於發展專題性節目，如「一步一腳印，發現新台灣」、「中國進行式」等。晚間新聞節目「十點不一樣」針對全球重大議題做深度採訪，強調從臺灣的角度看世界。

TVBS 頻道在 2013 年迎接開臺 20 週年，嘗試於該頻道發展深度報導與財經新聞，藉此區隔 TVBS 新聞臺的觀眾群。

聯意製作公司股權經過多次更替，最初為港、臺合資，後由 TVB 將股份出售予香港商在臺設立的控股公司。因為這層「轉投資」的關係，2005 年曾遭主管機關行政院新聞局認定違反外國法人直接投資持股上限的規定，依照《衛星廣播電視法》裁罰 1 百萬元罰鍰，後因訴願成功而撤銷處分。

2015 年起，TVB 先後出售手中持有的 TVBS 股權，並於 2016 年 1 月交易後完全出清。2016 年 8 月，「聯意製作股份有限公司」更名為「聯利媒體股份有限公司」。2016 年底，TVBS 更換使用 23 年的商標與音樂，成立第二代企業識別系統，就被視為 TVBS 與 TVB 完全切割。

五、東森媒體集團 (EBC)

東森電視臺成立於 1991 年，屬於東森集團的一部分。東森集團跨足平面（《民眾日報》）、電視（東森電視）和網路（東森新聞報）等 3 大媒體。

東森電視臺的前身為友聯全線公司，1993 年更名為力霸友聯公司，以供應錄影帶、第四臺播送為主要業務範疇。1997 年 9 月底更名為東森電視臺，2002 年 9 月併購超視電視臺，2006 年被外商凱雷集團併購。

東森電視目前總共經營 13 個有線電視頻道，分別為：東森新聞臺、東森財經新聞臺（前身為東森新聞 S 臺）、東森綜合臺、東森戲劇臺、東森幼幼臺、東森洋片臺、東森電影臺、東森購物 1、2、3、4、5 臺、超級電視臺。

東森新聞臺和東森新聞 S 臺分別於 1997 年 9 月及 2000 年 10 月開播，是東森集團旗下 2 個全天候的新聞性頻道。其中，東森新聞臺除了臺灣之外，也在美國、中國設置海外採訪中心。

2001 年，東森開播海外頻道，涵蓋範圍廣及美、加、紐、澳、香港、印尼等地區，例如東森衛視、東森美洲新聞臺、東森亞洲新聞臺等。

東森新聞 S 臺則在既有的東森新聞部軟硬體設備與團隊的基礎上，另闢深度新聞節目專業頻道的路線，開臺以來有不少新聞性節目因其爭議性的報導手法，而成為媒體焦點。

例如，宣稱以關懷弱勢、揭發犯罪、透視社會百態為主要內容的「社會追緝令」，由前臺北市議員王育誠主持，曾因報導殯葬業者將民眾祭祀的「腳尾飯」轉賣給飲食商家，而引起爭議，最後被揭穿是自導自演的戲劇。

東森新聞 S 臺於 2005 年 8 月 3 日換發執照未准，被行政院新聞局勒令停播，「腳尾飯事件」乃是原因之一。

2006 年 7 月 19 日，國家通訊傳播委員會 (NCC) 撤銷原判決，讓 S 臺有條件換照，於是 S 臺更名為 ETtoday 財經生活臺，轉型成專業的生活、財經新聞頻道。

2008 年 12 月 15 日又更名為東森財經新聞臺，除了晚上 6 到 8 點的新聞報導時段，其他時間以新聞雜誌節目、投資理財節目為主。東森新聞臺則以各節整點新聞為主。

東森集團目前為因應國際化的趨勢，而拓展中國、北美、中南美、東南亞、紐澳、歐洲等地的頻道落地及節目版權銷售事業。

例如，東森美洲衛視公司所有的東森衛視臺、東森美洲新聞臺、東森美洲中國臺、東森美洲戲劇臺、東森美東臺、東森美洲幼幼臺、東森超級臺；東森亞洲衛視公司所有的東森亞洲衛視、東森亞洲新聞臺、東森亞洲幼幼臺，以及森旺國際公司所有的東森泰國衛視。

另外，東森集團也跨足國內其他媒體平臺事業，包括網路的 ETtoday 東森新聞報（2008 年出售給 NOWnews 今日新聞網，2011 年另外成立 ETtoday 新聞雲）、平面的《民眾日報》、廣播的東森廣播網（亦稱 ETFM 聯播網，在 2006 年停播，被快樂廣播網接收）。

東森的新聞製作方面，是由新聞委員會執行長每天早上與各負責人員進行晨報，檢討以及規畫新聞播出的內容。

隨著媒體競爭趨勢的演變，東森也於 2001 年進行多媒體資源的統合，其所發展的超媒體新聞平臺，從編輯管理方面而言，主要是藉由新聞材料的採集與編輯分工，來達到更有效率的資源利用。

在新媒體蓬勃發展的 2010 年代，東森新聞另外發展網路直播部門。除了在 Facebook 等網路平臺上，直播東森新聞臺的新聞之外，還另外增加一個部門，派遣記者與主播，不定時、不定期在網路平臺上開直播，講解重大新聞事件，或是與網友互動，已經培養一批忠實的網路粉絲。目前為止，東森新聞的直播，算是電視新聞跨足影音新媒體中，最成功的案例。

六、三立電視股份有限公司 (SET)

三立電視股份有限公司的董事長為林崑海，總經理為張榮華。

1983 年 5 月，三立影視有限公司成立，專門供應自製及代理發行之錄影帶給臺灣各地的錄影帶出租店。自製的錄影帶內容是以餐廳秀為主，例如點唱秀系列。

1993 年 9 月，三立頻道開播，正式進軍有線電視市場，定位為綜藝娛樂臺。

1995 年 9 月，三立 CITY 都會臺（三立 2 臺；後更名為三立都會臺）開播，三立頻道改名為三立綜藝臺 （三立 1 臺）。三立綜藝臺與三立 CITY 都會臺合組為三立衛星電視臺。

1996 年 12 月 1 日，三立戲劇臺（三立 3 臺）開播。

1998 年 3 月，三立新聞臺的前身 SET 電視臺開播。

2000 年 3 月，三立國際臺開播；同年 5 月，三立綜藝臺與三立戲劇臺合併為三立台灣臺。

2011 年 6 月，三立財經臺成立；同年，臺灣 MTV 頻道經營權被三立買下。

目前三立電視總共擁有都會臺、新聞臺、國際臺、台灣臺、財經臺、MTV、綜合臺（僅於中華電信 MOD 上播出）等 7 個頻道。

三立新聞臺的前身 SET 電視臺先改名為 SETN，近年來才改為現名。

頻道定位為 24 小時即時新聞及新聞節目綜合臺，口號為「臺灣在地新聞第一領導品牌」，強調以臺灣在地觀點詮釋國際訊息，製作屬於臺灣人的新聞。

除了每日新聞，三立新聞臺亦曾製作「福爾摩沙事件簿」、「台灣亮起來」、「文化大國民」、「東方大錢潮」、「消失的國界」等新聞專題性節目。

在新媒體事業部分，三立集團另成立「三立新聞網」。三立新聞網的編採，原則上與電視媒體三立新聞臺完全分開。但三立新聞臺會在三立新聞網刊載旗下的電視新聞影音，或是由三立新聞網的編輯，將文稿重新編寫、製作後，當作三立新聞網的新聞刊載。

七、年代電視事業股份有限公司

年代集團最早為「年代影視事業股份有限公司」，主要業務為節目製作、錄影帶與頻道代理。後來跨足電子傳媒，如網路媒體、衛星電視、電腦售票業務等。

目前年代集團旗下的頻道除了年代新聞臺、年代 MUCH 臺、東風衛視、新亞東風衛視、年代國際臺、JET 綜合臺、JET 國際臺之外，還在 2013 年取得了壹傳媒中壹電視的經營權，使其旗下擁有年代新聞臺與壹電視新聞臺 2 個新聞頻道。

㈠年代電視臺 (ERA)

年代新聞臺的前身為 1996 年 10 月開播的 GOGO TV，後來歷經數次改名，如年代生活產經臺、ERA News 年代新聞臺、年代電視臺，2002 年改稱年代新聞臺，沿用至今。

年代新聞臺最初以財經生活新聞為主，其後以八卦、聳動的風格著稱，曾引起批評。後來隨著該臺主管、記者等陸續出走，使得年代新聞臺的收視率與市場占有率漸從前段班到敬陪末座。

直到 2012 年臺灣總統大選期間，年代電視臺在電視圈藍綠生態壁壘分明的態勢下，嘗試走第三勢力路線，幾度專訪宋楚瑜拉高了收視率，給厭煩藍綠惡鬥的觀眾一個新的選擇。

隨後年代新聞臺趁勢而起，推出由記者組成觀察團的新聞議題式論談節目，頗為叫好叫座，使得一度在新聞臺林立的環境中逐漸被邊緣化的年代電視臺，逐漸回到主流市場的競爭中。

目前，年代新聞臺與其他新聞頻道不同，不以直播新聞為主，主打新聞節目，希望做出市場區隔。新聞直播的部分，交由同集團的壹電視新聞臺經營。

㈡壹電視 (NEXT TV)

壹電視由香港《蘋果日報》創辦人黎智英成立的「壹傳媒有限公司」成立，於 2010 年底正式開播，是壹傳媒集團由平面的報紙與週刊跨足電子媒體的首例。最大的特色是所有自製節目全以高畫質錄製與播出，是臺灣各家電視臺的首例。

2009 年成立之初，曾向國家通訊傳播委員會申請新聞臺、綜合臺、娛樂臺、電影臺與體育臺等頻道，但因《蘋果日報》動新聞使用動畫表現犯罪新聞細節，因此被以「違反新聞尺度」等理由駁回新聞臺與綜合臺的申請，並暫緩核發其他頻道的許可⑭，直到 2011 年 7 月才取得衛星廣播電視臺執照。但在此之前，即於 MOD 與該集團的「網樂通」平臺播出。目前仍在營運的頻道為新聞臺與綜合臺。

在新聞事業部分，壹電視與新聞有關的頻道為新聞臺與財經臺，分別於 2010 年 12 月與 2011 年 7 月開播。

⑭ 國家通訊傳播委員會 (2009)，〈國家通訊傳播委員會第 331 次委員會議紀錄〉，國家通訊傳播委員會，網址：http://www.ncc.gov.tw/chinese/files/09121/67_13311_110307_1.pdf

由於先前申請執照曾被駁回，讓壹電視在新聞處理與新聞倫理上特別小心。開播之初，壹電視的新聞品質確實獲得讚許，在「公民參與媒體改造聯盟」的評比中，壹電視在新聞倫理的各項指標評比皆獲得極高的評價⑮。

但因為遲遲無法於有線電視頻道上架，使壹傳媒的電視事業虧損連連，2011 年度壹電視累積虧損約新臺幣 45 億，虧損幅度是前一年度的 10 倍以上。繼 2013 年 3 月關閉財經臺後，新聞臺的處境也不甚理想。

2012 年中，黎智英求售壹電視，並打算賣出臺灣壹傳媒旗下所有媒體，先後傳出將賣予中信集團與台塑集團，但當時「反媒體壟斷」的聲浪認為財團不應經營媒體，因此這項交易案備受矚目，也飽受批評。

甚至在同年 11 月簽訂的壹電視交易備忘錄中，還發現其中一位買主是「反媒體壟斷運動」的對手——旺中集團董事長蔡衍明，讓這樁交易案更添波瀾。

最後，原本簽訂備忘錄的買家皆決定不再續約，交易案又回到原點。

2013 年 4 月，年代集團董事長練台生買下壹電視，此後壹電視脫離壹傳媒集團，併入年代集團。

壹電視新聞臺與年代新聞臺也開始資源共享，相互使用對方的新聞帶與資源。在經營策略上，壹電視新聞臺以直播即時新聞為主，年代新聞臺則主攻新聞節目。

在新媒體部分，壹電視原本是各電視臺中，最早觸及網路直播的電視臺。當時的概念顛覆了民眾對電視的想像，在年輕世代頗受歡迎。然而，因當時技術仍不普及，加上沒有足夠廣告與其他收入支撐整個平臺發展，因此壹電視的新媒體，不論是技術或是製播能量，漸漸從領先地位變成後段班。

八、八大電視股份有限公司 (GTV)

八大電視的前身是楊登魁經營的巨登育樂股份有限公司。

1997 年 6 月 13 日，八大綜藝臺與八大綜合臺成立。2002 年八大綜藝臺改版更名為八大第一臺。

2006 年 11 月 1 日，太陽衛視加入八大家族，並更名為娛樂 K 臺，內容以本土與亞洲風格為主，並有韓國節目的色彩。

⑮ http://www.youthrights.org.tw/images/tpl9/edm_detail.php?doc=708

2008 年，八大電視的股份由南韓私募基金 MBK 全數收購，變成一家全外資的電視臺。

目前有八大第一臺、八大綜合臺、八大戲劇臺及娛樂 K 臺 4 個頻道，以及影音節目製作與相關業務。

2002 年 5 月，八大電視成立新聞部，製播新聞及新聞節目。在新聞臺蓬勃發展的 21 世紀初期，八大電視原有意經營新聞頻道，但後因經營策略變更而放棄。

目前八大電視僅於八大第一臺播出 1 小時的午間新聞與 2 小時的晚間新聞，以及下午 1 小時的財經新聞節目。

在新聞採訪上，八大新聞部先後與 TVBS、中天新聞進行業務合作，除部分新聞自行採訪外，其餘則向合作電視臺購買新聞影帶後重製播出。

在新聞事業上，發展規模並不如該頻道的戲劇與綜藝節目來得大。

肆、非商業電視頻道

一、台灣公共廣播電視集團 (TBS)

台灣公共廣播電視集團（簡稱台灣公廣集團、公廣集團或公廣等）於 2006 年 7 月 1 日成立，當時包括華視、華視教育文化頻道、華視休閒頻道（後更名為華視新聞資訊臺)、公視主頻道與公視 2 臺。

2007 年 1 月 1 日加入客家電視臺、原住民族電視臺，以及專司海外播出的台灣宏觀電視。2012 年 7 月還加入了公視 HD 臺與華視 HD 臺。

然而，2014 年 1 月 1 日起，原住民族電視臺已脫離公廣集團，由原住民族文化事業基金會自主營運。

㈠中華電視公司 (CTS)

1968 年，當時的國防部長蔣經國與教育部長閻振興同意合作，將教育電視廣播電臺擴建為中華電視公司。

1971 年 10 月 31 日，華視正式開播，由國防部、教育部、特定企業界人士以及僑界領袖等共同投資，聘請劉闊才為董事長，劉先雲為總經理。

華視創立時，全年播出時間長達 4 千 3 百多小時，1997 年增加到近 1 萬 1 千小時，居所有無線電視臺之冠。

1999 年 8 月 19 日，華視獲頒國際 ISO9002 認證，成為國內第一家獲得認證的無線電視臺。

華視在剛創立時僅分配到一個 VHF 頻道（V 頻）[16]，但隨著製播節目數量增加，原有的 V 頻已不敷使用，故行政院在 1983 年核准撥配 UHF[17] 頻道（U 頻），委由華視配合原有設施，並運用此一專用頻道製播電視教學節目，因此當時的華視成為國內唯一擁有 U、V 雙頻的無線電視臺。

因應數位電視發展，華視除 HD 主頻道外，也開闢華視新聞資訊臺、華視教育文化頻道、華視美洲臺（非數位電視頻道）等頻道。其中數位電視頻道中原有綜合娛樂臺，但因配合「國會頻道」開播，於 2017 年 2 月 3 日走入歷史。

華視除製播新聞、娛樂、公益節目外，另製播空中高中、高工、高商、在職教師進修、大學選修等課程。

1974 年，國防部委託華視製作軍中教學節目，並在華視頻道播出。1977 年起，華視為了配合空中商專、行專的設立，開始陸續製播空中商、行專課程，為華視的經營特色之一。

在新聞部分，華視新聞是在民視之外，唯一在晨間、午間、晚間、夜間等 4 節新聞之外，於平日下午另外製播以閩南語為主的「華視在地新聞」的電視臺。

而自 1981 年起開播的「華視新聞雜誌」，除為華視新聞的招牌節目，更是臺灣電視新聞史上播出最久的新聞雜誌節目。

2013 年起，華視各節新聞皆改以高畫質製播，亦為各無線頻道之首。

然而，在黨、政、軍退出媒體之際，華視的經營曾引起很大的爭議。

2004 年中，江霞接下華視總經理一職後，新的經營團隊對節目與新聞營運方式的想法，與新聞與節目部不合，許多資深員工因此出走；其後又因製播許多支持執政黨的新聞及節目，遭批評為政治酬庸。

---

[16] VHF (very high frequency) 是指頻帶由 30 MHz 到 300 MHz 的無線電電波，主要是做較短途的傳送，多數作為電臺及電視臺廣播，同時也是航空和航海的溝通頻道。

[17] UHF (ultra high frequency) 是指頻率從 300 MHz 到 3 GHz 的電波，可用於短途通信，能以小而短的天線做收發和移動通信，常運用在 NTSC 及數位電視廣播、軍用航空無線電、手機、無線網路、業餘無線電等。

媒體改造學社與台灣媒體觀察教育基金會等團體也批評，華視的經營方式，與黨、政、軍退出媒體的宗旨相違背。相關爭議直到 2006 年華視加入公廣集團後，才漸漸平息。

加入公廣集團後，華視是集團中唯一沒有任何政府預算或補助的電視臺，完全依賴廣告業務收入來經營，因此華視是集團中唯一可以播送商業廣告的電視臺。既要靠收視率維繫營運，又要受到公共電視相關製播規定的規範，讓華視在營運上備受考驗。

例如，2011 年 11 月華視晚間新聞選舉專題「大選情報員」主播梁芳瑜，因見到北韓中央電視臺主播李春姬，在播報北韓領導人金正日過世時富含情緒的播報風格，當晚遂穿起北韓服飾，以「梁春姬」這個角色播報專題，引起爭議。

事後，梁芳瑜在自己的臉書上發文表示，「大選情報員」一路以來的角色扮演播報風格，都是為了搶收視率；整件事情就像是「溫水煮青蛙」愈玩愈大，最後水滾了，她也被燙死了（陳育仁、江祥綾，2011）。

整個事件雖引起新聞倫理的爭議，但也道出華視身為公廣集團下的商業媒體，為了收視率得汲汲營營的無奈。

㈡公共電視 (PTS)

公共電視臺營運至今已有 10 多年。

1980 年，當時的行政院長孫運璿提出了公共電視臺的主張。

1984 年，新聞局設立公共電視製播小組，向 3 家無線電視臺徵用時段播出。

1986 年，公共電視節目的製作轉由財團法人廣電基金下設的公共電視節目製播組負責。當時仍然沒有專屬頻道可播出節目，在 3 臺借用的時段也經常被調動，嚴重影響收視品質。

1997 年 5 月 31 日，《公共電視法》三讀通過。

1998 年 1 月，第一屆公共電視董監事 18 位人選經立法院通過，選出資深報人吳豐山為董事長。

1998 年 7 月 1 日，財團法人公共電視文化事業基金會正式成立，公共電視臺並於同日開播。

公視的經費來源除了金額逐年遞減的政府捐贈之外，主要為企業贊助（但企業不得促銷特定商品或服務，不得與節目題材有任何關聯或暗示，不得參與任何節目製播過程)、個人捐贈（公視之友）和銷售與公視節目相關之錄影帶、圖書資料、教材及副產品等。

公視新聞常關注的議題有國際重要事件，包含經濟、政治、科學等方面的發展，另外也有不少關於環保議題的報導。

公視新聞後段則會加入臺灣本土人文、自然科學等方面的報導，除了鄉土紀錄，還常有傳統文化保存的自創專題，並關注弱勢及少數族群的生活。

公視新聞常對藝文活動有詳細的介紹，包括戲劇、音樂、舞蹈、繪畫等，以提升觀眾的生活品質。

公視的新聞節目有晨間新聞、午間新聞、晚間新聞、英語新聞、臺語新聞、國際新聞、手語新聞、原住民和客家新聞雜誌等，對象是多元文化族群。

其中原住民、客家新聞雜誌，直到公廣集團成立前期，公視皆維持自製，在族群議題上，可呈現不同於客家電視臺、原住民族電視臺的觀點。

然而，之後此二節目基於公廣集團資源共享原則，改由客家臺、原民臺製作，公視重播。2013 年後，公視甚至直接停播這兩個節目，引起公視不注重族群議題的批評 (Liao, 2014)。

「全球現場」為臺灣少數的國際新聞節目之一，「手語新聞」則是國內唯一的聽障新聞節目。

其他如「有話好說」、「NGO 觀點」等政論節目，以及「PeoPo 公民新聞報」等節目，因其關注弱勢與主流媒體較少關心的議題，頗受許多公民團體的好評。

在新媒體部分，公視新聞議題中心 (PTS News Network, PNN) 也時常透過網路轉播新聞，成為公視的特色之一。

㈢客家電視臺 (Hakka TV)

客家電視臺是臺灣目前唯一 24 小時以客語（海陸腔、四縣腔為主）發聲的有線電視頻道，也是全世界第一個全頻道以客語播出的電視臺。

2003 年 7 月 1 日，行政院客家委員會委託台灣電視公司開播，當時由台視文化公司代為經營。

2006 年以前，客家電視臺其實是行政院客委會的內容製作標案，主要的硬體設備仍然是依賴其他電視臺的支援，先後有台視文化公司、台視公司和東森媒體集團得標負責經營。第一任執行長是林仲亮，繼任的前臺大教授彭文正則是第一位客籍的執行長。

2007 年 1 月 1 日，客家電視臺由公廣集團接手經營，共用公共電視硬體資源。

客家電視臺 1 年的預算在新臺幣 4 億左右，相較於公共電視臺的 10 億，商業電視臺的 30、40 億，算是相當拮据；然而客家臺麻雀雖小、五臟俱全，製作出不少頗具質感的節目，也是每年金鐘獎的常勝軍。

在新聞部分，客家電視臺因與公廣集團新聞部門共享資源的緣故，新聞部的編制規模較小，大部分的新聞仍需向公廣集團其他頻道索取後，配音成客家語播出。不過，客家電視臺的「客家新聞雜誌」則是提供給公視播出。

目前客家電視臺除各節新聞外，另有「客家新聞雜誌」、「聚焦國際」、「高峰客家力」、「村民大會」、「客庄走透透」等新聞節目。

㈣原住民族電視臺 (TITV)

原住民族電視臺即過去簡稱原民臺的原住民電視臺，是臺灣目前唯一 24 小時以原住民族為主題的有線電視頻道。

原住民族電視臺的成立宗旨，是為了保存原住民各族群的語言與多元文化，在新聞、綜藝等領域皆有相當傑出的表現。

2004 年 12 月 1 日，行政院原住民族委員會委託台灣電視公司創立原住民電視臺，並在 2005 年 7 月 1 日開播。

與客家電視臺相同，2007 年 1 月以前，行政院原住民族委員會先後委託台視文化公司、東森媒體集團代為經營。

2007 年 1 月 1 日，原住民電視臺改名為原住民族電視臺，正式加入公廣集團，轉型成非商業性的原住民族公共媒體平臺。

2014 年起，原住民族電視臺退出公廣集團，改由原住民族文化事業基金會自主經營。

2016 年，原住民族電視臺獲得數位無線電視頻道空間，於該年 7 月起在數位無線電視平臺播出。

在新聞部分，原住民族電視臺為公廣集團成員時期，新聞資源亦與公視、客視、華視等頻道共享；獨立營運後，所有新聞皆改為自行採訪製播。

現在該臺主要的新聞時段與新聞節目以華語播出，族語新聞部分則為帶狀節目，但每日由各族語新聞主播輪流播報。

政論節目「部落大小聲」為塊狀節目，討論原住民族的公共議題。

新聞雜誌部分，曾有「原住民新聞雜誌」與以英語播出的“TITV Weekly”，但皆已停播。

㈤台灣宏觀電視 (MACTV)

台灣宏觀電視，簡稱宏觀電視，前稱台灣宏觀衛視，是 24 小時向海外播放臺灣節目的衛星頻道，內容包含國語、臺語、英語、客語、粵語廣播。

宏觀電視由僑務委員會出資，委託中視成立，2000 年 3 月 1 日開播。

宏觀電視最初由僑務委員會向各電視公司投標競辦，中視、華視及台視都曾承辦宏觀電視製播。

2007 年 1 月 1 日起，宏觀電視成為公廣集團成員，脫離無線 4 臺標辦的時代。

宏觀電視絕大部分的節目都購自臺灣 5 大無線電視臺，包括紀錄片、電視劇、歌仔戲及綜藝節目。另有大量電視劇及綜藝節目購自三立電視。

宏觀電視自行製作的節目包括僑委會政策宣導片、英語政論節目“Taiwan Outlook”等。

另外，宏觀電視全天候播放各式語言的新聞，成為一大主要特色。當中，宏觀電視會播放由公視製播的國語新聞（台視及民視曾製播晚間新聞，華視曾製播午間新聞，但都在 2012 年停止製播）、臺語新聞、英語新聞與僑社新聞；播放客視的客語新聞；播放華視的粵語新聞。

宏觀電視網則提供一星期所有節目的隨選視訊。

㈥國會頻道

國會議事是政治新聞的一環，國會頻道可說是新聞臺的延伸。為了執行國會議事公開透明的理念，2016 年 12 月 5 日，立法院三讀通過，修正《立法院組織法》第五條之規定，立法院院會、各委員會、朝野協商與其他各式會議，除了祕密會議之外，都必須透過電視、網路等媒體通路全程轉播實況。相關條文如下：

《立法院組織法》第五條（會議公開原則及例外）

立法院會議，公開舉行，必要時得開秘密會議。

行政院院長或各部、會首長，得請開秘密會議。

除秘密會議外，立法院應透過電視、網路等媒體通路，全程轉播本院會議、委員會會議及黨團協商實況，並應全程錄影、錄音。

秘密會議應予速記、錄音，不得公開。但經院會同意公開者，不在此限。

有關透過電視轉播事項，編列預算交由財團法人公共電視文化事業基金會辦理，不受電波頻率不得租賃、借貸或轉讓之限制。

議事轉播應逐步提供同步聽打或手語翻譯等無障礙資訊服務，以保障身心障礙者平等參與政治與公共生活之權利。

在條文未通過前，國會頻道自 2016 年 4 月 8 日起試播，由民視四季臺、八大娛樂臺、冠軍電視臺協助轉播。其中民視四季臺屬數位頻道，八大娛樂臺與冠軍電視臺屬有線電視頻道。新媒體部分，也有四季影視、臺灣《蘋果日報》、中華電信、愛卡拉、中央社、公視、聯合新聞網、冠傳媒、壹電視、關鍵評論網、報橘、沃草等平臺，於網路、手機 App 同步轉播（賴映秀，2016）。

國會頻道相關法條通過後，規範由財團法人公共電視文化事業基金會辦理、營運。言下之意，就是藉由公廣集團的概念營運。

公廣集團旗下的華視，向主管機關國家通訊傳播委員會提出國會頻道申請案。2017 年 1 月 18 日，第 732 次委員會議通過申請。國會頻道於 2017 年 2 月 3 日正式開播。

國會頻道分為「國會頻道 1 臺」，以及「國會頻道 2 臺」，皆為無線電視、有線電視的必載頻道。

1 臺主要負責直播立法院內政、外交國防、經濟、財政等委員會會議，以及立法院院會。2 臺直播立法院交通、司法法制、衛環社福與教育文化等委員會，與朝野黨團協商會議。

國會公開透明成為朝野共識，設立國會頻道主要是為了減少數位落差，以及保障所有民眾接觸國會資訊的權利。但營運效率不彰，招致批評。

立法院國會轉播，從試播到開播，平均收視率只有 0.01% 到 0.02% 之間，最高紀錄是 2016 年 12 月 9 日，立法院二、三讀《勞動基準法》「一例一休」條例時，收視率為 0.09%。收視率低迷，挨批根本沒人看。冠軍電視臺曾委託民調公司進行調查，發現有 84.2% 的民眾，不知道有國會頻道。沒看過國會頻道的民眾中，有高達 67.2% 的人表態沒興趣收看，理由又以「覺得開會都在吵架」的比例最高（周佑政，2016–1）。

此外，國會頻道的營運成本也是相當可觀。公廣集團要求每年 1.3 億元維持營運，經過協商後，同意降為 3 千萬元。一來一往的經費差距，也遭質疑國會轉播的預算遭到浮報（周佑政，2016–2）。

國會頻道引發浪費公帑的質疑，但此舉是我國政治改革的新局，在執行面上仍有許多加強空間，期望未來能有所改善。

二、宗教公益頻道

㈠好消息電視臺 (GOOD TV)

財團法人加百列福音傳播基金會為基督教傳教組織，旗下傳播事業在 1998 年時，設立好消息電視臺 (GOOD TV)。

基督教電視臺發展於 1956 年，比全球第一家電視臺 BBC 約晚了 20 年。

全球基督教電視臺大致上分為 2 大類別，一是設定觀眾以基督徒為主，所以節目內容多為詮釋信仰，分享基督教文化。

另一種是設定以一般觀眾為主，除了分享基督教文化外，節目內容的製作目標多設定在「家庭電視臺」上。

在臺灣創立的好消息電視臺，就是屬於此類，同時也是華人地區第一家基督教電視臺。

由於 GOOD TV 的創立目標是建立「家庭電視臺」，故節目內容是以家庭節目為主軸，主要設定在家庭預防教育上，因此晚間最重要的時段，商業臺多為新聞及連續劇，而 GOOD TV 則是以家庭教育節目為主。

在數位化方面，GOOD TV 在 2012 年 7 月推出數位無帶化製播系統，拍攝、錄影、後製、儲存、播出，所有主副控設備均為 HD 數位格式，成為全臺灣第一家啟用 HD 全數位無帶化的電視臺。

在新聞部分，雖無新聞部的編制，但也製播許多相關的談話性節目。

例如，8 點檔的家庭教育節目「幸福來敲門」，當許多媒體在談論家庭問題時多只呈現現象，該節目不只是討論現象，更給觀眾具體的建議。

9 點檔的家庭見證節目「真情部落格」，則透過訪談分享家庭真實生命故事。

㈡大愛電視 (Daai TV)

大愛衛星電視股份有限公司於 1999 年創立，由慈濟傳播人文志業基金會創立，是以佛教為主的宗教電視臺。現稱大愛電視臺，原名慈濟大愛電視臺。

成立之初以中視第二大樓作為總部，後來搬遷到臺北關渡的慈濟人文志業中心大樓。

旗下頻道除了大愛電視臺之外，另有高畫質頻道大愛二臺 HD，以及大愛海外頻道。

大愛電視臺除了以 8 點檔連續劇著名之外，新聞時段也相當多。每日固定的晨間、午間、晚間新聞，多有華語與閩南語時段。

此外，新聞時段還包括整點新聞，以及 “Daai Headlines” 和 “Tzu Chi This Week” 等英語新聞，偏重生活、環保與國際新聞。

在新聞雜誌部分，有「大愛全紀錄」與「慈濟新聞深度報導」，題材以關懷弱勢與環保議題為主。

㈢人間衛視 (LTV)

人間衛視股份有限公司於 1997 年創立，原名佛光衛星電視臺，由佛光山電視弘法基金會創立，也是以佛教為主的宗教電視臺。該臺節目以宣揚佛教、關懷公益為主。

在新聞節目製播上，由該臺後製單位的新聞組負責。每日僅於午間播出 1 節「人間新聞」。同一單位的其他新聞事業，則為平面媒體的《人間福報》。

伍、結　語

要成立一家電視臺並不難，但是要成立一家有制度、高品質的電視臺，卻是任重而道遠的艱鉅使命。

他山之石，可以攻錯。國際媒體如 ABC、CNN、BBC、NHK，之所以能成為具有公信力、全球矚目的媒體，都是長期以來不斷精進所致。

反觀臺灣電視媒體，密度之高獨步全球，但品質則是不敢恭維。就新聞而言，臺灣觀眾可在晚間 6 點到 8 點收看至少 14 家電視臺的即時新聞，這也是世界之最。

此外，以公共電視的預算為例，英國 BBC 全年的預算約為新臺幣 2 千億，為臺灣公共電視的 200 倍；日本 NHK 的年度預算是臺灣公共電視的 180 倍；韓國 KBS 的預算則為臺灣公共電視的 30 倍。

這些他山之石，值得我們去思考：究竟觀眾要的是 1 百個品質參差不齊的頻道，還是集中資源發展的精緻媒體，值得業者和閱聽人共同深思。

習題

1. 試比較一個純新聞臺和綜合臺（包含新聞、綜藝、戲劇）在新聞收視上的利與弊。
2. 試比較一個純新聞臺和綜合臺（包含新聞、綜藝、戲劇）在製播和業務上的差異與利弊。
3. 試比較成立網路新聞臺、有線新聞臺和無線新聞臺，在資本、組織、編制上的異同。
4. 試擬一個有線電視新聞臺最適規模的人力編制、運作流程及預算。
5. 試比較媒體集團跨媒體整合新聞編播的「中央廚房制」與媒體間各自編播獨立的新聞產製模式，兩者之優劣。
6. 試比較國內外公共電視的成立背景、預算及經營模式。

第三章　上街買菜，採訪去！

在這一章你能學到：

1. 電視新聞的性質
2. 電視新聞採訪的特性
3. 電視新聞採訪團隊的成員與分工
4. 電視新聞採訪的流程與應注意事項
5. 電視新聞採訪的技巧
6. 怎麼做現場連線報導、空中採訪

電視新聞帶領觀眾以多重感官體驗新聞事件，再加上其時效性強、傳播範圍廣，因此電視新聞擁有不同的取材角度與敘事模式，採訪方式也有獨特之處。

壹、電視新聞採訪的特性

一、聲音、影像為必要條件

電視新聞同時具備聲音與影像，前者包括現場環境音、受訪者談話與記者口白等；後者則是攝影機畫面與照片等。兩者帶領觀眾感受現場氣氛，強調了新聞的真實性，加深觀眾對新聞的印象，也影響了新聞的選材與走向。

其中，影像的重要性更勝於聲音。文字記者撰稿時要「看圖說故事」，有什麼畫面才能說怎樣的話；要從畫面的思路來考量新聞的切入點與主題。

若沒有好的畫面，即便該則新聞極為重要，也可能無法編入重點時段，甚至被捨棄。反之，若有豐富畫面，則可能成為重點新聞。

二、感官性

電視新聞特別著重視聽感官刺激，因為聲音與影像會影響閱聽人如何接收、感受、評價這則新聞。

各國的電視新聞也漸漸注重影音效果勝於新聞事實本身的意義，這個現象稱為「電視新聞感官化」(sensationalize)。

由此可見，電視新聞的感官性會對採訪造成重大影響。

三、即時性與同步性

當重大事件發生時，平面媒體的報導通常得等到出刊日方能面市，再快一點的還能在非出刊日發行「號外」。

相較之下，電視新聞記者則可先發「乾稿」，透過主播的口白或率先掌握到的畫面，即時地將資訊傳遞給觀眾。

近年來，網路與衛星通訊發達，事件當下的畫面甚至可以「現場直播」，讓採訪與報導可同步進行，觀眾感覺新聞的時態變成「現在進行式」，使新聞不只有「即時性」，更具備「同步性」。

四、高度團隊合作

其他媒體可以「單兵作戰」，新聞表現即代表個人努力的成果；電視新聞採訪則通常是多人合作方可完成。

電視新聞採訪的最基本配置，為一位文字記者搭配一位攝影記者。若為現場連線，還得加上 SNG 的工作團隊；再把外出跑新聞時的採訪車駕駛也包括在內，則採訪 1 條新聞所需的人員可說是相當地多。

大部分的情況，都是這樣「一組組」記者跑新聞，但也有例外。

若新聞重要性較低、人力不足，或為了搶時間即時報導，而僅派出攝影記者至現場採訪，這種情況稱為「單機作業」。

此外，各個地方記者也是單機作業，一人身兼文字與攝影記者的工作。

即便如此，單機作業的記者絕大多數也須將文字稿與影像回傳到新聞中心，由中心的記者配音與再後製，因此也算是團體作業。

五、新聞成本高

如同前述，每一則電視新聞須仰賴團隊合作才能完成。就單則新聞的人事成本而言，電視新聞遠超過其他類型媒體的新聞。

除人事成本外，電視新聞的硬體成本也是相當可觀的。

外出採訪的專業攝影機價格從幾十萬到甚至上百萬新臺幣的所在多有。後製的剪輯、播出與傳遞訊息，以及相關設備的建置與折舊，都需要龐大的資金。

這些成本加起來，一則電視新聞採訪的成本動輒上萬元，在各種類型媒體產製的新聞中，電視新聞的成本堪稱最高。

六、記者條件高

相較於平面媒體，電視新聞記者除了採訪寫作的基本功之外，更要有好的體力、組織力、反應力以及口條才可勝任。

因為電視新聞仰賴畫面方可報導，所以記者必須扛著沉重的攝影機與腳架等設備，上山下海走透透，沒有過人體力是絕對辦不到的。

此外，每組記者每日負擔的新聞量多且範圍廣大，需要照顧的採訪路線比平面記者多，所以也需要很多體力才能應付。

由於電視新聞講求時效性，再加上專業新聞頻道蓬勃發展，隨時播新聞也就意味著隨時都是截稿時間，因此提供具有時效性、甚至是即時性的報導，就顯得特別重要。

電視新聞記者如何在掌握有限資訊的情況下，一到現場就知道哪些畫面該拍、哪些人該訪問、如何訪問，之後又該如何迅速寫稿、剪輯、播報，沒有良好的組織力、反應力是無法達成的。

若為現場即時連線報導，還必須在最快的時間內，用老嫗能解的用字遣詞、流暢的口條向觀眾說明。

因此，相較於其他類型的媒體，想要成為一個好的電視記者，條件可是更為嚴苛的。

貳、電視新聞採訪團隊

一、文字記者

文字記者是電視新聞的撰稿者，負責電視新聞的規畫與文字相關工作，因此在整個新聞採訪團隊中，通常是主導新聞方向、掌握較多「先手」① 的人。

文字記者會依照公司的安排與自己的專長，負責不同的採訪路線。在這個路線中，與受訪者周旋、培養關係，稱為「養線」，是文字記者的重要工作。

在新聞規畫上，文字記者須依各自的路線尋找題材並彙整資訊，提供給該路線小組的主管，作為新聞編採會議的資料，這稱為「報線」。

新聞資訊的來源，除了各單位發布的採訪通知、中央通訊社新聞採訪預告，或記者自行規畫的專題報導或獨家新聞外，有時主管也會根據社會情勢，指定記者採訪相關新聞。

至於突發新聞，則是透過監聽警察、消防單位的專用無線電頻道，隨時讓待命的記者出動。

現場採訪新聞時，文字記者負責與相關當事人互動、了解事件始末、搜尋其他蛛絲馬跡，並與攝影記者討論新聞走向。

記者手上拿著的麥克風，用來收錄受訪者的聲音、取得訊息。

訪問過程中，必須隨時注意受訪者的言語有無矛盾、不合邏輯之處；若受訪者避重就輕、詞不達意時，記者要適時引導，讓受訪者能用最簡潔的言語，回答深奧、複雜的問題。

同時，文字記者也要隨時記下受訪者講的關鍵字句，除了作為後續剪輯的重要參考之外，也可能成為另一條獨家新聞的線索，讓記者去發展、補充訪問其他相關人士。

在現場連線報導前，文字記者須在腦中快速組織稍早的採訪素材，撰寫新聞稿，等待電視臺的指令。

連線報導時，必須與 SNG 攝影記者合作，透過耳機聽候棚內導播與 SNG 導播的指令。

① 棋類競賽術語，意指先下棋者，引申為取得主動優勢。

這時文字記者聽到的內容，包括棚內導播、SNG 導播、自己說的話、新聞帶，以及因衛星傳送延時，自己 5 秒前所說的話。這些聲音同時出現，可見文字記者要有一心多用的好本事。

回到新聞室剪輯新聞時，文字記者會根據採訪內容撰寫新聞稿，並於適當時機插入訪問片段。

新聞稿除了須符合事實，也要注意文字與畫面的配合（新聞寫作的說明請參閱第五章）。

新聞稿完成後，送交單位主管審核，審核通過即進錄音室過音，錄下新聞稿內容，並與攝影記者討論畫面呈現與使用效果。

若需要使用電腦動畫與字卡時，文字記者須盡速與後製單位聯絡、取得素材。

整體而言，文字記者像是導演與編劇，除了規畫新聞內容，也要考量畫面與效果。敏銳觀察、迅速反應與時間掌控，是文字記者必備的能力。

二、攝影記者

不同於文字記者，攝影記者不會特別按照路線來分組，大多歸屬於攝影中心或攝影組。

攝影記者在採訪與後製中，會與文字記者緊密配合、產生默契，因此雖沒有具體分組，但每位攝影記者主跑的新聞路線與搭檔差不多都會固定。

而攝影記者雖不用像文字記者要報線與規畫新聞，但必須與文字記者討論新聞走向與畫面需求，交換對新聞規畫的看法。

相較於文字記者需要一心多用，攝影記者則須發揮敏銳的觀察力，尋找所有值得以畫面記錄的素材。

拍攝時，攝影記者要不斷考量運鏡效果與畫面美感；時常還得設計一些橋段，配合受訪者或文字記者，以提高畫面的豐富性，增加可用的畫面數量。

現場連線報導時，攝影工作交由 SNG 攝影記者執行；但連線後也須另外製播新聞帶，因此攝影記者還是得把新聞素材拍攝完成，以免回到公司卻無畫面可用。

在新聞室剪輯新聞時，攝影記者會根據文字記者的新聞稿及配音，在適當的時機嵌入新聞畫面，讓文字與影像相互配合。

另外，還得根據經驗以及與文字記者討論的結果，加入適當的特效，以吸引觀眾的注意。

由於製播電視新聞是在「搶時間」，對於所有剪接設備的操作都要相當熟悉，才能以最快的速度，在播出時限內提供資訊給觀眾。

若文字記者像是導演與編劇，那麼攝影記者就是攝影兼後製。在兩者的合作關係中，文字記者占到「先手」，攝影記者較無主動權。再加上臺灣的電視新聞職場中，攝影記者的升遷機會比文字記者少很多，除非當上主管或轉任導播，不然大多仍是攝影記者，因此常有攝影記者難以適應而感到自卑。

不過，攝影記者千萬別忘記自己是「攝影記者」，有獨立思考、判斷的能力；而不是「攝影工人」，完全配合、依附於文字記者之下。

攝影記者與文字記者並非從屬關係，而是好夥伴；唯有相互溝通協調，才能讓新聞團隊順利運作，製播出品質精良的報導。

三、SNG 工作團隊

在連線新聞中，總是只看到文字記者站在鏡頭前報導，但 SNG 連線新聞也需要其他工作人員的協助，才可以把畫面送到觀眾面前。

SNG 車就有如一個小型的攝影棚副控室，負責訊號的接收、合成、傳送（副控室的說明請參閱第九章），工作人員則包括 SNG 導播、SNG 攝影記者、SNG 工程人員等。

SNG 導播是現場連線的總指揮，負責與棚內的工作人員溝通，調度所有現場的記者、工程人員；記者連線時，所有影像的控制也由導播負責。

由於新聞現場時常資訊混雜、場面混亂，SNG 導播如何處變不驚，仰賴多年跑新聞的經驗；因此，SNG 導播通常是由資深攝影記者轉任。

與文字記者平常搭檔的攝影記者不同，SNG 攝影記者僅以 SNG 車為中心，負責現場連線的攝影工作。

在重大災難發生或 SNG 車閒置時，則會讓 SNG 攝影記者出機，派出整個 SNG 團隊去採訪，並到處蒐集可用的新聞畫面。

SNG 攝影記者以「搶快」為目標，拍攝時就要考量分鏡，每個鏡頭長度適切且不要有太多複雜的運鏡，以減少後製時間。

例如，當發生颱風時，雖然 SNG 車上山下海到處跑，但車身過於龐大笨重，機動性不如一般採訪車，因此 SNG 攝影記者就須考量這樣的狀況，在 SNG 車移動的區間內就要拍好畫面。

SNG 工程人員負責操作、維護衛星傳輸設備，確保無論何時何地都能正常轉播，其編制可再細分為助理工程師、工程師、技術指導等。

當 SNG 車找到停放點後，工程人員即開始架設衛星碟盤，並根據需求布設訊號電纜線。

採訪時，至少會有一名工程人員手持電纜線緊跟在 SNG 攝影記者身後，依距離收放電纜線，如此才能使攝影訊號順利回傳。

在連線作業時，有時也得代替導播傳遞訊息給記者，常見的手勢如圖 3–1。

參、電視新聞採訪工作

下圍棋的最高原則就是要搶得「先手」，比別人多想好幾步，做好準備。採訪也是如此，取得「先手」就能取得先機、獲得主動權，掌握整個採訪步調。

從報線與規畫新聞，到之後的採訪、後製、播出，以下將採訪分成 5 個部分，詳細介紹記者的採訪過程，以及注意事項與技巧。

一、採訪前——做足萬全準備

採訪前的準備工作相當重要，從選材、報線，到之後的規畫、蒐集資料等，每個環節都深深影響後續工作，大致決定了新聞走向。

雖說可能因實際狀況而有所調整，卻也可能由於缺少準備，而錯失許多採訪機會。若能預想到這些狀況、提早因應，將有助於採訪工作順利進行。

採訪通知每天如雪片般飛來，什麼新聞該報導、適合作為電視新聞題材，又該規畫什麼專題，這都得靠記者的「新聞鼻」，找出非做不可的新聞點。

培養「新聞鼻」的方法不外乎累積經驗與知識，以作為判斷的基準。而這並非

圖 3-1　SNG 連線時的常見手勢

一蹴可幾的，記者應隨時留心周遭所有的新事物，工作或閒暇時間都是充實自己的時候。

決定好採訪的新聞後，便要蒐集、洞悉受訪人、事、物的一切資訊，了解這則新聞的意義，並預想可能的問題與情境。新聞最重要的就是「真實」，若連基本資訊都弄錯，遑論其他要求了。

此外，洞悉一切資訊能幫記者進入狀況，讓受訪者感覺你有備而來，這是對受訪者的尊重，也協助記者釐清事實，問出正確且關鍵的問題。

問題必須事先擬定，做到詳細周延，而且不要侷限於「想知道的事情」，而要多面向思考，列出各種題目。在缺乏題材或現場狀況不如預想時，這些「備援題庫」就是救火隊，提供從不同面向採訪的補救機會。

因此列問題時，要確立一個訪問的主軸，並附帶一些備用的問題，以備不時之需。畢竟出門採訪不比在電視臺內專訪來得容易掌握，所有突發狀況都要預想好，並備妥因應方案。

在人事上，即便已提早數日、甚至數週與受訪者約好採訪，受訪者還是有可能臨時更改時間與地點。因此，事前一定要與受訪者再三確認時間與地點，避免被放鴿子而無新聞可做的窘境。

在器材上，務必確認攝影機的電池、記憶體容量是否充足，並備好備援品，還要注意機器能否正常運作、收音效果是否良好，以免碰到上場殺敵卻手無寸鐵的尷尬場面。

在地點上，要預留足夠的時間移動，提早到採訪現場熟悉環境。在多家媒體都會到場的情況下，早到的人就能搶到最好的位置，調整採訪計畫；這也是禮貌，讓受訪者與主辦單位有心理準備，不至於措手不及。

採訪前若做好預備，對後續流程會有很大的幫助，讓採訪至少成功了一半。

二、進行中——多聽多看多注意

問題雖然已經準備好，但問的技巧也很重要，不然受訪者可能難以理解，記者也未必獲得想要的東西。

問題可分為「開放式」與「封閉式」。

前者讓受訪者自由發揮，記者能獲得較多、甚至是當初未預想到的資訊，這些資訊都可能成為新提問。後者最簡單的形式就是「是非題」，聚焦於某個核心，讓受訪者的回答不離題。

至於什麼問題適合開放式或封閉式，則視訪問狀況而定。

為了讓受訪者進入狀況，通常前面幾個問題可設定得較容易回答。

例如，以個人背景、活動主題、已確定的事實為題材來發問，讓受訪者「暖身」，之後進入較核心、較難回答的問題時就可以更順利。

訪問時，必須注意受訪者的答案是否合理、符合邏輯，觀察受訪者的肢體語言、表情、神態等非言語變化，判斷其真實的反應。

此外，也可根據受訪者的答案追問，獲得預想之外的資訊。隨機應變、適時修正，對撰寫新聞稿頗有助益。

不過，有些記者在面對社會新聞時，會誤用這樣的技巧而問出「笨問題」。例如，採訪天災人禍時，對傷者，或對傷者與罹難者家屬，問出「您現在心情怎麼樣？」這種問題。

雖然問出這種問題的確容易捕捉到受訪者悲傷、哭得死去活來等「有張力」、「有效果」的畫面，但這樣廉價取得的訪問，損害的不只是記者的專業形象，更賠上受訪者與記者間的信任。

記者要有更多的同理心，多花一些時間，取得傷害較小且效果相同的訪問，才是正確的。

現場環境與情境的變化，也會影響記者與受訪者的互動。例如，突發的抗議、意外災難，或選舉與競賽情勢改變等，都可能是改變新聞走向，甚至是發展新議題的機會。

例如，2013 年 4 月 15 日，美國波士頓馬拉松比賽在終點發生爆炸案，讓體育新聞瞬間變成社會新聞。

又如，政治人物演講、宣布重大政策時，臺下有民眾鬧場、戶外有反對陣營抗議，都會使採訪重點失焦，甚至讓新聞走向改變。

這些變化還可能與記者的人身安全息息相關，不可不慎。

總而言之，採訪重點不外乎「眼觀四面、耳聽八方」，發揮細膩的觀察力，找尋所有新聞線索與變數，盡量掌握所有狀況，完成應做的訪問工作。

三、遇困難——靠人脈找救援

即便記者試圖掌握所有狀況，但採訪難免還是會遭遇一些困難。

例如，受訪者或新聞現場臨時無法接受採訪；新聞走向改變，需要增補受訪者與訪問內容；因為時間與機械等因素而未取得所需的新聞影片；為追求獨家新聞，必須找出不同的新聞點等。

為解決這些問題，記者到處尋求協助，人脈此時就派上用場了。因此，平時就培養好人脈，便是記者的重要功課。

若碰到對方無法接受採訪的情況時，記者便會開始連絡相關人士，探究無法採訪的原因，並從這些人當中尋求突破的辦法。

若無法突破，也可從其口中找尋其他新聞點、受訪者，或是從記者口袋名單中找出其他適合人選。

同樣的道理，若需要補訪時，除了再向受訪者尋求協助外，從其延伸的人脈網絡與記者本身的人際清單，都是記者的重要資產。

即便不是為了補訪，當碰到難以了解的知識時，這些人是記者可以請教的好老師，也可能是獨家新聞的好線民。

甚至當大家在某個議題上只會訪問某位專家時，若有其他人選，就有可能做出另一條「獨家」，走出不一樣的路。

同業間看似競爭對手，但在同一條採訪路線上，彼此卻也是「援軍」。

除了獨家壓力，記者也會擔心「漏新聞」——漏掉別人有報導到的新聞點。即便這個點無關緊要，但在收視率錙銖必較的年代，這可能就是新聞室檢討的重點。

因此同業間在採訪前後都會相互討論，了解各家電視臺所需，避免漏掉任何重點；基於同樣的原因，同業間也會交換新聞線索，當作培養人脈的資源。

此外，若碰到機械故障，或無法即時趕到事件現場時，若不牽涉獨家問題，同業間也會互相支援影片、複製影帶，以此建立人際關係。

出外採訪時，這些人脈都是記者的籌碼。時常關心線人的近況，同業間聯誼交換資訊，都是聯絡彼此感情的重要方法。

養兵千日，用在一時，在最需要協助的時候，獲得這些人的幫忙，猶如久旱逢甘霖，是萬金難買的好機會。

四、製播中——留意最新變化

採訪完後，記者回到電視臺，自然是根據採訪到的內容來撰寫新聞稿、製播新聞帶。但這不代表採訪就此結束，還是必須隨時留意各種變化、更新資訊。

一般的新聞在採訪結束後，很少需要更新。但很多新聞是採訪完後，仍是「現在進行式」，像是天災人禍的死傷人數，就會因為救援狀況或新發生的事件而有所改變。此外，颱風最新動態、天氣預報等生活資訊，也隨時會有變化。

遇到這類新聞時，就必須密切注意最新狀況，隨時更新數據與發展。

最好的消息來源自然是負責救援的警務與消防人員、駐守在現場的同事或同業、主管機關如中央氣象局、統合資訊的單位如中央災害應變中心等。

五、採訪後——追蹤後續發展

外出採訪完、新聞帶製播完也播出後，整個採訪流程才算告一段落。這則新聞雖然已經成為「歷史」，但最好還是要關注後續變化，因為追蹤後續發展雖然吃力，但許多獨家新聞的線索卻因此而來。

例如，若消基會的抽查發現，食用油含有對人體有害的物質，一般的記者可能只會報導消基會的調查，訪問專家學者有害物質對人體的影響，並在街頭訪問民眾對於食品安全問題的看法而已。

但優秀的記者可能就會從中找尋蛛絲馬跡，從已知的資料裡找尋上、下游廠商，結果發現許多知名餐廳也牽涉在內，或是這些廠商還供貨給其他食品工廠，因此發現其他未被調查的食物也摻入這個有害物質。

這些更驚人的事實，正因為記者的後續追蹤，而成為一條重要的獨家。

肆、電視新聞採訪應注意事項

電視新聞記者隨時處於備戰狀態。尤其是強調即時性的現在，新聞現場常常會有一臺 SNG 車用來傳送新聞資料，所以隨時都是考驗記者功力的時候。

提升採訪功力仰賴平時不斷充實知識之外，加上現場情況總是瞬息萬變，隨機應變也很重要，這就得靠記者累積經驗，化為判斷力和反應力，因此並沒有所謂的報導鐵則。

不過，各路線的新聞還是有應注意的地方。以下將針對電視新聞的聲音與畫面特性，列出幾個特殊狀況之中，採訪時應注意的事項。

一、火　災

火災的種類包括一般的住屋火災、住宅大廈火災、商業大廈火災、地下街火災、工廠爆炸或火災、工業區火災、森林大火、船舶火災等。

為了確保採訪的安全與避免影響救災，首先應該確認火源並盡量避免接近。此外，有些東西燃燒後會釋放有毒氣體，而火災也可能引爆瓦斯或爆竹，再次造成危險，都需特別注意。

到現場後，可先用長鏡頭捕捉現場整體情況，以及火苗或濃煙竄出之處的遠景。其次，才針對與人有關的事項進行採訪，例如成功逃出火場身體沒有大礙的人、有沒有人仍在裡頭等待救援、起火原因等。

現場吵雜的聲音、消防人員的動作，以及避難的人群都是很好的採訪重點；若要知道傷亡人數與救災情況，這些人也是很好的消息來源。

但災難現場眾說紛紜，精確數字仍須等待消防單位發布消息並多加求證，才能確保新聞的正確性。

二、颱風、豪雨

近年來，颱風、豪雨常造成災情，漸漸成為民眾關注的焦點。

記者平常在辦公室就該備好雨衣、雨傘，和雨天特殊採訪工具，以供不時之需。

採訪前要隨時注意天氣變化。以颱風採訪來說，若最大瞬間風速超過每秒 50 公尺（相當於 16 級風，已達強烈颱風標準）②，就不可在室外拍攝，以免危險。

② 詳見蒲福風級 (Beaufort scale)：http://www.cwb.gov.tw/V7/knowledge/encyclopedia/me016.htm，以及颱風分級：http://www.cwb.gov.tw/V7/knowledge/encyclopedia/ty018.htm

此外，較高的建築物之間容易突然吹來強風，也應該盡量避開這種拍攝地點。

在港口、防波堤上採訪巨浪的新聞時，應該使用望遠鏡頭，避免太靠近海邊。

如果進入豪雨災區，特別是山區或溪邊，要小心隨時可能再發生的山崩、土石流、路面坍方等。應與救難人員做好配合，不要成為下一個等待救援的對象。

在危險的災區，有時連採訪車都開不進去，需要徒手拿攝影器材走進去，所以平時就要鍛鍊體力。

近年來，許多電視新聞臺會派瘦小的女記者去跑颱風新聞、連線災情，或是報導「水深及膝」等淹水現象。

當記者在連線時因風雨干擾，連話都講不清楚時，不僅容易給人「新聞綜藝化」的負面印象，對於記者的人身安全，也有很大的威脅，不可不注意。

三、示威活動、械鬥

示威活動有時牽涉好幾個現場，必須要由 1 組記者相互支援，分別守住不同地點，才能順利完成採訪；如果必要，可以偽裝成示威群眾進去採訪。

在採訪前，也須注意群眾運動的背景因素；衝突是新聞點，但不宜模糊焦點，否則只會讓有心利用媒體的煽動分子得利。

在這類場合中，群眾情緒激動，首先要考慮如何保護自己，不要捲入爭鬧中。

例如，2014 年 3 月的「太陽花學運」，由於部分媒體的報導立場與重點不同，或是疑似報導不實，因此遭到部分抗議人士攻擊或破壞器材。不論人身安全或設備保全，都不可不慎。

圖 3-2　學運期間，電視臺 SNG 車被抗議民眾貼滿反對的便利貼與標語

四、殺人、綁架事件

綁架事件攸關性命，為了確保人質的安全，往往警方和媒體間會達成共識，在確定人質安全以前，必須全面封鎖相關消息。解除封鎖後，才能開始行動。

最著名的例子是 1997 年的白曉燕綁架案，本來各家媒體都祕而不宣，但經《中華日報》和《大成報》「偷跑」③ 、獨家披露後，其他媒體瘋狂跟進報導，間接造成難以挽回的悲劇。

在其他社會新聞中，除了要注意所有人的安全外，更要注意不要淪為歹徒的傳聲筒。例如，2007 年 TVBS 曾報導黑道對著攝影機「展示火力」，就是不好的示範。

此外，無論有什麼苦衷，殺人、綁架都是犯法的，若將歹徒英雄化、悲情地塑造他的不得已，都有可能扭曲價值觀。

五、交通事故

如果是重大車禍或交通塞車事件，有時會需要用到直升機採訪，或到制高點拍攝，這是抵達現場後要先確定的事。

若是一般車禍，可拍攝車身損毀狀況，並取得目擊者證詞、生還者說法，然後找警方或司機來說明。

此外，葬儀社常是最先到現場、掌握最多資訊的人，跟他們打好關係，即可成為重要消息來源。

在新聞畫面上，必須特別注意死傷者影像的處理；但畫面處理的準則，其實眾說紛云。

有一種看法是，攝影記者要做第一線的把關者，不要拍太血淋淋的畫面；另一派則認為，攝影記者的天職是把畫面拍回來，篩選是編輯或主管的責任。

但無論如何，都需注意新聞畫面是否會對觀眾造成不良影響，必須符合法律與道德規範，該做霧化、失焦處理的就該處理，不可為了追求效果而有損自身底線。

---

③　參考自白曉燕文教基金會：http://www.swallow.org.tw/index.php/about/impact

六、選舉場合

選舉的採訪、攝影以「公平」為主要原則，這指的是畫面尺寸、畫質、聲音大小、音質都相同，以及各候選人報導秒數近似等。

由於不同的拍攝角度、尺寸與採光，都會影響候選人的螢幕形象，所以採訪候選人時應以同等方式處理，讓它成為公司常規，才符合公平原則。

在劍拔弩張的選舉氛圍中，媒體的報導對候選人、民眾，乃至於媒體本身，都造成重大影響。

尤其現在是電視政治的時代，有時影像的力量比起記者的文字報導與候選人的發言，對民眾更有潛移默化的效果，甚至可能牽動選舉結果，不可不慎。

七、直升機採訪

通常在發生重大天災人禍時，記者會坐在直升機上採訪，優點是可以拍到鳥瞰畫面，而且在交通不方便的採訪地點，比起開車進入還要迅速、有機動性。

在採訪前，要先檢查直升機和攝影設備。例如，攝影機須有防震裝置，且能裝在直升機的機殼上，讓攝影記者在機內操作。此外，還要確認情報的精確性、在哪個點發生，避免資源和時間的浪費。

相關人員包括最基本的攝影記者、文字記者和駕駛員，以及影像負責人、剪輯負責人、技術負責人等，彼此透過無線電通訊器材或面對面來密切溝通。

直升機的自動相關監視系統 (automatic dependent surveillance, ADS) 可以自動追蹤影像的傳送；直升機上的自動追蹤天線會與接收訊號的基地連線，能在半徑 150 公里的範圍內，自動捕捉電波和影像。

另外，直升機具有「中繼站」的功能，當轉播車無法將影像傳回公司時，可透過直升機傳回去。直升機採訪的流程，大致可分為以下 7 點：

㈠情報彙整和目標確立

1.新聞負責人應隨時掌握第一手情報，並聯絡好駕駛員和攝影記者。

2. 駕駛員和攝影記者事前就要確定好稍後的攝影位置、目標和順序，並隨時向總指揮回報自己到達現場的時間，以配合新聞播出。
3. 同一時間，公司內的負責人要決定這個報導的時段，以及轉播方式，是要實況轉播，還是由棚內做說明並搭配直升機傳送的畫面即可，或是否要透過直升機傳送在地面上所拍攝到的畫面。

㈡飛行前的準備

1. 填裝電池，檢查防震攝影機、錄影帶與無線電裝置。
2. 向駕駛員確認目的地的位置。

㈢得到航空管制局的許可後，升空進行採訪

1. 升空之後，首先以無線電與航空負責人取得聯繫，報告升空的消息。
2. 向技術負責人取得傳送電波訊號的許可。許可下來後，開始傳送前置畫面，要求進行自動追蹤。
3. 與基地連線後，立刻將前置畫面切換成現場拍到的影像。

㈣到達現場後，應立即確認相關事項

1. 確認拍攝對象。
2. 判斷天候狀況、視野、風向、地形等因素是否適合拍攝。
3. 確認現場上空有無其他飛機。

㈤實況轉播

1. 只轉播影像，同時由攝影棚內的主持人或播報人員加上旁白。或是轉播影像，同時由攝影記者直接在現場實況報導。
2. 影像中斷時，在不中斷自動追蹤功能下，可提高機身高度來改善收視狀況。
3. 工作人員應像其他現場報導的狀況一樣，確認整個轉播流程的時間點，包括該條新聞的順序、轉播的開始時間。

㈥利用直升機傳送影像

將在地面上拍攝到的影像傳送到直升機上，機上人員接收之後，再傳往最近的傳播站。

㈦離　開

1. 與總指揮取得聯繫，告知直升機已離開現場。
2. 機場進入視線範圍後，立即聯絡技術負責人，停止雙方的無線電聯絡。

直升機採訪相當昂貴，每趟出勤的花費至少數十萬，許多電視臺無法負擔。

但隨著無人航空載具（無人空拍機）技術的演進，無人機的運用不再局限於第二次世界大戰時的軍事用途。

只要花費數萬元，一般家庭、企業皆可輕鬆擁有一臺搭載攝影設備的無人空拍機，如同操作遙控飛機般，空拍的影像可說是唾手可得。

而對於新聞工作者來說，遇上重大災難、大型活動的新聞採訪時，無人空拍機的出現增加了高空拍攝的畫面，可使新聞變得更多元而活潑。

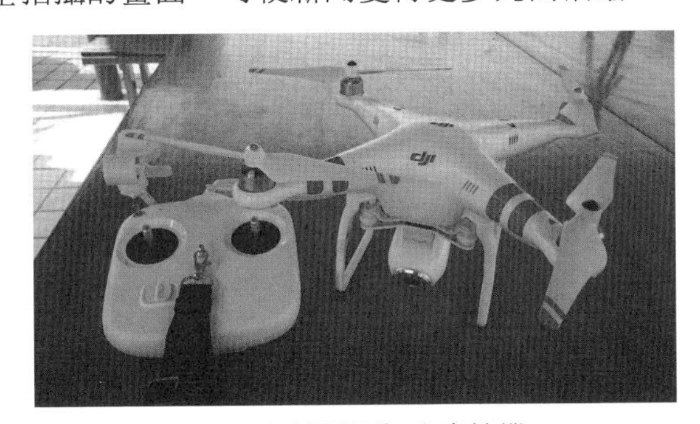

圖 3-3　簡易型無人空拍機

圖 3-4　無人空拍機鳥瞰屏東鄉村

伍、結　語

在菜市場買菜，必須買到最新鮮、最好的食材，才能讓廚師烹調出美味的佳餚；若食材不好，廚藝與調味再怎麼優秀，也很難做出頂尖的料理。

電視新聞採訪也是如此。若採訪時，沒讓受訪者說出關鍵的話，或沒拍到好畫面，即使新聞稿寫得再華麗、剪接後製如何精美，就是無法吸引人。因此，如何做好採訪，是記者必學的基本功。

在分秒必爭的新聞大戰中，如何利用有限時間蒐集重要資訊；在數家電視臺共同競爭下，如何做出不同角度的獨家新聞，這些都有賴採訪經驗的累積。熟知電視新聞採訪技巧並善加利用，就有機會突破重圍，技壓群倫。

習　題

1. 電視新聞與其他媒體相比，有什麼特殊之處？如何影響記者的採訪工作？
2. 電視新聞採訪有哪些工作及角色？如何相互配合？
3. 現場連線報導時，採訪團隊會如何分工？流程是什麼？
4. 若你是記者，你會與其他同業維持什麼關係？你該怎麼與他們互動？
5. 外出採訪時，文字記者與攝影記者該做什麼準備？該如何準備？
6. 採訪完成後，是否只能依照方才採訪所得的資訊撰稿？若訊息不足，誰最有可能是消息來源？
7. 若你是記者，該怎麼做才能獨家訪問到某個大人物？
8. 新聞製作、播出後，採訪工作是不是就結束了？如果不是，還能做什麼？
9. 試著選擇 1 個新聞事件，設想你是記者，你會如何規畫採訪工作？找誰當受訪者？如何與搭檔合作？
10. 試著與電視新聞記者外出採訪，觀察新聞團隊的互動，以及他們注意的細節。這些與你所學的相比，有什麼不同？

第四章　百聞不如一見的奧祕

在這一章你能學到：
1. 攝影記者在整個新聞產製流程中的角色
2. 各種採訪情境中使用攝影機時要注意的事項
3. 攝影運鏡的基本知識
4. 不同種類新聞的拍攝需求
5. 採訪攝影中要如何保護受訪者和自己的權益

在電視新聞的世界裡，攝影記者通常只被認為是襯托的角色。然而聲音與畫面，才是電視新聞真正的主角。攝影記者是在各種新聞現場衝鋒陷陣的幕後英雄，少了他們，電視新聞會變得非常單調乏味。

文字記者錯過了新聞現場，還可以打幾通電話補採訪。然而，攝影記者可就沒這麼好命了——拍壞就是拍壞，覆水難收；沒拍到就是沒拍到，很難彌補。

影像可以帶領觀眾身歷其境，是電視新聞的魅力所在、不可或缺的靈魂。以下將帶你認識攝影機的基本構造、操作手法，並傳授攝影運鏡的「撇步」，教你如何拍出好畫面。

壹、工欲善其事，必先利其器——認識攝影機

一、攝影機的種類

攝影機的訊號種類，可以分為類比訊號與數位訊號。按照機器功能與類型的不同，又可分為 ENG、EFP、SNG、DSNG、DV 等。

(一)電子攝影機 (electronic news gathering, ENG)

ENG 是用來蒐集新聞畫面的攝錄影器材，因為體積小、重量輕、便於攜帶和操作，從 1970 年代起被新聞臺普遍使用，是採訪時的標準配備。

為因應電視節目的演變，由多部 ENG 來配合的節目製作方式漸漸產生。讓 2

部以上的 ENG 同時運作，可加強機動性、創造更多構圖上的變化，還可免除事後的剪接程序，因此被稱為「移動現場導播臺」。

㈡現場導播機 (electronic field production, EFP)

EFP 是可以移動的導播設備，連接了多臺攝影機，能在活動現場即時切換鏡頭、製作特效畫面。若再加上網路設備或衛星傳送系統來傳送影像與聲音，就可以進行實況轉播。

㈢衛星新聞採訪系統 (satellite news gathering, SNG)

1980 年代中期，隨著衛星科技的發展，結合了 ENG 和微波① 傳訊裝置的衛星傳播方式，能讓記者在新聞現場，將影音透過衛星通信系統發射到同步通信衛星並轉回電視臺，再直接轉播或經過編輯後播出，此即 SNG。

SNG 突破了傳統 ENG 的地形與應用區域限制，使媒體能夠更即時、方便與有效率地採訪、轉播突發或重大事件的現場。

近幾年，臺灣各家媒體為了保持競爭優勢，對新聞時效的要求愈來愈高，所以開始大量使用 SNG。

SNG 車可用在一般的畫面傳輸、簡易轉播，但若要上字幕、多機作業等較複雜的工作，就無法達成。因此大型活動，會改用戶外轉播車（outside broadcasting van，簡稱 OB 車）。

SNG 車的大小如同廂型車，OB 車的車體則更為龐大，等同貨櫃車，設備也比 SNG 車多，如同把電視臺的副控室直接搬到戶外。碰上現場直播的運動比賽、選舉造勢、演唱會等場合，OB 車幾乎能呈現與攝影棚副控室相同的效果。

㈣數位衛星新聞採集系統 (digital satellite news gathering, DSNG)

DSNG 則是把拍攝到的影音數位化後，進行壓縮處理，再傳送出去。它能減小器材體積與降低成本。

---

① 微波 (microwave) 波長介於 1 公尺到 1 公釐之間，頻率約在 0.3 到 300 兆赫 (GHz) 之間，是一種介於紅外線與特高頻之間的電磁波，常用於雷達、微波爐、無線傳輸等。SNG 就是利用微波傳訊技術，將新聞訊號送上衛星後傳回電視臺。

圖 4-1　電子攝影機

圖 4-2　現場導播機

圖 4-3　SNG 車

圖 4-4　戶外轉播車（OB 車）

圖 4-5　4G 背包

目前，DSNG 已逐漸取代傳統的 SNG，這是數位時代不可逆的趨勢。

㈤ 4G 背包 (4G backpack)

由於無線通訊技術的進步，4G LTE 的傳輸速度已可負擔高畫質畫面的同步轉播。相較於昂貴且龐大的 SNG 設備與工作團隊，4G 背包廉價又輕便，讓記者在轉播新聞時更具行動力。自 2010 年起，世界各地的電視臺紛紛將 4G 背包作為基本採訪設備 (TVU, 2016)。

㈥數位攝影機（digital video, DV 或 D8）

輕薄小巧的 DV 可將影像以數位訊號的格式，紀錄在 8 釐米 (Hi8) 或 6 釐米的數位錄影帶上或是直接儲存在記憶卡內，當然亦可同時進行，之後透過影像擷取卡 (IEEE 1394) 將影像傳到電腦內，再用非線性② 剪接軟體來剪輯。

DV 有更先進的攝影功能，但降低了技術門檻，也可以即拍即看，提升使用效率，因此漸漸成為潮流。

有些數位裝置還能透過 DV 將傳統類比訊號 (VHS、V8、Hi8) 轉為數位訊號。

也可連接具有「類比－數位」轉換功能的影像擷取卡，把類比訊號傳至電腦中。

以下是類比和數位攝影機的比較：

表 4-1　攝影機性能比較表

	傳統類比攝影機	數位攝影機
訊號種類	類比訊號	數位訊號
影像保存	經過重複的轉製和編輯會毀損	易複製儲存，但必須考慮檔案是否能與新型的電腦及剪輯系統相容的問題
畫面品質	畫質不佳、較易失真、雜訊多，但較有立體感	畫質較佳、不易失真、雜訊少
成本門檻	高	低，約為傳統攝影機 10 分之 1 的價格
技術門檻	較難上手，維修不易	容易上手，且進步快速

② 線性剪接 (linear editing) 是一種需要按照順序逐步編輯影片的剪接技術；非線性剪接則可隨意調動順序，立即重新排列、增刪等。相關概念將於第七章介紹。

二、攝影機的鏡頭

攝影機的鏡頭就如同人類的眼睛一般，鏡頭所見即是畫面。各類鏡頭皆有合適的使用時機，運用技巧的良窳決定了拍攝結果的成敗。

㈠鏡頭的基本概念

1.焦點 (focus)

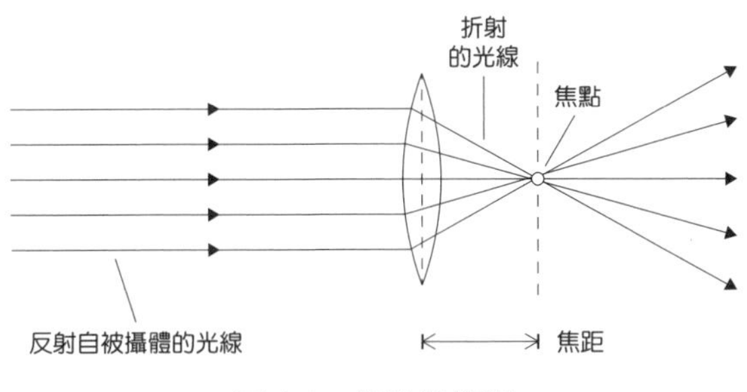

圖 4-6　焦點與焦距

焦點是光線穿透物鏡後匯聚而成的點，攝影時要確保光線有效匯聚，才能清楚成像，反之則稱為失焦。

一般家用攝影機主要依靠自動對焦 (auto focus, AF)，最大的缺點是反應較慢、較不精確，而專業攝影機通常會有 1 個對焦環用來調焦。

改變焦點稱為變焦，分成光學變焦與數位變焦。

光學變焦是運用光學原理，配合鏡頭內部鏡片的移動來改變焦距，進而影響成像的位置，實現影像的縮放。

數位變焦則像我們在電腦上看圖一樣，可透過軟體程式將影像放大，但焦距其實沒有改變，因此畫質比不上光學變焦，有影像失真的缺點。

攝影機上的變焦，指的是光學變焦。部分的攝影機，目前也可做到數位變焦。

在拍攝之前，應先對好焦。作法是先將鏡頭推到最近（即完全 zoom in），例如拍一個人，就先 zoom in 到他的鼻梁，調好焦後再 zoom out。

這時我們可以發現，這整段鏡頭不論推近或拉遠，畫面都是清楚的。如果不這麼做，當你推進或拉遠時，焦點都會是模糊的。

2.焦距 (focal length)

焦距是從物鏡中心點到焦點的距離。

一般鏡頭的焦距無法改變，稱為定焦鏡頭 (fixed focal lenses) 或標準鏡頭；可以改變焦距的鏡頭則稱為變焦鏡頭 (variable focal lenses)。

變焦鏡頭的原理，就是透過改變鏡頭內凸透鏡與凹透鏡之間的相對位置，使影像成像的焦距能在單一鏡頭內改變。因此不必經常更換鏡頭，就可以「一鏡走天下」，做到廣角、望遠等功能。

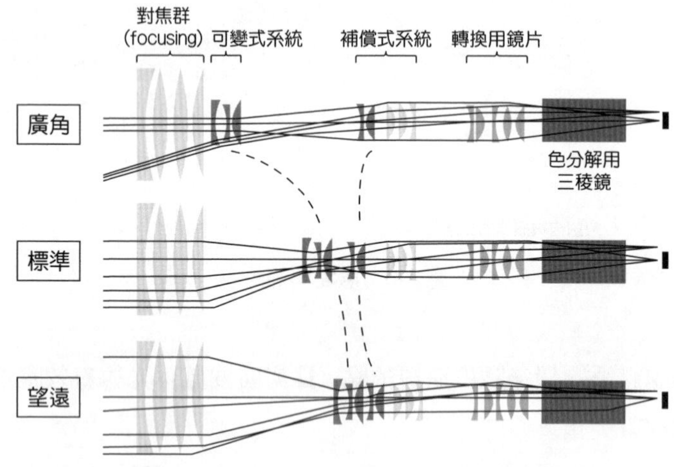

圖 4-7　透過凸透鏡與凹透鏡的組合，可以達到變焦的效果

拍攝小物品的特寫鏡頭時，通常有 2 種方法：

(1)將鏡頭 zoom out 並靠近物體

因為靠近物體，所以能拍到較大而清楚的特寫，又因鏡頭 zoom out，所以對焦比較容易，物體不易模糊。

但當鏡頭太接近物品時，即便完全 zoom out，還是有可能因為焦距太長而成像不清。

這種最靠近攝影機還能清楚成像的距離，叫做該鏡頭的最短拍攝距離 (minimum object distance, MOD)。

(2)直接將鏡頭 zoom in

但 zoom in 後焦距的靈敏度極高，如果對焦差了一點，成像就很容易模糊。此外，zoom in 也會使物件背景模糊不清。

兩相比較之下，將鏡頭 zoom out 並靠近物體，比直接對著物體 zoom in 更能掌握小物體的特寫。

3. 景深 (depth of field, DOF)

景深指的是對焦後能夠清楚成像的距離範圍。

例如，如果在鏡頭前放置 3 個距離不等的物體，這 3 個物體有的會落在焦點之內，有的會在焦點之外，焦點內的區域則稱為景深。

景深又分為淺景深跟深景深。在淺景深中，只有靠近焦點的物品會清晰顯示，其餘背景都是模糊的；如果是深景深，則前、中、後景都會很清楚。

淺景深

深景深

圖 4-8　淺景深與深景深比較圖

深景深的清晰區域很大，鏡頭裡的人就算跑到焦點之外，也不須調整焦點。但若在淺景深中任意移動物體，除非隨物體移動而調整焦點，否則很快就會變模糊了。因此，深景深較容易捕捉移動中的物體影像。

在操作面上，有 3 個影響「景深」的因素：

⑴與被拍攝物體間的距離

鏡頭愈靠近拍攝物，景深愈淺；離物品愈遠，景深愈深。

⑵焦　距

一般來說，使用廣角（短焦距）鏡頭或把鏡頭拉遠時，景深較深。

一般專業攝影機在追拍一個快速移動的新聞事件時，採用深景深，也就是將鏡頭一路拉遠會比較好。一來至少能讓觀眾了解正在發生什麼事，二來也可以拍到較大的範圍，讓大多數的畫面保持在焦點之內。

⑶光圈的口徑

光圈的口徑（鏡徑）大，會有較淺的景深；口徑小，則景深較深。

4.視角 (angle of view)

視角也稱為視野，指一般環境中能接收到影像的角度範圍。通常物體愈小或距離愈遠，則視角愈小；物體愈大或距離愈近，則視角愈大。

例如，在臺北 101 大樓底下看整座大樓，因為需要的視角大到超過視角範圍，因此無法看到全貌。但從較高、較遠的山上看去，因為這時視角較小，若無障礙物的話，就可看到大樓的全貌了。

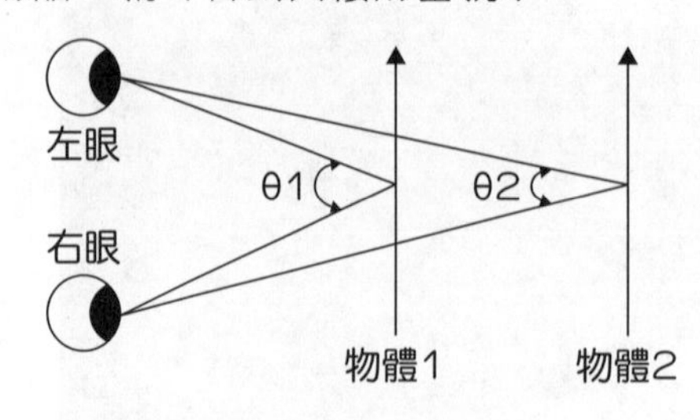

視角與目標物遠、近的關係
物體愈近，視角愈大

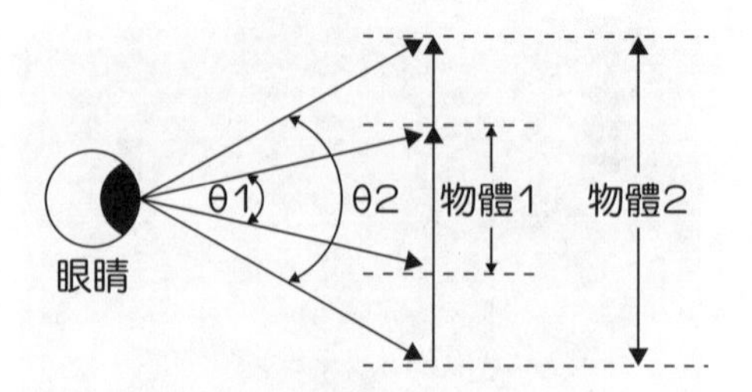

視角與目標物大、小的關係
物體愈大，視角愈大

圖 4-9　視角比較圖

㈡鏡頭的分類

1.依鏡頭的倍率分類

鏡頭的倍率會因棚內與棚外攝影而常有不同。棚內鏡頭一般約有 20 倍的放大倍率；棚外鏡頭則可以有 40～70 倍的放大倍率。所謂的放大倍率，指的是焦距增加的倍數。

可攜式的攝影機，像是 ENG、EFP 所使用的專業機種，一般配置了 13～17 倍的放大倍率，而家用機種通常也有 10～18 倍的放大倍率。

不過一般而言，家用攝影機的廣角鏡頭常常是不夠廣的，在拍攝近物時會受到相當的限制。

2.依鏡頭的焦距分類

鏡頭因成像焦距不同，可略分為標準鏡頭、廣角鏡頭與望遠鏡頭。選用不同的鏡頭會造成完全不同的視野，也會呈現出特色各異的效果 (Zettl, 2003)：

標準鏡頭

廣角鏡頭

望遠鏡頭

圖 4-10　標準鏡頭、廣角鏡頭、望遠鏡頭比較圖

表 4-2　各式鏡頭之涵蓋範圍

標準鏡頭	拍攝出來的景物跟實景差不多，與人眼看到的前後景之間的空間相對位置相近
廣角鏡頭	焦距短，視角大，在較短的拍攝距離內，能拍到較大面積的景物，拉長景物間的距離，並能強調被攝物的變動 中央景物會拉長，兩端景物被壓縮
望遠鏡頭	焦距長，視角狹窄，不但縮小了前景，還放大了後景 拍攝出來的物件會像透過望遠鏡拍攝的一般

表 4-3　各式鏡頭之景深

標準鏡頭	景深不如廣角鏡頭，但較接近人眼的景深
廣角鏡頭	增加畫面的空間縱深感，拍攝主體的前後景物都可清晰呈現
望遠鏡頭	景物較淺，無法呈現清晰的全景，但可視情況做選擇性對焦 能選擇將重點放在前景或後景上，所以能排除不必要的物件出現在畫面中 能輕鬆地轉換焦點，從前景轉換到後景，或從後景轉換到前景

表 4-4　各式鏡頭之移動

標準鏡頭	拍攝過程中的晃動比廣角鏡頭明顯，對焦也比廣角鏡頭麻煩。最好將攝影機放在三腳架上以減少晃動
廣角鏡頭	適合拍攝動態動作，因為它的涵蓋面積大，能降低因調整鏡頭而造成的晃動 缺點則是拍攝連續動作時，攝影師必須相當靠近拍攝主體，否則無法發揮特色
望遠鏡頭	拍攝連續動作時會給人一種速度變慢的錯覺，就算拍攝主體已走了相當長的距離，在螢幕上卻不會改變其大小 被攝物之間的距離也會讓人感覺縮小了 遠近很難調整，因而對連續動作的捕捉造成影響 小小的抖動都會使影像出現明顯的晃動

貳、有你萬事足——攝影輔助器材

攝影機是攝影的靈魂，但還需要不同設備的輔助，才能在各式各樣的場合發揮效用。讓我們先從承載攝影機的設備認識起。

一、攝影機基本承載物

㈠單腳架 (monopod) 和三腳架 (tripod)

表 4-5　單腳架與三腳架之比較表

	單腳架	三腳架
樣　式	只有 1 根杆子，為不固定式的攝影機支架	由 3 根可折疊的杆子組合而成，為固定式的攝影機支架
架設方式	需要再利用自己的肩膀以維持攝影機的平衡	3 根杆子可隨意展開或收起。品質比較好的三腳架會配有水平儀，方便在不平整的地方調整高度

優　點	可在短時間內架設完畢，且攜帶方便	架好以後就很穩定
缺　點	僅單腳站立，若無人同時操作，則無法維持穩定	體積較大，攜帶不易
圖　片		

㈡三輪式移動攝影車 (tripod dolly)

攝影機置於腳架之上，下方亦可利用三輪式移動攝影車在平地移動。腳架和攝影車都是可折疊的，所以這些設備適用於棚外攝影，在棚內也常使用。

㈢攝影機的架設接頭 (mounting head)

1.移動式接頭 (fluid head)

用來連結外景攝影機和三輪式移動攝影車，功能是調整攝影機拍攝的角度與位置。通常只能承受小於 30 磅的攝影機，目前的最大承重量是 60 磅。

機身包含 4 個部分：上下 (tilt) 調整旋鈕、左右 (pan) 調整旋鈕、上下調整鎖、左右調整鎖。旋鈕可以讓機體上下左右平穩移動，鎖則是用來把位置固定住。

另外，還有一種稱為快拆板 (quick-release plate) 的裝置，可以很快地連結起攝影機和移動式接頭，易裝易卸。

圖 4-11　移動式接頭

圖 4-12　快拆板

2. 凸輪接頭 (cam head)

用來連結比較重的攝影機與攝影棚內的升降臺。主要構造同移動式接頭。

3. 楔形／長方形架設板 (tripod head)

一般攝影機的腳架接頭上都有一塊板子，上附螺旋狀突起，用以鎖入機體下方的螺旋孔內以固定機體，又被稱為「雲臺」。

這種板子目前常用的有板形（長方形）和楔形（梯形）2 種，都可以單獨拿起來，先鎖入攝影機體，再裝在凸輪接頭上③。

4. 攝影機升降架 (studio pedestal)

利用攝影機升降架，可以讓攝影機很平滑地移往各個方向，並能調整攝影機的上升或下降。

在升降過程中，有些是利用平衡力，有些是利用內部壓縮空氣的機制，或同時運用兩者維持平衡，適合棚內使用。另外也有可攜式的升降架，可用在外景攝影。

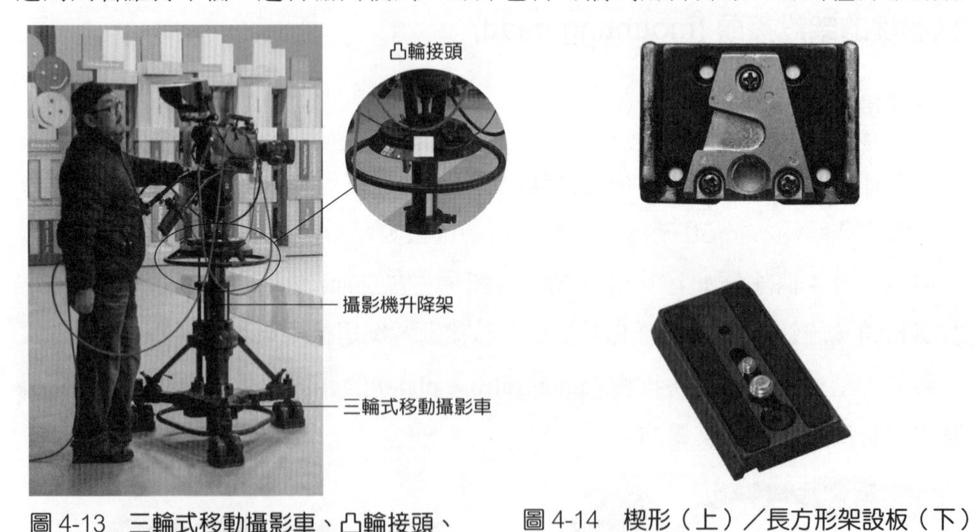

圖 4-13　三輪式移動攝影車、凸輪接頭、攝影機升降架

圖 4-14　楔形（上）／長方形架設板（下）

③ 要注意的是，裝設時務必把雲臺拆下來先裝在攝影機上，再鎖在腳架上。有的攝影機上面有提把，鎖好後，可以提起來檢查看看是否鎖緊了。千萬不要用攝影機去遷就雲臺和腳架，以免摔落。

㈣特殊攝影機底座裝置

特殊攝影機底座能幫助我們在特殊的拍攝情況下使用攝影機，例如在狹窄的客廳、野外攝影或拍攝奔跑上樓等情形。有些基座設計成不須以人來操作，直接用電腦操作即可。

1.臺車與軌道 (car & rail)

需要移動拍攝時，若採用人扛攝影機的方式，時常無法平穩拍攝；若使用腳架，雖可平穩拍攝，但卻無法移動。因此臺車與軌道的設計，就可讓記者在移動拍攝時，兼顧畫面的穩定性。

使用臺車與軌道的工作程序較一般拍攝多，因此必須先擬好拍攝計畫，決定如何移動後才開始鋪設軌道，再根據計畫進行拍攝，即可獲得平穩的移動畫面。

圖 4-15　臺車與軌道

2.穩定架底座 (steadicam mount/body mount)

攝影機穩定架是一種輕便的攝影機底座，從 1970 年代逐漸被普遍使用。

在此之前，若要拍取滑順的鏡頭，一定要藉助笨重的臺車與軌道。但穩定架誕生後，便可藉由此設備徒手扛起攝影機並穩住機身，同樣能達到推軌的效果。

穩定架底座適用於拍攝動態情境，例如拍攝奔跑等容易造成攝影機搖晃的情境時，這種底座的平衡裝置可以讓拍攝動作平穩地進行。

但某些攝影機和拍攝裝置比較重，跟穩定架底座搭配使用時，讓有經驗的人來使用會比較好。

某些較小、較輕的拍攝裝置可搭配另一種輕量型的穩定架底座，也能達到相同的穩定效果。

3. 搖臂設備 (jib)

搖臂設備分為短搖臂設備 (short jib arm) 和長搖臂設備 (long jib arm)。

短搖臂設備是較為小型、用於定點和狹窄處拍攝的平衡裝置，可嵌在柱子、椅子上，或懸吊使用。

長搖臂設備能拍攝各種角度，高度可至 12 呎。單人即可操縱，但若想要平穩地拍攝畫面，仍須經過多次的練習才能做到。另有適用於戶外工作的機種，不但重量較輕，也能折疊便於攜帶。

4. 棚內吊車 (studio crane)

棚內吊車是 1 種所須空間較大且要有 2 人以上操作的設備。1 人拍攝時，另 1 人把吊車駕駛到目標位置，可用電動操縱的方式來穩定拍攝，但比搖臂設備笨重得多。不過，某些吊車提供導演和拍攝者同時乘坐，有利於彼此間的溝通。

5. 低架 (high hat)

低架是一種短圓柱型或三腳型的金屬底座，可將其拴於布景或露天舞臺的地板上，或架在可移動的東西上，適用於低角度攝影。

6. 全自動升降架 (robot pedestal)

全自動升降架是一種全自動的臺座，常用於新聞播報、視訊會議等場合，無須人員在場操作，能用電腦遠端控制。

圖 4-16　穩定架底座

圖 4-17　短搖臂

圖 4-18　長搖臂

圖 4-19　棚內吊車

圖 4-20　三腳低架

圖 4-21　圓柱低架

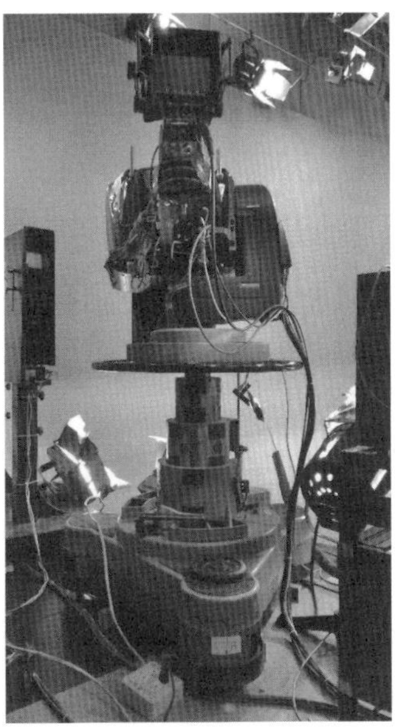

圖 4-22　全自動升降架

二、攝影機的移動

攝影機和照相機最大的不同，在於它和被攝物之間可以有相對運動。相對運動有 4 種組合：㈠物體動，機器不動、㈡物體不動，機器動、㈢物體和機器都在動、㈣物體和機器都不動。以下是機器移動拍攝的運用方式和注意事項：

㈠單機左右移動 (pan)

鏡頭在腳架上左右移動，可用來鎖定拍攝主體，或表示主體間的左右關係。

㈡單機上下移動 (tilt)

鏡頭在腳架上上下移動，可以用來表示拍攝主體的高度或深度，或 2 個主體之間的上下位置關係。

㈢機臺水平前後移動 (dolly)

此即鏡頭的前後移動。當我們把鏡頭變焦時（推近或拉遠），其造成的效果也跟 dolly 一樣，拍攝角度會變寬或變窄。

㈣機臺水平左右移動 (truck or track left/right)

此與 pan 的效果相似，但不同之處在於，pan 是在一個定點上讓鏡頭左右移動，是一種環顧四周狀況的感覺；而 truck 是讓整臺攝影機移動，像是邊走邊看。

㈤揮臂狀（類似起重機）移動 (crane or boom up/down)

此為操作搖臂時的移動方式。由於吊掛的攝影機並未固定角度，因此可隨吊臂升降而改變視角。

㈥機體升降 (pedestal)

機體升降是透過攝影機的升降架來操作，與 tilt 不同的地方在於，tilt 改變的是攝影機的俯角與仰角，而機體升降的俯角與仰角不變，調整前後就如同從大人的平視角度變成小孩的平視角度一樣。

圖 4-23　單機左右移動

圖 4-24　單機上下移動

圖 4-25　機臺水平前後移動

圖 4-26　機臺水平左右移動

圖 4-27　揮臂狀（類似起重機）移動

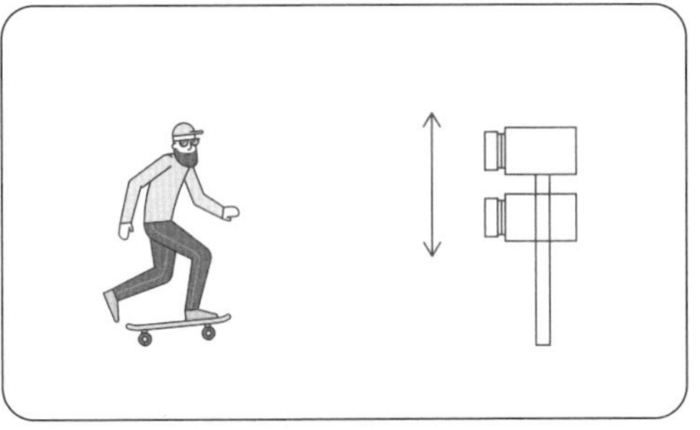

圖 4-28　機體升降

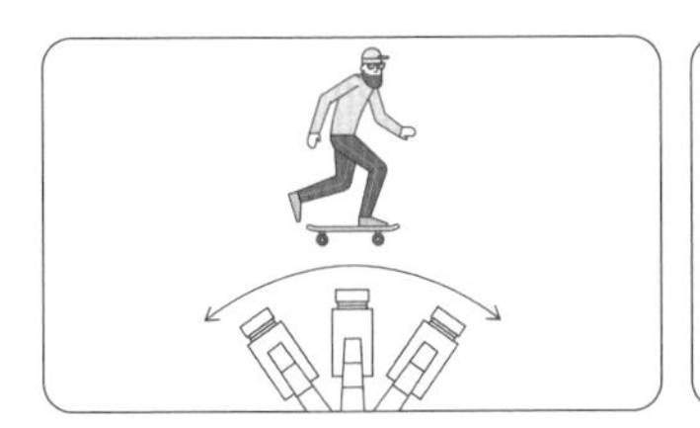

圖 4-29　機臂控制左右轉動

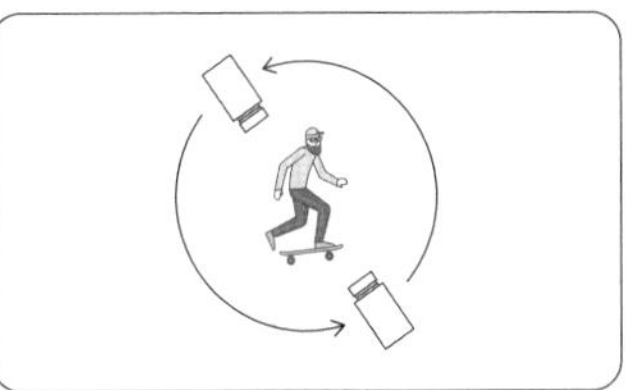

圖 4-30　機臺左右弧狀轉動

圖 4-31　肩負單機轉動肩膀

㈦機臂控制左右轉動 (tongue)

此同為操作搖臂時的移動方式。由於吊掛的攝影機並未固定角度，因此可隨吊臂左右擺動而改變視角。

㈧機臺左右弧狀轉動 (arc)

攝影機以拍攝主題為圓心，與主體的距離不變，如同在圓上移動一般，可以拍攝主體 360 度的樣子。

㈨肩負單機轉動肩膀 (cant)

效果與 pan 或 tilt 大致相同，差別在於是由攝影記者將攝影機扛在肩上拍攝，因此能夠轉動與移動的範圍有限，視攝影記者的體能狀態而定。

攝影記者隨著不同的拍攝主體與情境，會有不同的操作方法。手拿攝影機或把攝影機裝在腳架上是一般的情況。在小範圍的拍攝現場，攝影記者通常會直接徒手移動攝影機。如果有升降架或吊車，就以機器做小範圍的移動。

採訪時常會遇到移動中的拍攝對象，此時便須跟拍。一種方式是將攝影機扛在肩上，或裝在腳架上抱住，以便跟著採訪對象走；另一種則是坐在行進的車上跟拍。但不管何種情況，都要視採訪需求與現場狀況，選擇合適的角度與方式拍攝。

參、一手掌握——控制光線與設備

攝影是光與攝影機互動所產生的藝術品，以下介紹光與攝影機各部分設備。

一、光與色的基本介紹

㈠光的物理性質

光是一種電磁波，肉眼可見的部分稱為可見光，反之則稱為不可見光。

可見光的波長約介於 380～750 奈米 (nm)。各種波長所代表的各種色光，通過人類視神經的傳導與腦部的感知作用而產生視覺效應，於是我們便看見了色彩。

依照光的波長，各種色彩按次序排成的圖案，稱為光譜 (spectrum)。色彩在光譜中是一種連續變化的過程。超過光譜範圍的部分即為不可見光。其中波長超過 750 奈米的稱為紅外光 (infrared)，低於 380 奈米的稱為紫外光 (ultraviolet)。

㈡色　彩

大部分的顏色皆可由不同的顏色按比例調配產生，而那些無法透過混色調配出的顏色，稱為「原色」(primary color)。

光的三原色為紅 (red)、綠 (green)、藍 (blue)。當三原色相互堆疊，色彩會變得愈來愈亮，最終混合出白色 (white)，稱為「增色」(additive color)。

印刷的三原色為洋紅 (magenta)、黃 (yellow)、青 (cyan)。當三原色相互堆疊，色彩會變得愈來愈暗，最終混合出黑色 (black)，稱為「減色」(subtractive color)。

色彩混合的過程中，若某 2 個顏色，在增色系統中能混合成白色，或在減色系統中能混合成黑色，就稱該 2 色互為「互補色」(complementary color)。

除了光的三原色與印刷的三原色系統之外，還可利用 HSL 或 HSV 色彩空間系統，透過調整色彩 3 要素（色相、彩度、明度）的各項數值，精確定義各種顏色。

1.色相 (hue)

色相是色彩的外相，也就是色彩的基本屬性，例如紅色、黃色、綠色等。

2.彩度 (saturation/colorfulness)

彩度又稱為飽和度或色度，用來形容色彩的純度。若彩度為 0，則為黑色或白色，反之則為該色的純色。愈鮮明的色彩，其彩度愈高。

3.明度 (lightness/value/brightness)

明度又稱亮度，指色彩的明暗程度。例如，由黑到白就是明度從最低到最高。

㈢色　溫

色溫是指光在不同的能量下，人所感受到的顏色變化程度。例如，同樣的純白色物體，在早晨與中午的陽光下，人們對「白」的感覺不同，就是因為色溫不同。

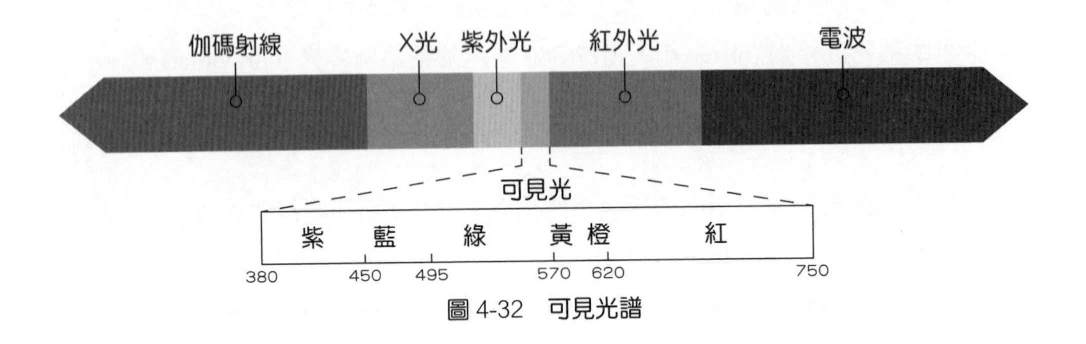

伽碼射線
X光
紫外光
紅外光
電波
可見光
紫
藍
綠
黃
橙
紅
380
450
495
570
620
750

圖 4-32　可見光譜

綠(green)
青(cyan)
白(white)
藍(blue)
G
C
Y
W
B
M
R
黃(yellow)
紅(red)
洋紅(megenta)
Y
R
K
G
M
B
C
綠(green)
黑(black)
青(cyan)
藍(blue)
光的三原色(增色系統)
印刷三原色(減色系統)

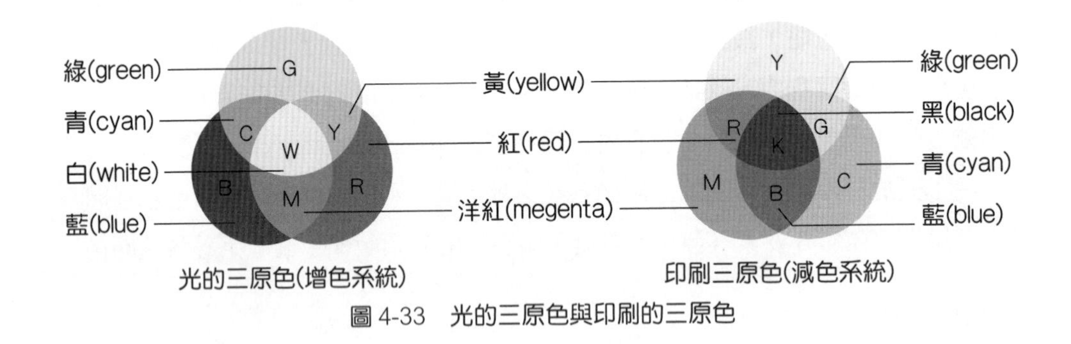

圖 4-33　光的三原色與印刷的三原色

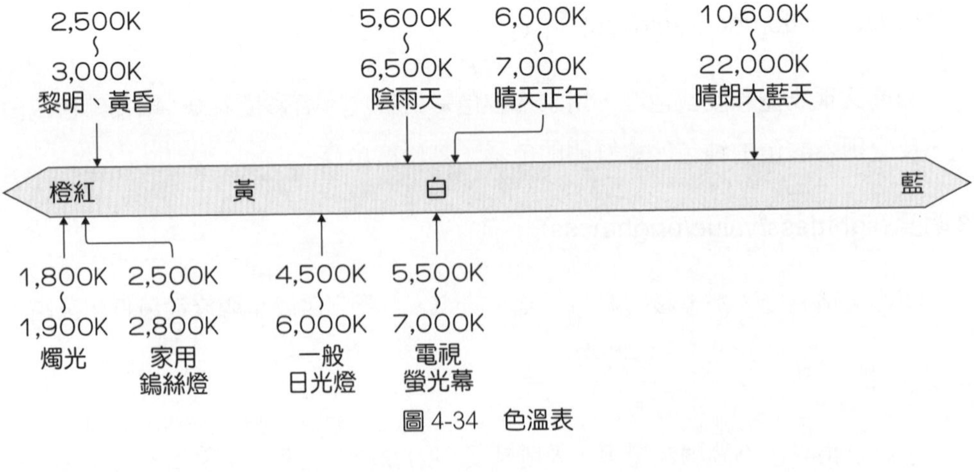

2,500K ~ 3,000K 黎明、黃昏
5,600K ~ 6,500K 陰雨天
6,000K ~ 7,000K 晴天正午
10,600K ~ 22,000K 晴朗大藍天
橙紅
黃
白
藍
1,800K ~ 1,900K 燭光
2,500K ~ 2,800K 家用鎢絲燈
4,500K ~ 6,000K 一般日光燈
5,500K ~ 7,000K 電視螢光幕

圖 4-34　色溫表

色溫以凱氏溫標 (K) 為單位，用黑體輻射的 0K 為基準。隨著黑體加熱，能量升高，就會從黑色漸漸變成可見光的顏色。

例如，溫度到 1,800K 時，大約呈橙色，與燭光差不多，就可以說燭光的色溫是 1,800K。若是一般的鎢絲燈泡，色溫大約是 2,800K。當溫度到達 5,500K 時，黑體呈現白色，就與一般環境下日光的色溫差不多。若溫度繼續上升，黑體會漸漸偏藍，像是較新的日光燈與省電燈泡，色溫就大約是 6,500K。

低色溫時，光的顏色偏橙紅色或黃色，給人溫暖、舒適的感覺，稱為暖色光。若是高色溫時，光的顏色偏白或藍，給人明亮、有精神的感覺，稱為冷色光。

在不同色溫下，同一物體拍攝出來的色調與效果會有所不同。若要將物體的顏色標準化，在不同色溫的環境中都能保持一樣的顏色與效果，就需要告訴攝影機「在這個環境下，什麼是標準的白色」，這個動作稱為「白平衡」。白平衡對於攝影極為重要，下文在談攝影機操作時，將詳細介紹。

二、攝影機的各部分設備

㈠鏡　頭

因拍攝物體的遠近不同，須選擇不同的鏡頭。若是用望遠鏡頭拍攝，物體的立體感容易消失，也會因為輕微的震動，而使畫面清晰度大打折扣。而廣角鏡頭因為本身的性質，會使畫面邊緣產生變形。

㈡對　焦

對焦時要注意鏡頭的焦點、焦距、景深與視角，這部分在本章前半部已說明。

其中務必注意焦距是否正確，因為失焦的影像不只無畫面美感，若是對錯焦點，還可能造成「主客易位」，使觀眾的目光聚集在錯的位置。

㈢光　圈

1.光圈 (iris)／鏡頭隔板 (lens diaphragm)

光圈是一種控制進光量的裝置，主要由光圈的孔和金屬扇葉組成。

當最大光圈開啟時，所有的扇葉收起形成最大的開口，此時進光量最大。反之，當所有的扇葉收起而形成最小的開口時，進光量最小。

2. f 值／光圈數值 (f-number)

f 值是表示鏡頭有多少進光量的一種標準級別，以一系列數字 f/2.8、f/4、f/5.6、f/8、f/11、f/16（或稱 f2.8、f4、f5.6、f8、f11、f16）來表示。

這些數值趨近 $\sqrt{2}$ 的倍數，是由此公式得出：鏡頭的焦距除以鏡頭口徑的直徑。$\sqrt{2}$f 值愈小，所得到的光圈愈大，因為進光量和鏡頭口徑的截面積有關。

當焦距不變，若光圈的直徑增加 $\sqrt{2}$ 倍，則截面積增加 2 倍，進光量就會增加 2 倍，所以 f2.8 的進光量是 f4 的 2 倍④。

3. 鏡速 (lens speed)

鏡速又稱為鏡頭進光量，指的是有多少光透過光圈進入鏡頭。乍看之下，原文的 lens speed 似乎是描述速度的概念，但其實它與光傳輸的速度毫無關係。

高鏡速鏡頭 (fast lens) 能相對地讓比較多的光透過光圈進入鏡頭，此時 f 值會比較小，通常在低亮度的場所也能穩定作業。反之，低鏡速鏡頭 (slow lens) 則讓比較少的光進入，f 值較大。

4. 自動調整光圈 (auto iris switch)

大多數的攝影機可以將光圈從手動模式轉換成自動模式，攝影機會從鏡頭進光量的大小來自動調整光圈。

一般來說，如果現場的亮度沒有太大的對比，使用自動光圈較為方便。即使如此，在一些特殊情況下還是需要手動調整。

---

④ f 值公式為：$N = \frac{f}{D}$

N 就是 f/x 的簡化寫法，如 f/16 時，N 標示為 16；f/4 時，N 標示為 4。在上述公式中，f 是焦距，D 是光圈直徑。例如，若焦距是光圈直徑的 4 倍，那麼 f 值是 f/4，也就是 N = 4。光圈大小與鏡頭的截面積有關，鏡頭面積為 $D^2\pi$，所以進光量與鏡頭直徑是呈 $1/\sqrt{2}$ 倍的關係。

例如，拍一個人在太陽底下壓低帽沿的特寫時，因為自動調整模式會根據所偵測到的整體平均鏡速而縮小光圈，使得帽沿下的臉偏黑。

這時要將臉部的光補足，就得調整到手動模式，將光圈放大，這樣拍攝出來的臉部畫面才能看得清楚。如果臉部還是光度不足，就需要使用濾光鏡。

㈣濾光鏡 (filter)

濾光鏡是裝在鏡頭前的一種輔助光學設備，用來使某類顏色的色調變淡，互補色變深。有時為了呈現特殊的影像，需要使用濾光鏡阻擋某些波長的光線，讓它不會透過鏡頭進入攝影機。

濾光鏡主要可分為光學濾光鏡和顏色濾光鏡。前者只能改變畫面的幾何形狀或構成，而不能改變畫面的顏色。後者則可以改變畫面的顏色。若再細分，還可分為以下 6 種濾光鏡。

1. 對比濾光鏡／反差濾光鏡 (contrast filter)

主要用在改變景物的單一色調，藉以提高對比。若要使畫面上某一色彩的色調變淺，就要使用該色光的濾光鏡。例如，美麗的紅花綠葉，若要使紅花的色調變淺，就須使用紅色濾光鏡。

主要的對比濾光鏡分為 6 種，每一種又分為淺、中、深 3 級。詳細說明如下（互動百科，2011）：

⑴**紅色濾光鏡：**吸收綠色、藍色、紫色，讓紅色通過，並阻擋部分橙色、黃色。

⑵**黃色濾光鏡：**吸收藍色、紫色，讓黃色通過，並阻擋部分紅色、橙色、綠色。

⑶**橙色濾光鏡：**功能介於紅色與黃色濾光鏡之間。

⑷**綠色濾光鏡：**吸收紅色、橙色、藍色、紫色，讓綠色通過，並阻擋部分黃色。

⑸**黃綠色濾光鏡：**功能介於黃色與綠色濾光鏡之間。

⑹**藍色濾光鏡：**吸收紅色、橙色、黃色、綠色，讓藍色通過，並阻擋部分紫色。

2. 紫外光濾光鏡 (ultraviolet filter, UV)

雖然人的肉眼看不到紫外光，但攝影機對紫外光的感應卻是相當強的。裝上紫外光濾光鏡，便可吸收景物的紫外光，減少攝影機感光的作用，讓影像更為清晰。

3. 中色濾光鏡 (neutral density filter, ND)

中色濾光鏡主要用來減少通過鏡頭的光線量，降低曝光值[5]。因為中色濾光鏡對於各種光的吸收率相等，所以不會扭曲物體的顏色。通常分為 2 倍、4 倍、8 倍 3 種，指的是曝光倍數。

由於電視新聞強調真實，太花俏的濾光鏡較不適合使用，因此中色濾光鏡是比較有機會用到的濾光鏡。

4. 偏極濾光鏡 (polarizing filter, PL)

偏極濾光鏡通常是由許多方向一致的極小晶體構成，主要用來降低反射光通過鏡頭的量，可將天空、水面、光滑表面的反射降低，呈現物體質地的真實感。

此外，也可以控制色調、提高物體的彩度。而且其曝光倍數大約是 4 倍，也可替代 4 倍的中色濾光鏡。

5. 紅外光濾光鏡 (infrared light filter)

可吸收所有的可見光，僅讓紅外光通過，通常用於紅外線攝影[6]。

6. 色溫平衡濾光鏡 (color temperature balance filter)

通常攝影機會預設在標準色溫的情況下來操作，但陽光從早到晚的色溫皆不盡相同，而且室外的天氣陰晴、室內外的差別、室內的燈具，都各有不同的色溫，若是與預設色溫不同就會產生偏色。

例如，在室外大太陽底下拍攝後直接進入室內繼續拍攝，若使用同樣的標準色溫而未調整，在室內拍同樣白色的物品，就會偏向深藍色或灰色，整體的影像就會顯得較為暗淡。在這種情況下，色溫平衡濾光鏡可即時切換，調整成正確的色溫。

---

⑤ 曝光 (exposure) 在攝影上，指的是光線透過鏡頭進入攝影機後照在感光元件上的過程。曝光值 (exposure value) 就是計算曝光量的值，可透過調整相機光圈、快門來改變。

⑥ 紅外光由於波長較長，更容易穿透物體而不被反射，因此具有透視的效果，通常可對生物進行穿透攝影（如 X 光），用在衛星影像拍攝時，則可穿透雲霧與粉塵，調查森林、海洋汙染的狀況。

三、基本操作

一般攝影機的操作有遠近控制 (zoom control) 與變焦控制 (focus control) 2 種。遠近控制具有推近和拉遠的功能；變焦控制則可透過改變焦距的方式推近或拉遠鏡頭，以得到最佳的影像。

㈠遠近控制

遠近控制可以控制攝影主體在鏡頭中的比例。例如，較遠的鏡頭可以照到人的全身；若是拉近，則只能拍到人的上半身。

1. 機動遠近控制

專業級的攝影器材都具備這種功能，其控制開關通常位於搖攝把手 (panning handles) 的旁邊，可以用拇指扳動。扳到右邊時，鏡頭會推近，反之則會拉遠。

而 ENG 或 EFP 攝影機的控制開關則位於攝影機的機殼上，以 W (wide) 及 T (tight) 來表示。如果要推遠，就按 W，要拉近就按 T。

機動控制的好處是速度穩定，較不易有忽快忽慢的變化。

2. 手動遠近控制

手動控制裝置位於鏡頭上的控制環，只要左右轉動控制環便可以快速且大幅度地調整鏡頭的遠近，也可以微調。

在推近拉遠的速度與控制上，手動控制比機動控制更具彈性，但穩定性較差。

㈡變焦控制

變焦控制是改變攝影機焦距，使拍攝主體更為清晰或模糊，有 2 種變焦方式。

1. 自動變焦

多數的變焦鏡頭配有自動控制裝置，隨著鏡頭的移動，與推近或拉遠，攝影機都能自動、平順地執行變焦功能，無須另外按鈕，就可使拍攝主體始終保持清晰。

自動對焦的問題在於，機器並不知道攝影師真正要對焦的目標為何，因此它通常會對焦在鏡框的中央與最接近鏡頭的物體上。若想要對焦在背景中的其他地方，自動對焦是無法達成的。此外，當拍攝主體迅速移動需要快速變焦時，自動變焦會延遲 1～2 秒才能精確對焦，鏡頭也可能會在變焦過程中失去焦點。

2.手動變焦

由於自動變焦有上述問題，因此手動對焦還是較為方便。

棚內攝影機的手動變焦裝置位在搖攝把手左方，有個可以扭轉的柄。

ENG 或 EFP 攝影機的變焦裝置，則是變焦鏡頭上的變焦環，同樣藉由順時鐘、逆時鐘的轉動來變焦，使攝影機能精準地聚焦在正確的拍攝主體上。

肆、保護機器也保護自己——攝影機的操作須知

一、使用攝影機的小叮嚀

攝影機是攝影記者行走江湖的武器。但有時會因為經驗不足，而造成一些意外的傷害。以下是要特別留意的操作事項。

㈠不要將攝影機放在車內

將攝影機放在車內除了有失竊的風險外，密閉空間的高溫也常導致電子零件的毀損。確保你的攝影機在視線範圍內，或是有人幫你保管。

㈡保護攝影機不受太陽直射

臺灣的夏天很熱，如果將鏡頭長時間對著強烈的陽光拍攝，取景器可能會匯聚太陽能而導致電子零件逐漸融解。

同樣地，也要特別小心別把電池放在太陽下曝曬，以防短路。

㈢避免攝影機與電池受到撞擊

由於攝影器材的零組件十分精密，所以要盡可能防止攝影機因震動而損壞。電池也要避免放在容易被撞擊的位置，以防短路。

㈣為雨天、極度寒冷或潮溼的情況做好準備

上述這些情況都不是好的拍攝時機。若在雨中拍攝，事先要準備好攝影機或相機專用的「雨衣」，或至少以簡單的塑膠布覆蓋，防止器材進水。

若是在特別寒冷或溫度低的地方，拍攝會比較耗電，所以需要多準備幾個電池，以備不時之需。

此外，拍攝前應先檢查底片或錄影帶是否已經受潮。若使用受潮的底片或錄影帶，可能會毀掉整臺機器。

㈤帶齊裝備，尤其是錄影帶與備用電池

工欲善其事，必先利其器。新聞現場的畫面稍縱即逝，很多畫面是不可能重來一次的。若是沒有充足的準備，當遇到攝影機沒帶子或是沒電的突發狀況，攝影就會中斷，因而錯失珍貴的新聞畫面。

㈥拍攝前先進行白平衡，避免偏色

每個新聞現場的光影變化都不同，因此需要告訴攝影機，在這樣的光線環境下什麼是白色，以免產生偏色，這個動作就叫做白平衡或對白。

實際作法是，找一張白紙或乾淨的白牆，zoom in 到最近，按下白平衡鈕，再 zoom out 出來。現在的 DV 多半有自動白平衡的功能。

戶外豔陽天的光線很強、很刺眼，室內柔和的黃光感覺很有情調，若是在這 2 種環境下都使用同一種色溫的白平衡來拍攝，則戶外的畫面可能太白，室內的畫面則可能偏黑或偏黃。

在不同的拍攝環境下，都要確實做到白平衡，以呈現真實的畫面顏色。

二、攝影機標準使用程序

攝影機的操作看似簡單，每個人都能輕易上手，但要拍得好、拍得完美，讓畫面變成可用的素材，這就需要真功夫了。

良好的攝影機使用習慣可使拍攝井然有序，這看來只是一件小事，但魔鬼總是

藏在細節裡。不注意細節的後遺症，小則手忙腳亂，大則白忙一場，畫面出不來。

㈠攝影機操作流程

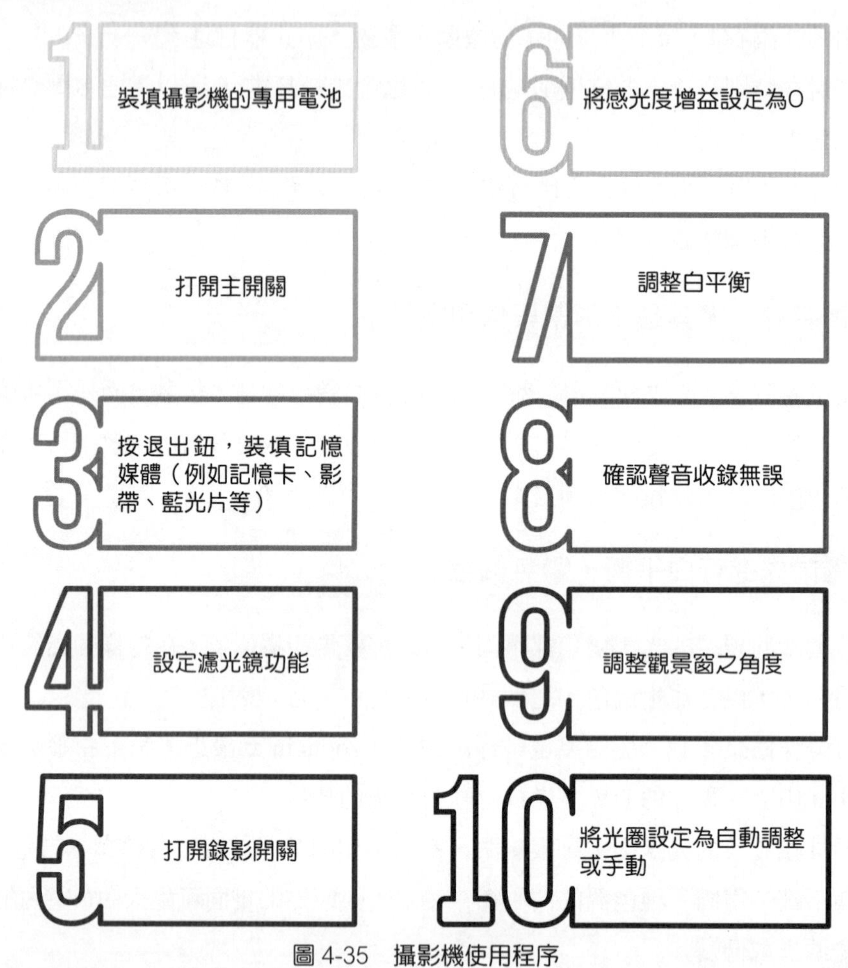

圖 4-35　攝影機使用程序

㈡可攜式攝影機 (camcorder and ENG/EFP)

大部分的電視新聞採訪不是在攝影棚內拍攝，通常都是帶著可攜式攝影機到新聞現場採訪。

記者所面臨的拍攝情況很多，不太可能都是定點拍攝。有時必須跟著受訪者邊跑邊拍，也可能突然有大人物出現，攝影機必須快速移動到定位。但不管是什麼樣的情況，都要特別注意以下的拍攝原則。

1.開始拍攝前，你必須知道的大原則

(1)將機身置於右肩，雙手扶住鏡頭。其中一隻手要穿過鏡頭上的皮帶，另外一隻手則可以自由地調整焦距或進行其他動作。

(2)如果攝影機沒有自動白平衡的功能，拍攝之前一定要先做好。

(3)在一般情況下，應該將攝影機設定成自動光圈模式。

(4)開拍前，試著盡可能地伸縮鏡頭，以取得最適當的距離，且使畫面清晰分明。

(5)錄影時無論是否有人說話，都要同時錄音，因為自然音（natural sound，又稱現場音）可以說明訪問當下的情境，對於新聞資訊的傳遞也是相當重要的。

(6)當周遭非常安靜時，可以使用自動補強 (auto gain control, AGC) 功能，讓遠距離的聲音也能清晰捕捉。

2.拍攝前

(1)點清所有配件並且列出清單，出機前一定要確定所有耗材（電池、帶子等）都備齊，甚至多帶一份備用。

(2)盡可能先架好腳架，並將攝影機安穩地放置在腳架上。有些攝影機上面附有提把，可以輕輕提一下，看看是否鎖緊了。

(3)確認攝影機與攝影帶是否相容。另外也要確認影帶的長度是否足夠應付拍攝時間，要有多帶幾卷預備帶的習慣。

(4)準備一個緊急工具箱，放置一些替換耗材或簡單的修復工具。實際攝影過一段時間，了解整個機器和採訪的狀況後，就可以整理出比較個人化的工具箱。

3.拍攝中

(1)兩手同時持著攝影機，雙附靠在身體上。

(2)身靠牆壁或樹木，可以避免身體搖晃。

(3)如欲拍攝全景，應該全身轉動，而非只是手腕移動。

(4)拍攝行進中的人物時，應該以同等速度倒退走在其前方。一般倒退走時會將大部分的力量施於腳跟，這也有助於減少震動。

(5)如果狀況許可，記下自己拍了哪些畫面和大概的秒數，剪接起來會很方便。除非

拍攝到了一個段落，否則千萬不要倒帶回去看，寧可多取幾個畫面，以免混亂。

4.拍攝後

⑴若沒有要馬上進行下一項工作，則應該關掉所有開關。若有的話，也要將攝影機調整在待機狀態，蓋上所有蓋子，將攝影機及所有配件立刻放回袋中。
⑵將錄影帶自攝影機拿出後，應馬上換進一卷新的，並標示清楚。
⑶如果機器已經受潮，要設法迅速弄乾，待其恢復乾燥狀態時再收起來。弄乾期間，切記不可開電源或接電，以免短路。
⑷盡快充電，確定所有攜帶的電源仍可以進行下一次的使用。

㈢棚內攝影機 (studio camera)

操作棚內攝影機和 ENG/EFP 攝影機最大的不同之處，即在於前者通常會設置在棚內的基座之上。

與 ENG/EFP 攝影機相比，棚內攝影機的所有設備都已經配置好了，十分方便操作。而困難之處則在於，攝影師需要控制整個底座移動攝影機，然後才調整焦距。操作棚內攝影機應注意以下事項。

1.拍攝前

⑴戴上耳機之後，確認內部通信聯絡系統運作良好。聽從導播、技術導播及監製的指示。
⑵解開上鎖的部分，開啟需用的功能。
⑶檢視所有線纜，並排除可能阻礙這些線纜的障礙物。
⑷檢查鏡頭，試著伸縮調整焦距，推到兩邊的極端。

2.拍攝中

⑴戴上收話機與導播聯繫，再次確認各項運鏡功能是否正常。
⑵到每一個新的攝影位置都要再調整一次鏡頭，看整個變焦範圍能否保持聚焦。
⑶在場景和場景之間調焦距時，要多調幾次焦決定哪一個是最清楚的畫面。「髮線」的清晰度通常能決定最清楚的焦點在哪裡，要不就是將焦點對準眼睛。

⑷若使用滑動臺車，則將鏡頭設置成廣角鏡頭，在軌道的中點對焦。用超廣角鏡頭時，景深要夠大以便近照的時候調焦。

⑸雖然滑動臺車可以讓攝影機平滑地位移，但移動或煞車時不要用力拉。慢慢地開始並在軌道快到底時減速。若有弧形或其他困難的軌道，可以請別人幫你移動臺車、注意攝影機。若是直線軌道，可以用雙手操縱搖攝把手；若必須操縱攝影機，則可以右手操縱，左手用來控制焦距。

⑹纜線可能會干擾攝影，像是絆倒現場的人，或是在攝影機移動時，造成阻礙而無法平順地移動，甚至是因為拉扯脫落，使訊號無法順利傳遞，導致錄影或播送中斷。所以最好將纜線繞在肩膀上或繞在攝影機軸承座上，但要保留一點纜線使鏡頭好運作，而且不要硬扯纜線。拍攝複雜的鏡頭時，可以請人幫忙整理纜線。

⑺拍攝期間要注意其他身旁的事物，例如軌道路徑上的障礙物，像是布景、燈光和地毯等，可以請別人幫忙注意這些障礙物。

⑻通常要將注意力放在取景窗，因為取景窗上的一切，代表將被錄下的東西。

⑼在每一個新的拍攝位置檢查燈光。

⑽排演時通知工作人員解決不尋常的問題，例如陰影等。

⑾在導播決定是否更換攝影機位置後，自行留意每個場景的光線、角度變化。

⑿將攝影機的位置標記起來。

⒀避免在通話器裡不必要的聊天。

3.拍攝後

⑴等結束之後才將攝影機鎖上。

⑵將攝影機收好。

⑶捲好纜線。

攝影記者肩上扛的攝影機，是他們的吃飯工具。這些工具所費不貲，各個攝影記者都扛了數十萬、甚至數百萬的「傢伙」衝鋒陷陣。資深攝影記者或主管常開玩笑說「機在人在，機亡人亡」，就是在說明人與機器間的革命情感。

了解攝影機的各項操作訣竅，是為了保護機器不被破壞，增加攝影機的使用壽命，更重要的是可以保護攝影記者不受職業傷害，也能拍出好的畫面。

伍、構圖的藝術

了解攝影機的基本操作後，接下來即從初級班進入中段班——了解構圖。

新聞攝影的構圖非常重要，這不只影響畫面是否美觀，更重要的是畫面說明了新聞的重點在哪裡。好的畫面才能帶領觀眾進入情境，猶如親臨新聞現場，感受當下的氛圍。因此，新聞攝影的構圖絕對是電視新聞記者必須念茲在茲的基本功夫。

一、影響構圖的因素

㈠拍攝角度

例如，由一個雕像的底部往上看，可能會覺得它很巨大；而從高樓上向下看，則可能會覺得這個雕像蠻小的。

㈡主體大小

例如，畫面中有一個胖子，可能會覺得畫面很擁擠；相對地，只有一個瘦子，則可能會覺得畫面很寬鬆。

㈢相對距離

物體的大小會依據它與攝影機的距離遠近不同而有所不同。例如，明朝思想家王陽明在 11 歲時所作的詩：「山近月遠覺月小，便道此山大於月。若人有眼大如天，當見山高月更闊」。

㈣背景強度

如果環境太搶眼，則會減弱觀眾對主體的注意力。因此要注意何者為主角，別讓環境或景物喧賓奪主。如果讓環境很協調地搭配主體，則可以襯托、強調主體。

㈤空間比例

空間會因為構圖的分割比例，而顯示出不同的空間感。若再搭配明亮度和色彩，則會有加乘的效果。

㈥明暗比例

由光量所決定的明暗比例，可以創造出不同的視覺效果。例如，前後景物的明暗比例不同，就會讓人有三度空間的縱深感。

㈦顏色效應

深色或光度不足的物體，在視覺上會顯得較小；亮色或光度充足則會使物體有擴張、膨漲的視覺效果。尤其是一大片表面積顏色相同的物體，更容易造成視覺上的尺寸落差。例如，同一個人分別穿黑色與黃色的衣服站在鏡頭前，後者看起來就會較前者臃腫。

㈧動線方向

當某個拍攝主體出現在 2 個鏡頭中且這 2 個鏡頭相銜接時，該主體在這 2 個鏡頭中的運動方向要一致，不然觀眾會產生方向上的困惑感。pan 或 zoom 等動作，也應避免逆方向運動的畫面互相銜接。

二、構圖原則

㈠構圖比例原則

1. 31 律

將畫面分成 3 份，較偏重主題的內容，占畫面的 3 分之 2；用來襯托主題的內容，則占 3 分之 1。此外，也可運用 31 律將畫面由遠到近堆疊，塑造層次感。

2.黃金分割律

將畫面切割成 1 個 9 宮格或「井」字，在 9 宮格中間的 4 個交點擺置主題。如圖 4–37 所示，看夕陽的人放在左下角的交點，夕陽則放在右上角的交點。

31 律與黃金分割律僅是基本原理，實際上並沒有一體適用的最佳構圖方式，拍攝前應考慮要得到何種效果才決定構圖。靈活運用各種構圖的特色，才能產生最佳的畫面效果。

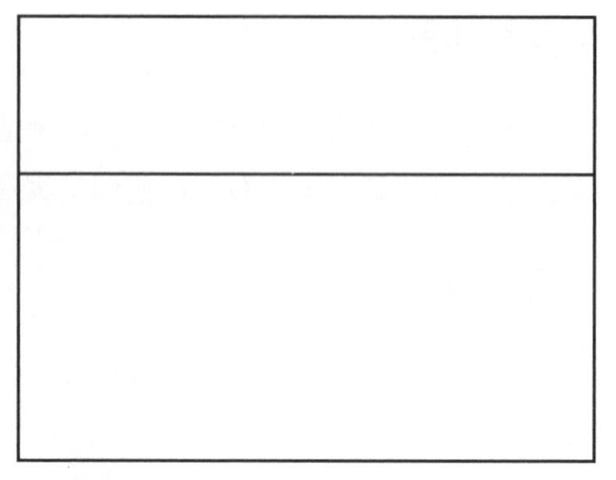

圖 4-36　31 律構圖

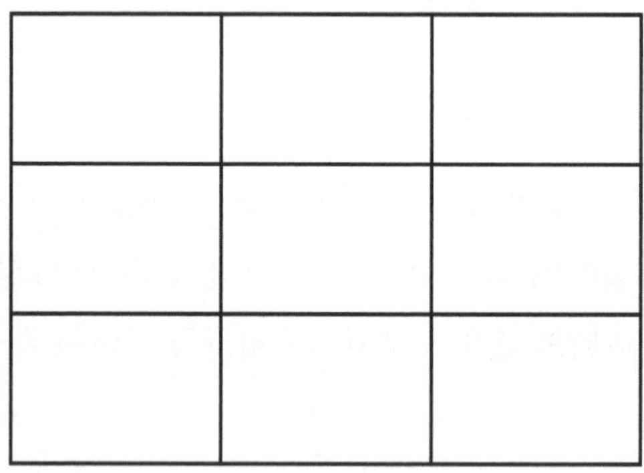

圖 4-37　黃金分割律構圖

㈡大小螢幕的視野

一樣的場景鏡頭，在大螢幕與小螢幕上會有不同的效果。這就是為什麼有些人會說，即使有 DVD 可以租回家看，但一些強調畫面的電影，還是得去電影院才能看到最好的效果。

此外，同樣的特寫鏡頭，呈現在大螢幕和小螢幕上的差別比較明顯，而遠鏡頭則較不明顯。

㈢畫面的平衡

1.頂部的空間

應適當地留下主角頭上的空間，不然畫面看起來會太擠或太鬆，很不自然。

頂部留太多

構圖適中

頂部留太少

圖 4-38　頂部空間構圖範例

2.視線方向空間

在人物望出去的前方留下空間，才能顯示出他的視線與此視線所帶來的故事。

圖 4-39　人物往右看，但是右邊視線已卡到邊界，如望向牆壁

圖 4-40　人物往右看，右邊有海灘等景物，故事便在其中

㈣合理的景物鋪陳

1.恰當的擷取

拍攝主體不一定要完全入鏡，有時可以只擷取主體的某個部分，而這個部分包含了足夠的線索，得以讓觀眾推想畫面以外的部分。

2.合理表達物體的空間關係

注意周遭空間與景物是否對畫面的協調感產生影響。例如，把受訪者放在一棵樹的正前方，看起來會像人的頭上長出樹來，不太自然。又如，把大學教授請到人來人往的菜市場，而不是在研究室或教室裡受訪，這樣的畫面也是非常不協調的。

3.視線方向一致

拍攝兩人交談時，兩人之間可以假想出一條直線，攝影機的位置必須固定在這條線的一側，從兩個角度分別拍攝兩人的表情，才能使兩人的視線維持在合理的方向，這就是所謂的「相反角度」(reverse angle)。

例如，甲、乙交談時，甲站在左方，乙站在右方，若要分別特寫兩人的表情，當甲面向右邊，乙則要面向左邊，兩人的視線方向才會一致。

圖 4-41　攝影視線模擬圖

4.行進方向一致

將攝影機的位置和拍攝方向固定，拍出來的影像才比較容易理解。若不這麼做，可能會出現前一個鏡頭的拍攝對象是由左向右移動，到下一個鏡頭卻變成由右向左移動，讓觀眾感到疑惑。

㈤拍攝運動物體

攝影師常會遇到移動中的物體，這時必須反應快，並且專心。拍攝重點是物體前進的方向，所以要在物體運動方向的前方預留一些空間，物體拍起來才不會像是快要撞到框框。不須特寫物體本身，也不必預留空間給物體已經過的地方。

攝影機要走在移動中的物體之前，而不是跟在它後面。

如果拍攝的重點有兩個，而其中一個要離開鏡框，這時讓鏡頭跟著其中一個就好，不要試著把兩個都留在框內。若要表現兩人相遇，最好先留一個人在畫面中，再讓另外那個人走入鏡框內。

若是近距離拍攝一個運動中的物體，則不要嘗試捕捉每個細微的動作，因為很可能會讓觀眾暈頭轉向。把焦點維持在物體的主要動作上，或是把鏡頭拉遠一點，讓畫面空間變大，觀眾的眼睛才不會太累。

運鏡的基本原則是「緩慢平順」。鏡頭等同於觀眾的眼睛，如果是太撩亂或快速的影像，會讓觀眾感到頭暈不適。所以若能減少攝影機移動就盡量減少，除非是正在跟著一個運動中的物體，或是想利用鏡頭移動造成戲劇性的效果。

㈥立體感

要怎麼在平面的鏡頭上創造出 3D 的立體感，有以下幾種方法可以參考。

1.設計位置

想像一條從鏡頭向地平線延伸過去的軸線，在這些線上的物件都能造成景深的幻覺。例如，在最近處放一個人，最遠處再放一個人，離攝影機近的人看起來很大，遠的人看起來很小，這樣的場景看起來就很深。

2.選擇鏡頭

廣角鏡頭移動時，會感覺物體移動了很多距離，可以加強畫面深度。相較之下，非廣角鏡頭再怎麼移動，感覺都只有移動一點點。

3.色彩的遠近

明亮飽滿的色彩有前進的效果，亮度低而不飽滿的顏色則有後退的效果。把前一種色彩的物品擺在離鏡頭近的地方，後一種色彩的物品擺在離鏡頭遠的地方，這種作法跟設計位置有異曲同工之妙，可以突顯物品的遠近距離。

4.明確的前景與後景

迷濛的潑墨山水畫看不太出遠近距離，但清晰的前景和後景，一層一層地鋪陳，則可以提醒觀眾遠近都有景物，把距離感拉出來。

三、構圖心理學

構圖不同，給人的感覺也會大大不同。以下將詳細說明不同的畫面分割方式給人的感受。

㈠水平中線

水平中線構圖是最簡單的構圖形式，以對稱的方式，將畫面分成兩部分，給人重點平均分配、分量相等的感受。

㈡低處 3 分之 1 水平線

當水平中線往下移，觀眾會感覺近處（水平線以下）比較小，遠處（水平線以上）大得多，有種開闊、希望、未來的感受。

㈢高處 3 分之 1 水平線

當水平中線往上移，也就是遠離鏡頭時，會讓人覺得近處較滿、遠處較少，例如遠方的天空與近處的田園，給人一種現在式、整體感、充實豐富的感受。

㈣水平線在中間略上方

這樣的構圖不會給人頭重腳輕的感覺，是最穩重的構圖。

㈤兩條垂直線

兩條垂直線隔出幾個框框來，中間的框框最大，帶出畫面的重點，又有變化，給人活力、健康、靜止的感受。例如圖 4–46 中，城樓的邊緣就是垂直線的所在。

㈥三角形／消失點

當兩條以上的平行線往前方延伸時（如圖 4–47 中的牆），在視覺上這些平行線會在遠方匯集成一個消失點 (vanish point, VP)，給人無限延伸、安定平衡之感。

㈦斜　線

斜線會衝擊一般人的視覺習慣，帶來不安、動感、活潑的感受。

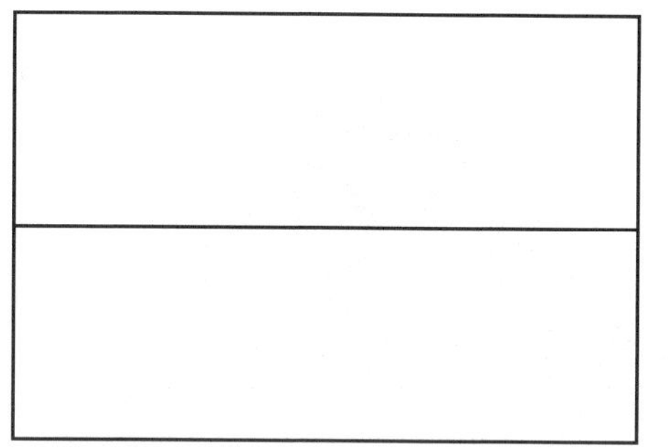

圖 4-42　水平中線構圖

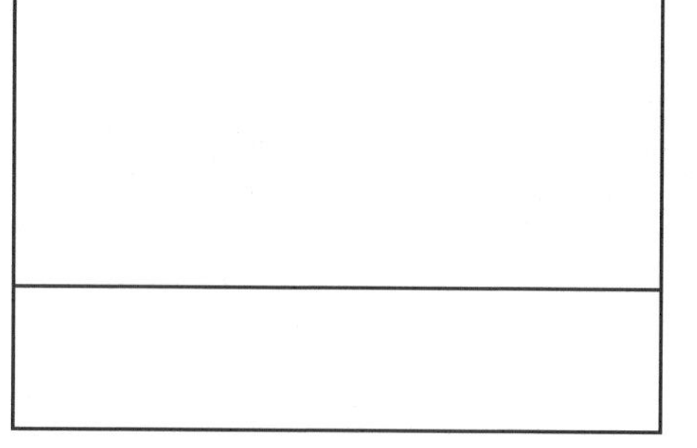

圖 4-43　低處 3 分之 1 水平線構圖

圖 4-44　高處 3 分之 1 水平線構圖

圖 4-45　水平線在中間略上方的構圖

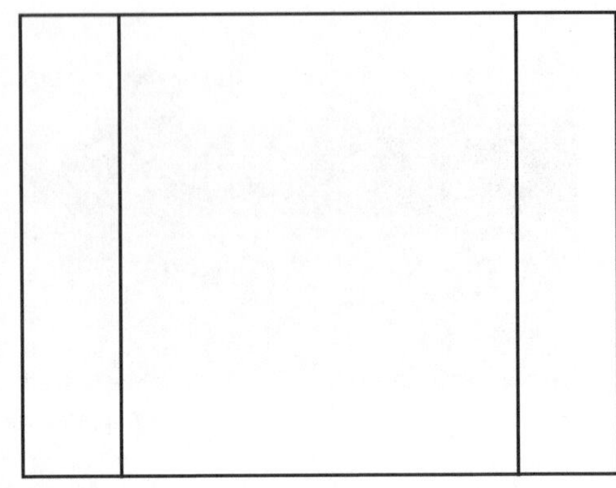

圖 4-46　兩條垂直線構圖

圖 4-47　三角形／消失點構圖

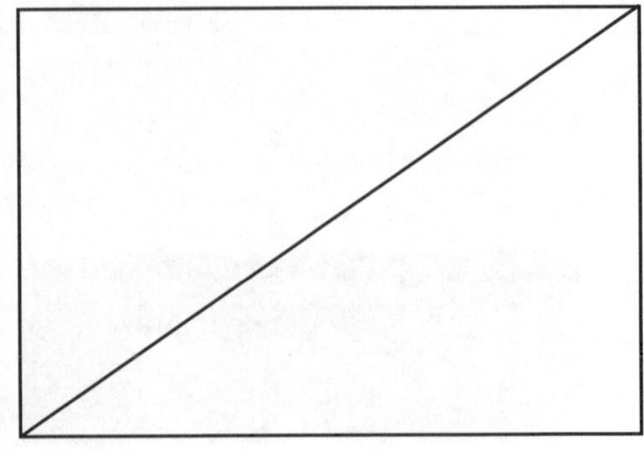

圖 4-48　斜線構圖

陸、拍攝的角度與景物的相對位置

從畫面整體構圖的觀點來看，由不同角度拍攝就像人從不同視角觀察事物一樣，可以營造不同的氣氛。

一、景物的大小與相對位置

電視新聞攝影通常以人為主要拍攝對象，依據不同的需求可分為以下類型。

㈠以被攝者的人體範圍來區分

圖 4-49　拍攝鏡頭分類

1.**全身鏡頭** (full shot/long shot)

或稱為遠景鏡頭，以呈現背景為主，表現被攝者與環境的關係，也可以表現人的整體動作。例如，表現運動、動態效果的新聞最常使用全身鏡頭。

2.**膝上鏡頭** (knee shot)

拍攝人膝蓋以上的影像，比全身鏡頭更聚焦於人身上，運動感也比全身鏡頭更強烈。例如，在球賽中就經常可見此類鏡頭。

3.半身鏡頭 (waist shot/medium shot)

從腰部以上拍攝，是所有運鏡中最能表現人的神態的鏡位。例如，人物專訪時最常使用這種鏡位。

4.胸上鏡頭 (bust shot)

拍攝人胸部以上的影像，細緻呈現人的表情，也最具有權威感。例如，一般新聞主播播報時的鏡頭，就以胸上鏡頭為主。

5.特寫鏡頭 (head shot/close-up)

特寫人的某部位細節，例如頭像。頭像的攝影可以捕捉瞬間的表情變化，是最有情緒的運鏡。例如，欲捕捉受訪者驚恐、興奮的表情，就可使用此運鏡。

6.大特寫鏡頭 (extreme close-up)

比起特寫鏡頭，大特寫鏡頭更聚焦於眼睛、鼻子、睫毛等細微的部位，幾乎沒有任何背景。例如，拍攝受傷的狀況時，就會用大特寫來表現。

㈡訪談者和受訪者

1.主觀鏡頭 (subjective shot)

攝影機模擬主角的雙眼，拍出主角所見的影像，屬於第一人稱的視點，能使觀眾感同身受、身歷其境。在模擬、直擊現場的新聞中，最常使用此一手法。

2.過肩鏡頭 (over-the-shoulder shot)

鏡頭略過其中一人的肩膀，取另一個人的表情，可以呈現構圖的深度，表現兩人的互動狀況。在拍攝專訪、對話時，就可使用過肩鏡頭。

㈢以被攝物於圖框內的大小區分

1.大遠景鏡頭 (extreme long shot)

大遠景中的主體很小且不是重點，畫面則包含了許多背景的訊息。通常用於開場或結尾，或是呈現新聞現場整體配置與環境的資訊。

2. **遠景鏡頭** (long shot)

遠景中的主體比大遠景大，但以整體畫面來看，背景訊息還是不少。通常用來說明主體間的關係，以及與環境的互動。例如，主角從遠方出場時就會用遠景拍攝。

3. **中景鏡頭** (medium shot)

中景的主體比遠景大，比特寫小，是使用率最高的構圖，最能平實地交代主體的動作與景物。一般的新聞畫面多屬此類。

4. **特寫鏡頭** (close-up)

特寫通常會搭配望遠鏡頭與近距離的拍攝方式，因此焦點甚為清晰。特寫藉由放大的效果來描繪細緻的表情，或突出物件的局部與事件的細節。例如，拍攝模特兒手上的產品，或是人物訪問時，交代受訪者表情細微變化時，皆可用特寫鏡頭。

5. **大特寫鏡頭** (extreme close-up)

將微小物體或人物的某一部位誇張放大，強調「重點」。例如，戴上瞳孔放大片⑦的模特兒，可用特寫鏡頭專注在臉上，觀察整體五官的美化效果；若要強調瞳孔放大片上的特殊紋路時，則會用大特寫鏡頭，觀察模特兒的眼睛。

又如，奧運比賽時，當選手奪牌的那一刻，為了捕捉選手表情細緻的變化，也會使用大特寫的鏡頭。

使用大特寫鏡頭，通常具有誇大情節的企圖。例如，在戲劇中為了強調「仇人相見、分外眼紅」的狀況，就會用大特寫鏡頭，聚焦在主角雙眼上，用眼神表現憤慨的心情，讓劇情更加誇張。

---

⑦ 「瞳孔放大片」為坊間產品名稱，但實際上此類彩色隱形眼鏡的作用，是透過範圍遮罩來改變虹膜顏色，或是增加虹膜範圍，減少眼白面積，達到視覺上眼睛放大的效果，故應稱為「虹膜放大片」或「彩色隱形眼鏡」較為合理。

圖 4-50　主觀鏡頭

圖 4-51　過肩鏡頭

圖 4-52　大遠景鏡頭

圖 4-53　遠景鏡頭

圖 4-54　中景鏡頭

圖 4-55　特寫鏡頭

圖 4-56　大特寫鏡頭

二、攝影運鏡的角度及其效果

㈠高角鏡頭 (high angle shot)／俯角鏡頭

由高處拍攝位於低處的主體，畫面中所容納的情報量相當大，而且會使主體感覺較小、速度較慢，可以表現出主體的渺小、孤寂、淒涼與哀傷的感覺，且造成壓迫感。

㈡齊眼鏡頭 (eye level shot)／水平鏡頭

攝影機的角度與一般人的視線高度相同，通常是 4～6 呎（約為 120～180 公分）。這種平角度鏡頭提供正常、一般的觀點。拍攝出的影像能令人感到安心與平穩，比較親切。

㈢低角鏡頭 (low angle shot)／仰角鏡頭

攝影機放在兒童視線的高度來拍攝。由於是由下向上拍攝，所以能增加人物的氣勢、自大與優越感，也可以讓物體的移動速度感覺更快。通常被用來營造對主體的敬畏感（例如戲劇中的皇帝），以及增加速度的衝擊力。

㈣傾斜鏡頭 (oblique shot)

傾斜鏡頭中的水平線不與人類視覺水平一致，目的是為了表現畫面失去平衡，用以傳達不安、災難、衝突、打鬥或情緒失控等感受。此種構圖極具戲劇性，是主觀鏡頭的一種。

㈤側角鏡頭 (side-face angle)

在被攝主體的側面拍攝的構圖方式，能增加主體的立體感，又能交代或加入較多主體與背景間的訊息，使畫面更具視覺深度。

圖 4-57　高角鏡頭／俯角鏡頭

圖 4-58　齊眼鏡頭／水平鏡頭

圖 4-59　低角鏡頭／仰角鏡頭

圖 4-60　傾斜鏡頭

圖 4-61　側角鏡頭

柒、新聞攝影的美麗與哀愁

畫面是電視新聞的靈魂，有賴攝影記者的慧眼與技術捕捉，觀眾才能藉此感受新聞現場的氛圍，還有與新聞人物互動的體會。就連文字記者寫稿，也必須遷就畫面素材，不能寫沒有畫面的內容。新聞攝影對整個新聞產製至關重要。

然而，畫面的取得並不如想像中簡單，像是颱風天冒著風雨採訪、調查報導中與黑道周旋、在槍林彈雨的戰場衝鋒陷陣、採訪鏡頭深入私人場域等，一不小心就可能侵犯他人、觸犯法律，甚或陪上寶貴的生命。以下介紹攝影記者的採訪守則。

一、新聞攝影規範準則

在公共電視的《節目製播準則》中，對於拍攝對象的人權、哪些對象和情況可拍攝、哪些對象和情況不宜拍攝，有以下說明（公共電視，2007，頁 5–48）。

㈠採訪兒童與青少年

採訪前，必須先向當事人與監護人說明採訪目的、影片使用狀況，並取得同意，若當事人或監護人有疑慮，必須詳細說明釋疑。

若採訪議題涉及公益且沒有太大爭議（例如，民意調查、樂園街頭訪問等），採訪限制雖少，但也不能以威脅、利誘的方式，讓兒童與青少年接受訪問。

拍攝兒童與青少年的身體，不能用偷窺、渲染、特寫的方式拍攝。例如，兒童受暴的新聞，部分媒體會特寫臉上的黑眼圈，或是驚悚的傷口，刻意消費當事人的身體，就是不尊重的表現。

若是碰到青少年犯罪的新聞，為保護當事人，在新聞處理上必須考量對當事人以及整個社會的影響。在《少年事件處理法》與《兒童及少年福利與權益保障法》中，也有相關的法律規範。

《少年事件處理法》第八十三條「新聞不公開原則」

任何人不得於媒體、資訊或以其他公示方式揭示有關少年保護事件或少年刑事案件之記事或照片，使閱者由該項資料足以知悉其人為該保護事件受調查、審理之少年或該刑事案件之被告。

違反前項規定者，由主管機關依法予以處分。

《兒童及少年福利與權益保障法》第六十九條「不得揭露足以識別兒童及少年姓名身分之資訊」

宣傳品、出版品、廣播、電視、網際網路或其他媒體對下列兒童及少年不得報導或記載其姓名或其他足以識別身分之資訊：

一、遭受第四十九條或第五十六條第一項各款行為。

二、施用毒品、非法施用管制藥品或其他有害身心健康之物質。

三、為否認子女之訴、收養事件、親權行使、負擔事件或監護權之選定、酌定、改定事件之當事人或關係人。

四、為刑事案件、少年保護事件之當事人或被害人。

行政機關及司法機關所製作必須公開之文書，除前項第三款或其他法律特別規定之情形外，亦不得揭露足以識別前項兒童及少年身分之資訊。

除前二項以外之任何人亦不得於媒體、資訊或以其他公示方式揭示有關第一項兒童及少年之姓名及其他足以識別身分之資訊。

第一、二項如係為增進兒童及少年福利或維護公共利益，且經行政機關邀集相關機關、兒童及少年福利團體與報業商業同業公會代表共同審議後，認為有公開之必要，不在此限。

㈡性別友善

窈窕淑女，君子好逑。喜好美麗的人、事、物是人的天性，能用鏡頭記錄下來，也是美好的事。只是在性別的刻板印象與偏見之下，經由鏡頭偷窺、歧視的案例層出不窮。

例如，窺視猛男、美女的身體，聚焦在他們的身材、器官，甚至性徵，並用「大鵰」、「事業線」、「車頭燈」形容，將身體標準化、尺寸化，就會招致「物化」身體的批評。利用影像、言語、動作品頭論足，或是帶有情色的性暗示，都是性別歧視與暴力。

此外，除了男性、女性的外在，關於採訪對象的性傾向、性別認同的問題，這是每個人的自由，必須給予尊重，不可借題發揮、大肆渲染，不然會對當事人及其家庭或社交圈，產生嚴重的負面影響。

㈢災難、意外與自殺

災難、意外、自殺新聞現場，常會出現死、傷者或情緒激動、失控的人。如此血腥、激情的畫面，處理稍有不慎，就可能對當事人或觀眾產生難以彌補的傷害。

在處理死、傷者的畫面時，應該避免拍攝傷口、死狀，甚或局部特寫的血腥畫面。事故現場的血跡、沾有遺體血液的物品，也不應出現。

如果必須播出相關畫面，才能傳達訊息時，建議使用望遠鏡頭，淡化死、傷者主體。或是使用具象徵意義的物品（如罹難者的遺物），代替死、傷者的畫面。

若不得不使用出現屍體、血跡、傷口的畫面時，必須加以處理（如使用馬賽克、失焦、柔化、抽色⑧），並加註警示或說明。

在報導自殺事件時，關於自殺的方法、過程、地點、工具等細節，以及現場畫面、遺書等，為保護當事人與家屬，皆不應該報導。

若是「現在進行式」，欲自殺的民眾與警消對峙時，也不宜用 SNG 現場轉播，避免自殺的瞬間赤裸裸地呈現在觀眾面前。在播出的同時，也必須加註警語，例如珍惜生命、再給自己一次機會、生命線協談專線 1995 等。

這類新聞時常伴隨當事人與家屬的悲傷情緒，處理新聞時，應謹慎使用影像，避免造成相關人士的二度傷害。尤其是人物訪問、亡者葬禮等場合，採訪前務必經過同意，並且以不打擾為原則進行報導。

在畫面使用上，應避免近距離、特寫哀傷的表情，若畫面中人物清晰可辨時，也需特殊處理。

---

⑧ 抽色意指將畫面中某一色系的顏色抽換，改以黑白呈現。例如，案發、事故現場血跡斑斑，地上的一攤血恐讓觀眾產生畏懼，就可使用抽色，將畫面中紅色畫面抽掉，改以灰階畫面呈現，降低震撼。有時為了搶快與作業方便，也有人會直接將彩色畫面變成黑白畫面，也就是全畫面抽色。

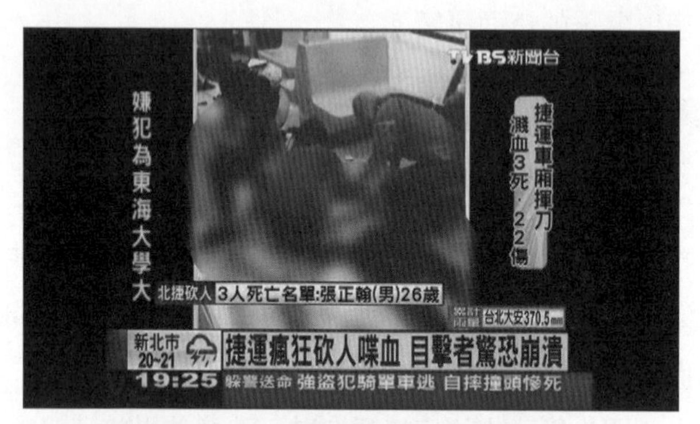

圖 4-62　刑案現場畫面柔化處理

圖 4-63　全畫面抽色處理

圖 4-64　處理自殺新聞時，須加註警語，並特殊處理遺體畫面

㈣犯罪與社會事件

和災難、意外與自殺的報導相同，應避免呈現血腥、殘忍的畫面。此外，犯罪與社會事件還包括鬥毆、凶殺現場，報導時應盡量避免使用凶器特寫，毆打的瞬間也應「抽格」⑨ 處理，將毆打擊中的瞬間畫面剪掉，並適度向觀眾警示並說明。

在社會案件中，司法單位調查、蒐證是第一要務，採訪時應避免妨礙案件調查，甚至破壞現場、影響案情。

另外，對於偵查中的案件，除非攸關公共利益或掌握具體證據，否則應遵守《刑事訴訟法》第 245 條「偵查不公開原則」，不報導未經審判確定的案情，不暴露被害人、嫌疑人與關係人的相關資訊。例如，在警察局拍攝嫌疑人，就有違反該條文的疑慮。

性犯罪的被害人，心理與生理嚴重受創，在新聞處理上更應特別注意，謹慎處理。《性侵害犯罪防治法》第 13 條就規定，媒體報導時不可透露被害人的姓名，或是其他足以辨識被害人身分的資訊。例如，被害人影像、聲音、親友姓名、就讀學校、工作地點等。使用前建議先徵詢被害人同意，在影像處理上也應適度加上馬賽克，聲音也應變音處理。

犯罪與社會事件時常有值得大眾省思的觀點，以此為題材的專題節目也愈來愈多。報導時，除了使用資料畫面外，也常雇用演員模擬事件或是用電腦動畫還原。使用此類畫面時，應謹慎考量攝影角度，以及是否使用主觀鏡頭，並加註「畫面非當事人」的警語。

㈤受訪者的隱私權

為尊重受訪者的隱私，除非必要，應避免揭露受訪者的個人資訊，若報導內容與公共利益無關的話，也不可隨意採訪非公開活動，或是用祕密的方式偷拍、偷錄受訪者的活動與談話。

一般而言，在民眾可以隨意進出的公共場所中，隱私權的保障相對寬鬆。但在醫院、救護車、學校、監獄等，這些非一般人可自由進出的公共場所採訪時，對於有無侵權的問題，必須謹慎考慮。

---

⑨ 抽格意指將連續的影像，抽掉關鍵的影格後重新播出。經過抽格的影像，畫面會變得不連續，因此影像中的動作會變得不連貫。

在公共場合中，新聞自由與隱私權保障也曾發生衝突。大法官釋字第 689 號針對這項議題進行說明：

> 《社會秩序維護法》第八十九條第二款規定，旨在保護個人之行動自由、免於身心傷害之身體權、及於公共場域中得合理期待不受侵擾之自由與個人資料自主權，而處罰無正當理由，且經勸阻後仍繼續跟追之行為，與法律明確性原則尚無牴觸。……新聞採訪者縱為採訪新聞而為跟追，如其跟追已達緊迫程度，而可能危及被跟追人身心安全之身體權或行動自由時，即非足以合理化之正當理由，系爭規定授權警察及時介入、制止，要不能謂與《憲法》第十一條保障新聞採訪自由之意旨有違。……新聞採訪者於有事實足認特定事件屬大眾所關切並具一定公益性之事務，而具有新聞價值，如須以跟追方式進行採訪，其跟追倘依社會通念認非不能容忍者，即具正當理由。

釋字第 689 號保障所有人能免於他人侵擾的自由，認為若是採訪侵犯到自由與人身安全時，可請警察及時介入、制止。

但若事涉公益，具有新聞價值時，如果記者的跟追行為，在一般社會大眾眼中是可容忍範圍，則具有正當理由，應保障其新聞自由。

一言以蔽之，衡量新聞自由的那把尺，就是社會共識的「比例原則」。因此除非明確攸關公共利益，否則應審慎考量對方的隱私權，適度採訪即可，尤其是使用隱藏式攝影機或麥克風進行祕密錄影、錄音，更需謹慎為之。

若基於公共利益，窮盡一切辦法後，唯有祕密錄影、錄音才可揭露、報導時，記者應事先提報部門主管，詳細說明採訪計畫，並徵詢主管同意後才可執行。

若因為特殊情況，在未告知當事人的情形下進行錄影、錄音，採訪後也應儘速提報部門主管說明情況。

所有祕密採訪的新聞，必須經過主管審核、同意後才可播出。播出時也應該向觀眾詳細說明，減少爭議。

㈥調查報導

祕密採訪是調查報導中常用的手法，記者常會透過偽裝，潛入、臥底進行調查。此類報導最大的問題就是侵犯隱私權，在前述「受訪者的隱私權」中提到，若基於公共利益，新聞自由應予以保障。

調查報導能夠成案，消息來源是非常重要的。但提供線索的受訪者，基於人身安全等因素，通常會要求記者隱匿消息來源。

這時應與受訪者溝通能接受的匿名程度，拍攝畫面時應適度遮掩。例如，透過過肩鏡頭，讓受訪者背對鏡頭，避免拍攝正面，或是透過馬賽克霧化影像，聲音應經特殊處理，加以變音或重新配音，遮掩所有足以辨識受訪者的特徵。

二、攝影記者應培養的好習慣

攝影記者做久了，對於新聞現場的重點畫面、目擊者或是其他採訪對象的識別能力，會愈來愈敏銳。儘管如此，仍須培養一些基本的好習慣。

㈠是攝影記者，不是攝影工人

攝影記者要記住自己也是採訪小組的一員，不只要期許自己是個好攝影師，更要期許自己成為好的團隊成員；不是只聽命於長官或配合文字記者的指揮，而要有獨立思考，與文字記者相互討論與合作。

㈡提早到現場準備

所有採訪應該提早抵達現場，才能占得好位子，拍到好的畫面。

提早到現場，還可以觀察周遭環境，推測相關人物可能的移動動線，才能在心中預先規畫，即使現場陷入混亂，也不會失去目標與方向。

㈢思考如何取得好畫面

事前了解該則新聞的重點所在，就有機會拍到決定性的畫面。現場的畫面很多，選擇的標準是畫面本身的衝擊性與稀有性。

衝擊性最強的畫面要先取，像是意外現場爆炸的一瞬間。稀有的畫面也是第一優先，像是某個畫面只會在某個時間出現時，當然也要先拍。例如，政黨輪替，新、舊任總統交接時，這個歷史畫面就是一例。

此外，攝影記者不可能拍到所有的畫面，這時不妨請求他人的幫助。例如，借重現場民眾拍到的即時畫面，甚至是借用同業的畫面。

㈣搶時間傳畫面

要隨時想辦法將最新拍到的畫面送到最近的轉播站（通常是衛星轉播車），並將傳送畫面的流程盡量簡化，讓公司可以有充裕的時間做處理。

㈤與同業良好互動

臺灣的新聞臺眾多，外出拍攝時經常發生攝影記者和當事人或同業衝撞的狀況，這些情況需要極力避免，否則自己也會成為新聞主角。

平時就和同業建立好交情，在拍攝現場達成共識，就不會搶彼此的鏡頭。

若是碰到大事件、場景多，而無法同時兼顧的時候，同業間也會互相協調，相互提供畫面給大家使用。

㈥不可逾越規範、侵犯他人

侵害受訪者的隱私而導致衝突的情況也常發生。攝影記者必須了解與尊重法律所保障的基本人權，若因一時疏忽而觸法或傷害到拍攝對象的身心與隱私，導致被罰鍰或吃上官司，那就得不償失了。

㈦生命誠可貴，安全第一

能夠記錄歷史性的一刻、災難的一瞬間，那種興奮是新聞工作者最嚮往的。但是沒有任何新聞值得用生命去換。

在災難現場，必須先確保自身安全，不會被洪水、火焰吞噬，才可開始採訪。若是受到武力侵犯、威脅，也要以脫險為第一要務。留得青山在，才不怕沒柴燒。

捌、結　語

攝影成功與否，深深影響新聞的可看性。影像帶領觀眾重回現場，吸引眾人目光。在每一秒的畫面中，無數細節不用任何文字，就已說盡千言萬語；每一個畫面如何取得、設計與編排，絕非觀眾想像的這般單純，值得細心觀察，品味每個畫面背後的意義。

攝影記者雖不如文字記者容易出名、拔尖，但絕對也是新聞採訪的主角之一，千萬不可妄自菲薄，淪為攝影工人。培養獨立自主、思考辨證的能力，扮演好記者的角色，才能使自己不斷成長，享受跑新聞的樂趣與成就感。

習 題

1. 怎樣的新聞畫面才足以稱為好的新聞攝影？
2. 電視記者要怎麼決定現場的攝影重點？
3. 在什麼拍攝情況之下，取景可以很活潑生動？而什麼情況之下，攝影機的操作要很沉穩？
4. 什麼樣的新聞畫面容易被採用？
5. 如何突顯要表達的新聞畫面？
6. 在拍攝的過程中如何避免侵犯他人的隱私權？
7. 拍攝災害畫面時（例如空難），攝影記者如何做好心理建設？
8. 拍攝時若與被攝者起激烈衝突，該如何處理？
9. 一則電視新聞的製作流程中，攝影記者能夠知道或親自剪輯自己所想要的新聞嗎？他跟播報以及撰寫新聞稿的人有討論的空間嗎？如果沒有，那他如何確保自己所拍的畫面跟他想要拍的東西不被改變？如果有，那他們如何進行這個共同製作的過程？
10. 萬一某些重要的新聞畫面沒有捕捉到，該如何補救？
11. 攝影記者如何跟文字記者配合？攝影記者和文字記者感情不好、意見不合的時候該怎麼辦？
12. 攝影記者是否需要兼做採訪的工作？

第五章　怎麼寫出精彩的電視新聞

在這一章你能學到：
1. 電視新聞的基本組成
2. 如何製作新聞帶
3. 電視新聞稿的寫作原則與技巧
4. 各類電視新聞寫作的注意事項與重點

採訪到精彩的新聞內容，就彷彿買到了上等的食材。但接下來能不能端出可口的佳餚，還得看廚師的功力。記者在採訪完之後，新聞寫作、剪輯和整體包裝的良窳就如同烹調的功力，決定了一切。

平面媒體記者寫完文稿之後，可以不必理會文章如何編輯、版面如何配置，因為這是編輯和分稿的工作。但電視新聞記者就不同了，不論是文字記者或是攝影記者，都必須兼顧文字、畫面、聲音、字幕、動畫的互動和呈現。

電視新聞跟平面媒體的另一個不同之處在於，電視新聞的文字是跟著畫面一起走的，就像「腳本」一樣；報紙則以文字為主，圖片是用來輔助說明的。所以，電視新聞寫作需要花些心思，將文字配合上畫面和聲音，讓整個新聞看起來清楚易懂、簡潔有力、生動活潑。

壹、新聞稿的元素

一則電視新聞包含 4 個元素 “SAVE”，分別為：

S（Script，文稿）：記者寫作的新聞稿。

A（Audio，聲音）：訪問、現場聲音、配音、播報。

V（Video，畫面）：現場畫面（空景、訪問、動作）、資料畫面、電腦動畫等。

E（Editing，剪輯）：新聞畫面、聲音、文字等的排列組合。

許多平面文字記者轉換跑道擔任電視記者，經常感到格格不入，這是因為他們總是只思考文稿怎麼寫，把心思用在雕琢生花妙筆，卻忽略了聲音與畫面。

其實，電視文字記者更像個導演。他做一則 2 分鐘的電視新聞，就像在導一部 2 分鐘的短片——他必須告訴攝影記者他要什麼畫面，構思故事呈現的方式，安排後製需要哪些元素（動畫、字幕、音效等），規畫如何剪輯呈現。最後，他還必須比導演多做一件事，就是要親自寫劇本（電視文稿）。

在第四章已介紹畫面的基本概念，以下將詳細介紹新聞稿寫作時必須注意的事項，第六、七章再討論電視新聞聲音的概念，以及新聞帶編輯、剪接的知識。

一、電視新聞的元素

電視新聞有很多種形式，以新聞帶 (sound on tape, SOT) 最為常見①。新聞帶是指一則完整的電視新聞，包括了記者配音敘述、受訪者訪問、記者現場獨白。

記者做完一則新聞帶，還必須交出稿頭 (lead) 給攝影棚內的主播用來播報，因為只有親臨採訪現場的記者最知道這則新聞要怎麼樣用 20 秒的播報導引出來。

主播拿到稿頭，也會按照自己的口語習慣順稿（即修改稿子使其順口）。

播出新聞後，畫面回到棚內主播身上，這時主播可針對方才的新聞評論、小結，作為串場，稱為結語 (studio-tag)。

以下詳細介紹一則電視新聞包含的元素：

㈠稿頭（主播稿）（studio lead-in/lead）

不論一則新聞多麼實用、多麼和生活相關，都需要被包裝並加以呈現，觀眾才會注意到，然後感到有興趣，這就是稿頭的作用。

稿頭通常是由負責這條新聞的記者撰寫，然後經由主播順稿或潤稿，成為主播自己習慣的口語表達方式。

強而有力的主播導言，可以使觀眾覺得有興趣或需要了解這則新聞的內容，而願意繼續看下去。好的主播導言，是觀眾觀賞你的新聞的第一步。

---

① 除 SOT 外，還包括乾稿 (dry)、現場報導 (background sound, BS)、現場音 (natural sound, NS) + 現場報導 (NS + BS)、訪問 (sound on, SO)、訪問 + 現場報導 (SO + BS, SOBS)、即時連線報導 + 訪問 (SNG + SO)、即時連線報導 + 新聞帶 (SNG + SOT) 等。相關概念將於第六章詳細介紹。

㈡配音 (narration)

配音又可稱為過音。記者在寫完稿子之後，進入剪接室的第一件事情就是配音，將文稿錄成配音稿，接下來才進行聲音的剪輯。

配音稿必須簡單明瞭，讓 15～75 歲的人都能聽懂，成為一種享受而非負擔。

此外，還必須考慮配音稿與影像的搭配；配音稿提到什麼，就一定要有可以對應的影像。因此，文字記者在撰稿前，必須將攝影記者拍攝的錄影帶看過一次，並與攝影記者討論如何呈現。

攝影記者根據文字記者寫好的文稿，就可配上相呼應的畫面。

文字與攝影記者分工合作，各自負責文字與影像，便可建構出一套新聞劇本。

㈢聲刺 (sound bite)

受訪者在接受訪問時被錄下的畫面與聲音叫做 sound bite，翻譯為「聲刺」。

聲刺不只是提供資訊，它的寶貴在於真實性，提供說話者人格的線索，因為觀眾不只是聽到說話的內容，還會看到表情和肢體動作。誠如孔子所說：「觀其眸子，人焉廋哉！」光從眼神就可以看穿一個人的心事。因此，聲刺可作為記者傳達新聞概念的一項利器。

除了必要的權威消息來源如官員、企業家外，觀眾也會想聽聽和自己一樣的平凡人的看法。比如說，捷運又當機，民眾的反應是什麼？工廠的作業員是如何看待 ECFA？愈是平凡的一般民眾，他們所表達的意思往往可能成為新聞中最具說服力而令人印象深刻的內容。

因此一則新聞的聲刺可以是總統的演講、政治人物的記者會、目擊者回憶火災現場的印象，或是爭吵中的人所說的話等。

而聲刺的運用，應注意幾項重要的原則：

1.保持平衡及公正，不可斷章取義

記者應該藉由聲刺帶出觀點，而非藉他人之口，說出記者自己的假設及論述。尤其應避免只截取記者想要的答案，而扭曲了受訪者的原意。這不僅是新聞處理的基本原則，更是必須慎重以待的新聞倫理。

表 5-1　斷章取義的聲刺範例

原受訪者聲刺全文	斷章取義 A 版本	斷章取義 B 版本
政府公布的這項新的房屋政策，估計可以嘉惠約 20 萬的無殼蝸牛，然而由於實施太倉促，缺乏配套措施，若不妥善處理，可能將會造成房屋市場秩序大亂	政府公布的這項新的房屋政策，估計可以嘉惠約 20 萬的無殼蝸牛，~~然而由於實施太倉促，缺乏配套措施，若不妥善處理，可能將會造成房屋市場秩序大亂~~	政府公布的這項新的房屋政策，~~估計可以嘉惠約 20 萬的無殼蝸牛，然而由於~~實施太倉促，缺乏配套措施，~~若不妥善處理，~~可能將會造成房屋市場秩序大亂

2.注意受訪者受訪的地點與情境

受訪地點可以反映受訪者的身分，而身分往往帶出受訪者之所以受訪的原因與代表性。受訪者的身分與相稱的受訪地點所塑造出的受訪情境，可以幫助觀眾憑著直覺理解訪談內容。

例如，教授常在書櫃前受訪，球迷在觀眾席的人海中受訪，菜販在他的攤位上一邊工作，一邊抱怨油電價上漲等。倘若這些情境更改為教授在菜市場受訪，菜販在球場受訪，球迷在書櫃前受訪，這則新聞是不是很令人感到錯愕？

3.需要配搭相關新聞內容，避免含混跳躍

一則新聞帶的長度大約是 1 分半鐘，一個聲刺通常在 5 至 15 秒內為佳。

但 5 至 15 秒的聲刺通常不容易清楚表達一個概念，而且受訪者說話時總是不如記者的配音來得流暢簡潔。因此，聲刺常需要在前或後加上記者的配音帶出完整的語意，否則短暫的聲刺常會使觀眾覺得抽象突兀。

例如，受訪者往往不會太注意主詞，而說出「他們的作法太不尊重專業」這種句子；至於「他們」是誰，觀眾常常聽得一頭霧水。這個時候，記者就要在配音稿中加入前後文。

例如，「對於政府新推出房屋政策的決策過程，建商的反應是『他們的作法太不尊重專業』。」或者是「『他們的作法太不尊重專業』，建商對於政府推出這項房屋政策之前沒有廣納專家意見，表達了遺憾。」

4.避免聲刺和配音稿重複

電視新聞必須在短短的 1 分半鐘內，完整交代事件的來龍去脈，所以每一秒鐘

都相當寶貴。若是讓聲刺和配音稿重複，其實是浪費新聞的篇幅，讓新聞資訊的傳播變得沒有效率。

表 5-2　配音稿與聲刺的搭配

	錯誤方法	正確方法
配　音	兩岸經濟協議 (ECFA) 今天晚上在立法院臨時會表決通過，馬總統肯定國會通過這項攸關臺灣未來經濟戰略布局、加速臺灣參與區域經濟整合、提升臺灣競爭力的重要法案。	兩岸經濟協議 (ECFA) 今天晚上在立法院臨時會表決通過，馬總統對於這項法案的順利通過，表示肯定。
聲　刺	馬總統：「ECFA 可以有利於臺灣未來經濟戰略的布局，加速臺灣參與區域經濟的整合以及提升臺灣的競爭力。」	馬總統：「ECFA 可以有利於臺灣未來經濟戰略的布局，加速臺灣參與區域經濟的整合以及提升臺灣的競爭力。」

㈣現場獨白 (stand-up)

現場獨白簡稱為 stand，就是讓記者在採訪現場做 10 至 20 秒的說明，呈現記者在現場採訪的臨場感，可以加深觀眾的印象。最適合使用的場合如下：

1. 逼真的事故現場前。如採訪 911 事件這類突發災難新聞，以救災現場為背景。
2. 具特殊意義的歷史場合。如在道奇球場的投手板上，報導郭泓志第 1 百個中繼點。
3. 證明記者親臨現場，而非資料畫面之特殊新聞。如一些調查式報導。

現場獨白的使用時機，可以出現在一則新聞的最開始，也可以出現在新聞的中間作為過場用，還可以將之使用在新聞的最後，作為結語。

1. 出現在開頭，常見的表達方式如「記者現在所在的位置，是在 101 大樓的最頂樓，您可以看到……」。
2. 過場時，記者出現在畫面上親自說明，可以突顯這個觀點的重要性。
3. 結尾的地方做現場獨白：「……到底是人為疏失？還是官商勾結？需要有關單位著手調查，還給附近居民一個公道。以上是好消息電視臺記者彭××在山豬窟垃圾掩埋場所做的報導。」

㈤結語 (studio-tag)

一則新聞播完之後，畫面交還給攝影棚內的主播。有時候，主播會針對該則新聞做個簡短的回應或評論，也兼顧「過場」的功能，好轉接到下一條新聞的稿頭。

例如：「這真是一件不可思議的事情（用以回應上則新聞）；無獨有偶的是，同樣的事情竟然也發生在美國的加州（銜接下一條新聞）……」。但不是每則新聞都需要準備結語，遇到重要新聞或需要過場的新聞再運用即可。

從畫面和聲音的角度觀之，一則完整的電視新聞，包含稿頭、新聞帶、結語等，所具備的元素如下表：

表 5-3　電視新聞稿的元素

畫面 (video)	聲音 (audio)	負責人
主播	稿頭 (studio lead-in)	文字記者提供，主播潤稿
畫面	記者配音 (narration)	文字、攝影記者
人物	受訪者聲刺 (sound-bite)	文字、攝影記者
記者	記者播報 (stand-up)	文字、攝影記者
畫面	記者敘述 (narration)	文字、攝影記者
人物	受訪者聲刺 (sound-bite)	文字、攝影記者
畫面	記者敘述 (narration)	文字、攝影記者
主播	結語 (studio-tag)	主播、主編合作

二、製作新聞帶

好的新聞帶必須是一個訊息完整、不需另外補充的新聞報導影帶。它像是一部短片，目的在於敘述一個故事，讓觀眾看懂、思考、感動。

新聞帶是由記者將所有關於這則新聞的畫面、聲刺、旁白、圖表、自然音與動畫等編輯而成。

採訪前，文字記者和攝影記者需要共同討論、交換觀點、激發創意；在採訪現場和新聞剪輯中更要密切合作，透過目標明確的鋪陳敘述和資料引用，讓新聞不會成為平板直敘的流水帳或沒頭沒腦的心情故事。

㈠怎麼做好新聞帶？

當記者得到一個新聞線索，並經過採訪會議決定要開始做這則新聞時，第一件事就是「上窮碧落下黃泉」地蒐集有關資料，包括網路上的搜尋、同業間的交換資訊（因為競合關係，消息未必正確）、約訪問對象、調資料畫面、預先做動畫(CG)、決定需不需要出 SNG 等。

直接到現場，或是約受訪者在特定地點做訪問。到達訪問地點前，文字記者可以迅速消化資料，擬定訪問題目，並和攝影記者充分溝通畫面的需求。訪問題目不宜多，最好不超過 5 個，因為每則新聞所需的聲刺最多不超過 30 秒。訪問以精簡迅速為原則，切中要點，使聲刺一語驚人。

抵達採訪現場後，到底要先做訪問，還是先拍新聞畫面，得視哪一個比較緊急而定。如果受訪者只是短暫停留，就得先訪問；如果畫面稍縱即逝，如火警或警匪槍戰，就一定要先拍畫面。

拍完現場，上採訪車回電視臺的路上，要立刻以電話回報採訪部門長官，有哪些訪問、訪到了什麼重點、畫面拍到了哪些、後製需要調哪些畫面、做哪些 CG、還需要補哪些訪問。

例如，現場涉案人員在訪問中指出某立委曾經參與關說，這時候就要要求採訪中心立刻電話告知立法院記者，請他補上該立委的回應訪問。

又如，在意外現場，有知名公眾人物受重傷或死亡，這時就要請電視臺內的工作人員先搜尋片庫裡的資料檔案，以滿足畫面需求，甚至可以為臨時加稿做準備。

建議記者在做完這些聯絡事項之後，立即開始寫稿。雖然採訪車搖搖晃晃，電腦輸入不甚方便，但採訪完新聞的當下感想，通常最為真實。更何況，以大都市的交通狀況來說，堵車的時間差不多可以完成一篇 300～400 字的稿子了。

回到剪輯室，稿子、資料畫面、CG 一到齊，就可以開始配音、剪輯。

㈡新聞帶寫稿技巧

前面已介紹一則完整的電視新聞，包含稿頭、新聞帶、結語 3 部分。其中稿頭與新聞帶的文字由記者負責提供，結語則是由主播發想。以下將詳細介紹稿頭與新聞帶的文稿撰寫原則。

1.稿頭（主播稿）

稿頭是正式進入新聞帶前的導言，大致可分為以下 6 種。

⑴直言導言

直接講重點，將人、事、時、地、物等資訊，濃縮傳達給觀眾，適用於突發與硬性新聞。

例如，「今天早上 9 點 02 分，花蓮東方海面發生了一起規模 5.3 的地震，臺灣各地的震度從 1 級到 3 級不等。」

⑵對比導言

將 2 個事件或人物拿來相比，觀眾比較容易進入狀況，可用來連結上則新聞和當則新聞，或是把有相關因素的 2 則新聞配在一起播出。

例如，「同樣是花樣年華，有的女孩選擇為了賺錢而到酒店上班，也有人存了 5 年的積蓄，就為了到偏遠醫院當 1 年的志工。」

⑶間接、軟性導言

先給觀眾一個大略的概念，在稍後的新聞帶裡才解釋新聞細節，適用於軟性新聞，或是情節較為複雜的新聞。

例如，「最近巴黎時尚界流行一波復古風，以往只有在電影裡才看得到的服飾，竟成了時裝界當紅的流行。」

⑷引句導言

當新聞主角的發言，成為該則新聞的主要新聞點時，重述一次引言能給觀眾深刻鮮明的印象。

例如，「我國旅美投手郭泓志昨天剛動完韌帶手術，開始 3 個月漫長的復健；大家關心他是否會放棄美國大聯盟之路，郭泓志斬釘截鐵地說：『回臺灣發展絕不放棄。』」

⑸問句導言

問一句觀眾很想知道答案的問題，能使觀眾對新聞有更多參與感。這類導言適合用於值得被討論的現象，或是與觀眾生活相關的消費新聞。

例如，「您知道 2006 年世界盃足球賽的冠軍賽裡，義大利球員馬特拉齊對法國的席丹說了什麼話，讓他氣到使出一記頭錘，而被判紅牌出場嗎？」

要注意的是，使用問句導言時，記得在新聞中一定要回答這個問題。

⑹懸疑導言

陳述一則故事時，最後一句用一個出人意料的句子做結，引發觀眾想要知道故事為什麼如此發展的好奇心。使用這種導言時，用字遣詞要精簡緊湊，關鍵句也要夠有力道，方能達成效果。

例如，「小偷費了九牛二虎之力打開保險櫃，結果裡面竟然沒有半毛錢。」

綜合而論，稿頭的寫作祕訣有：

- 口語化：像說故事一般引人入勝。
- 一針見血：稿頭只有 20 秒左右，必須切中要點。
- 去蕪存菁：反覆修稿，精鍊句子；字字珠璣，沒有廢話。
- 避免官腔：讓新聞稿生活化，使觀眾感受到這則訊息和自己有關。

2.新聞帶

(1)記者導言：進入新聞帶以後的導言

電視新聞帶有個「黃金 7 秒」的概念，意即電視新聞的前 7 秒要是不夠吸引人，觀眾就可能不會繼續看下去。

因此，第一步是要選取最關鍵的畫面，然後錄製旁白解釋畫面中人物的身分與行為，以及正在發生的現象，透露給觀眾他們透過畫面仍然無法得知的訊息。

比方說，「這名出現在歡迎隊伍中，手撐陽傘、打扮時髦的年輕女子，就是法國總統的緋聞女友。」

(2)進入新聞主體

通常一則新聞包含的重點，不超過 3 個或 4 個。在掌握主題與各個重點出現的邏輯順序以後，可透過相關的畫面、旁白與聲刺來一個個呈現。

如果需要轉換重點，記者可以用現場獨白來轉場，引導觀眾的注意力到下一個概念的場景或人物身上。轉場的邏輯要清楚合理，視覺畫面也應和正在傳達的概念相關連，否則觀眾會看不懂。

通常記者的旁白是用來提供背景資訊的，而受訪者的談話（聲刺），是讓新聞「更有感覺」的素材。觀眾能透過受訪者的語調、手勢和表情，接收到受訪者情緒層面的訊息。

另一種非用不可的聲刺，則是重要人物或重要事件的宣布或表明立場。此時，重要人物的一句重要話語，比起記者的千言萬語更具說服力。

(3)新聞帶結尾

結尾要清楚地讓觀眾知道，報導要結束了。如果結尾做得不夠好，報導只是停止了而不是結束了。因此，電視新聞需要強烈的結尾 (end)，而非中止 (stop)。

結尾需要有結局，也就是一個確定的結果或方向。結尾不是回顧與統整，而是再次強化故事重點，然後篤定地、有方向地結束。

通常結尾不再引用受訪者的話、現場聲音或空景，而是取一個結尾畫面，搭配旁白或現場獨白做結。所以當你到達採訪現場時，需要去尋找可用來做結的鏡頭。它必須明顯對應新聞主題，讓你能做有力的結語。

不過若是非常「有哏」的聲刺，作為結尾也未嘗不可。例如，前總統陳水扁的一句名言「現在我做總統，算我好運，不然要怎麼樣」，這樣的發言頗有「效果」，會有記者選擇以這個聲刺當作結尾。

三、寫作範例

了解新聞帶的構成與寫作技巧後，以下提供 2 種範例，一則有記者 stand，另一則沒有記者 stand，提供給讀者參考。

表 5-4　寫作範例 1（無 stand）②

稿頭（主播稿）		
凱利颱風來襲，主婦上菜市場可得多帶錢，因為菜價開始飆漲，像是青江菜，小白菜，都有 2 成以上漲幅，有的量販店乾脆推出特價區，當場吸引到不少搶便宜的民眾，1 把 5 塊錢的地瓜葉，不到 1 個小時就補了 2 次，一下子就被搶購一空。		
配音稿		
BEGINNING	畫面 + 記者旁白（畫面是民眾搶買青菜，旁白是描述畫面）	記者：「工作人員手都還在補，等不及的民眾直接朝籃子抓，有的等不及拿塑膠袋，直接用手抓走好幾把。」
MIDDLE	重點 1：颱風要來所以來買菜 （畫面 + 人物聲刺）	記者：「你買幾把？」 民眾：「買 5 把。」 記者：「為什麼買這麼多？」 民眾：「颱風要來，多買一點。」
	重點 2：什麼菜可買 （畫面 + 記者旁白 + 人物聲刺）	記者：「不到 5 分鐘，特價葉菜區一掃而空，另一頭的青菜區，只要經過的人，隨手就帶個 2、3 包。有些地方一早就已經空空如也，賣到沒有貨可以補。」 民眾：「有啊，有比較貴，還是有一些便宜的啦，啊貴的就先不要買啊！」

② 本文改寫自 TVBS 2006/7/24 新聞。

		記者：「搶這麼兇，就因為傳統市場菜價開始飆。拿特級品批發價為例，漲最兇的是青江菜，每公斤 60 元，漲了 3 成；空心菜更貴，每公斤 70，也有近 2 成漲幅；小白菜也是 70，漲幅約 1 成；最誇張的是敏豆價格，一路飆漲到每公斤 185 元，比同樣重量的豬肉還要貴。 人氣熱的還不只青菜區，不管水果區、熟食區，通通圍了不少民眾，這個蘋果攤人多到擠都擠不進去，瞧，這位太太乾脆把袖子一捲，從人家背後把手一伸，搶到多少算多少。」
	重點 3：買菜的另一個原因——中元普渡 （人物聲刺）	民眾：「拜拜用的啊！」 記者：「買了哪些？」 民眾：「買飲料、泡麵。」 記者：「怎麼買那麼多隻雞腿？」 民眾：「拜拜啊，明天，明天要拜拜。」
ENDING	結語：量販店大撈一筆是最大贏家 （畫面 + 記者旁白）	記者：「也難怪啦，像是中元普渡必備的三牲，烤熟全雞 150 有找，小孩子愛吃的熱狗，就從 10 塊錢直接砍到原來一半。其他像泡麵、汽水、餅乾，最低喊到 5 折。颱風遇上鬼門開，卯足全勁要搶生意的量販店，原來才是最大贏家。 記者×××（記者姓名），××（地點）報導。」

表 5-5　寫作範例 2（有 stand）

稿頭（主播稿）		
氣溫屢創新高，白天的溫度動輒飆破 38 度，小心高溫會讓您的老花眼更加嚴重。國軍高雄總醫院的研究發現，民眾如果每天在 38 到 40 度的高溫底下，連續暴露 4 個小時，2 個月之後，老花的度數，就可能暴增 3 倍。因為高溫的傷害，就跟 3C 產品的藍光一樣，提醒您如果長時間待在戶外，一定要做好防護措施。		
配音稿		
BEGINNING	記者 stand（畫面是大太陽下的運動場，搭配道具做現場報導）	記者：「太陽高高掛，天氣好熱好熱，想避免紫外線傷害眼睛，帽子、墨鏡不可少，但您知道嗎，這樣的防護還是不夠，因為連日高溫，可能會讓老花眼更加嚴重。」
MIDDLE	重點 1：太陽曝曬下傷眼案例 （畫面 + 記者旁白 + 人物聲刺）	記者：「從事業務工作的吳小姐，經常騎車在外面趴趴走，43 歲的她幾個月前老花只有 50 度，沒想到最近看東西，愈看愈模糊，一檢查，老花竟然變成 3 百度。」 患者吳小姐：「醫生那時候跟我講我老花 3 百度的時候，其實我有嚇到，我以為我要失明了。」

	重點 2：醫學研究結果（畫面 + 記者旁白 + 人物聲刺）	記者：「最新研究發現，持續高溫和 3C 產品的藍光一樣，都會對水晶體造成傷害，民眾如果在 38 度到 40 度的高溫下，連續暴露 4 個小時，2 個月之後，老花的度數，可能暴增 3 到 6 倍之多。」 醫師洪啟庭：「外在的溫度透過我們的眼皮，再往後面影響到我們的水晶體，讓水晶體蛋白質的彈性，發生一些病變。」
ENDING	結語：怎樣預防高溫造成老花 （畫面 + 記者旁白）	記者：「就好像煮雞蛋一樣，一旦氣溫超過 37 度，水晶體的蛋白質構造，就會被破壞，導致老花加重甚至白內障。如果長時間在戶外工作或是活動，一定要特別注意防護，否則老花可能提早找上門。 記者×××（記者姓名），××（地點）報導。」

貳、新聞稿的寫作原則

報紙、雜誌的新聞寫作，比較像是文學作品；電視新聞的寫作則比較像是劇本，記者身兼編劇和導演兩職。

下筆寫稿時，腦中要有「景」的概念，一邊我手寫我口，一邊要想畫面如何相互輝映、什麼時候要讓聲刺進來、什麼時候需要 CG 或圖表。

完成一則電視新聞，會讓人特別有成就感，因為一個完整的電視新聞就像一齣短劇，是包含聲、光、色多面向的藝術品。

傳統新聞學的 “5W1H” 仍是一個幫助思考的原則，也就是誰 (who)、何時 (when)、在哪裡 (where)、為什麼 (why)、什麼事 (what) 及如何 (how)。

或者，以「人、事、時、地、物」的口訣來思考並敘述新聞，避免遺漏：

- 人：新聞的主體未必是「人」，也可能是流浪狗或颱風。
- 事：新聞發生的現象或過程。
- 時：新聞發生的時間，愈接近現在愈有新聞價值。
- 地：新聞發生的地點，愈接近觀眾愈有新聞價值。
- 物：新聞主體之外的相關事物，包括了和其他類似事件的比較，新聞事件的影響和後續觀察的焦點等。

上述類別並沒有優先順序，敘事時可以依「劇情」穿插出現。

電視新聞寫作和平面媒體寫作不甚相同，須注意較多細膩的環節：

一、特定用語

有些基本慣例，是新聞寫作的不成文規定：

㈠時間的寫法

表示日期時，除了「前天」、「昨天」、「今天」、「明天」、「後天」等顯易推算之日期外，均以「幾日」表示。即使是「今天」，也要點明什麼時間，是凌晨、早上或下午。

月跟年則是上個月、這個月、下個月，前年、去年、今年、明年。年次標記方式應冠上「年」號；國外新聞則一律以西元為準。

例如，「今天凌晨 3 點 20 分，蘇澳外海發生規模 6 的地震」或「2004 年（唸作兩千零四年或貳零零四年）9 月 20 號，美國哥倫比亞廣播公司新聞部面臨開臺以來的最大危機」。

新聞播出的時間，除了事件發生的當天之外，隔天的晨間新聞，或是當晚超過凌晨零點的夜間新聞，都有可能重播。若稿子使用「今天」、「昨天」等語句，觀眾可能會搞錯新聞發生的時間。

因此習慣上，通常只會在方便修改、即時播出的主播稿上，使用「今天」、「明天」、「昨天」等較容易推算的時態。至於記者的配音稿，則還是以「今天是幾月幾號」的明確方式來表現。

㈡數字的寫法

千位以上的數字最好用國字表達，以免太長串的數字造成主播或觀眾理解上的困難。例如，2,350,000 要唸成兩百三十五萬，而非二三五萬。

㈢人名或地名的寫法

如果某名人具有話題性，可在簡要說明新聞事件後，直接說人名即可。例如，酒駕致人於死的×××、×少爺，涉嫌犯下多起性侵案的○○○等。

一般而言，新聞提及的人物在第一次被介紹時，要寫出全名與完整職銜。例如，總統×××。或是說明這個人和某知名人士的關係。例如，鴻海董事長郭台銘的女兒×××。

原則上，新聞中第一次出現的人名、地名要用全稱，接下來則可視情況使用簡稱，但字幕大致採用簡稱。例如，「行政院大陸委員會」第一次介紹時不用「行政院陸委會」。

此外，新聞稿也應避免使用非正式的習慣用語。例如，「行政院長」不宜以「閣揆」代替，「×醫師」也不宜用「×醫生」說明。

若是國外人名與地理名稱，須採用官方公布的標準用語，作為公認的翻譯。例如，臺灣將美國總統 George W. Bush 與 Barack Hussein Obama, Jr. 翻譯為「小布希」與「歐巴馬」，就不宜使用其他如「布什」、「奧巴馬」等翻譯，避免混淆。

二、如何寫出清楚易讀的新聞稿？

報導的目的是做出「好」的新聞，不是「長」的新聞。

現在 24 小時的新聞臺整天播放各種新聞，訊息龐雜瑣碎，因此觀眾更需要了解來龍去脈，才能理解新聞事件的意義，以及這些新聞對他們有何重要性。

每則新聞幾乎只有 1 分鐘到 1 分半鐘左右，如何讓報導言簡意賅是很重要的，因為精簡的文字能夠使訊息更清晰。

所有的報導都應掌握 2 個基本原則：有重點、吸引人。

對記者來說，撰稿前如何挑出重點才是困難所在，且每則報導的重點還要控制在 3 個以內。如果重點真的很多，不如分成幾條不同的新聞來做，形成一組有配套新聞的多則報導。

至於如何使新聞稿簡明扼要，易聽易懂？以下的原則必須切記：

㈠擬定大綱

突發事件因為事實具體明確，直接寫出來不成問題。但當事件比較複雜時，如果沒有一個大綱，就容易丟三落四，不知所云。

㈡口語化

最有力的電視新聞寫作就是「我手寫我口」的口語化寫作，如此才能讓觀眾用原本就熟悉的語言來接收訊息。要能一聽就懂，必須在文字上下一些功夫：

1.易懂的用語

平面媒體無法像電子媒體那樣用聲光效果呈現新聞內容 ， 因此記者的用字遣詞，將影響新聞的精彩度。

一般而言，平面媒體使用成語，或用華麗辭藻的情況較多，但電視新聞一定要避免難懂深奧的詞彙，盡量讓普羅大眾都能理解。

新的用語或年輕人常用的詞彙，常會讓中高年齡層的觀眾迷惑，所以寫稿時要仔細評估每個辭彙的運用，讓大部分的人都聽得懂。

2.句子要短

句子愈短愈能吸收，太長的句子對觀眾的視聽能力是一大挑戰。

切記，電視新聞的速度不是觀眾能控制的，聽不懂也不能倒帶，因此要以一般觀眾能理解吸收的速度和方式為準。

㈢小故事或小檔案

寫人物時如果能穿插一些小故事，比如這個人過去做過什麼重要的事，這個人和某個重要人物的關係，再配合資料畫面輔助說明，故事會變得更傳神。

㈣不停地修修修

電視新聞是用來聽的，不是用來看的，所以用字遣詞要盡量精確，讓人「一聽就懂」。好比同樣是寫詩，白居易的詩就能讓「老嫗童子都能朗朗上口」。

若發現意義重複或語焉不詳的話語時，立即修改。試試邊寫稿邊唸出來，若聽起來不順，再斟酌修改。一再修改可以讓文字更精鍊，使對話更有力。

好新聞都不是一次就寫好的。記得要為修改報導預留一些時間，所以早一點開始寫稿比較好。想寫出強而有力的報導是需要經驗跟練習的，每個字、每個句子都要好好琢磨。

㈤假裝說給鄰居聽

把觀眾想像成一個在跟自己說話的人（例如鄰居），自然會講得較生動有趣，音調也會有所變化，用字會比較簡明、白話、易懂。減少不必要的標點、文字、形容詞跟句子，會比較貼近日常用語。

㈥愈了解才能愈簡短

記者要負責減少不必要的內容。若記者對報導內容了解得不夠深入，就會保留多餘的東西，所以報導愈短，對記者而言是愈大的挑戰。

㈦讓畫面說話

好的電視新聞必須有好的畫面，最高境界是一段讓人一看就懂，甚至不需旁白的影片。

切記，文字是用來輔助畫面的，當你發現必須用很多旁白才能把事情說清楚時，你必須檢討，是新聞本身太複雜呢？還是攝影記者的畫面不夠完整？

㈧配合電腦圖表、動畫輔助說明

一張圖可以省去很多解釋的功夫，善用電腦圖表將可事半功倍。例如，折線圖可用來表示同一事件的歷時性轉變，長條圖則可用來比對不同項目的歷時性轉變，圓餅圖最常用來表示比例，樹狀圖呈現了新聞人物的關係，條列式表格則可用來表現歷年的事件。

除了運用二維圖表來表現2個變項的關係外，也可使用靜態的3D（三維）圖表，表達3個變項的概念。但因為電視畫面通常不會停留超過5秒，所以需要花時間理解的靜態3D圖表，較少被運用在電視新聞畫面中。

另外，以前製作一支普通3D動畫的時間往往動輒1、2個小時以上，但隨著3D動畫技術日漸成熟，愈來愈模組化，熟練的動畫師已能半小時生產一支動畫。

藉由3D動畫圖表來動態呈現立體長條圖、折線圖和圓餅圖，可使新聞內容和圖表同步，讓觀眾更容易理解複雜的數據。

三、新聞寫作的基本訓練

㈠事實必須經過確認

新聞是事實的傳達，文中務必說明每個結論的前提或消息來源。除非記者有十足把握，或為了保護消息來源，否則「據了解」、「據指出」等詞彙應該盡量少用。未經證實的消息一定要特別小心處理，這是不變的原則。

㈡不要依賴「慣用句」

「慣用句」就像口頭禪一樣，經常被用來彌補採訪工作的不足。新聞稿應該依靠記者的採訪能力、觀察力和寫作功力，除非萬不得已（例如警察的鑑定、法院的判決還沒出來），否則慣用句只會給人空論的感覺，徒增狗尾續貂之譏。

例如，大樓火警新聞中，最常聽到「這起火災的肇事原因，警方目前正在偵辦當中」或是「這個事件值得社會大眾深思」這樣的結尾。

又如，颱風季時，總會聽到「×××颱風步步進逼，來勢洶洶」、「××公路滿目瘡痍、柔腸寸斷」、「××地區成為水鄉澤國」等，這些句子都應該避免。

㈢重視社會責任及新聞倫理

大眾傳播媒體的內容會影響到社會大眾，所以在用語上應有所考量與節制。例如，避免出現令人不快的字彙、歧視與偏見，以及有廣告化嫌疑的商品名稱等。

但是，有些商品已成為流行文化，彼此之間很難區隔，於是成為一個值得思考和論辯的問題。例如，iPhone 熱潮已變成一種流行文化和消費趨勢，記者常不知道如何拿捏「廣告化」和「消費資訊」之間的界限。

㈣利用現場音

電視新聞是文字、影像和電影編輯手法的綜合體。選用適合表達報導內容的現場音（或稱自然音）和畫面，能吸引觀眾的注意力，有效地幫助他們進入情況，使新聞報導更逼近實境，更有可信度。

現場音還可原汁原味幫助記者減少字句，使報導更精簡。這正是「百聞不如一見」，讓畫面與聲音替你說話。如何有效利用聲音，將於第六章詳細介紹。

㈤搭配簡短有力的聲刺

使用聲刺時，要避免冗長無重點的談話。另外，除引用重要文句外，若能配上說話者的表情或手勢更佳。因為這是世界共通的語言，可傳遞情緒、分享感覺。

3 秒鐘以內的短聲刺常用於收錄受訪者的短答。例如，新聞中要呈現民眾乘坐貓空纜車的感覺，可以使用不同民眾的短聲刺，如「很刺激」、「風景很棒」、「速度不夠快」、「風好大喔」等。

一則 1 分 30 秒的新聞中，10～15 秒的聲刺以不超過 3 個為宜，短聲刺以不超過 5 個為宜。若能巧妙運用聲刺，將可收畫龍點睛、吸引觀眾注意力的功效。

㈥善用比喻、對稱或押韻的句子

善用比喻會讓稿子更生動，更令人難忘。適時使用對稱或押韻的句子，有協調之美，更能強化語意，但前提是以口語為主，避免使用艱澀的成語。

例如，「小綠大綠大吵特吵，砍七天假、一例一休到底該怎麼搞，十二月一號朝野再協商，原班人馬繼續喬」（廖士翔、廖豈成，2016）或「修圖軟體比整形醫師還要罩，幫忙修修臉，讓許多藝人的照片，拿出去不會羞羞臉」（黃敏惠、方啟年，2010）。

㈦寫你自己也覺得有趣的東西

記者自己覺得有趣的內容，才有可能被寫成有趣的報導。因此，先找出哪一個部分是最有趣的，就針對這個部分多加著墨。

切記，你自己都覺得無聊的內容，勢必也很難讓觀眾覺得有趣。

㈧避免照本宣科複述報紙新聞

報紙往往可以詳述內容，而電視雖然無法詳述，但可以立即做出報導，讓觀眾在第一時間聽到、看到現場狀況。

於是，電視媒體工作者的挑戰就是要在有限的時間內，呈現出相關事物，讓觀眾盡快得知實情。

電視記者並非不可利用報紙的報導，但應懂得取捨內容，再加以處理及變通。

㈨多看看同業的報導角度

每天做完新聞後，好好觀察其他臺的記者如何報導同一則新聞。

當你發現一些沒想到的觀點、包裝方式或創意結語時，會給自己帶來很大的刺激。以後遇到類似的新聞，你便可從新角度切入，設計出吸引人的新聞內容。

見賢思齊，見不賢而內自省。久而久之，寫作的功力一定會變強。

㈩如需更正，不要猶豫

一旦發現消息有誤，要有勇氣立刻更正。當然，碰上這種情況時難免想要掩飾，但若不立即更正錯誤，往往會愈來愈難收拾。

更正錯誤的方法包括在下節新聞中播出重製後的新聞，或以跑馬燈更正。

第一時間勇於認錯並更正，是專業的一部分，也會因此贏得更多信任與尊敬。

新聞稿寫作的原則就是讓新聞強而有力、言簡意賅。觀眾對新聞報導的期待不是模糊遙遠的畫面，或是毫無重點的內容，而是想要如臨現場、吸收常識、得知社會大事，並且感受每條新聞與自身的關連。

參、新聞寫作重點

新聞稿依新聞性質區分，大致可以分為政治新聞、財經新聞、社會新聞、生活新聞、文教新聞、地方新聞、體育新聞、國際新聞以及其他新聞等 9 大類型。以下分別就各種新聞類型之涵蓋範疇、消息來源與寫作須知，整理如表列：

表 5-6　各類新聞類型之涵蓋範疇、消息來源與寫作須知

	涵蓋範疇	消息來源	寫作須知
政治新聞	1.總統府、政府各院各部會、各政黨、各政治人物的新聞 2.公共政策的相關新聞	府院部會、黨部、新聞稿、記者會、同路線之同行、社群媒體連繫、PTT、公民團體、申訴爆料專線	1.忠實平衡報導，立論事理分明 2.並非不可有政治立場。清楚表明政治立場勝過自我標榜客觀中立 3.永遠的反對黨與監督者 4.政治人物頭銜更動頻繁，務必確認，切勿誤植 5.掌握政治人物間的競合關係，了解派系及立場之脈絡

財經新聞	1.財經部會消息 2.股市、匯市、黃金、期貨等金融市場新聞 3.勞資關係、工商團體新聞 4.產業、科技脈動 5.貨幣、土地等政策	財政部、經濟部、國發會、勞動部、國營事業、大企業、科學園區、中央銀行、證期會、證券期貨公司、投顧分析師、建商、進出口公會、工商團體負責人	1.報導主題要和民眾相關 2.多用與民生相關的例子解釋複雜的財經概念 3.寫作方式要淺顯易懂 4.避免用行內或學術術語 5.數據引用須精準，不可擅自簡化
社會新聞	1.災難意外、犯罪事件 2.檢警調、法院等機關新聞 3.司法判決 4.急難救助、社會公益	各級警察局、119勤務指揮中心、法院、法警、地檢署、高檢署、各大醫院、葬儀社、消防大隊、線民、八卦網站、影音網站、社群媒體社團（如：爆料公社）	1.不要落入警察邀功的陷阱，也不要落入糾紛事件的任一方，成為幫兇 2.不能單方面聽信祕密證人或線民的話而不加查證 3.下筆寫社會新聞時，要常提醒自己有「同理心」 4.社會新聞首重時效，「先求有再求好」是基本要求 5.首重畫面與現場音，聲刺訪問第二，記者文稿第三
生活新聞	交通、醫療、環保、時尚、旅遊、消費、氣象、影劇等新聞	交通部（局）、警察局交通大隊、捷運局、高速公路局、鐵路局、民航局、航空公司、衛福部、疾管署、健保署、醫院、環保署、氣象局、觀光局、旅行社、地方政府、民間社團、電視臺、電影公司、經紀公司、公關公司、精品企業、賣場業者	1.生活新聞涵蓋範圍廣泛，寫稿前務必打通電話與相關領域的專家確認正確性 2.醫療新聞要兼顧官方、醫院與醫師3方的意見。下筆宜客觀，要有守望告知的功能，但要避免造成社會恐慌 3.陸、海、空交通狀況與氣象新聞要特別注意時效。新聞播出前1分鐘，都得再三確認最新情況。若狀況已改變，要立刻透過副控室告知主播，在該則新聞播出後回到現場時，做即時修正，或在新聞播出後，立刻以跑馬燈更正 4.要避免被藉機宣傳、炒新聞的假新聞事件利用
文教新聞	藝術、教育、考試、文化、宗教、校園等新聞	教育部、文化部、命題委員會、考試院、藝文團體、兩廳院、宗教組織、扶輪社、民間社團	1.報導藝文活動，重點在推廣藝術，宜拿捏置入行銷分際 2.音樂性演出活動，多得現場收音，更能突顯主題，使新聞自然生動 3.報導宗教活動，應莊重虔敬，勿商品化或綜藝化 4.報導校園內的負面新聞，要以保護學生為前提

地方新聞	地方政治、農漁業、風土民情、人情趣味等各縣市發生的各類新聞	縣市政府與議會、農漁會、義消、鄉鎮民代、地方士紳、地方社團	1. 地方新聞採訪寫作要有「地方觀」，了解地方特性後才不會寫出「何不食肉糜」的報導 2. 要了解地方政治派系脈絡，才不會成為派系鬥爭的棋子 3. 地方建設常淪為經濟與環保之爭。常見以環保包裝派系與利益糾紛，宜多方打聽、平衡報導
體育新聞	熱門體育項目包括棒球、籃球、網球、撞球、桌球、高爾夫球，其他如自行車、保齡球、體操、跆拳道、圍棋、電玩競賽等，也屬體育新聞範疇	體育署、運動協會、國內外賽事公告、球隊或球員的經紀與公關單位	1. 一般新聞是先配音再取畫面，體育新聞則是先剪完精彩畫面，再配上看畫面說話的生動旁白 2. 體育新聞務必要以畫面為主，文稿為輔。多用賽事畫面與現場音 3. 球場外的幕後花絮常被忽略，但其中常有獨家的驚喜 4. 體育新聞難免夾敘夾議，但報導體育新聞除了專業之外，還要注意公正與客觀
國際新聞	非本國內發生的新聞，都屬國際新聞範疇	其他國家的媒體報導、國際新聞通訊社、國內電視臺自行規畫的專題	1. 引用其他國際媒體的外電報導作為消息來源，必須先看過同一媒體與其他媒體所有的相關報導，了解整個事件，將內容完全消化後，再改寫出 1 則新聞稿 2. 從訂購的所有外電報導中，尋找最合適的新聞畫面。切勿直接將報導翻譯成中文，或是直接合併多個報導後播出，務必要重新編輯成適合本國人收看的內容 3. 必須特別注意引用媒體本身的立場，避免偏頗。最好的方法是採用多個新聞來源綜合比較，用自己的觀點寫新聞 4. 翻譯國外新聞時，容易有不符合中文的語法或詞語，應盡量避免 5. 若是自行採訪的新聞，必須注意受訪者國家的文化、政經環境，避免寫出不合該地實際狀況的新聞內容，或是不妥當的用字 6. 部分電視臺會將與中國相關的新聞拆出，另歸類為「大陸新聞」或「兩岸新聞」。無論何種形式，原則皆與國際新聞相同

其他新聞	其他不易分類於上述各類目的新聞	不一定	此類新聞因範圍較廣，難以界定，寫作時無特別規則，但原則上視各種採訪情況而定，參考或套用前述各類新聞的採訪技巧即可

肆、結　語

一則電視新聞和一部微電影有許多相似之處，都有核心概念、劇本、人物、攝影、剪輯、音效與後製。兩者最大的差異在於，電視新聞著重真實，微電影則著重藝術價值或商業利益。

一則電視新聞的長度平均在 1～2 分鐘之間，寫起稿子來總是紙短情長、書不盡懷。因此，寫電視新聞稿切記要在時間上，必須精打細算。

電視新聞的重點在畫面，且時間寶貴、分秒必爭，所以畫面若能說話，記者就盡量不要長篇大論。另外，也不要使用太艱澀的詞句，用普羅大眾的語言，打開天窗說些與觀眾切身的亮話，才是擄獲觀眾選臺器的不二法門。

一則好的電視新聞，除了要能替觀眾守望環境、告知真相之外，還要能讓觀眾看完之後，餘「影」繞梁、三日不絕。

習　題

1. 電視新聞的 4 個元素為何？一則完整的電視新聞應該包含哪些部分？文字記者負責的部分有哪些？
2. 文字記者寫作時，該如何配合攝影記者？如果兩人無法相互配合，會有什麼問題？
3. 在電視新聞術語中，受訪者講的話稱為什麼？採訪與引用受訪者講的話時，必須注意哪些事情？
4. 一則電視新聞大約多長？記者又該如何分配這些時間，說明最多、最完整的故事？
5. 現場獨白的使用時機為何？能有什麼效果？在組織電視新聞稿時，該放在哪個部分？為什麼？

6. 電視新聞寫作跟平面媒體寫作相比，有什麼不同？
7. 當電視新聞稿與平面新聞稿的形態太相似時，通常我們會說：「這篇新聞寫得『太平』了！」如何避免寫得「太平」？
8. 請在 9 種電視新聞類型中，任選一種練習採訪，並撰寫新聞稿，與同學討論應注意的地方，以及忽略的重點，並討論如何改進。

第六章　電視新聞的聲音世界

在這一章你能學到：
1. 聲音在電視新聞中的功能
2. 操作錄音、配音的設備
3. 怎麼將聲音和畫面巧妙結合
4. 剪輯聲音的竅門

壹、聲　音

電視新聞如果只有影像卻沒有聲音，就像一道賞心悅目的菜餚失去了味道。有學者認為，電視的聲音可以捕捉觀眾的注意力、渲染氣氛、操控觀眾情緒 (Allen, 1993)。因此，聲音對電視新聞而言也是相當關鍵的。

一、聲音的本質

生活中充滿各種聲音，談話聲、音樂表演、街道擾攘聲、大自然的天籟等，當這些我們習以為常的聲音，還有許多人耳無法辨識的聲音，需要透過機器加以收錄和處理時，首先得要了解它的本質。

㈠振幅 (amplitude)

振幅代表聲音的強度 (intensity)，也就是音量的大小，以分貝 (decibel, dB) 為單位。人耳可感覺到的音量介於 0～120 dB 之間，每增加 10 dB 時，強度變成 10 倍；增加 20 dB 時，強度變成 1 百倍。

通常人們感覺舒適的音量，大約都在 50 dB 以下。當音量來到 50～70 dB 之間時，就會開始感到不舒服。一般人的日常對話大約是 60 dB 左右。

若音量超過 70 dB 時，會使人焦慮，感到不安。超過 120 dB 時，人耳開始感覺疼痛，嚴重的話甚至可能造成聽覺受損。

㈡頻率 (frequency)

頻率代表聲音的音調 (pitch) 高低，以赫茲 (hertz, Hz) 為單位，指聲音在 1 秒內波動的次數；若 1 秒內有愈多次波動，其音調就愈高。人耳可接收的音調範圍是從 20 Hz 到 20,000 Hz。

二、電視新聞的聲音製作

製作者有意呈現給觀眾的稱為聲音 (sound)，而製作者無意呈現但還是被收進來的則是噪音 (noise)。

一般而言，電視新聞的聲音製作方式分為現場錄音、事後配音與事後混音。不論是哪一種方式，傳達清晰音質是最要緊的。製作者的角色是幫觀眾收進清楚和有用的聲音，並濾除不必要的聲音，如此才有助於傳達正確和明確的訊息。

貳、處理聲音的器材

一、麥克風

不論要收音還是配音，麥克風都扮演了不可或缺的角色，主要的功能是將聲音（聲波）轉換成電能，再儲存為訊號，可分為以下幾種類型。

㈠麥克風的類型

1.依「設計形式」分類

根據不同的設計形式，麥克風主要分為 3 種，而電視新聞中最普遍使用的是動圈式麥克風。

⑴動圈式麥克風 (dynamic microphone)

動圈式麥克風的構造是一片震動板與一塊磁鐵，兩者之間透過線圈來連結。麥克風收到音後，震動板會震動，線圈也跟著震動。線圈震動後感應電流改變了磁場，因而產生電子信號，將聲波以電子信號的方式傳遞。

相較於其他種類的麥克風，動圈式麥克風最常被使用在電視製作，也是最耐用的麥克風。由於靈敏性不高，這種麥克風可以在較為吵雜的環境收音，因此方便於戶外使用，而且價格比較不貴。

但缺點是能接收到的聲音頻率有限，無法接收過高或過低頻率的聲音。另外因為其物理構造，動圈式麥克風也不如其他種類的麥克風來得輕便。

⑵電容式麥克風 (condenser microphone)

電容式麥克風有 2 塊面板，前面那塊是可移動的，後面那塊則是固定的。當聲波傳至可活動的面板上時，改變了兩塊面板的間距，造成電壓量的改變而產生電子訊號。由於是透過改變電壓來產生訊號，因此需要額外供應電源（通常是電池或機器上的電源），方能使用。

電容式麥克風常用於專業錄音，例如配音、廣播等錄音室作業。許多戲劇製作的場合，也常使用高品質的槍管型電容式麥克風，音質比較好。

因為電容式麥克風相當靈敏，所以能收到頻率範圍較廣的高低頻音，但在撞擊、高分貝的聲音等變化較大的環境下，其耐受度相對較低，因此比動圈式麥克風來得貴且易壞。

⑶鋁帶式麥克風 (ribbon microphone/velocity microphone)

以一條金屬線連接在磁鐵兩端，對聲音的敏感度接近電容式麥克風，而音質則更甜美溫潤，多用於錄音室與廣播電臺。但因體積大且笨重，所以只在室內使用。

⑷其他：碳質麥克風 (carbon microphone) 與晶體麥克風 (crystal microphone)

碳質麥克風與晶體麥克風由 2 片金屬片構成，因中間填充的介質為碳粒或壓電晶體 (piezoelectric crystal) 的不同，而有不同的名稱。兩者都是利用聲波振動金屬片，使內部填充的物質壓縮而產生電流信號。

此類麥克風雖然價格低廉，但收音品質差且常有雜訊，又因為材料的電阻大使訊號容易衰減，所以不能用於長距離收音。主要應用在接收語音（例如電話話筒）、非專業錄音上。

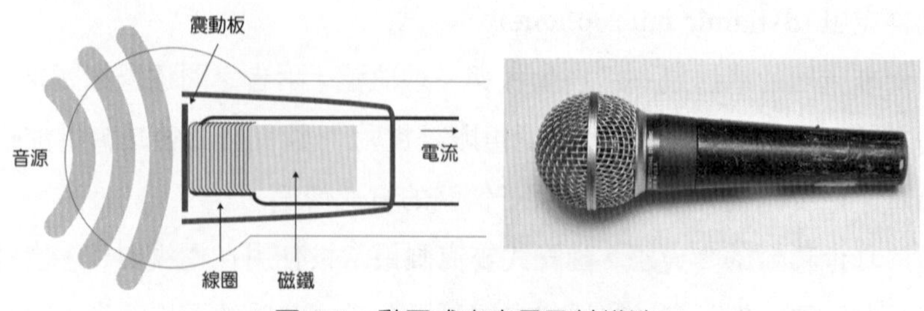

圖 6-1 動圈式麥克風及其構造

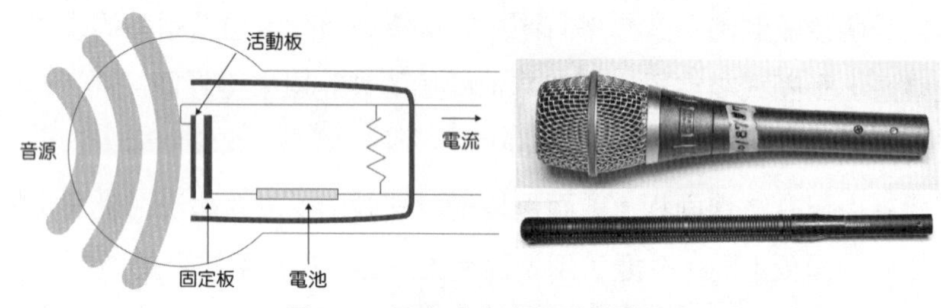

圖 6-2 電容式麥克風及其構造

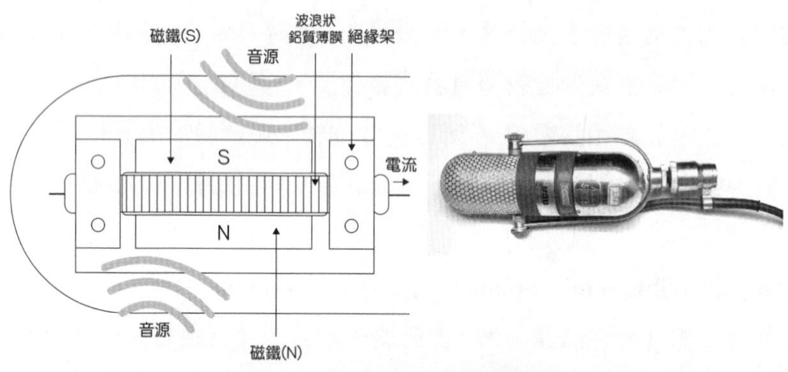

圖 6-3 鋁帶式麥克風及其構造

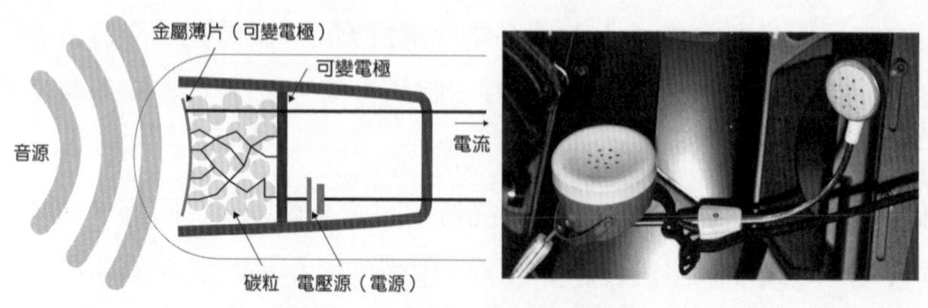

圖 6-4 碳質麥克風及其構造

2.依「架設在攝影機上／獨立於攝影機外」分類

(1)架設在攝影機上的麥克風

這種麥克風附在攝影機的鏡頭上，鏡頭對著哪裡，麥克風就對著哪裡。

它的優點是，只要一臺攝影機就可以同時錄下影像與聲音，不用另外準備麥克風，採訪會變得比較方便，尤其是當攝影記者身兼採訪（單機採訪）的情況，會更加方便。

只是，麥克風和主要音源的距離，不像外接式麥克風那樣有彈性。假如拍攝的是遠鏡頭，就無法好好收音；或是會收到攝影機周圍不相干的聲音，像是攝影機零件運作的聲音、攝影師的呼吸聲等。它又分為 2 種：

a.內建式麥克風

這種麥克風就直接固定在攝影機上，通常位於攝影機前方的鏡頭之上，比較便宜的攝影機用的便是這種裝置。若是這種機型，通常還要另外再帶一支外接式麥克風才比較保險。

b.可拆式麥克風

這種攝影機附有可安裝麥克風的固定架，能依不同錄音效果的需求更換各種麥克風。

麥克風是否與攝影機固定在一起，可以從聲音類型來考量。如果今天要錄的是一般的環境聲音，就用內建式麥克風；如果是錄某個特定聲音（因此必須與其他聲音區隔開來），就用可拆式麥克風。

圖 6-5　內建式麥克風

圖 6-6　可拆式麥克風

⑵外接式麥克風 (external microphone)

這種獨立在攝影機以外的麥克風，依不同使用情況，例如手握、別在表演者的領子上、藏在背景中，或是掛在天花板上等，大致可分為手持型、墜飾型、平置型、槍管型、耳機型與垂吊型麥克風。

a.手持型麥克風 (hand-held microphone/hand microphone)

通常用於記者進行訪問時。與其他種麥克風比起來，手持型麥克風通常是動圈式的，所以收音的敏感度較低。

b.墜飾型麥克風（lavalier microphone，俗稱小蜜蜂）

它的體積很小，可以別在說話者的衣服上。配戴的時候需要注意別上去的位置，避免收到身上的飾品或衣服摩擦所發出的噪音。

墜飾型麥克風通常是電容式的，因此需要準備好備用電池，以備不時之需。另外，因為它對聲音十分敏感，所以不要離嘴巴太近，以免造成聲音的失真。

c.平置型麥克風 (stand microphone)

這種麥克風被設計成可以安裝在桌面、舞臺或地面上。桌上型 (desk stand) 是供講者使用，常在記者會中出現；直立型 (floor stand) 比較高，且桿身長度可伸縮調整，適合用在演唱會上。

因為使用環境與需求不同，這類型的麥克風動圈式與電容式都有。

d.槍管型麥克風 (shotgun microphone)

對於較遠的聲音，這類麥克風可在不破壞畫面的情況下，收到特定點的聲音。通常這類麥克風是電容式的，非常敏感，因此配有握柄 (pistol grip) 與擋風罩 (windscreen)。

e.耳機型麥克風 (headset microphone)

耳機型麥克風通常為動圈式，因為離嘴巴很近，適合使用在比較吵雜的環境中，或是當講話的人雙手要做其他動作時。雙耳的耳機裝置則可讓記者不被雜音影響，收到導播的指示。在戶外轉播時，通常都使用耳機型麥克風。此外，攝影棚內外的攝影師，也都是用這一類型的麥克風。

f.垂吊型麥克風 (hanging microphone)

垂吊型麥克風常為電容式，會直接掛在場景的上方或偏前的位置。

但這並不是很好的方法，因為常會收到不必要的雜音，也無法跟著說話的人移動。而且如果垂吊的位置太低，麥克風可能就會入鏡，吊太高又會收不到音。

表 6-1　外接式麥克風一覽

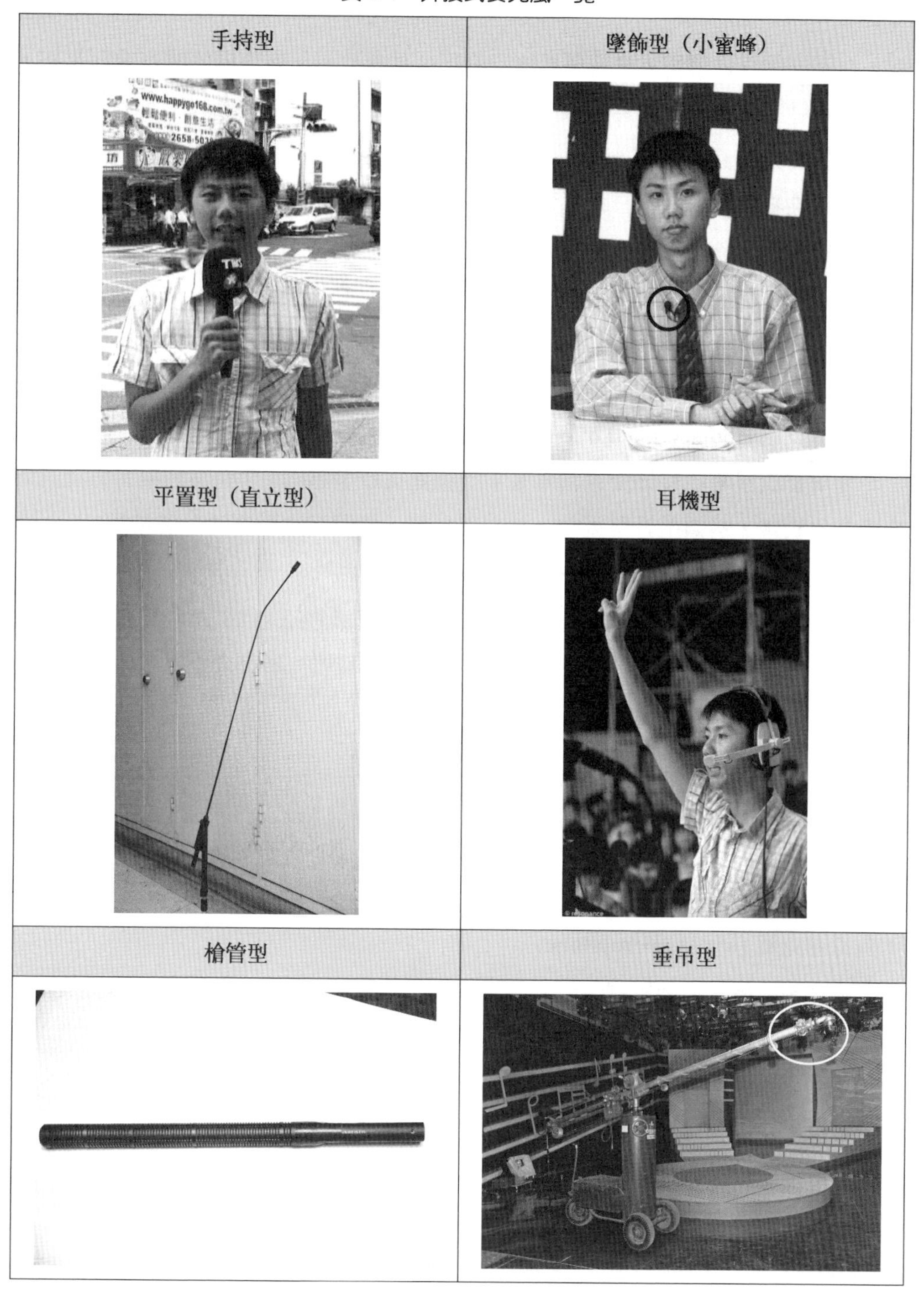

3.依「收音形式」分類

在不同的錄音環境，會使用不同收音形式的麥克風。麥克風的收音方向是指，它對哪些特定的方向會較為敏感。可分為 4 種：

⑴指向性麥克風 (cardioid microphone)

指向性麥克風的收音方式通常為心型指向或超心型指向，對單一方向來的聲音特別敏感，對兩旁與後方的聲音則較不敏感。這種麥克風適用於只想錄一個人的談話時，例如夾在衣領上的小蜜蜂，以及外出採訪時的手持麥克風。

⑵全方位麥克風 (omnidirectional microphone)

全方位麥克風對所有方向都敏感，用於收錄一般環境聲音，例如眾人歡呼聲。

⑶雙向麥克風 (bidirectional microphone)

雙向麥克風的收音範圍通常為 8 字型指向或槍型指向，它對兩個相對方向的聲音會較為敏感，例如前方與後方、左方與右方，在收錄立體音源① 時使用。

⑷超指向性麥克風 (supercardioid microphone)

超指向性麥克風就是外型長而窄的槍管型麥克風。它強化了指向性麥克風的收音能力，只針對前方來收音，避免收進其他方向的雜音。若方向不對，則收音效果就會大打折扣。

4.有線與無線麥克風

兩者的差別在於聲音訊號傳遞到錄音設備的管道，前者是藉由訊號線傳輸，後者則是透過無線電傳輸。

⑴有線麥克風 (wired microphone)

麥克風訊號藉由訊號線傳輸到錄音設備，方便又可靠，出外景時被廣泛使用。但訊號線的存在可能會影響畫面美觀，且使用距離也有限制。

⑵無線麥克風或無線電麥克風 (wireless microphone/radio microphone)

藉由特定的無線電波頻率來傳遞訊號 ，不受限於訊號線的長短 ，但需安裝電池，且可能受其他相近的無線電訊號干擾，價格也比有線麥克風高很多。目前一般採訪均採用無線麥克風。

---

①　立體音源 (stereo) 使用 2 個以上的獨立聲道，分別在 1 對揚聲器上播放，比單音聲道更自然悅耳，接近真實。

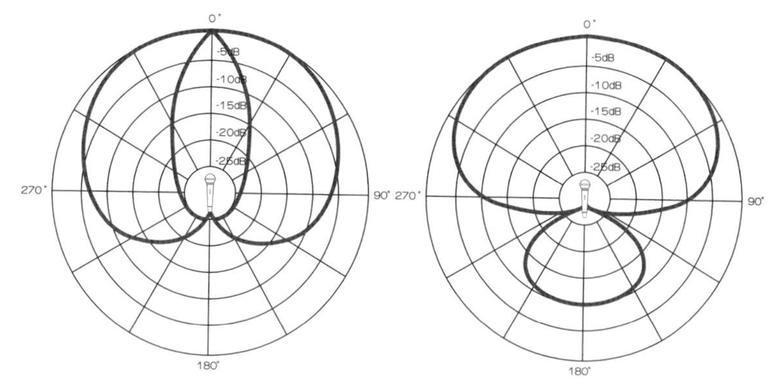

心型指向的收音範圍　　超心型指向的收音範圍

圖 6-7　指向性麥克風的收音範圍

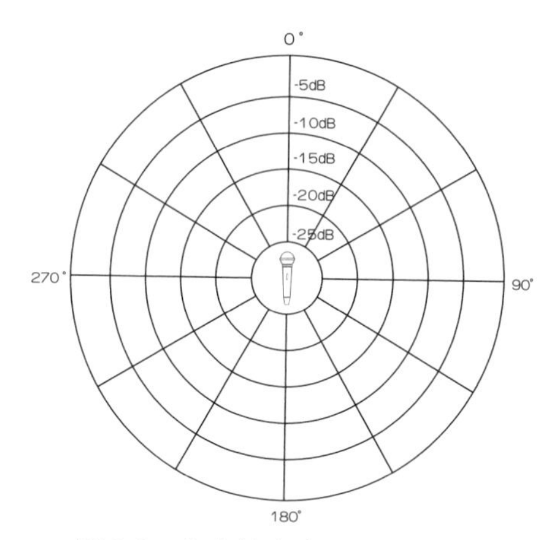

圖 6-8　全方位麥克風的收音範圍

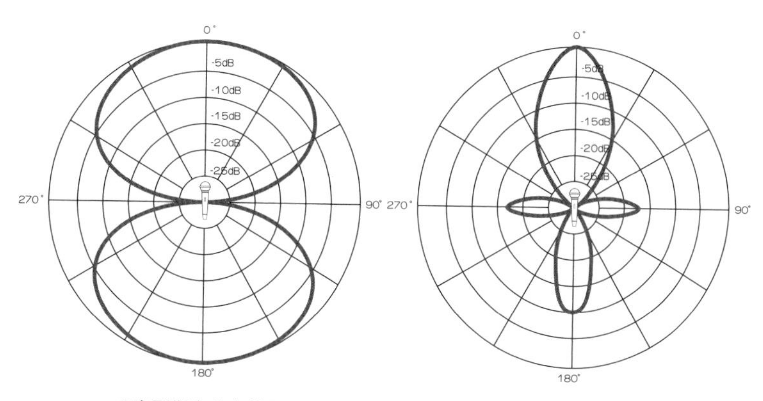

8字型指向收音範圍　　槍型指向收音範圍

圖 6-9　雙向麥克風的收音範圍

5.麥克風架與支撐裝置

固定式的麥克風需要支架，一方面固定麥克風的位置，一方面隔離麥克風放置的位置所可能出現的噪音。

依環境與使用方式的不同而採用不同的麥克風架，一般都是利用不同設備的不同優點而混合使用各種麥克風與麥克風架。按形式可分為：

⑴桌上型 (desk stand)

這種麥克風架短小而用於桌上，供講者使用。

⑵直立型 (floor stand)

這種麥克風架較高且直立，桿身長度可以依據音源高度而調整。

⑶釣竿型 (fishpole)

這種麥克風架的外型是一根細長的桿子，放在音源的上方或是鏡頭帶不到的下方，隨時隨地跟著音源移動，多用於外景。

它的效果跟手持型麥克風一樣，卻可以避免使用者碰觸手持型麥克風桿身時所發出的噪音，還可以讓持麥克風的人保持在鏡頭外。

⑷支架型 (boom)

兼具直立型麥克風架的固定性和釣竿型麥克風架的指向性，能上下左右搖動，還裝有輪子可以水平移動，要伸縮支架的高矮也不成問題。

㈡如何善用麥克風？

收音最重要的原則，就是「盡量靠近音源而不失真」。

基本上，並沒有適用於任何情境的「萬能麥克風」，因此要依條件選用恰當的麥克風。選用時可先從音源特質來衡量，是錄人聲或樂器聲等。再來則視環境條件的影響來衡量，例如分開幾次收錄或一次收錄、麥克風的位置等。

另外，還須考慮麥克風的尺寸、是否適合入鏡等。如果畫面中不適合出現麥克風，就得夾藏壁飾型麥克風（小蜜蜂），或在一旁使用槍管型麥克風。

如果要同時使用多支麥克風，則須保持「麥克風與音源的距離」和「麥克風彼此之間的距離」約為 1:3，以防止 2 個麥克風同時收音時互相干擾。

除了麥克風錄音，還要善用混音器監控，以確保各聲道聲音的品質和平衡。

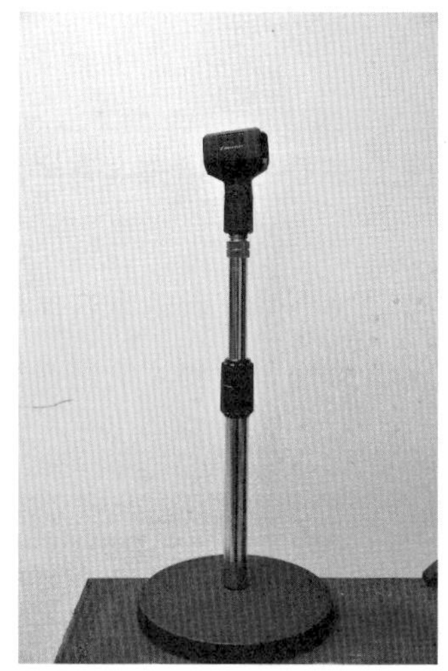

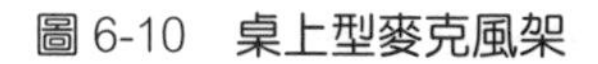

圖 6-10　桌上型麥克風架

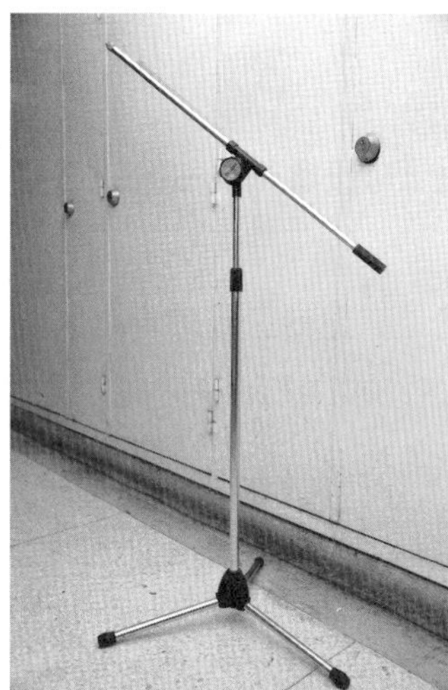

圖 6-11　直立型麥克風架

圖 6-12　釣竿型麥克風架

圖 6-13　支架型麥克風架

二、其他音效器材

㈠混音器 (mixer)

混音器是一個操作平臺，可以將聲音訊號分別或一起加以操控、增強、導至其他設備。

混音器最基本的應用就是調整麥克風的音量大小，或是將不同來源的聲音加以混合，送到同一個聲音擴大系統或喇叭。每一臺可攜式混音器都有 3 到 4 個聲音進入的插孔，和 1 個聲音傳出的插孔。

有的混音器可以控制每一個音源的擴大，包含了個別音源的增益 (gain)② 與主音量的大小。有的只是結合各個獨立的輸入端，再傳送到一個輸出端上，並沒有將音源擴大。

圖 6-14　混音器

想要有效率地使用一個可攜式混音器，須設定好每一個獨立輸入頻道的增益與主音量的增益程度。

增益控制分為自動和手動，一般消費性電子產品僅有自動控制，無法使用手動控制；專業的攝錄機種則可選擇使用自動或手動。不過使用手動控制時得注意，增益不要超過峰值，以免聲音失真（俗稱「爆音」）。

② 在電子學上，增益通常為一個系統的訊號輸出與輸入的比率。而在聲音上，則是指輸出的聲音比輸入的大了多少倍。5 倍的增益就是指混音器讓聲音大小增加了 5 倍。增益主要應用於放大電路中。

有些混音器內建了音調產生器 (tone generator)，若是這種情況就先設定主音量的增益，確定聲音的各項條件標準之後，再設定各個獨立訊號的增益至恰當位置。

有些混音器會有一些調整聲音頻率的功能 。 一個混音器可以接上好幾支麥克風，每支麥克風接的聲音分為高頻、中頻和低頻，使用者可依需求來調整音頻。

但如果高頻調太大，有可能造成麥克風發出 “Fi～” 的噪音；如果低頻調太多，又會聽起來悶悶的。

音頻都調好後，還可以再調整增益，決定單支麥克風要送出多少音量。要傳送出去的時候，還可以調整所有音源的音量、頻率或回音等。

㈡輸入端和限制器 (limiter)

麥克風自背景錄下來的聲音，是經由一個適當的輸入線傳入錄放影機的。

錄放影機通常有 2 個聲音輸入端，分別連接到它專屬的音軌 (audio track) 上：左與右頻道 (left or right channel)，或分為第一軌 (channel 1) 與第二軌 (channel 2)。

若使用的是附在攝影機上的麥克風，所錄到的聲音訊號會自動傳入攝影機中，並紀錄在合於錄影帶的音軌上，或是將兩軌聲音合為一軌。

此外，許多錄影設備都包含了聲音峰值限制器 (audio peak limiter)，常用在音源不穩定時的錄製過程，用以預防出現過大而失真的聲音。

參、錄音的進行

有些攝影狀況下會有收音師，但臺灣大部分的採訪情境，是由攝影記者和文字記者合作收音。

跟聲音相關的器材，往往是和跟畫面相關的器材一起準備的，影像和聲音的錄製有彼此重疊之處。

一、開始前先測試設備

開始錄製前，應先找機會測試，試錄一段聲音與影像，並檢查這段拍好的帶子。測試影像、聲音都能順利錄製之後，再進行正式拍攝。

二、解決現場問題

事先了解現場狀況來選擇麥克風的種類，將麥克風擺在適當位置後，再透過音量表 (volume unit meters) 了解各項音源的聲音狀況，再調整音量大小，因為聲音過大、過小，或是頻率過高等，都會影響錄影。

圖 6-15　傳統式音量表

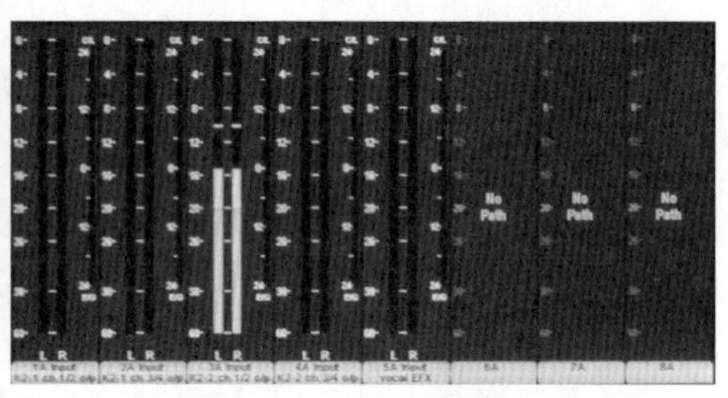

圖 6-16　數位式音量表

如果現場風很大，則將麥克風套上風罩；如果現場太吵，則可以調整講話者的位置，要不然就是改變麥克風類型或位置。

此外，也要考慮麥克風的視覺效果，原則上畫面以美觀為主。整則新聞最好也都使用同一型麥克風，才比較有一致性。

三、確定主音錄在哪裡

聲音的種類有講話的聲音、自然音 (natural sound)、音樂、音效等，開錄前要確定什麼是這次錄音裡的重要音源。

假設是訪問，主音（即受訪者訪談的聲音）要錄在第一軌，第二軌則收現場音。重要的音源記得錄到比較安全的軌道上，以免帶子毀損時損失加倍。

除了聲音之外，還要把「時間碼」(time code) 錄到帶子上。時間碼是一種聲音訊號，目的是讓影像與聲音能夠同步，主要用來方便電腦編輯作業。

時間碼必須被錄到編輯軟體會讀取的頻道上，而且每次錄音時都要重新設定。

四、決定錄音狀況

錄音狀況有 3 種：⑴記者直接站在某個背景前對著鏡頭講話，也就是所謂的現場報導（stand-up，通稱為 stand）；⑵記者只錄口白來敘述，並不出現在鏡頭中，即為配音；⑶只是單純拍攝現場畫面。

即使是第三種狀況，還是要收入現場的自然音。假如是單機作業，記者稍後還得再補拍發問的畫面。

五、倒數計時和使用字板

如果是前兩種錄音狀況，並且以其作為新聞的開始時，則需要倒數，如此一來對鏡頭中的人和後製編輯的人來說，因為能明確知道正式開始的時間，才比較不容易出錯。

倒數時通常會搭配手勢，嘴裡數著 5、4、3，不過數到 2 時就不要再出聲。

除了使用手勢，有時倒數計時會搭配使用字板。字板是一個小黑板，上面記著作品的基本資料，包括標題、日期、拍攝序號、鏡頭序號等。

每一次拍攝的開始都該使用字板以供辨識，藉以知道場次、場景等資訊，以方便後製使用。即使是影、音分開錄製的情況，也須利用開拍時的打板聲，以對準影像與聲音的起始點。

字板大多用在戲劇、電影拍攝，在每日的新聞報導中，由於作業時間較短，通常不會採用這種方法。但部分探討社會新聞的專題節目，因為有戲劇的呈現，所以有時也會使用字板做紀錄。

六、錄音過程須有人監聽

錄音過程必須要監聽才能確保音質的穩定，尤其是外景錄音。監聽方式之一是直接讀取音量表，從中可看出聲音的強度。由於音量不正確會大幅增加後製的難度，所以錄音時得格外留意。

雖然有音量表，但還是要用耳機來聽取現場混音過的聲音品質，因為音量表只能呈現聲音的量，無法呈現聲音的質，因此得藉由直接收聽來檢查聲音是否清晰、各個音源之間有沒有達到協調。

所有的外景錄音在實際開拍前都要先測試錄音，因為試錄遇到的問題就是正式錄音會遇到的問題，這樣便可以提早發現、解決問題，避免時間與金錢的浪費。

七、混　音

錄音流程最後且最重要的一環是混音。善用混音器的增益功能，可以將聲音調整至適當的音質與平衡。

肆、取主音、去噪音的技巧

一、如何收錄不同音源？

不同的音源因為音質、環境不同，各有適當的錄音方式。

㈠對　話

對話的收音最常使用指向性麥克風。若收音範圍變大或需要環境音，則可使用全方位麥克風。若要拍攝遠景又要取音源的講話內容，則可使用超指向性麥克風。

㈡環境雜音

環境雜音是表現特定環境背景和氛圍的聲音。例如，人群講話聲、汽笛聲、車輛的聲音等，可用全方位麥克風收音。

㈢旁白敘述

記者站在攝影範圍外，麥克風就保持在畫面外。通常旁白使用指向性麥克風。

㈣音　樂

原則上，若能取得現場播放音樂的原始檔，就不會有特別的雜音，有利後製。

但若必須現場收音，則需確保錄音環境沒有其他聲源干擾，並使用指向性或超指向性麥克風，對準聲音來源。若活動現場有使用揚聲器時，則可將麥克風固定於揚聲器前，直接收錄揚聲器的聲音即可。

不論是採用現成的音樂，還是事先錄起來的音樂，在後製插入配樂時，要注意音樂旋律及節奏與畫面的配合，算準音樂播放的時間是否與畫面同步。

假如是事先錄下的音樂，則要預先觀看整支帶子，確定正確的 in 點和 out 點，以利後製。

㈤聲音效果

有些特殊的聲音效果，如武俠片中的揮劍互砍聲或陶瓷砸碎聲等，雖然不好收錄，但最好還是在拍攝現場時，就用靈敏度較高的麥克風錄下該音效。

若是如前述武俠片中活動範圍大者，只能用釣竿型麥克風架，搭載全方位麥克風。若是砸碎的聲音，因可集中於一點，用指向性麥克風即可。若是無法即時錄下，就只好重拍或去找相似的音效來用。

若是使用效果器產生特殊音效，困難之處在於所加入的音效要能與畫面「同步」，並不好處理。

二、噪音的處理

㈠環境噪音 (ambient noise)

噪音 (noise) 又稱為雜訊，環境噪音又可稱為背景噪音或背景雜訊 (background noise)，是指那些你想收錄的主要聲源以外的聲音。

在戶外拍攝時，假設有好奇的路人在旁議論紛紛，或有車子經過發出聲音，都會影響收音效果。在攝影棚內，有時搬運攝影設備與布景時，也會產生噪音。

其實不想要的聲音都可泛指為背景噪音，通常是無法預測且無法控制的。雖然如此，還是可以事前做好調查，找出適合錄音的時間點，盡可能預防。

例如，在室外錄影時，就可選擇人較少的時間與地點進行拍攝；如果經費足夠的話，則可在現場架設防止噪音的設備，或是圍出一個錄製區域，請路人甚至車輛不要進入（俗稱「清場」）。

若是棚內攝影，就盡量避免搬動物品，控制一切可能發出聲音的事物。

㈡風聲 (wind noise)

風聲可能是自然的，也可能是人為的。自然的風聲像是空曠地區的大風，有時大到連麥克風也能收到音；人為的風聲則像是發出送氣音③ 時，會讓麥克風收到許多噴發、破裂的聲音，對錄影與錄音造成干擾，又稱為「噴麥」。

若是自然的風聲，解決的方法是在麥克風上加上遮風罩，或是更換為較不靈敏的麥克風；如果風實在太大，可考慮多加上一層擋風設備。

若是人為的問題，除加上遮風罩、更換麥克風之外，也盡量不要直接對著麥克風講話，或是將麥克風的指向和嘴巴之間略呈 45 度角。有些錄音情況，也會在麥克風內建消除「噴麥」聲音的裝置，防止呼氣過大所產生的干擾。

㈢其他干擾

其他干擾可能來自機器本身，或是其他設備。以機器本身而言，攝影機電子迴路的聲音，就可能會被麥克風收錄。

此外，透過非平衡的音源線④ 收音時，也可能會截收到無線電訊號。平衡線雖可避免無線電干擾，但和非平衡線一樣，接頭與纜線的保護若不完整牢固，則會因接觸不良而產生雜音。

至於其他設備的干擾，像是攝影與錄音現場周圍的高壓電線、變電所、引擎，甚至是手機與無線電的電磁波，也都會對線材造成干擾。透過無線設備收錄聲音時，若同時有 2 組設備使用相同的波段傳遞訊號，也會相互干擾。

解決上述問題最好的方法，就是離開干擾源，將麥克風移到離攝影機或其他電

---

③　送氣音 (asoiration) 是指，發音時會噴吐強烈空氣的聲音，反之則為不送氣音。在注音符號中，ㄆ、ㄊ、ㄎ、ㄑ、ㄔ、ㄘ即為送氣音。

④　平衡音源線與非平衡音源線的差別，在於使用的傳輸線材與迴路的不同。平衡線材透過 3 根傳輸線（熱線、冷線、接地線）傳遞訊號，專業攝影機、攝影棚與錄音室的器材皆為此類；非平衡線材僅使用 2 根傳輸線（訊號線、接地線）傳遞，一般家庭用的電腦音響、麥克風、耳機等娛樂設備都為此類。前者透過 2 條獨立的訊號線傳遞訊號，可以長距離抗干擾地傳遞訊號；後者只有 1 條線傳輸訊號，若是碰到無線電等，就非常容易受到干擾。

子設備遠一點的地方。若使用無線設備時，也需注意調整線材角度，避免繞射現象⑤，以求較好的收錄品質。

伍、電視新聞的聲音剪接

目前已經了解了聲音的本質與收音方法，而各種聲音在新聞中各有什麼作用與意義，則是這一部分要討論的重點。

一、電視新聞裡的聲音

當你閉上眼睛，只去聽電視新聞的聲音時，你會發現其實每一個聲音都有存在的意義，它們本身就組成了新聞敘事的基本結構。這些聲音有些從現場取得，有些則在後製階段才被加進去，稱為配音。

通常配音的形式有 2 種。第一種是只插入聲音 (audio-only insert edit)，也就是將額外的聲音資訊加入既存的音軌，這需要特定的剪接器材。例如在原有的影帶中，加上音樂。

另一種則是過音 (audio dub)。現在大部分新聞帶的編輯設備，都有接受過音的裝置，只要將其中一個聲音頻道設定到錄音狀態，它就會將頻道中原有的聲音刪除，以新加入的聲音取代。最常見的過音就是錄製旁白。常見的聲音元素如下：

㈠語音 (voice)

語音為電視製作裡最常被使用的聲音類型。使用率最高的形式有：

1.對談 (dialogue)

兩人或多人間的談話。又可區分為有劇本的（如戲劇或模仿）與無劇本的（如訪談）。這是傳達新聞資訊的重要管道，有學者認為，人物的訪問比起記者的旁白更加傳神有力（黃新生，1993）。

⑤ 繞射 (diffraction) 是一種物理現象，指的是波動遇到障礙物時，原本的波動會改變，而偏離原來直線傳遞的傳播現象。繞射的電波會相互干擾，使得收訊效果變差或產生雜音。

2.敘事 (narration)

敘事又稱為旁白，在任何形式的新聞或資訊節目中，旁白有著許多功能，既可以用淺顯的字句去解釋專業術語，或串聯新聞中的每個片段，也可以用來介紹新聞中的人物，讓觀眾增加注意力，使新聞更完整（邱玉蟬，1996）。

㈡自然音 (natural sound)

自然音又稱現場音，是指事件現場的聲音，如凱達格蘭大道上示威群眾抗議的聲音。

自然音通常會搭配旁白，以防觀眾看不懂或覺得單調，如在球類運動轉播中適時地插入旁白，可使其更引人注目，也讓觀眾更進入狀況。

出外景時應盡量嘗試收錄自然音，並且配合畫面錄製到錄影帶當中。即使只是當作背景畫面，有自然音的旁白會比沒有自然音的旁白，更令人印象深刻。

㈢音樂 (music) 與音效 (sound effect)

現在的觀眾已經習慣有聲有色的螢幕資訊，所以電視新聞也比以前更常使用音樂。音樂除了可以製造或加強氣氛，使用一些約定俗成的音樂還可以引起觀眾的聯想，為畫面中的地點與時間提供線索。

像是在恐怖的場景中，電影《大白鯊》與《鬼來電》的音樂，就可以塑造驚悚的氣氛；在幸運或是獲得幫助的情境中，若來個「哈雷路亞」的背景音樂，也能讓人聯想這是個「受到眷顧」的幸運兒。

音效則與音樂一樣是用來強化情境的元素，有些是「重現」現場的自然音，有些則是比較花俏的技巧。例如，為字幕配上打字聲音，或是為電腦動畫加上人工音效，以引起觀眾注意。

有學者認為，電視新聞的配樂，可以增強新聞的節奏，引導觀眾的情緒與聯想，或是提示轉場、過門（黃葳威，1993）。

為了強化新聞情節或戲劇張力，常會大量使用人工音效與配樂。人情趣味的新聞，便常使用音樂、音效來做效果。

但研究發現，用聲音來包裝八卦、醜聞的手法，在電視新聞中卻占了多數（王泰俐，2011）。尤其是社會新聞，通常都會在記者的旁白之外，加入驚悚的配樂。

這樣的新聞似乎比較「好看」，但也使得「新聞」與「戲劇」之間的界線，變得有點模糊。

㈣聲音運用在採訪的可能情況

新聞播出時，會因為現場與棚內各種不同的狀況，而有不同的新聞播送形式。以聲音的使用方式來分類，可分為以下 8 類。

1. 乾稿 (dry)

只有主播念稿，沒有畫面。通常使用於突發事件剛發生，記者尚未抵達現場採訪或取得畫面的情況。

2. 現場報導 (background sound, BS)

BS 比乾稿多了衛星連線回傳的現場畫面。以主播念稿作為旁白，並加上現場畫面，但沒有訪問的內容。

3. 現場音 (natural sound, NS) + 現場報導 (NS + BS)

這種組合比現場報導多了現場音。同樣是主播念稿，但加上現場畫面與聲音，沒有訪問內容。

4. 訪問 (sound on, SO)

在新聞帶中只有受訪者的聲音。通常是主播念稿後，即播放受訪者的發言（又稱聲刺，sound bite），之後就回到主播畫面，進入下一則新聞。

5. 訪問 + 現場報導 (SO + BS, SOBS)

比起前述的 4 種，這種組合只缺少記者旁白。通常只有攝影記者而無文字記者的單機任務拍到的，就是這樣的內容。

通常是主播念完新聞稿後，即播放訪問的新聞帶，待受訪者說完後，再配上現場畫面搭配主播的旁白。

6.新聞帶 (sound on tape, SOT)

這是最完整的新聞形式——有事件因果的解釋、受訪者的聲刺，以及附上旁白的現場畫面。新聞帶必須經過新聞後製剪輯才能完成。

7.即時連線報導 + 訪問 (SNG + SO)

此為連線報導時最常見的形式，由主播開場介紹新聞與現場的記者，再交由記者播報，插入受訪者的訪問後，再由記者做結，將時間交還給棚內主播。

8.即時連線報導 + 新聞帶 (SNG + SOT)

連線報導時若時間充裕，則可先製作好新聞帶，同樣由主播開場介紹新聞與現場的記者，記者於現場播報後，即播放完整編輯過的新聞帶，之後再由記者播報做結並交還給棚內主播。

電視新聞的影像和聲音就是如此不斷地搭配重組。在這樣的過程中，要考慮影、音結合的合理性，也就是要符合人們認知影、音的習慣模式。

新聞帶中，原本的聲音通常都已用 2 個分開的軌（頻道）去錄製。第一軌是手持麥克風的收音，第二軌是攝影機上的麥克風收到的環境音。

若是使用傳統的編輯裝置，則將記者過音放入第一軌，第二軌保留原本的環境音。若想加入配樂，就沒有多餘的頻道。所以在整個採訪報導計畫裡，要先整體思考。若有這方面的需求，就要先混音 (audio mixing)⑥，再放回原本的第二軌。

不過，若使用目前的數位剪輯系統，聲音的頻道則可以無限地增加，能直接在剪輯系統上混音，不必事前作業，減少配音的技術限制。

讓原有的聲音，與額外加入的配音達到平衡、不突兀，就是配音的主要原則。首先是畫面需要考慮到聲音面向 (sound perspective) 的配合，影、音兩者要相符。

例如，有時畫面已經變焦了，但因為麥克風是固定在攝影機上，或固定在某一位置上的，所以儘管畫面上看起來物體的距離已經改變了，卻沒有辦法讓麥克風接收到的聲音跟著畫面變化。這種情況，就需要藉由後製來配合畫面效果。

---

⑥　混音 (audio mixing) 是將多種來源的聲音，混合至一個音軌當中。混音必須將各種聲音，依照頻率、動態、音質等性質個別調整，讓各音軌最佳化。

再來則是聲音可提供畫面的感覺，也就是聲音的臨在感 (sound presence)。例如，近處的聲音不只是大聲，還會有一種獨特的空間感，讓人覺得那聲音很近。

二、聲音的剪接

就技術觀點而言，聲音剪接是為了避免失真。從藝術觀點來說，聲音剪接則是為了營造氣氛，也讓觀眾更融入。聲音剪接包含以下重點：

㈠聲音的選擇

聲音的選擇是最基本的步驟。首先要從拍好的帶子中選出需要的部分（如受訪者的訪問、現場最具吸引力的聲音等），然後剪接者要再考慮哪些旁白、音樂、聲效的音軌 (track) 需要一起編輯進新聞的母帶，這個過程叫做過帶 (laying down tracks)。

例如，編輯者要從一段訪談中找出一些最有張力或最能表達發言者觀點的片段編入新聞中，通常是選最經典的一句話（如第五章介紹的「現在我做總統，算我好運，不然要怎麼樣」），或是新聞現場最重要、吸引人的聲音（如抗議現場呼喊口號、意外現場爆炸、撞擊的聲音等），若是找不到適合者，讓記者在現場報導 (stand)，也不失為一個好聲音。

㈡聲音的排序

從拍好的帶子中選出要插入的聲音片段後，除了加以排序之外，編輯者還須決定要用哪些轉換方式來連接這些片段。聲音編輯常用的轉換方式如下：

1. 直接剪接 (straight cut)

當一個片段結束時，另一個隨即開始，在兩段之間留下一個自然的停頓。一般的每日新聞通常都是這樣剪接，適合趕時間時使用，以最簡潔直接的方式編輯。

2. 連續不間斷 (segue)

第一個聲音逐漸變弱 (fade out) 後，另一個聲音馬上進來，中間沒有間斷。

通常在步調較為緊湊時使用，強調新聞事件各個單元的連續性。例如兩造雙方激辯時，就常使用這樣的手法。

3.交叉剪接 (crossfade)

在第一個聲音還在逐漸消失時，下一個聲音就進來，有些微的重疊。

例如，若是將受訪者的外語內容，透過配音說出時，會在剛開始時播放原音，再使原音漸漸消失，引出配音的內容。和連續不間斷最大的差別是，交叉剪接重疊部分較小，聲音混合程度較低。

4.分開剪接 (split edit)

先做聲音（或影像）的編輯，再緊接著做影像（或聲音）的編輯。先後分開剪，強調兩者是不同性質的剪接，可以使不同時間的影音相互結合、同時出現。

例如，為了保護受訪者，記者可能會保留受訪者的原音，但使用別的影像取代，就是此一狀況。

㈢聲音的層次

將各種聲音來源加以混合的過程中，聲音的層次取決於場景或順序的重要性。

例如，在敘述者口白的新聞中，配樂就應該是背景音樂，過音不應該被現場的聲音或音樂掩蓋過去。在戲劇中，主音樂就當作前景 (foreground)，其他不重要的聲音則是背景 (background)。

影像剪接的概念，是最上層會蓋過最底層的影像；而聲音的剪接雖也有多層，但卻是每層相互融合。因此如何平衡聲音，而不致使各個聲音元素變成雜音，就得考驗製作者的安排與智慧了。

陸、結　語

雖然畫面是電視新聞最特殊、也最誘人的特質，但是好的聲音，包括真實的旁白與現場音，也是一則新聞是否具有可看性的關鍵。

一則好的電視新聞，不僅要傳達正確的畫面，配音的內容也是同等重要。除了記者親自過音外，更可加入受訪者的聲剌與現場音，讓觀眾有身歷其境的感覺。

本章介紹了電視新聞中與聲音有關的設備、錄音與錄影時需注意的事項，以及聲音剪接的概念，讓你在外出「採買」時，便能利用手邊的工具，採訪到最好的素材。後續編輯時，也能善用這些素材，搭配音樂、音效等「調味料」，讓電視新聞更有「聲」有色。

不過，考慮為新聞加入音樂與音效等聲音時，必須注意是否配合了畫面上的心境、地點和時間，而且不過度使用，否則新聞會過於矯飾，變成「戲劇」了。

習 題

1. 新聞配音該如何進行？步驟有哪些？
2. 會不會出現採訪現場收不到聲音的情況？受訪者一定要對著麥克風講話才收得到聲音嗎？
3. 採訪時周遭出現不相干的雜音該怎麼辦？錄影時不小心錄到其他聲音可以後製去除嗎？若雜音太大聲，無法簡單用電腦去除時，該怎麼解決？
4. 記者講話不清楚要如何補救？新聞事件發生時沒錄到聲音或不清楚，可以回去現場重新「製造」一次嗎？
5. 棚內錄製要如何避免收到其他工作人員的聲音？需要保持全場安靜嗎？攝影棚中為了防止雜音播出去而做了什麼努力？
6. 理論上，一則電視新聞需不需要配樂？如何以音樂／音效正確傳達出所要表達的意思？有時候會依新聞類型而加上一些配樂，例如播報可憐小人物的新聞時配上哀傷的音樂，這樣的作法是否會影響新聞的客觀性？
7. 有時候電視節目的影像和聲音搭不起來，是不是因為分開收錄的關係？聲音如何與剪接配合？
8. 如果要在吵雜的現場進行 SNG 連線，無法做聲音的後製，聲音品質和畫面要如何取捨？

第七章　新聞畫面的排列組合

在這一章你能學到：

1. 電視新聞中剪接扮演的角色和功能
2. 認識剪接的器材和操作剪接軟體的方法
3. 運用不同的剪接技巧充實新聞的意涵
4. 融合攝影美學和剪接藝術的境界

攝影記者和文字記者就像餐廳的採買人員，一個人買主食（買米、買麵粉好做飯、麵、饅頭），一個人買副食（雞、鴨、魚、菜）；剪接師則像廚師，要和採買人員充分溝通，了解每一樣食材採買的原因，才能調配出色香味俱全的組合。

好的剪接，就像適當的調味料，可以讓影片更出色；壞的剪接，就像味道太重、太清淡或不適合的調味料，有可能破壞了菜餚的滋味。

然而，「巧婦難為無米之炊」，好的剪接還是彌補不了某些畫面沒拍好的事實，所以拍攝前的拍攝計畫擬定，常比剪接計畫更重要。

壹、線性與非線性剪接

一般而言，錄影帶就是一種線性裝置，所有畫面依序儲存於帶子的時間軸上，當我們想要看帶子中的某一段畫面時，就必須前進或後退，等待帶子處理的時間，並依序播放才可收看。

而 VCD 或 DVD 則是一種非線性裝置，要看影片的某一段畫面時，只要選擇時間軸上的某一段即可播放，不需等待。

在剪接時，便會因為線性或非線性裝置這樣的特性，而有不同的剪接方式。

一、線性剪接 (linear editing)

㈠線性剪接的流程

傳統的剪接皆為線性的錄影帶剪接，也就是一個畫面接著一個畫面地剪接，從一開始的片段，執行到最後一個片段。

簡單來說，線性剪接的流程是依照完成帶所欲呈現的順序進行剪接，將各種聲音與畫面的原始材料，直接或經處理後輸出至錄製設備，再由錄製設備將各種被改變或組合後的畫面，錄製成最後的節目內容。

完成剪接後，若要調整排列組合就必須找出原始影片，按照新的順序重新剪接。

㈡線性剪接的前引

在預備錄製的節目前，都應該要有「前引」。因為放影機在轉動時，多少會磨損帶子，而前引正可以保護錄製好的節目。此外，剪接時也可以比較容易找到節目的開頭。

一般的前引，通常會用黑幕 (video/crystal black) 或色條 (color bar)。

黑幕就是影片開始前的黑畫面，通常錄影帶店或影像公司都會有現成的黑幕。但也可以把攝影機鏡頭蓋上，以錄影的方式錄下黑幕，這樣的好處是機器會自動錄下控制軌，剪接錄製出來的畫面會比較有穩定性。

此外，也可使用色條作為前引。當兩個剪接場面間留有空間時，相較於容易被忽略的黑幕，使用色條的畫面，在剪接時可以很快找到定點。

需注意的是，黑幕是有影像訊號的，與不含影像訊號的空白錄影帶是不同的。

電視臺的慣例是保留 1 分鐘的時間，完成包括以下功能的前引程序：

黑幕 (video black)	10 秒
色條與標準音頻 (color bars with tone)	30 秒
色板 (slate) (program identification)	10 秒
讀秒 (countdown leader)	8 秒
黑影像 (black)	2 秒
節目起始 (program start)	

這組前引程序提供了所有的好處，在影帶開端和節目起始之間，創造了 60 秒的緩衝，讓工程人員得以掌握影音進度，在倒數或迴帶時也可使帶子精確地轉至定點。如果缺少類似的前引程序，對於剪接或播出都可能造成極大的困擾。

㈢線性剪接系統

大部分的線性剪接系統，都包含 2 臺 VCR——1 臺是播放原始材料影帶的放影機 (player, source VCR)，1 臺是放進空白待錄母帶 (VTR) 的錄影機 (recorder, editing VCR)。

除此之外，還會有 2 臺螢幕 (monitor) 用來監看、監聽放影與錄影兩端的音訊及視訊。

線性剪接的機器可分為一般線性剪接機與 A/B roll 剪接機，分述如下：

1. 一般線性剪接機

進行剪接時要先決定 4 個點：放影機開始放影的 in 點、停止放影的 out 點、錄影機開始錄製的 in 點及停止錄製的 out 點① 。

正式剪接前的試作稱為 preview，用以確認聲音、影像的錄製是否合乎期望。通常剪接機上都會有 preview 鈕，按下之後，放影機和錄影機會和實際進行剪接時一樣，只是並未將畫面錄於錄製帶上。如果做 preview 時能剪接出想要的影像，便可按下剪接啟動鈕 (editing) 做正式剪接。

圖 7–1 是線性剪接的示意圖，其中 pre-roll 點和 post-roll 點並非正式剪接的起點和終點，而是預留讓錄影品質穩定的空間，所以帶子先捲了一段時間，才進入 in 點，錄完以後再留一段空間，才按剪接鈕。

2. A/B roll 剪接機

使用 A/B roll 剪接機的時機，是需要做不同剪接效果的時候。這種剪接機會使用 2 臺來源的放影機 (source VCR)，和 1 臺編輯的錄影機 (editing VCR)，同時使用 2 卷母帶和 1 卷子帶。

---

①　組合 (assemble) 剪接時，錄影機停止錄影的時點無法硬性規定。插入 (insert) 剪接時，須先決定錄影機停止錄影的時間，才能決定放影機停止的時間。

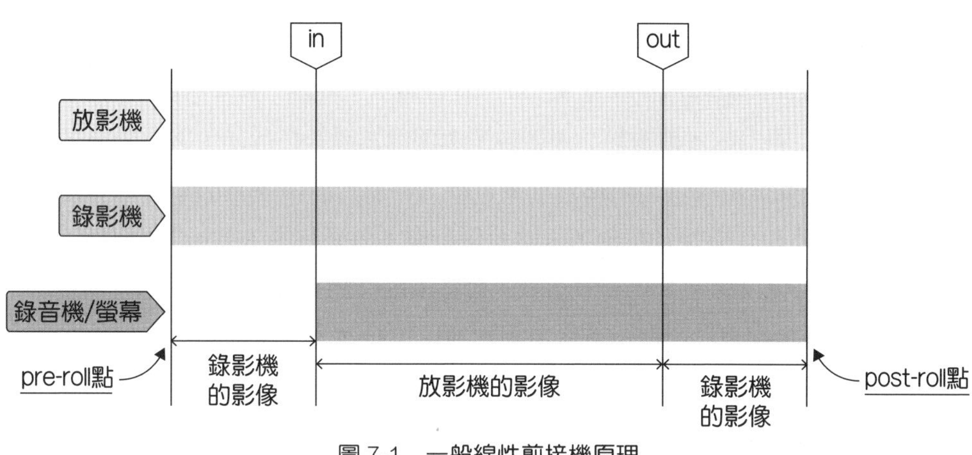

圖 7-1　一般線性剪接機原理

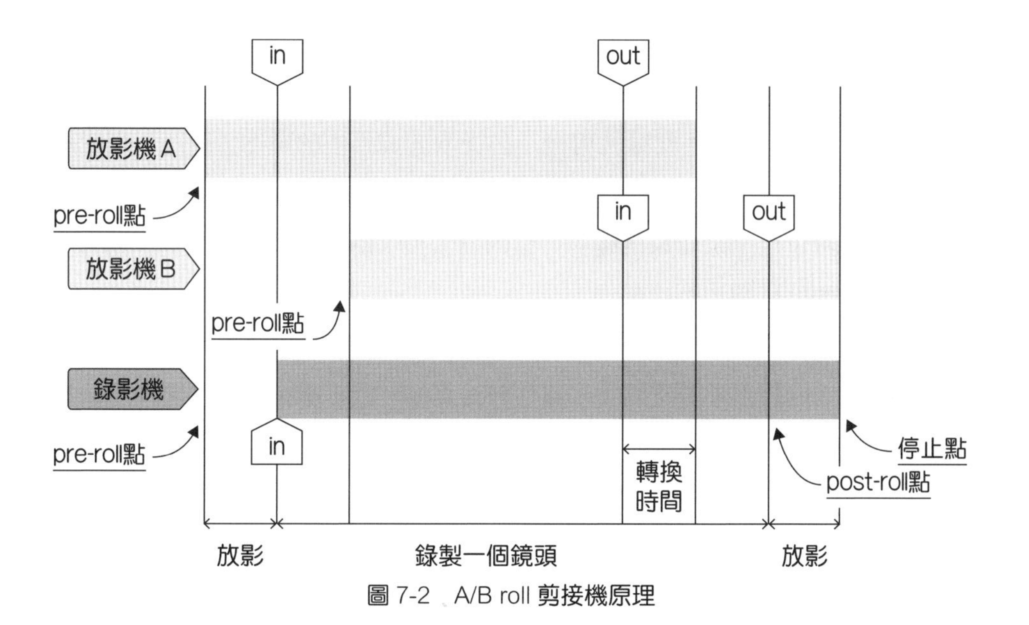

圖 7-2　A/B roll 剪接機原理

這個機器可以讓剪接者使用多項特效，包括影像重疊、分解、消去等。若要做出分解或消去的效果，首先要設定好剪接點，其次要確定花多少時間來切換所有畫面，這段切換的時間稱為轉換時間。接下來就跟操作一般線性剪接機一樣是preview，最後再正式進行剪接。

剪接時，應盡量避免太常按暫停，否則容易讓帶子磨損。避免太常暫停的方法，就是先在剪接母帶上設好剪接點，再將母帶上的設定錄製在成品帶的剪接點上。

A/B roll 剪接機還可以用來混合許多音源。例如，錄影帶 A 有已錄製好的節目和聲音，錄影帶 B 有剪接者希望加入的背景音樂，那麼利用 A/B roll 剪接機的編輯控制器，就可以使錄影帶 B 的背景音樂，在正確的時點錄製到錄影帶 A 上。此外，A/B roll 剪接機的編輯控制器也可以控制字幕出現和消失的時間、方式和速度。

二、非線性剪接 (nonlinear editing)

非線性剪接是新興的剪接方式，並不需要連接各個錄影機、畫面選擇器及效果器等，而是將聲音或畫面訊號直接轉錄至電腦上，所有效果都在電腦上做。

此外，也不需要按照時間軸的推進，從第一個畫面依序剪接，中間可自由穿插、調換畫面。也就是說，非線性剪接不必受限於成品中的順序，所以不用從頭剪到尾，而可以隨機地取用所需的影像片段。

電視新聞數位化是近年來的趨勢，但因為人員、器材都要重新訓練和購置，所以各新聞臺的數位化腳步都比較慢。

目前國內非即時性的節目（如旅遊節目等），幾乎全數採用非線性剪接。新聞臺力推數位化，以非線性剪接為主，線性剪接為輔，僅少數頻道仍持續使用線性剪接播出。

目前市面上有非常多剪接軟體，常用的有 Premiere Pro、Final Cut Pro、Sony 的 Vegas Video、Avid Express、Media Studio Pro、會聲會影、威力導演、DVD 錄錄燒、DVD 威力製片，甚至連 Windows 作業系統也有內建 Windows Movie Maker 可以用來剪接。

非線性剪接的操作愈來愈簡單，但電腦需要較大容量的硬碟和記憶體，否則很容易剪到一半當機，而讓之前的努力付諸流水。

三、線性、非線性剪接

另外在實務上，也可能線性、非線性並用，這也是許多新聞臺目前運作的模式。

電影《達文西密碼》的剪接團隊也是這樣剪接。他們採用了一套完全整合式的數位剪接設備，可以同時執行包括載入 1 百萬呎長的膠片，和處理近 7 百個視覺特效鏡頭在內的大量剪接任務。剪接助理還將軟體裝配在電腦上，檢查日常樣片資料的精確性，這正是線性剪接與非線性剪接的組合。

貳、千變萬化的剪接手法

不同的影像代表著不同的場景、人物、情節甚至意念，剪接則像是一座橋，巧妙地連結 2 個不同的畫面，勾串成具有意義的影像藝術。

剪接可彌補攝影機運鏡的不足、場景與照明缺陷，還可讓紊亂的影像產生邏輯。

剪接除了要考慮鏡頭安排的表面意義，更需有計畫地描述新聞事件，引導觀眾產生全面的理解與聯想。

一、剪接在電視節目中的運用

如果我們定義剪接是一個選擇和排列鏡頭的過程，那麼我們可以辨識出電視上的 2 種剪接方式——現場剪接與後製剪接。

㈠現場剪接

在節目拍攝、製作的過程中，直接將各個攝影鏡頭剪接組合，包括聲音的剪接，加上配音、配樂，最後打上字幕，變成成品帶，這便是現場剪接，又稱為轉接 (switch) 或線上 (on-line) 剪接。

在後製剪接出現之前，不論節目是被錄下來或直接播送，這些選擇和排列的動作都是要「現場」決定的——從幾架電視攝影機傳來的信號，會同時送進視訊轉換器，然後這些影像會在控制室的監視器上顯示出來，這時導播會看著監視器，並且要求他想要的鏡頭。

這種形式的製作常出現在新聞直播、球賽轉播、演唱會轉播等場合，觀眾同步看到的節目就是導播當場挑選與排序的畫面。

在進行現場剪接前，最好先熟悉鏡頭的順序、彼此的銜接關係，以免進入剪接階段以後才發現計畫不周全而難以作業。現場剪接流程如下圖所示：

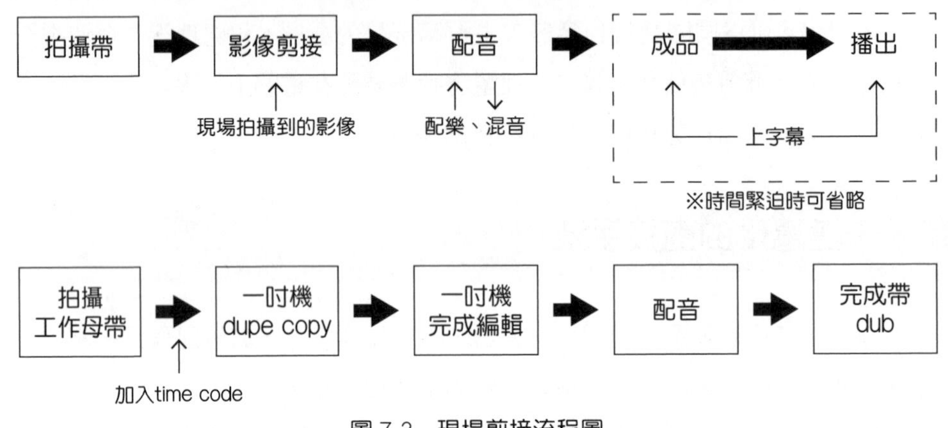

圖 7-3　現場剪接流程圖

㈡後製剪接

後製剪接是節目錄影完成後，再根據現場一至多機錄下的畫面去進行剪接，又稱為線外 (off-line) 剪接。

後製剪接的優勢在於，製作人員可以專注於從多機作業中錄下可能需要的畫面，導播可以不用分心注意鏡頭的安排，也可以避免忙中有錯。

此外，後製剪接可以連結不同時間、場景的畫面，跳脫時空的限制，還可以結合後製動畫和特效，使節目更豐富精緻。

一節完整的電視新聞是即時播出的，所以採用現場剪接，但每一節新聞中的每一則新聞，則要靠後製剪接去連結不同新聞現場的訪問和畫面。

一般而言，當節目不趕著播出，或是期望製作出高畫質、高音質的節目時，會採用後製剪接。

另一種後製剪接的用途，就是用來為現場剪接預存剪接點。

通常後製剪接會製作一張剪接表 (editing decision list, EDL)，記錄剪接畫面 in/out 點的時碼、特效方式、時間及種類。之後進行現場剪接時，便可根據這張表的數據，一次執行完所有的動作，節省直接做現場剪接的時間和成本。

後製剪接流程如下圖所示（陳清河，1989）：

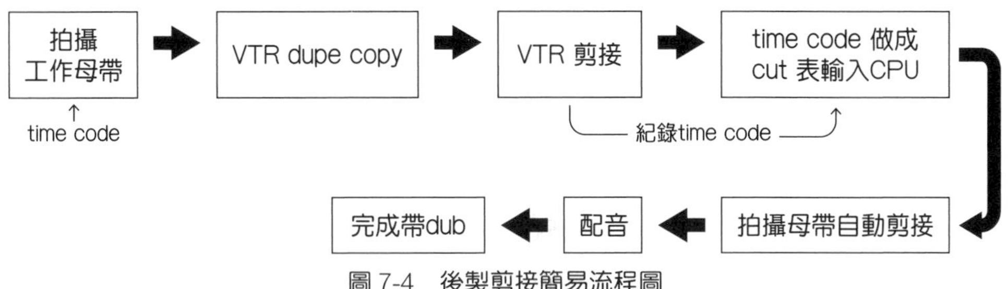

圖 7-4　後製剪接簡易流程圖

二、剪接的模式與類別

㈠實體剪接 (physical editing)

實體剪接是最傳統的剪接方法，將膠片或錄影帶實際剪成一個個鏡頭，然後使用膠水、接著劑或透明膠帶，按照新的順序重新連接起來。

其中，膠片的畫格之間是以畫格線分開的，所以在進行實體剪接前，要先剪開畫格線，而 2 個重新連接起來的畫格，其連接處也就位在畫格線上，因此只要正確執行剪接，便看不到連接的痕跡。

圖 7-5　膠片實體剪接

膠片的實體剪接從技術上來說是比較簡單的，因為每一個畫格都看得見，都是以清楚的畫格線分開的，而且有鏈輪孔可以對齊。

但是錄影帶的實體剪接就會遇到許多問題。因為，必須看得到錄影帶的控制軌跡，才能實體剪接錄影帶，但肉眼是看不見這些控制軌跡的，所以比較難剪接。

不過，錄影帶的實體剪接仍是可行的。透過特別的幻燈機或是在錄影帶上塗上特別的液體，就可清楚看到錄影帶上有資訊的部分，然後就可以剪接了。

但實體剪接帶子會造成粗糙的汙點，使錄影帶磁頭阻塞，甚至受損。目前這樣的剪接方法已經很少使用了，特別是在分秒必爭的新聞室中。

㈡電子剪接 (electronic editing)

電子剪接是以新的順序記錄資訊的過程。電子剪接會使用 2 種機器：一種是來源錄影機 (source VCR)，包括原本的錄影帶；另一種是記錄錄影機 (record VCR)，或稱剪接錄影機 (editing VCR)，包括空白的錄影帶。

從 source VCR 來的資訊會以所要的順序記錄在 editing VCR 上，source VCR 裡的帶子內容則維持原狀，而剪接後的新版本會在 editing VCR 上。

㈢交互格式剪接 (interformat editing)

多年來，剪接錄影帶的格式都是和拍攝當時的格式相同。

後來，格式不同的情況相當常見（如 8 mm 和 Hi8 mm，VHS 和 S-VHS），但只要有適當格式的來源機器，和相容的剪接機器，即使格式不同還是可以剪接。

㈣其他剪接分類方式

依剪接接點的計算方式區分，剪接還可以分為控制軌 (track) 剪接與時間碼 (time code) 剪接 2 種。

若剪接時的依據為控制軌，就稱為控制軌剪接。進行方式是計算出帶子控制軌上的脈波並予以編號，剪接人員就可依此編號，找出帶子中所需的部分。

若剪接時的依據為時間碼，則稱為時間碼剪接。進行方式是對畫面中的每一圖框，以時間作編號，獨立記錄下來，以供剪接人員找鏡頭與鏡頭銜接點時使用。

參、剪接的策略與步驟

一、影像組合的策略

影像剪接是一種影像敘事的策略。一則完整的電視新聞在剪接時，要同時注意聲音和畫面。聲音有現場聲音、訪問聲音和配音 3 種；畫面則有拍攝畫面和後製畫面 2 種，後者包括動畫、字卡、圖卡等新畫面。

為了各種可能的影音排列組合，剪接可以運用的方式主要分為組合剪接與插入剪接 2 類。

㈠組合剪接 (assemble editing)

組合剪接是比較簡單的剪接方式，簡單講即是將一個新鏡頭的訊號頭端，包含影像 (video)、聲音 (audio) 與控制軌，接上一個已有訊號的錄影帶尾端，就這樣一個接一個如法炮製，直到完成為止。這個訊號連接的過程，也稱為鋪軌。

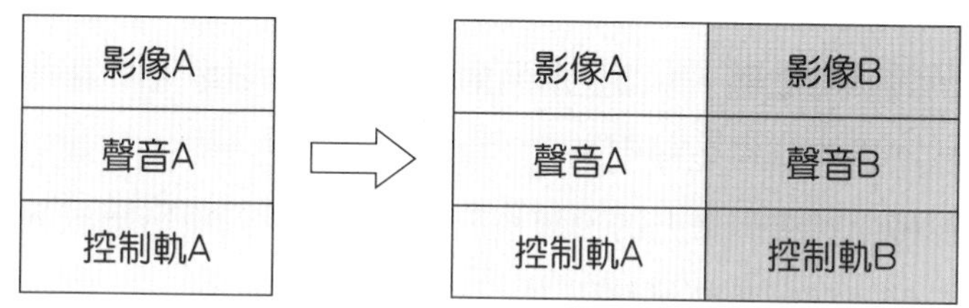

圖 7-6　組合剪接

在實務上，組合剪接只需要找出前接入點 (in)，而要終止訊號的輸入，則需切斷影音來源。

因此，這種方法的特色就是，每完成一個段落的剪接後，只有前端的接頭是乾淨的，而末端，也就是後接入點 (out) 的影音訊號，則很可能會有小雜訊。

此外，由於組合剪接是將來源帶的視訊、音訊與控制軌，一併過錄到剪接母帶上，所以母帶原有的訊號會整個被取代。

當母帶的每個段落都鋪上一個全新的控制軌，也就意味著所有訊號軌道都被切斷；假若剪接了許多片段，母帶的控制軌可能就會變得不穩定。

㈡插入剪接 (insert editing)

插入剪接是將某一個新的鏡頭錄製到一個舊影帶的中間，經常被用來微調已經錄製好的節目影帶。

實際執行插入剪接時，會先在子帶上錄好控制軌和影帶訊息，並根據節目長度，將足夠的控制軌錄到母帶上，以便順利剪接成預定的節目長度。

例如，要剪接一個 5 分鐘的節目，就必須先將至少 5 分鐘的黑幕和控制軌，過錄到母帶上鋪訊號，以便剪接成足夠長度的內容。

其次，再根據時間碼，將聲音及影像按照順序錄製下來。

插入剪接的類型可能包括純聲音剪接、影像分開剪接，或是影音一起剪接。

影像A	影像B	影像C
聲音A	聲音B	聲音C
控制軌A	控制軌B	控制軌C

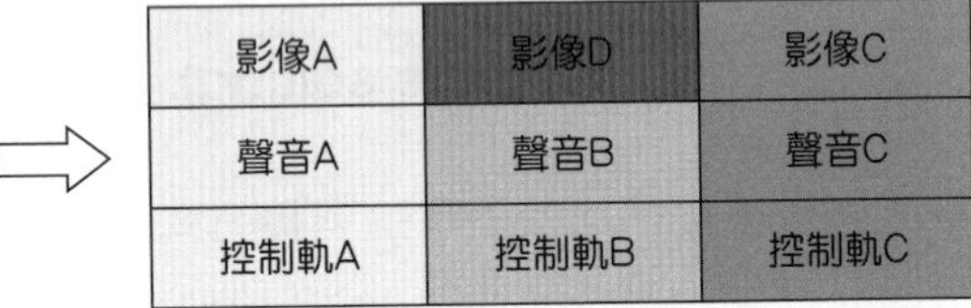

↑ 將影像B修正為影像D

圖 7-7　插入剪接（只修正影像的情況）

插入剪接的接點有 2 個，1 個是前頭的嵌入點，1 個是後頭的嵌出點，頭尾都有編輯端，進出 2 點都接得乾淨俐落。

另外，錄影機中剪接母帶上的預錄控制軌，不會受到放影機訊號的干擾。無論有多少剪接在執行，控制軌都維持穩定。

通常把聲音剪進去有 2 種方法——將音效或音樂錄在錄音帶或轉盤上，將聲音直接拷貝過去，只不過這樣很難準確地找到剪接點。但若先錄在空白錄影帶上，再進行插入剪接，則能剪接得更準確。

㈢組合剪接與插入剪接的不同之處

組合剪接與插入剪接在使用策略和技術上，有以下這些不同之處：

1.策略差異

組合剪接是把新資訊一個鏡頭、一個鏡頭地加在帶子上，依序組起來。

插入剪接是把一個鏡頭或順序插入原先的鏡頭中，然後得到所要的新順序。

2.技術差異

組合剪接是把新的資訊，加在先前就錄好的資訊之後。只能用於 editing in，在開始時清楚地剪接，但在結束剪接時，必須直接關上機器，使影像中斷。

插入剪接其實是 2 次剪接，發生在插入的開始與結束時。在這 2 個點都要能清楚地執行剪接。

3.控制軌的問題

在組合剪接的過程中，每剪接一次，舊的控制軌就會被新的控制軌覆蓋住，造成不一樣的控制軌同時存在，因為這樣而產生的時間差，會讓最後的畫面不完整或跳動。

即使只是接著錄新的畫面，有時剪接師還是會選擇插入剪接，讓剪接母帶上可以有連續不被打斷的控制軌，較有機會完成一個高品質的成品。

二、新聞帶剪接步驟

電視新聞帶的剪接，大致分成以下 3 個階段：

㈠看原始材料

重複思考拍片目的、重點及想傳達的訊息，同時針對重要內容做筆記。

㈡訂定剪接計畫

根據上述筆記訂定具有整體性的剪接計畫，包括根據新聞的 5WIH 原則來排序和組合影像，並視情況使用重複、停格、慢動作，或將不雅但又需要呈現的鏡頭加馬賽克等。

㈢執行剪接

根據計畫實際執行剪接 ，將選出來的影像排列組合 ， 並檢視畫面間的邏輯順序，再配上記者的旁白。有時影像的剪接和配音稿的潤飾，是同時進行的。

了解整個新聞產製過程，包括規畫、採訪、製作要領後，綜合整體流程如下：

1. 擬定詳細的拍攝計畫。寧可之前麻煩，也不要之後後悔。
2. 小心拍攝，多拍幾個畫面。就像颱風前出來買菜，只要錢夠就盡量多買。
3. 情況許可的話，一定要做場記。至少記下重要畫面的時間點，可以省下剪接時尋找畫面的時間。場記包括：場、景、take、in、out、內容、NG/OK 等項目。記得愈詳細，事後剪接愈方便。

4.拍攝時，想一想新聞事件大概的流程，再看看自己的畫面，是否可以有順序地、有邏輯地，拼湊成一個完整的故事。確定所有畫面都有了之後，才能收工。
5.寫好稿子（旁白）、安排剪接計畫等其他事項。
6.開始剪接時，別忘了先過音（錄製聲音），接著再配上適合的影像。若先剪好影像再錄聲音，很容易對不準秒數而使影音無法配合。若時間充裕，就先把稿子寫好、潤飾過後再配音。

肆、影像敘事的關鍵角色

一、剪接師的類型

電影《鬥陣俱樂部》(*Fight Club*) 中，布萊德彼特 (Brad Pitt) 飾演電影院的放映師，每回要換接影片時，他都會惡作劇地把一些色情影格黏接在一般電影的膠卷裡，所以在 16 分之 1 秒的瞬間，觀眾會突然看到他們意想不到的畫面，而感到震驚或氣得跳腳。由此可見，剪接對一部影像作品來說，有多麼重要。

剪接師在一部影像作品中的重要程度，取決於他所扮演的角色，以及他擁有多少創作自由。據此，剪接師可分為創作型剪接師與技術型剪接師 2 種，分述如下。

㈠創作型剪接師 (the creative editor)

創作型剪接師擁有極大的創作自由，必須同時具備審美和操作器材的能力，負責決定和執行剪接的重大責任。

在製作一部擁有完整劇本的影片時，即使基本架構和對話都已經包含在影片中，剪接師仍可透過不同角度的剪接來影響整部片的呈現。

因此，即使創作型剪接師的自主權極高，但導演或製片通常仍保有否決權。

㈡技術型剪接師 (the technical editor)

相較於創作型剪接師，技術型剪接師是個熟悉技術操控的工程師。

當器材出租公司借出一部剪接機器或設備時，會順帶提供一位技術工程師，以便有效率地操控機器。這類剪接師須聽命於他人，執行他人所做的決定。

在新聞部門中，通常由文字記者保有剪接的決定權，而剪接師多屬於技術型剪接師，只是依照指示執行工作而已。

創作型剪接師與技術型剪接師，兩者最主要的差別，在於是否擁有剪接決定權。雖然大部分的技術型剪接師都沒有這項權力，但仍會提出適當的建議。

在很多情況下，剪接師是同時具備這 2 種角色的。例如，在較小的影像處理機構中，像是學校、企業、有線電視等，甚至在一些大眾媒體中，一人往往身兼數職，所以不論何種剪接師，在審美和技術能力方面，都需要具備一定的程度。

二、剪接的模式

剪接是幕後的、無形的藝術。即使觀眾很難注意到剪接的存在，但幾乎每個在電視和電影上的可見訊息，都是被剪接過的。

剪接是安排一個鏡頭或連續鏡頭至適當順序的過程，包括一連串的美學判斷。至於適當的順序，是由剪接者想要傳遞的資訊，以及想藉由這個資訊達到什麼效果所決定的。

以一般的技術或風格來分類剪接模式，有點過度簡單化了。因為剪接不可能只包含一種模式，通常都是兩種以上混合在一起，但下列的分類方法，仍能讓我們初步地認識不同的剪接模式。

㈠連續剪接 (continuity editing)

連續剪接的目的是讓動作平滑順暢地進行，讓新聞畫面在時間和空間上都沒有跳脫或中斷。

如果攝影時已在心中決定如何剪接，就更容易達到視覺上的連續性。即使母帶沒有依照一定的程序拍攝，也可以達到連續的目的。這與運鏡拍攝的邏輯與原則相同，可參考第四章〈伍、構圖的藝術〉的說明。

以下是連續剪接的基本指導方針：

1.設定拍攝的地點、位置和所處環境的關係

這具體表現出人和所在地點的相對應位置，是很重要的環節。當場景設定好後，接下來很多其他的原則就要合理地跟隨。

2. cut in 的功能與注意事項

從中或遠鏡頭畫面銜接到特寫鏡頭畫面的剪接方式稱為 cut in。

通常中或遠鏡頭的組合會讓人覺得畫面不夠生動有力，但可以描述主角和背景的關係，而特寫鏡頭則可以凸顯畫面中的主角。

因此，為了兼顧畫面的完整性和主體性，常用中或遠鏡頭描述主角和背景的關係，再以 cut in 的剪接手法接特寫畫面，使主角能被看清楚。

執行 cut in 時，要維持畫面中主角的相對位置的一致性，不可讓人物一會兒在畫面的這邊，一會兒又跳接到畫面的那邊。

3. cut out 的功能與注意事項

從特寫鏡頭畫面銜接到中或遠鏡頭畫面的剪接方式稱為 cut out。

先用特寫畫面強調畫面中的主角，然後再 cut out 接中或遠鏡頭來描述環境，這樣也可以兼顧畫面的完整性和主體性。

同樣地，執行 cut out 時，人物的相對位置也必須保持一致。

㈡動態剪接 (dynamic editing)

動態剪接和連續剪接的不同之處，在於動態剪接的結構比較複雜，也比較容易表達情感，常利用一個物體去創造張力，而不只是傳達字面意義而已。具體而言，動態剪接包含 2 個特徵：

1.效果最大化

動態剪接不只是把單一鏡頭連接成一系列連續鏡頭而已，它更企圖將場景的張力表現到極致。

實際手法像是使用特別拍攝角度，或使鏡頭的呈現更緊湊，以強化影響力。

2.巧妙處理時間序列

不同於連續剪接專注在一個動作的連續性，動態剪接通常在時間上是不連續的，並常利用平行剪接 (parallel cutting) 處理下列狀況：

⑴銜接同一時間、不同地點的 2 個動作。

⑵銜接不同時間的不同事件。剪接者會轉切前後畫面，營造倒敘 (flashback) 的效果——在瞬間重現過去的場景；或是營造前敘 (flashforward) 的效果——在瞬間預告未來將發生的場景。

㈢畫面轉換 (transition)

剪接的重要目的之一是轉換場景，但其實不用剪接也可以達到同樣的效果。以下是幾種常見的轉換畫面方式：

1.逐漸變弱 (fade)

fade 指黑畫面和有影像的畫面間緩慢漸次地轉換，能當作打斷一連串視覺訊息的訊號。

fade 包括淡入 (fade in) 和淡出 (fade out)。淡入是指從一片黑（或白）逐漸到有影像，常用在節目開始。淡出則是從有影像逐漸到一片黑（或白），常用在進廣告、節目告一段落或結束時。

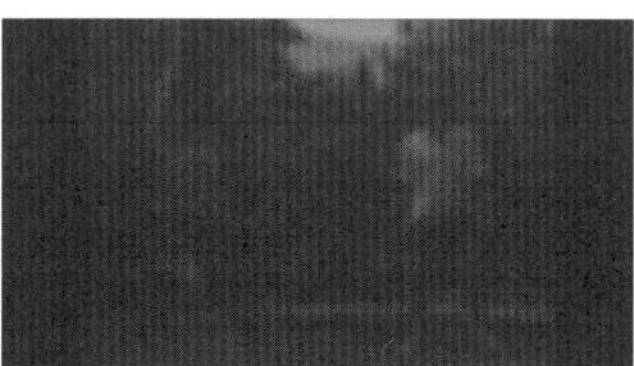

圖 7-8　逐漸變弱 (fade in)

2.疊化 (dissolve)

當 2 個視覺訊息一進一出，其中一個 fade out，另一個 fade in 時，兩者在轉換過程中會產生一種重疊的畫面轉換效果，這便是 dissolve。

dissolve 通常運用在銜接 2 個時空或風格落差很大的畫面時。例如，現場畫面接歷史黑白照片，或是銜接兒時記憶中的某個場景時。

圖 7-9　**疊化**

3. 擦拭 (wipe)

wipe 是運用一個影像被另一個取代來轉換場景和時空。

在剪接機和導播使用的效果機上都有 wipe 的選擇鈕。wipe 的形式包括圓、四方形、對角線和菱形等。

wipe 可以用於 2 個不同場景的段落銜接時或是用於 2 則短片之間。

圖 7-10　**擦拭**

在影像數位化以後，還可以透過電腦輕易地做到以下的轉接技巧：

(1) **page push**：影像被推進螢幕。

(2) **page off**：影像被拉離螢幕。

(3) **page turn**：翻頁效果。

(4) **影像壓縮 (image compression)**：藉由拉縮水平和垂直軸，把影像旋轉到全螢幕、縮小到任何尺寸，或置於螢幕中任一位置。

(5) **影像擴展 (image expansion)**：藉由拉縮水平和垂直軸，把影像旋轉到全螢幕、放大到任何尺寸，或置於螢幕中任一位置。

三、畫面銜接的邏輯

好的畫面自己會說話，毋須千言萬語；一則好的電視新聞作品應該要做到關掉聲音，觀眾依然看得懂。

同樣的素材，在不同的剪接順序下，會呈現迥然不同的故事，因為畫面的排序代表著事件發展的順序，是觀眾理解故事的邏輯。以下是剪接時必須注意的幾個畫面銜接的邏輯問題：

㈠避免剪接「跳接畫面」(jump cut)

跳接畫面是指一個連續動作的畫面被剪成 2 個不連續動作畫面的組合。

最常見的跳接畫面，發生在剪接受訪者聲剌時。例如，受訪者講了 3 分鐘，但我們需要的是最前面的 10 秒，跳接最後面的 5 秒，形成一段 15 秒的訪問。

這樣的剪接方式可以使受訪者說的話簡潔明瞭，但受訪者的手勢或動作卻會不連貫，給人不舒服的瑕疵感。

補救方式是在跳接的接點上補一個其他的畫面，例如記者的反應鏡頭或與訪談內容相關的畫面；也可以採用特殊效果來彌補，例如 dissolve 效果或 fade in/out。

㈡避免剪接「近似畫面」(match cut)

近似畫面是指一個鏡頭接到另一個類似角度、相同場景的鏡頭。因為人物的大小和位置不同，會造成視覺上的畫面跳動。

補救方式和跳接畫面一樣，也就是在跳動的接點上，插入一個相關畫面，或採用 dissolve 效果或 fade in/out 的特殊效果。

㈢留意視線方向和目標物方位之間的連貫性

視線是一條假想的線，連接眼睛和所觀看的物體。眼睛直視的方向和特寫鏡頭必須一致。作法是先特寫一個人的視線方向，再特寫目標物的方位，這樣就可讓觀眾了解，這個人和目標物的相關位置及連結性。

例如，往上直視一架飛機凌空而過，若接上飛機的近拍鏡頭便是合理的，但若是在仰頭看天空的畫面之後，接一個狗在地上啃骨頭的畫面，就會因為視線和物體呈現反向，而造成方位邏輯的不連貫。

此外，拍攝與剪接 2 個人的對話場面時，也要特別注意視線的連貫性。若是遠景中，餐廳中男子在桌子左邊，女子在桌子右邊，在特寫兩人的臉龐時，男子與女子的視線都是朝同一邊的話，就會有視線不連貫的問題。

㈣保持動作方向的連貫性

主角和物體移動方向應保持一致。當物體在鏡頭中往某個方向移動，在接下來的鏡頭裡都要朝同一個方向移動，否則會混淆觀眾。例如，拍攝桌球賽時，鏡頭必須與球員、球的移動方向一致，以維持連貫性。

如果物體先後在短時間內往左右兩邊移動，這時可以使用不連續動作的畫面，在向左和向右的中間插入中立姿態的鏡頭作為橋梁。

㈤精簡但又不妨礙理解地連接連續動作

剪接的重要任務之一，是精簡畫面但又不失真。如果一場內心戲從頭拍到尾又不剪接，就會讓畫面過於冗長。但又不能過於精簡，使觀眾看不懂。

例如，男主角在產房外面來回踱步搓手，顯示內心的焦慮不安。這個場景可以剪接一個來回踱步的畫面，再接一個近景的手部特寫，即可表達男主角的內心情況，而不必保留全程的來回踱步和反覆搓手。

㈥連接以不同角度拍攝的同一個連續動作

當同一個連續動作是由許多不同的角度拍攝時，剪接的原則就是在不同角度的動作之間加以剪接，形成一個完整的動作。

例如，若在某人倒酒的鏡頭之後，接上酒杯從空到滿的畫面，就完成了一個完整的倒酒動作。

㈦影像和聲音互相配合

剪接師在剪接時，要讓看到的和聽到的能夠互相配合，且剪接節奏要和對話節奏互相呼應，才會使觀眾感覺一氣呵成。

例如，很多畫面的段落都斷在對話結束的時候，以動作和聲音的配合作為分段的段落，可以使剪接看起來自然順暢。若是對話還在進行，畫面卻跳到一個與話題完全無關的畫面，就會顯得特別突兀。

伍、結　語

剪接是一種技術，也是一門藝術，它可以去蕪存菁，也可以錦上添花、畫龍點睛。但就如同好廚師面對不好的食材，往往也是一籌莫展，因此一則好的電視新聞，先要有好的攝影作品和採訪故事，再搭配好的剪接才能相得益彰。

最後，網路上有許多研究剪接的論壇，頗具參考價值。此外，公視 PeoPo 教學網② 和中華民國剪接協會③，也都是不錯的網站，對初學者來說或許有點深奧，已有一定基礎的讀者不妨看看。

習　題

1. 依照使用裝置的不同，剪接可分為哪 2 種？兩者最大的不同是什麼？各有什麼優缺點？
2. 使用線性剪接設備時，會碰到什麼問題？該注意哪些事情？
3. 使用非線性剪接設備時，會碰到什麼問題？該注意哪些事情？
4. 現場剪接與後製剪接的使用時機為何？工作流程有什麼不同？
5. 依照剪接模式的分類，電視新聞直播採用的是何種剪接？預錄的新聞節目採用的又是何種剪接？若是邊拍邊播的 8 點檔連續劇，採用哪種剪接模式比較好？為什麼？
6. 畫面銜接時，有許多種效果可以選擇，常見的有哪些？這些效果在影像編輯上，具有什麼含義？
7. 畫面銜接時，需要注意什麼事情？
8. 請參考本章附錄，嘗試剪接 1 則電視新聞帶。

② https://www.peopo.org/guide

③ http://www.eforu.com.tw

【附錄】

非線性剪接教學——以 Adobe Premiere Pro CS5.5 為例

一、打開軟體。

二、New Project 是開新檔案，Open Project 是開啟舊檔。點選 New Project。

三、Location 是編輯檔所在的資料夾，Name 是檔名。都設定好後，按 OK。

四、根據影片需求，選擇適當的格式。若是一般 720 × 480 的影片，就在 DV-NTSC

中選擇 Standard 48 kHz；若是高畫質的影片，例如 1920 × 1080，則可選擇其他符合規格的設定。選好後，按 OK。

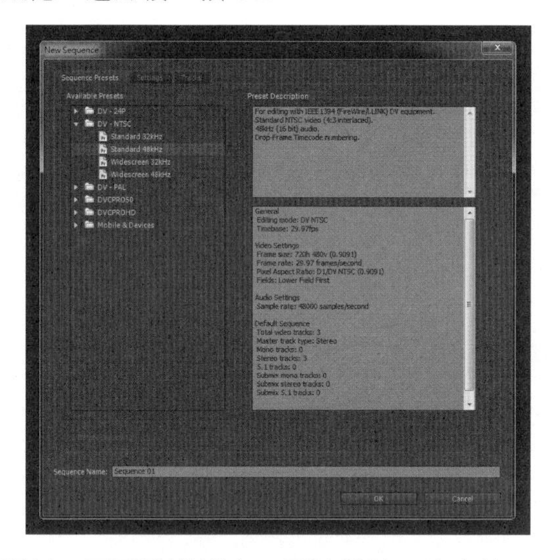

五、開始剪接了！切記，不要亂關視窗！要邊剪接、邊存檔！

六、**過　音：**

過音可用 Movie Maker，或是附屬應用程式中的錄音機。錄音完後將檔案匯入 Premiere 中剪輯，或是用 Premiere 的 Audio Mixer 錄音——選擇要錄音的音軌（下圖選擇 Audio 3） 後， 按下錄音鍵。 若有訊息視窗彈出， 則按下 Enable track for recording，按下 record 即可。建議先寫好稿子再錄音。

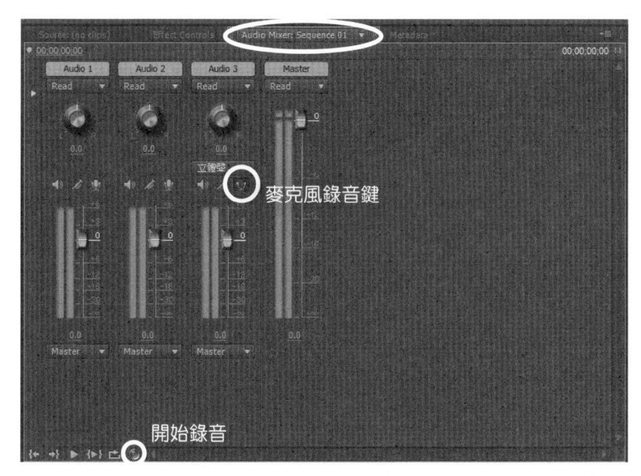

七、剪接介面簡介：

Premiere 的剪接介面，大致可分為以下 5 區。

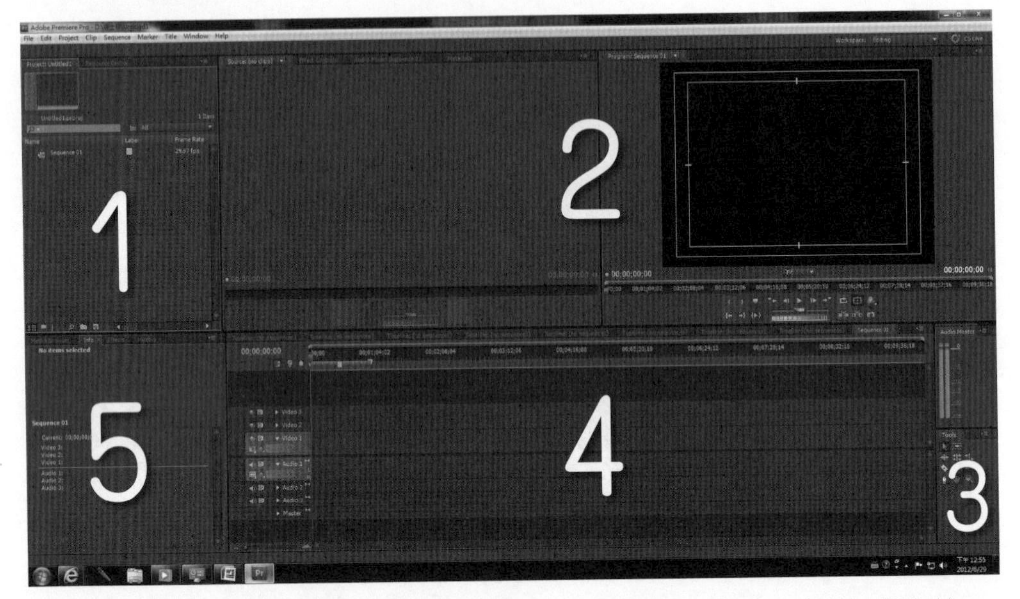

1. **素材列表**：檔案匯入的地方，所有剪接素材（如照片、影片、音效）都在這。
2. **監看螢幕**：通常會分左右兩個螢幕，左邊為素材區，右邊為合成區。所有影片素材將在左區選取後，放入時間軸。而時間軸內的剪輯組合，按下播放後，將在右區看到最後的合成效果。
3. **工具列**：如選取、切割、拖曳、移動等功能。
4. **時間軸**：在此排列的影像順序，即為最後影片呈現的順序。
5. **歷史紀錄**：任何編輯都會留下紀錄。若要更正修改，在此可迅速選擇回復至某個修改進度。

八、匯入檔案：

在視窗 1 按右鍵，選 Import，就可以尋找需要的檔案。或是將檔案拖曳到視窗 2 中就可以看了。要準備剪接時，拖曳到視窗 4 中就可以了。

九、剪　接：

檔案在視窗 4 中會變成帶狀，並可自由拖曳，運用視窗 3 中的剃刀工具 (Razor Tool) 就可以進行修剪。

另外，如果太長或太短，也可以在視窗 4 中用滑鼠直接拉長、縮短；但最長就是原始影片的長度，無法再更長。

剪接時，須注意影、音因擺放軌道層次不同造成的影響。放在上層的影像會蓋住下面的；所有音訊不管放在哪一層，都會混合在一起。請務必小心。

如果想看一下剪接成果，按空白鍵就可以自動播放，也可以把時間軸（紅色的縱線）點到要看的段落上去。

十、字　幕：

在 File→New→Title 裡，按左邊工具列的 T 可以打字，箭號可以調整大小，右邊的 Fill 可以調整樣式、顏色等。

十一、萬一做錯怎麼辦？

視窗 5 中有每一步的紀錄，按了可以回溯。

十二、特　效：

從視窗 5 的 Effects 裡挑選特效，拖曳到視窗 4 中的影片上即可。

十三、聲音大小和影片快慢：

點選影片，按滑鼠右鍵。選 Audio Gain 即可調整聲音；選 Speed/Duration 可以調整快慢。

十四、影音分離：

在只要影片或聲音時使用。按滑鼠右鍵，選 Unlink Audio and Video 即可。

十五、匯　出：

在 File→Export→Movie 裡，匯出的檔案是 avi 檔或 mpg 檔，依需求而定。

以上是 Premiere 非線性剪接的簡明流程。若想精益求精，坊間相關書籍數量很多，都能幫助你學習更高段的剪接技巧。

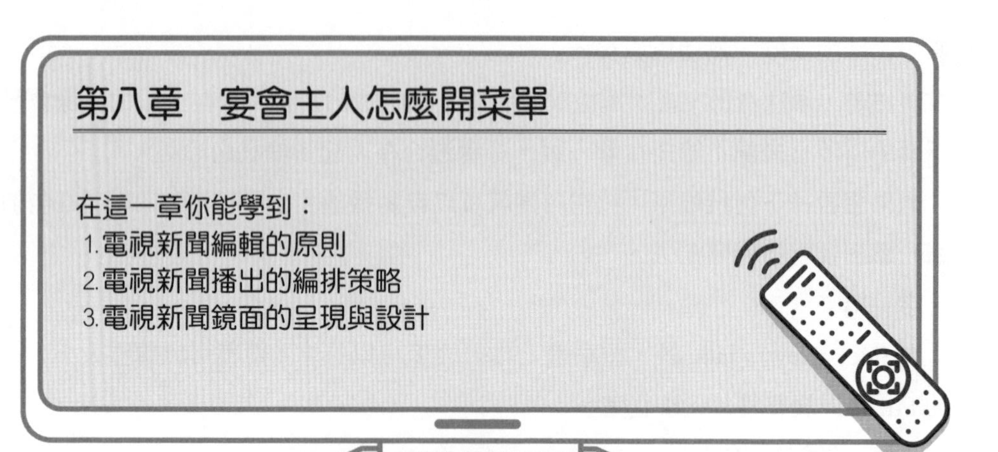

編輯是一節電視新聞的靈魂人物。稱職的編輯要具備好眼光，才能挑出觀眾需要的新聞。編輯好比宴會主人，必須考慮客人的好惡和廚房的作業，從各種組合中，選取最值得端上桌的菜餚，並設計上菜的流程和時間。

壹、電視新聞編輯人員工作簡介

採訪中心分工細膩，編輯臺也是如此。編輯人員負責規畫新聞播出的順序與形式，主要包括製作人、主編與編輯助理。

一、製作人

製作人是一節新聞的總負責人，在開編採會議時與採訪中心討論、決定新聞題材，並在規畫階段負責節目的風格、走向與編輯方針。

在播出前，製作人須編排新聞的播出順序、進廣告的時間，並與編輯討論新聞的標題及鏡面（screen layout，即畫面的呈現）等。

新聞播出時，製作人須監看自己的節目，也要看看別臺的播出狀況，並留意最新消息，隨時調整新聞的播出順序。

當重大新聞發生時，製作人須進入攝影棚，指揮調度棚內工作人員，隨時與採訪中心、編輯臺、主播及其他工作人員保持聯繫，掌控所有播出流程。

以目前的編制來看，資深主播通常會兼任製作人，在播報時同步監看他臺的播出狀況，決定新聞順序是否更動。若是資淺主播，或是講求編輯與播報細膩分工的電視臺，製作人就會由編輯或採訪中心的資深者擔任。

二、主　編

主編的工作是在編採會議後，根據與製作人、主播討論的結果，安排新聞的順序，並準備新聞播出流程的清單（通常稱為「稿單」），以及主播需要讀的稿頭紙本（見圖 8–1）。

若有必要透過跑馬燈呈現新聞資訊時，主編還要另行準備後，提交製作人與新聞部主管核可。

除此之外，也要負責檢查該節新聞的所有稿件是否有重大錯誤，並編修稿件、下標題。

主編在新聞播出前須再次與採訪中心確認新聞帶進度；若需 SNG 連線時，要確認連線狀況，了解該節新聞能有多大的把握照預定順序播出，提前做好調動順序、抽換稿件的準備。

當重大新聞發生時，主編也要和製作人一同進駐攝影棚，確認是否能順利連線、傳回新聞畫面，並提供即時資訊給主播，甚至要即時寫出稿頭，方便主播傳遞資訊。

三、編輯助理

主編底下會有 1 到 2 位編輯助理。規模較小的新聞部則會省略編輯助理的工作，統一由主編負責。

編輯助理負責協助主編校閱所有稿件，檢查新聞帶是否無瑕疵。

播出時，也要不斷確認相關事宜，例如新聞帶到帶情況、外場連線是否順暢等，隨時回報給主編與製作人。

有時，編輯助理還要兼任字幕師，協助播出時上字幕的工作。

〈台視新聞〉　11 月 4 日　午安您好　2011/11/4 下午 12:36:53　Page 1

	內　　容	長度	播出	編採
	片頭			
1	▼虐死三歲童　主嫌落網遭追打跪地◎＃不是我殺的！狠嫌遭追打腿軟喊冤 ＃母曾追兒下落　惡嫌槍指頭要脅◎＃狠心虐死童　三嫌今晨收押禁見	39		張乃峻
2	▼白胖頑皮小孫　嬤泣訴怎下得了手◎＃媳家世複雜　孫亡嬤嘆兒識人不清 ＃嬤慟天人永隔　盼判重刑還公道	108		顏喬偉
3	▼太魯閣滾落石　馬國遊客遭砸骨折◎＃婦遭落石砸斷肘　傷可見骨急送醫 ＃馬拉松明上路　傳落石砸人意外	105		吳采鴻
4	▼幫派相約火拼　落單男遭十人砍傷◎＃見四十人打九人　少年報警落跑 ＃飛車追落單男　圍毆險鬧出人命	103		李心嵐
5	▼子忘年戀　蕭家淇護子：已漸平靜◎＃「給他空間」語帶保留護子心切 ＃補教師生命相護　蕭：謝謝她	111		葉嘉雯
6	▼燙粥打翻　九月嬰 10%二度灼傷◎＃坐學步車趴趴走　熱稀飯打翻淋頭 ＃痛！女嬰全身紅腫　送醫放聲哭	103		楊先謹
7	▼教唆同事跳槽　惡老闆性侵傳播妹◎＃逃跑看護入歧途　嫌錢少遭狠教訓 ＃惡老闆偕二男　下藥迷姦棄山區	122		顏章聖
8	▼男連續行搶　落網辯稱要還媽媽錢◎＃搶匪連續行搶　母大義滅親檢舉	109		陳文龍
9	▼壓地酒測器塞嘴　家屬控執法過當◎＃醉男騎車拒酒測　押警局火爆強測 ＃昔日捉賊榮譽警　粗暴酒測惹議◎＃警界布魯斯威利　辦酒測惹爭議	112		蔡志恆
10	▼街頭藝人擾安寧　警取締挨轟打壓◎＃控官員滿身酒味　亂取締掃雅興 ＃警稱執行公務　獲線報合法取締	107		謝美玲
11	▼恐龍妹瘦照騙網戀　宅男遭詐百萬◎＃錢匯未謀面未婚妻　母決有異報案 ＃癡戀已婚女　見百公斤情人夢碎	111		黃念慈
12	▼矮小大力賊　獨扛 50 公斤香爐◎＃失業沒錢　偷香爐變賣當場被識破	113		蔡宛儒
13	▼丟筆致同學幾失明　判賠 320 萬◎＃不滿遭刺激　筆射同學右眼險瞎	53		李心嵐
14	人氣話題	00		
15	▼日撞轎海外首演　溫泉季熱鬧起跑◎＃穿浴衣玩樂有折扣　泡湯享半價 ＃飯店較勁拚低價　民眾樂搶好康	113		陳麗雯
16	▼西班牙品牌明開　人潮湧保全待命◎＃百貨公司破天荒　九點開門至午夜 ＃外來服飾平價搶客　祭出價格戰	115		王蕾雅
17	▼戲劇天后　楊丞琳 1.8 億奪冠◎＃兩岸通吃　楊丞琳安以軒居一二 ＃犀利人妻隋棠　戲劇代言排第五◎＃男星戲劇吸金　吳奇隆得第一	133		張寧
18	▼明道今期中考　低調走側門進校園◎＃缺課近三分之一　校方下最後通牒 ＃再不上課就退學　崇右校規處理	45		張宇
19	▼價格飆 50 年新高　鰻魚飯恐絕跡◎＃史上最大漲幅　鰻魚飯漲到 160 ＃鰻苗比黃金貴　每公斤破千元	57		張宇
20	▼燒餅油條　增心血管藥吸收劑量◎＃油脂延緩腸胃排空　藥物濃度增高 ＃防干擾藥效　服藥前少食高油物◎＃油脂可減藥量　醫：勿本末倒置	106		陳資敏

〈台視新聞〉　11 月 4 日　午安您好　2011/11/4 下午 12:36:53　Page 2

	內　　容	長度	播出	編採
21	（現）▼驚！冷凍軟絲墨魚　驗出甲醛殘留◎＃甲醛長期吃　恐鼻咽癌血液腫瘤 ＃先洗淨掀蓋烹煮　有效去除甲醛	50		陳資敏
22	（現）▼感熱紙含雙酚 A　明年三月起下架◎＃長期接觸　內分泌失常嚴重致癌	50		王蕾雅
23	▼賊菸蒂留屋內　辯稱路過竟判無罪◎＃留菸蒂比對吻合　稱路過丟菸採信	51		崔易江
24	▼納骨塔清涼西施　遭批對先人不敬◎＃西施未露點難罰　警多次勸導無效	45		王蕾雅
25	▼七旬翁偷高價補品　辯稱罹癌補身◎＃有錢仍貪小便宜　多次行竊進警局	104		張興傑
26	▼釣魚拋竿摔消波塊　出動吊車救援◎＃失足摔 10 米深堤　釣客腿部骨折	104		崔易江
27	▼性專區娼嫖不罰　朝野協商恐表決◎＃不滿藍綠版本　日日春場外抗議 ＃綠促只罰嫖　江宜樺：恐違憲	114		江哲好
28	▼賴聲川國慶晚會　綠委轟利益輸送◎＃綠委：盛治仁辦活動都給賴聲川 ＃藝文界批分贓　賴聲川官商勾結	121		洪婉臻
29	▼馬出席活動　婦欲向秘書陳情遭阻◎＃私人糾紛？總統秘書稱不認識婦	100		陳敏如
30	寰宇大世界	00		
31	▼福島 2 號機核危機　確認非再臨界◎＃反應爐有放射氙　緊急注入硼酸水 ＃證實虛驚　不影響冷溫停機目標	103		林信安
32	▼轉機！希臘總理　放棄紓困案公投◎＃紓困案付公投　一度震撼歐盟金融 ＃反對黨支持紓困　總理政途不保	109	5-40	楊政平
33	▼買樂透給強力彩　意外中獎三千萬◎＃財神要來擋不住　退休老翁樂翻 ＃中頭彩暴紅　小店意外車水馬龍	52		張慧詩
34	▼耗資 60 億　007 第 23 集曝光◎＃再演龐德　尼爾克雷格大秀身材 ＃遠赴中國土耳其　龐德迷期待	100		張力德
35	▼台港日韓　宥勝與千人刮鬍創紀錄◎＃業者搶市新噱頭　視訊同步刮鬍	54		王李中
36	▼金馬匈牙利大師　貝拉塔爾來台◎＃經典長鏡頭　寫實風格探討人生	54	晚間-30	張宇
37	▼推廣節能　中油徵文第一名獎三萬◎＃發揮創意　響應節能又賺大把金	59	5-37	張宇
38	Coming up A	00		
39	◆◆◆◆◆廣告第 01 段◆◆◆◆◆	3755		
40	▼五歲男童當大廚　炒飯同學爭先吃◎＃小小年紀架勢足　宛如型男主廚 ＃爸下廚跟一旁　耳濡目染練手藝	100		曾如成
41	Coming up　B	00		
42	◆◆◆◆◆廣告第 02 段◆◆◆◆◆	3855		
43	▼爆笑小狗爬不過門檻　紅到國外去◎＃博美犬不放棄　摔跟斗終於達陣 ＃點閱破八十萬　登美日新聞首頁◎＃跳圈圈拜拜　HOLY 多才多藝	53		張寧
44	◆◆◆◆◆廣告第 03 段◆◆◆◆◆	3948		
45	氣象	00		

圖 8-1　電視新聞稿單

貳、編選新聞的依據

每天發生這麼多事，選擇和編排新聞便是一門大學問。編選原則包括新聞學的觀點、收視率的考量、新聞室的習慣等。

一、新聞學的觀點

㈠主觀標準

1.電視臺的立場

每一家電視臺的企業文化都會影響其新聞的選擇，最常見的包括政治立場和新聞屬性。

例如，民視、三立和 TVBS、中天的政治立場較為不同，對同一政治事件的播出與否和優先順序也就不同。又如，有些頻道（如非凡新聞）以財經為主，就會特別突顯財經新聞。

2.特殊的議題設定

某些特定議題可能成為某電視臺的主打新聞，這種現象可能是短暫或長期的。

例如，某電視臺可能在某月特別主推社會新聞的調查報導，以作為區隔市場的行銷策略。又如，將自己定位為小市民的電視臺，因而特別喜歡將民生消費和階級公平正義的相關新聞做成頭條。

3.廣告主的影響

臺灣的電視臺運作多為商業模式，廣告是主要的收益來源，所以廣告主對編選新聞也有很大的影響。例如，廣告主出資請電視臺報導的置入性行銷或業務新聞（簡稱業配），就會被編輯有意地選在某時段播出。又如，對廣告主較為負面的報導，有時也會抽換掉或加以潤飾。

雖說新聞媒體的職責是要監督政府與指出社會的不公不義，但在商業機制的運作下，廣告主對新聞的影響仍無可避免。

4.編輯個人的喜好與背景

編輯的喜好、學經歷、新聞資歷等，都會影響對新聞的理解，進而影響選材。

例如，編輯對某個政治人物的喜好，或揣摩觀眾或主管的喜好，而特別把某些新聞做大或做小。又如，資深編輯對新聞事件的掌握會更專業，在選材與編排上也會異於新手。

㈡客觀標準

1.顯著性

重要的人、事、物、時機和地點，都是優先考量。

例如，總統發表重要談話、總統與縣市長等選舉、國際間重大戰爭的資訊等。

2.臨近性

新聞發生地離觀眾愈近，觀眾的興趣便愈高，新聞價值也就愈高。

例如，「西伯利亞的火車爆炸，比不上你家巷口垃圾車沒來」，這聽來冷血、誇張，但臨近性代表的是關己性，往往是觀眾認為重要與否的取捨標準。

3.影響性

只要某事件對觀眾具有一定程度的影響，就是具有新聞價值的事件。

例如，因為沒有人不吃菜，所以菜價上漲就是值得報導的新聞。

又如，颱風來襲時，全民都十分關心是否上班上課、是否影響安全、是否波及物價等，所以自然是非關注不可的新聞。

影響性與顯著性的不同之處在於，重要的事件（顯著性）未必對特定觀眾有重大影響（影響性）。

例如，烏克蘭戰爭對臺灣媒體來說可能具有顯著性，但不具有影響性。

4.即時性

新聞顧名思義就是最新的消息，再大的新聞過了時效就只是歷史故事，在編輯臺上就無法得到青睞，因此即時是編選新聞的重要標準。

5.趣味性

「人咬狗」這類較為奇特的事件便是新聞，通常為軟性新聞。

觀眾收看新聞除了獲取資訊外，另一個重要目的是娛樂，所以愈特別的新聞就愈受歡迎，編輯自然也會多挑選這類新聞。

二、收視率的考量

「收視率決定論」是當今臺灣電視新聞生態的主流思想。

新聞從業人員常慨歎「新聞學不如新臺幣」，每天一大早拿到的昨日收視率調查報告，往往決定了當天的採訪重點和編輯方向，因為長官通常只能憑藉「僅此一家」的調查來判斷觀眾的好惡。

更無奈的是，不論這份調查的抽樣方法和統計推論多麼不科學，它卻是所有電視臺的廣告業務人員、廣告購買公司或廣告主唯一的共同語言。

在這樣的邏輯下，什麼新聞收視率高，就產製什麼新聞；新聞放在哪個時段會有高收視率，就放在哪個時段；甚至播報風格（站或坐、說話快或慢等）、SNG 或 SOT 的取捨，以及鏡面的呈現等，往往都要依收視率來決定。

綜合上述觀點，編輯編選新聞時要考慮「這條新聞是迎合誰的興趣與利益」，雖然這個判斷受到商業模式的影響，但仍應以公眾的興趣與利益為基準，這樣才能一方面吸引觀眾，一方面累積信譽而發揮社會影響力。其他與收視率相關的議題將於第十二章討論。

三、新聞室的習慣

㈠新聞帶的內容與品質

新聞帶中的文字、圖卡、聲刺、過音與自然音的搭配，都會影響編輯的選材。

此外，編輯也會注意平衡報導，尤其是勢力均衡的雙方的發言，更要注意時間長度與時段是否一致。

不過，新聞工作分秒必爭，有時編輯無法一一檢視所有的新聞帶或新聞稿內容，所以會從新聞帶的短名 (slug) 來判斷新聞價值。

slug 通常由 4 個數字加上 4～6 個文字組成。數字為首播時間，文字為新聞帶名稱，通常由採訪中心主管命名。

slug 如同精簡的標題，能讓編輯快速識別新聞的重要性。若 slug 不吸引編輯，可能就不會列入排程。

例如，1800 化學工廠爆炸、1800 工廠連爆 5 死，兩者可能是同一個新聞事件，但後者 6 個字內包含更多資訊，用字更突顯新聞的顯著性，就是一個較好的 slug。

㈡新聞帶的長度與形式

一般來說，由於電視新聞時間有限，且避免節奏過慢，所以愈簡短的新聞帶愈容易受到編輯的青睞。

超過 2 分鐘的新聞，編輯可能直接捨棄，也可能改成 NS 或 SOBS，由主播簡短地用旁白帶過。

㈢新聞節目與主播的性質

每個新聞節目的目標觀眾不盡相同，主播的表達能力與特質也有所差異，因此編輯在選材上，也須依節目調性與主播特色「量身訂做」。

例如，午間新聞到晚間新聞之間的時段，目標收視群為家庭主婦、婆婆媽媽或是菜籃族，因此編輯會多編排一些生活消費、股市最新資訊、健康新知的新聞，吸引他們的注意。

又如，以前主跑財經新聞的主播，對相關新聞的闡述能力與理解程度理當比其他主播好，因此編輯就會多選一些財經新聞。

參、編排新聞的依據

電視新聞無法像報紙一樣可放在某個版面來回瀏覽，也不像網路媒體能點選、重複收看，而必須按時間依序播出。因此，電視新聞的編排次序格外重要。

電視新聞編輯一打開編輯系統，就能看到當天琳琅滿目的新聞，這就好比是今天所有能提供給顧客的菜。編輯必須考量顧客的需求，和「總鋪師」（製作人）討論後，為顧客設計一份最合適的菜單。

這個菜單也就是該節新聞的稿單，包括依序播出哪些新聞、使用什麼鏡面、設計什麼單元、進廣告的時機等。原則上要按此流程上菜，但若碰到突發事件，編輯也要能適時更動順序，確保流程順暢。

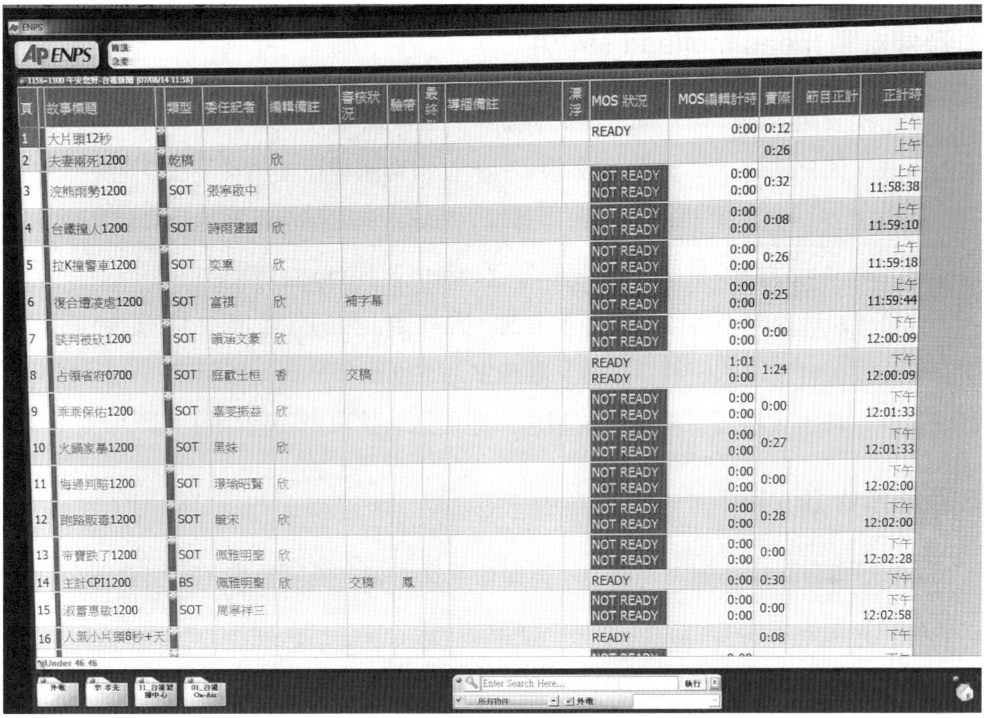

頁	故事標題	類型	委任記者	編輯備註	審核狀況	驗帶	最終	導播備註	漂浮	MOS 狀況	MOS編輯計時	實際	節目正計	正計時
1	大片頭12秒									READY	0:00	0:12		上午
2	夫妻兩死1200	乾稿		欣								0:26		上午
3	浣熊兩勢1200	SOT	張寧啟中							NOT READY NOT READY	0:00 0:00	0:32		上午 11:58:38
4	台鐵撞人1200	SOT	詩雨建國	欣						NOT READY NOT READY	0:00 0:00	0:08		上午 11:59:10
5	拉K撞警車1200	SOT	奕熏	欣						NOT READY NOT READY	0:00 0:00	0:26		上午 11:59:18
6	復合遭凌虐1200	SOT	富祺	欣	補字幕					NOT READY NOT READY	0:00 0:00	0:25		上午 11:59:44
7	談判被砍1200	SOT	韻涵文豪	欣						NOT READY NOT READY	0:00 0:00	0:00		下午 12:00:09
8	占領省府0700	SOT	庭歡士桓	香	交稿					READY READY	1:01 0:00	1:24		下午 12:00:09
9	乖乖保佑1200	SOT	嘉雯振益	欣						NOT READY NOT READY	0:00 0:00	0:00		下午 12:01:33
10	火鍋家暴1200	SOT	黑妹	欣						NOT READY NOT READY	0:00 0:00	0:27		下午 12:01:33
11	悔過判賠1200	SOT	璟瑜昭賢	欣						NOT READY NOT READY	0:00 0:00	0:00		下午 12:02:00
12	跑路販毒1200	SOT	毓宋	欣						NOT READY NOT READY	0:00 0:00	0:28		下午 12:02:00
13	帝寶跌了1200	SOT	佩雅明聖	欣						NOT READY NOT READY	0:00 0:00	0:00		下午 12:02:28
14	主計CPI1200	BS	佩雅明聖	欣	交稿	鳳				READY	0:00	0:30		下午
15	淑蕾惠敏1200	SOT	周寧祥三							NOT READY NOT READY	0:00 0:00	0:00		下午 12:02:58
16	人氣小片頭8秒+天									READY		0:08		下午

圖 8-2　電視新聞編輯系統畫面

一則電視新聞有所謂「黃金 7 秒」的概念——在一開始便得吸引觀眾目光，不然觀眾很容易就轉臺。同樣的概念也適用於 1 節 30 分到 2 小時的新聞節目。

如何在節目一開始就有吸引力，又如何在進廣告時讓觀眾繼續鎖定頻道，以及各個時段該如何編排等，就要倚賴下面幾項工具和原則。

一、新聞節目中的重點單元

㈠新聞提要 (teaser)

新聞節目開始後，常有個 1 分鐘左右的單元用來提示重點，這就是新聞提要。

觀眾打開電視，要的是最新訊息。新聞提要則提供一個最方便的管道，讓觀眾得知當下最值得關注的訊息，並對接下來的內容產生興趣，進而持續收看。

另一方面，在現今分秒必爭的時代裡，一般觀眾不可能把新聞從頭看到尾，這時新聞提要扼要地提供了許多訊息，觀眾便不用在電視機前苦候到結束了。

㈡頭條新聞 (headline/lead story)

新聞提要後的第一則新聞就是頭條新聞，通常以國內外重要新聞或該臺的大獨家為首選。頭條新聞正如書封，若不吸引人就很難讓觀眾繼續看下去。

約克姆 (Richard D. Yoakam) 和克雷默 (Charles F. Cremer) 曾提出頭條新聞的 3 個指導原則：有意義、重要性、趣味性 (Yoakam & Cremer, 1989)。

此外，頭條新聞不可忽略畫面的力量，尤其是「戲劇性動作」，如戰爭、遊行、衝突等場面，會特別引起觀眾注意。動作多的畫面衝擊性高、使新聞不言而喻，就是好畫面。若沒有畫面可能不會被報導，即便該事件再重要也是得捨棄。

㈢新聞預告 (trailer)

1 節新聞會穿插 2 到 3 次廣告。進廣告前通常會有新聞預告，吸引觀眾在休息之後繼續鎖定原頻道。

因此，許多主播會在預告的結尾用「不要走開，馬上回來」或「下一段新聞更大條」等字眼，把廣告這個轉臺因素的力度降到最低。

二、新聞排序的思考

㈠編排節奏

跟其他節目一樣，電視新聞也有快慢起伏。

有學者認為，編輯新聞最忌諱單純以重要性遞減來排列，應該要像電影那樣創造幾段高潮才會吸引人（黃新生，1993）。

實際來說可依 M 字型來編排新聞——由高潮逐步遞減，在中段製造低點後，再逐步拉到一個高潮做結。

一節新聞中以廣告為間隔，可分為 3～4 段節目。每段節目可製造一個 M 的節奏，從高潮開始，並於進廣告前製造另一個高潮。

結尾也十分重要，要製造最後一個高潮，給觀眾意猶未盡的感覺。

此外，為配合新聞節目的整體節奏，最好是以「好」新聞結尾，像是各式各樣有趣的影片，雖然畫面或分量不足以變成新聞，但可以在片尾與觀眾分享，讓觀眾感受到一個「好」的結束。

在新聞臺裡，片尾也常作為下個整點新聞的預告。若有發生中的新聞（如颱風動態）或是重大事件（如空難），也常選為片尾，吸引觀眾持續鎖定。

㈡前、中、後段的區隔

新聞編排的順序反映了新聞的重要程度。最重要的新聞原則上會放在頭條或前段。但整體來說，還是一個 M 字型的排列。以下介紹各段新聞的編輯策略：

1.前段新聞

前段新聞絕對是最重要的新聞，但何謂「重要」則因電視臺而異。

扣除新聞提要後，前段新聞最重要的就是頭條新聞，目前多為社會或政治新聞，而後續幾則新聞也都會順著頭條新聞的脈絡，選用同樣或同類的新聞事件。在這個部分，「吸引觀眾注意」為首要任務。

2.中段新聞

中段新聞是最容易被忽略，也是觀眾注意力最不容易集中的時段。這時要縮短 M 字型的週期，多製造高低起伏，強化觀眾停留在該頻道的動機。

例如，題材較硬的財經、政治、國際新聞可能多在此時出現，中間會再穿插一些較軟性的生活新聞或政經的花邊新聞，以增加觀眾的收視意願。

新聞量不多時，有些電視臺會播出「小專題」來墊檔。因為小專題雖長（約 5～12 分鐘），但與一般新聞不同，製播時就已考慮以高低節奏的橋段來吸引觀眾。

3.後段新聞

相較於中段新聞，後段新聞與前段新聞的回憶效果較高，編輯在此時會編排一些較吸引人的新聞。

一般來說，後段新聞不會排壞消息，而會選擇軟性新聞，讓觀眾輕鬆看電視。

例如，民生、休閒、旅遊的生活新聞，影視娛樂之類「有趣」的新聞，或是社會光明面的人情趣味新聞，以及氣象預報等，都是常放在後段的新聞。

4.插播新聞

電視新聞可以提供最新資訊給觀眾，所以常會有插播新聞。插播新聞多以BS、SNG、乾稿、電話連線等方式播出。

通常這類新聞都可製造一些M字型的高點，所以也是安排高潮的工具。

尤其是已帶有新聞畫面的BS或SNG（有時亦包括電話連線），通常會放在新聞的一開始或準備進廣告時。

若以前、中、後段新聞來看，插播新聞在中段出現的頻率比後段高。

不過，插播新聞播出後，為使新聞播出的邏輯更為順暢，編輯會更動原本的稿單，繼續播出同主題或同類型的新聞。

㈢廣告時間

這裡說的「廣告」，除了每段節目之間的「破口」①，也包括置入性行銷的業配新聞。何時進廣告、怎麼進廣告，也是編輯必須思考的問題。

1.廣告破口

廣告是電視臺最重要的收入來源，但進了廣告就容易讓觀眾轉臺，要再吸引觀眾回流就有一定的難度。所以編輯要思考進廣告的時機，判斷對手哪時進廣告，自己就要盡量比他們晚進廣告、比他們早回到現場。

因此，在晚間新聞時，為了不讓觀眾因廣告轉臺，幾乎所有電視臺都在節目前段連續播出新聞不進廣告，而把廣告放在後段新聞，所以常出現每播一條新聞就進一次廣告的情況。

進廣告前，要設法編入一則吸引人的新聞，製造一波高潮，還要播放吊足觀眾胃口的預告，使觀眾自然地留在自己的頻道上。

① 從1個完整的節目來看，每段節目之間的廣告猶如1個缺口，因此稱為「破口」。

2.業配新聞

業配新聞指的是廣告商在電視臺下訂單後，新聞部配合業主所製播的新聞，新聞中甚至會讓產品有意無意地露出，以達宣傳目的。

這類新聞愈來愈多，甚至是天天都有。早期的觀眾不易察覺，但隨著資訊開放、民眾的媒體識讀能力提高後，這類新聞很容易被辨別出來，許多觀眾看到了自然就轉臺。

因此，編輯會將業配新聞排在最冷門的時段、新聞節目的中後段，或是廣告破口之間。

若編輯對該則新聞有更改的權限，甚至還會將新聞改成NS的形式播出，在滿足廣告主露出的前提下，用最小的篇幅處理。

三、各時段新聞編排的技巧

各時段觀眾收看新聞的目的都不同，編輯策略自然也要跟著調整。現在24小時新聞臺或財經新聞臺林立，黃金時段外的整點新聞也有一些編輯技巧。

㈠晨間新聞

晨間新聞的觀眾，通常都是一邊準備出門一邊收看。這時觀眾因為一心多用的緣故，習慣以「收聽」為主。因此在這個時段，提供資訊為第一要務，新聞畫面的重要性較其他時段來得低，NS、乾稿的新聞類型占絕大多數。

除非是重大消息，否則晨間新聞多以生活資訊為主，而且一大早也不適合播出血腥、煽情的內容。

若前一晚沒發生重大事件，晨間新聞大多會將昨天的晚間或夜間新聞加以整理後重新編輯播出。

現在的晨間新聞都會為觀眾「讀報」，精選各報或週刊的重大新聞，搭配報刊剪影或另外剪輯的資料畫面，由主播念稿播出，以填補晨間新資訊的不足。

㈡午間新聞

午間新聞的收視群多為家庭主婦或午休中的上班族。和晨間新聞不同，這時的觀眾比較不急，能收看的時間比晨間來得長。因此午間新聞要比的，就是誰的新聞最新、最快，而且要有完整的新聞帶來交代事件的來龍去脈。

午間新聞的編輯，除了追蹤前晚新聞的發展、處理將發生的新聞與突發新聞之外，還可從當天的日報來追蹤新聞。當日的政治新聞、最新的股匯市財經消息，都是午間新聞的重點。

而午間新聞的作業時間是所有新聞時段中最少的，從上午 9 點編採會議結束、記者出動後，11 點就要排出稿單。

因此午間新聞的稿單常是「僅供參考」，最後播出的順序與當初安排的往往不一樣，所以在編排上必須預留彈性，將較重要又有把握準時完成的新聞往前編排，後續的就隨機應變。

㈢晚間新聞

晚間新聞是新聞部投注最多資源的時段，有較充裕的作業時間和消息來源。晚間新聞一向是各臺的主戰場，頭條新聞的安排經常成為彼此較量的焦點，其他新聞的呈現也非常重要。在這個時段，比的是新聞的深度、豐富度和完整度。

觀眾在白天從各式管道聽到新聞事件的各種資訊，並希望從晚間新聞得到最完整的內容。通常重大的新聞事件都不會單則處理，而會搭配多則新聞——這是一種新聞包裹 (package) 的概念，從不同角度給觀眾完整且有深度的新聞。若來不及製播新聞帶，也可以用相關性高的新聞做搭配，提供多面向的資訊。

晚間新聞的編輯多會選擇國內重大的社會新聞或政治情勢作為頭條新聞，之後再按照與頭條的相關性往下編排。中段多為較硬的國際新聞，後段則是以輕鬆的軟性新聞為主。

㈣夜間新聞

夜間新聞接近民眾就寢時間，其變動性及突發性不如午間及晚間多，因此常以晚間新聞重新編排，總結當天的國內外大事。

此外，夜間新聞播出時，正好是歐、美地區的白天，所以來自國外的訊息會比較多。這時的觀眾群，有很大一部分是仍在工作、需與外國接洽的人，所以國際新聞與最新的歐、美股市狀況、財經脈動，可以多安排一些。

夜間新聞的步調也可以放慢一點，多安排軟性的生活與娛樂資訊，減少打打殺殺的社會新聞，減輕觀眾的心理負擔。

㈤整點新聞

除了上述重點時段外，其餘的時段多為整點新聞，採「滾動式」的作法。滾動式即是將重點時段的重要新聞，不斷地在各整點、甚至是半點重複播出，並適量補充一些新的新聞。在這些時段，要用「快」和「奇」取勝。

「快」就是用大量的突發新聞提供新資訊。在這些整點時段，可以事先掌握的是 SNG 連線新聞。若沒有重大消息，就想辦法讓記者透過 SNG 發想一些可以連線的橋段和新聞點。若有其他傳回來的新消息，則可用 NS、乾稿或電話連線不斷地插播新聞。

簡單講，就是創造「新」意，在既有的「舊」聞中，設法讓每個整點都有新東西，創造多個高低潮。

除了搶「先」之外，整點新聞也可以出「奇」致勝，彈性改播新聞以外的節目，用不同的內容吸引觀眾。

例如，在整點新聞中穿插專題、特別報導來填補一些時段空缺，或是直接將整個小時的新聞設定某個主題改為特別報導，又或是變成談話性節目，也可省略一些編輯上的麻煩。

肆、編排新聞順序的方法

新聞編輯最具挑戰性的工作，除了篩選新聞之外，還有如何決定播出順序。因為新聞的順序，往往是觀眾會不會轉臺的關鍵因素。編排新聞順序常見的方法有以下幾種：

一、物以類聚法

將同性質的新聞集中播出。例如，政府公布每季的經濟數據時，就常看到一系列的財經新聞編排在一起。又如，犯罪新聞較容易吸引觀眾目光，於是可以看到老三臺的晚間新聞在一開始就連續播出數則社會新聞。

這麼做能讓觀眾容易理解、願意持續收視。但新聞之間要特別注意轉場，用適當的新聞或主播稿頭轉接，才不會破壞整節新聞的連貫性。

二、一氣呵成法

這個方法是將同性質的新聞編排在一起 ， 從各個面向聚焦以突顯主題的重要性。例如，上述經濟數據公布時，除了一系列的財經新聞外，有些編輯還會搭配民生、政策、企業財務報告等新聞一起播出。

此外，也可以把題材相近但有極大差異的新聞組合成同一主題，強調對立與矛盾。例如，報導政商名流的豪奢生活時，有時也會搭配許多人三餐不繼、為求溫飽而努力奮鬥的新聞。

三、孫子兵法——上駟對下駟

> 忌數與齊諸公子馳逐重射。孫子見其馬足不甚相遠，馬有上、中、下輩。於是孫子謂田忌曰：「君弟重射，臣能令君勝。」田忌信然之，與王及諸公子逐射千金。乃臨質，孫子曰：「今以君之下駟與彼上駟，取君上駟與彼中駟，取君中駟與彼下駟。」既馳三輩畢，而田忌一不勝而再勝，卒得王千金。
>
> ——《史記‧孫子吳起列傳》

《史記》記載，在戰國時代，當齊威王有空的時候，常常會與宗族內的諸侯賽馬賭錢，而田忌幾乎逢賭必輸。有一天，兵法大家孫臏教田忌一招獲勝的方法。

因為孫臏觀察到田忌的 3 匹馬，其實實力與齊威王的 3 匹馬相差無幾，硬碰硬或許恐無勝算，於是孫臏告訴田忌，先將3匹馬分成上、中、下3種等級，用你的「下駟」迎戰齊威王的「上駟」，再以你的上駟與中駟，對戰齊威王的中駟與下駟，雖然必定有1敗，但可換得2勝。

這個故事告訴我們，在同樣的資源下競爭，勝利者是能夠妥善利用資源的人。孫臏的策略求的不是絕對勝利，而是相對勝利。

新聞編輯工作也是如此。各臺的新聞都差不多，大家也想在一開始就吸引觀眾，但與其拚個你死我活，還不如改變一下編排策略——棄守弱項避免正面衝突，並在適當時機突出強項

例如，以往節目剛開始都是用社會新聞吸引觀眾，此時若改以重大的民生消息做頭條，在各臺中就顯得很突出。

又如，當別臺播出1則超級大獨家，那這時不妨更動稿單，立刻進廣告或播出較不重要的新聞，把更精彩的內容往後調動。

四、實在沒辦法——隨機應變

新聞永遠在跟時間賽跑，但總會碰到一些狀況讓新聞無法順利播出。例如，剪接機器故障、SNG連線設備異常、採訪車塞在車陣中、主播鬧失蹤、攝影棚設備無法運作等。

遇到「實在沒辦法」的情況時，最重要的就是隨時調整編排策略，用僅剩的材料想辦法變出一道菜，這是「守」的策略。

在「攻」的策略上，編輯在節目播出時，要隨時監看他臺的播出內容與進廣告的時機，適時調整播出順序。當自己的菜色不如人，就要選在對手進廣告時播出重要內容，反之則用廣告或次要內容迎戰。

伍、電視新聞鏡面與標題

編輯將菜單設計好之後，就要考慮如何「擺盤」。若一道道佳餚配上不合適的擺盤，恐成為一大敗筆。要怎麼配置新聞鏡面、下什麼標題、呈現什麼資訊，都是編輯需要仔細思量的。

一、電視新聞鏡面

電視新聞鏡面指的是新聞播出時的畫面，基本元素包括了新聞畫面、新聞標題、電視臺名稱標等。

透過鏡面上各種資訊的排列組合，可讓觀眾在同一時間內掌握更多的資訊。例如，在鏡面上加入天空標、時間、跑馬、地圖、股市資訊、樂透號碼等。

跑馬除了有滾動式的，還有翻頁式的，內容除了重點新聞之外，有時還會提供氣象等生活資訊。

跑馬以前是為了「重大」的即時新聞而設計的，並不常見。但現在為了不讓觀眾轉臺，新聞臺會透過跑馬燈不斷提醒觀眾將要上什麼好菜，跑馬燈已成為宣傳大小新聞的一種工具。

新聞臺還喜歡做特效，像是打出「驚爆」及「獨家」等標題來吸引觀眾注意。

現在各新聞臺因為競爭激烈，所以新聞鏡面都比過去「熱鬧」許多。主播在播報新聞時，標題通常會在正下方，而跑馬燈會有 2 個以上，一個通常放在畫面的左或右邊，另一個則放在標題下方 (如圖 8–5)。但過多的資訊，有時反而會干擾收視。

編輯須考量新聞的特性來配置鏡面，在吸引與干擾間取得平衡。一般來說，在播出新聞帶時，鏡面的變化較少；在主播讀稿頭時，鏡面的變化較多。以下將詳細介紹幾種鏡面類型：

㈠普通新聞鏡面

一般的新聞多以此鏡面呈現。這是由一個新聞畫面，有時再搭配一些小標題或字幕組成，是最簡單的表現方式，適用於沒有搭配其他資訊的單一新聞。

圖 8-3　普通新聞鏡面

① 新聞畫面 ② 新聞標題 ③ 電視臺名稱標

圖 8-4　包含鏡面基本元素的電視播出畫面

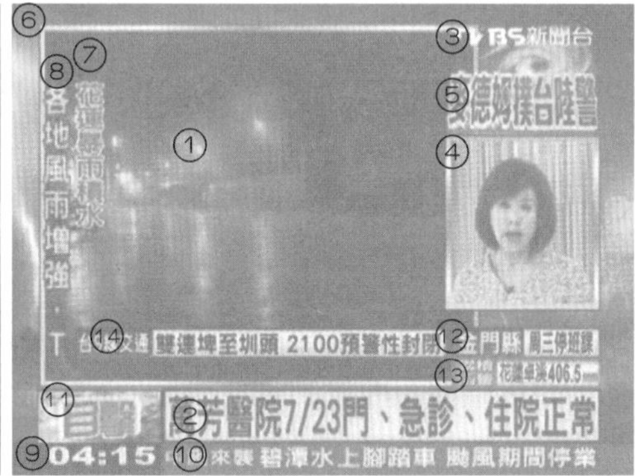

① 新聞畫面 ② 新聞標題 ③ 電視臺名稱標 ④ 主播畫面 ⑤ 天空標 ⑥ 背景 ⑦ 側標 ⑧ 側邊垂直跑馬（側邊垂直跑馬受國家通訊傳播委員會規定，只可於公告「重大民生訊息」與「節目異動」時使用）⑨ 時鐘 ⑩ 新聞跑馬（下方新聞跑馬有翻頁式、滾動式2種，多用於預告新聞）⑪ 截角標 ⑫ 停班停課資訊 ⑬ 累積雨量資訊 ⑭ 交通民生資訊

圖 8-5　重大新聞發生時，鏡面會較為複雜，呈現各式各樣的資訊

這種鏡面呈現的資訊雖少，但不會給觀眾太大的壓力。比起過度複雜的鏡面，現在反而愈來愈多人喜歡這種簡潔的呈現方式。

㈡對比式鏡面

對比式鏡面又稱為「開雙框」，可同時呈現2則新聞，通常運用在需要明顯對照的情況。

例如，播報社會新聞時，為了比較2起相似的事件，或是講解事件為何發生及後續效應，就常運用此鏡面說明。

另一個特別的例子是在選舉時，為了平衡2組候選人的報導，也會用此鏡面來呈現。

此外，這種鏡面還可用在訪談、SNG連線，或主播交接的轉場時，一邊擺上主播的畫面，一邊擺上訪談對象、外場記者、氣象主播或是下一節新聞主播的畫面，營造對話的感覺。

㈢資訊式鏡面

資訊式鏡面是將畫面分割成很多部分，用最大的篇幅播出想要強調的新聞畫面，主播的畫面則縮小至角落，並在其下方增加其他資訊。這種鏡面可同時呈現2則以上的新聞資訊，是最複雜的鏡面。

通常這種鏡面會出現在晨間新聞，用來同時呈現多則報紙標題，或是告知觀眾重大新聞，並兼顧其他新聞正常播出時使用。此外，每當選舉開票，或是股票報盤時，資訊式鏡面也是常用的鏡面。

㈣多分割鏡面

多分割鏡面可同時呈現數個畫面或現場，常用於SNG連線，尤其是選舉或發生颱風、地震等重大天然災害時，記者傾巢而出，運用這種鏡面便可呈現「電視臺總動員，為觀眾守候在各現場掌握最新消息」的感覺，並增加臨場感。

圖 8-6　2 種對比式鏡面

圖 8-7　SNG 連線對比式鏡面

圖 8-8　對比式鏡面也常用於 2 節新聞間主播交接時

圖 8-9　資訊式鏡面

圖 8-10　選舉資訊式鏡面

圖 8-11　股市報盤資訊式鏡面

圖 8-12　多現場呈現的多分割鏡面

二、電視新聞標題

若說稿頭是新聞的摘要，那麼標題就是稿頭的再摘要，是整篇新聞最菁華的部分。標題大約 15 字，要有以下幾個特質：

㈠精淬提煉、引導閱讀

標題必須提綱挈領、立場鮮明，將事件的焦點、衝突、矛盾表現出來，一瞬間抓住讀者的目光，引導讀者繼續看下去。什麼是最吸引人的新聞點、什麼是最重要的地方，就要用標題表現出來。例如以下的新聞：

> 大法官被提名人許志雄，過去力挺兩國論，臺獨色彩明顯。今天到立法院備詢時，立委林德福問起願不願意唱國歌，許志雄卻回答人不能違背良心，還說國歌第一句「三民主義」，問題就很多。藍營立委好傻眼，批評許志雄國家認同有問題，既然不認同中華民國，又為什麼要當中華民國的大法官？（廖士翔、吳永安，2016）

這則新聞的重點在大法官被提名人不願意唱國歌，還回答「不能違背良心」，也被在野黨立委批評「為什麼要當大法官」。所以記者與編輯下了以下 4 個標題：

「大法官審查！許志雄唱國歌：違背良心」

「被問願唱國歌嗎？許：人不能違背良心」

「不認同？許志雄挨轟：幹嘛當 ROC 大法官」

「『三民主義問題多』藍委質疑許志雄立場」

㈡呼應主題、意義具體

標題的重點必須放在對的地方，突顯事實所在，要有實際意義。

例如，立法委員互相攻訐，若標題放在那些粗俗的謾罵，忽略他們為何而吵，這就是選了一個不具意義，又無法呼應主題的素材。

㈢明確生動、幫助記憶

有時可用同音異字、網路用語或流行語，讓標題更生動有趣，又能讓觀眾一下就明白新聞的情境與意義，並產生共鳴，進一步幫助記憶而達到回憶效果。

例如，財源滾滾原是祝福人升官發財，但若變成了「裁員滾滾」，意思可就180度大轉變了。

又如，廣告流行語「殺很大」②，在沙塵暴爆發時變成了「『沙』很大」，就讓人眼睛一亮。

㈣言簡意賅、避免斷章取義

標題也和電視新聞稿件一樣，用字遣詞必須簡單流暢，還要注意這麼做會不會斷章取義，造成不必要的誤會。

例如，「三流大學教授」意思是指「三流大學的教授」還是「三流的大學教授」，就會引起爭議，不可不慎。因此就算遷就標題字數，這關鍵的「的」字，也不能省略。

鏡面若是擺盤，標題就是上菜之前的最後裝飾。標題下得不好，佳餚的賣相就會變差。裝飾的功夫不是一蹴可幾，必須多多練習，增加對新聞的體認，才能下一個好標題。

建議新手編輯可以多聽廣播、多看報紙與他臺報導，以及參考其他編輯的處理方式，久而久之就能快速精準地切中要旨。

陸、結　語

在新聞這場宴會中，製作人要設想什麼時候上什麼菜，確保客人在最佳時機嚐到最鮮美可口的菜餚；若後廚出了狀況，也能不疾不徐地處理，讓宴會順利進行。

而編輯是新聞播出前的最後一關，準備妥當才能呈現最好的一面。除了外出跑新聞時累積的經驗外，編輯平時也要比較各媒體報導的同異之處，既增加自己觀察新聞的能力、培養良好的新聞感，也了解對手的策略與風格，讓自己在激烈的競爭中，立於不敗之地。

② 請見影片：https://www.youtube.com/watch?v=FZn6wRk2ZL4

習　題

1. 電視新聞編輯的相關工作中，主要人物有哪些？又是如何分工？
2. 編輯在篩選新聞時，必須考慮什麼事情？若你是整點新聞（非重點時段）的編輯，你會選擇什麼樣的新聞？
3. 選擇頭條新聞時，有什麼樣的考量？你會喜歡選什麼樣的新聞當頭條？為什麼？
4. 新聞組合、編排的方式有哪些？你覺得哪種方法比較好？為什麼？
5. 電視新聞需要創造數個 M 字型的編排，才能有高低起伏。若你是今天晚間新聞的編輯，1 個小時的節目中有 3 段廣告，你想製造幾個節目的高潮？多一點、少一點會有什麼問題？
6. 你看過幾種電視新聞鏡面的呈現方式？各種鏡面想傳達給觀眾什麼訊息？
7. 請選擇一個新聞事件，比較各電視臺的新聞標題，判斷是否符合下標應注意的事項，並嘗試自己下一個標題。
8. 請全班同學分工模擬編採會議，一半的人負責採訪，一半的人負責編輯，針對當天各大報的報導內容，就採訪與編輯的觀點，選擇採訪的題材，編排新聞播出順序，決定鏡面的呈現方式，並說明理由。
9. 請在收看晨間新聞、午間新聞、晚間新聞、夜間新聞、整點新聞後，填寫附錄的學習單，比較各時段的差異。
10. 請在收看同一時段各家電視臺的新聞後，填寫附錄的學習單，比較各臺的差異，並對其新聞編排提出建議。

【附錄】
監看評估電視新聞學習單

一、新聞類目（0 表示很差，10 表示很好）

你所觀察的電視新聞是____點的____新聞，共____分鐘（廣告不計）

其中政治新聞共有____分鐘，占____%，內容____分。

　　社會新聞共有____分鐘，占____%，內容____分。

　　生活新聞共有____分鐘，占____%，內容____分。

　　財經新聞共有____分鐘，占____%，內容____分。

　　娛樂新聞共有____分鐘，占____%，內容____分。

　　國際新聞共有____分鐘，占____%，內容____分。

　　____新聞共有____分鐘，占____%，內容____分。

　　____新聞共有____分鐘，占____%，內容____分。

　　____新聞共有____分鐘，占____%，內容____分。

二、新聞內容（0 表示很差，10 表示很好）

新聞攝影____分。

新聞剪接____分。

新聞配音____分。

新聞深度____分。

三、新聞編輯

新聞編輯是否呈現重要性之層次？____分。(0 表示毫無邏輯，10 表示順序得宜)

新聞編輯是否流暢？____分。(0 表示十分不流暢，10 表示非常流暢)

各種新聞的比例是否恰當？____分。(0 表示十分不恰當，10 表示非常恰當)

四、新聞帶（此項請詳細觀察）

最長的 1 則新聞約____秒

最短的 1 則新聞約____秒

1 節新聞有____則新聞

1 個畫面最長約____秒

1 個畫面最短約____秒

訪問最長約____秒

訪問最短約____秒

五、鏡面呈現

1. 該節電視新聞有沒有特殊的鏡面呈現？
2. 看完整節新聞後，對於沒有特殊鏡面呈現的新聞，你是否有新想法？請嘗試針對其中幾則新聞，設計鏡面。

六、其他建議

1. 你對這節新聞的編排，滿意的地方是什麼？不滿意的地方是什麼？
2. 若你能重新編排，你會選擇什麼新聞？怎樣排序？
3. 這節新聞中，你覺得有什麼不妥當的新聞內容（如情色、暴戾、負面、造假等）？你會怎麼處理這則新聞？

第九章　錄影現場的萬千世界

在這一章你能學到：

1. 攝影棚內的各項設備與工作人員
2. 不同攝影棚與新型電腦合成效果
3. 攝影棚內景物配置與燈光效果
4. 戶外攝影與棚外播報時的注意事項

我們在收看電視新聞時可以發現，有些新聞臺的攝影棚大器寬廣，背景圖卡變化萬千，螢幕上的字幕、跑馬塑造出豐富的聲光效果，總是吸引觀眾目光。

不論是幕前的主播，還是幕後的工作人員與設備，只要其中一個環節出錯，這些新聞可能就無法播出，因此攝影棚團隊要能合作無間，觀眾才能順利收看新聞。

本章將從攝影棚內外的設備、工作、人員配置、相關設計等面向，帶你了解攝影棚錄影現場的萬千世界。

壹、攝影棚相關設備

每節電視新聞的播出，都牽涉相當浩大的工程。相關部門除了攝影棚之外，還包括主控室與副控室。這些工作團隊相互配合，才能順利播出新聞。

一、攝影棚 (studio)

攝影棚是室內攝影的主要場所 。 早期的攝影棚只由簡單的架子和帳篷搭建而成，攝影「棚」之名因此而來。現在的攝影棚作業，大多在室內的房間即可完成。

透過螢幕看見的攝影棚空間感十足、場景千變萬化，但其實攝影棚的大小與設備，可能遠比觀眾想像的還要小、還要少。

例如，有些攝影棚其實就設在新聞部的辦公室內，只占了小小的空間，利用記者忙碌的樣子作為背景。有的甚至只是辦公室的一隅，僅容得下攝影機與主播。

圖 9-1　攝影棚僅在辦公室一隅，直播時與其他同事近乎零距離

攝影棚的空間大致可分為主播身後的背景、從頭到腳由四面八方而來的燈光、面前的攝影機，以及同步觀察訊號的監看電視機。

圖 9-2　實體攝影棚一隅

圖 9-3　實體攝影棚景

① 背景 ② 燈光 ③ 攝影機 ④ 監看電視

圖 9-4　新聞攝影棚各項設施相對位置

㈠布景 (background)

攝影棚華麗的背景走近一看，其實只不過是由幾片夾板釘製而成的「景片」，可隨不同需求抽換。但景片抽換會耗費不少成本，因此抽換的頻率並不高。

景片的優點是，只要在攝影棚的不同位置設計多種布景，即可透過各種攝影角度，讓觀眾產生攝影棚空間廣大、景色多變的錯覺。

常見的攝影棚布景，除了夾板景片之外，還包括大型電視牆或大螢幕電視機，用來配合各則新聞或節目，播放不同的影片或圖卡。

另一種則是大型圖卡背板，用於解說氣象、事件脈絡等。

此外，以玻璃隔間，或是直接設置在新聞部內的攝影棚，近來也愈來愈常見。

圖 9-5　攝影棚以新聞部辦公室為背景，增加臨場感

圖 9-6　攝影棚以副控室為背景，增加臨場感

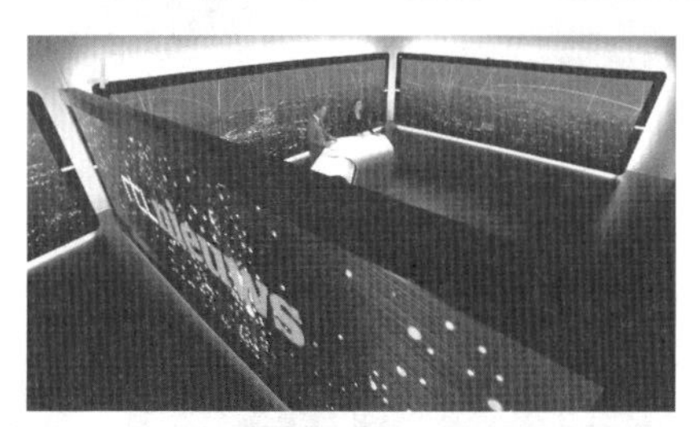

圖 9-7　以大型電視牆為背景的攝影棚

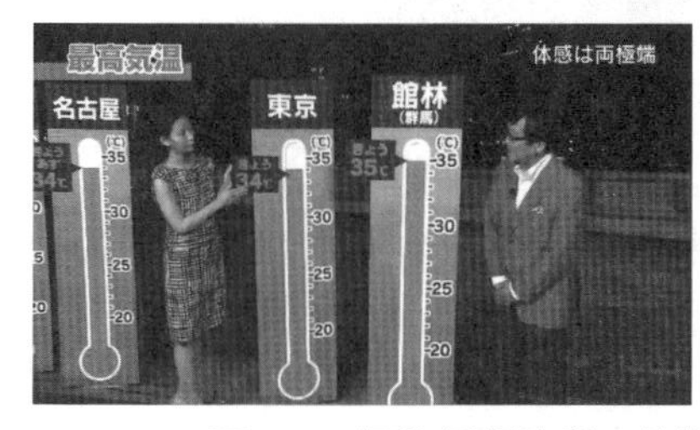

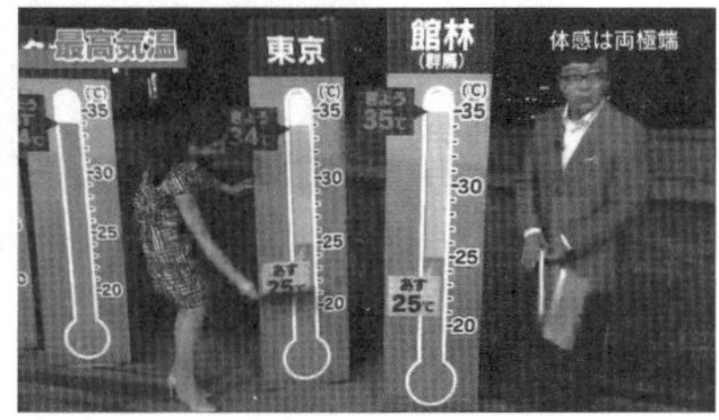

圖 9-8　氣象播報時段，特製大型圖卡輔助解說氣溫變化

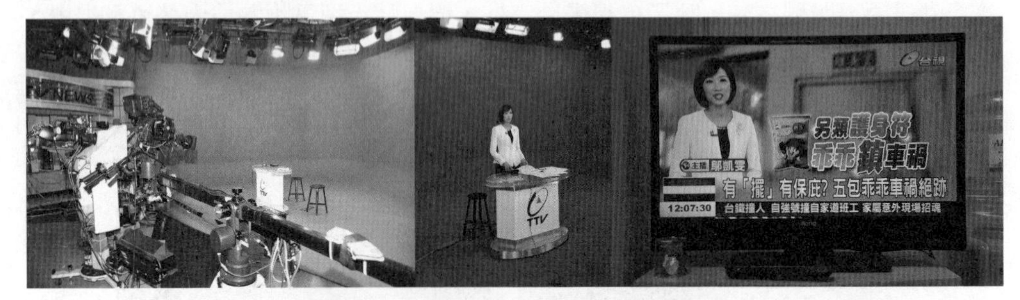

圖 9-9　虛擬攝影棚與合成影像呈現

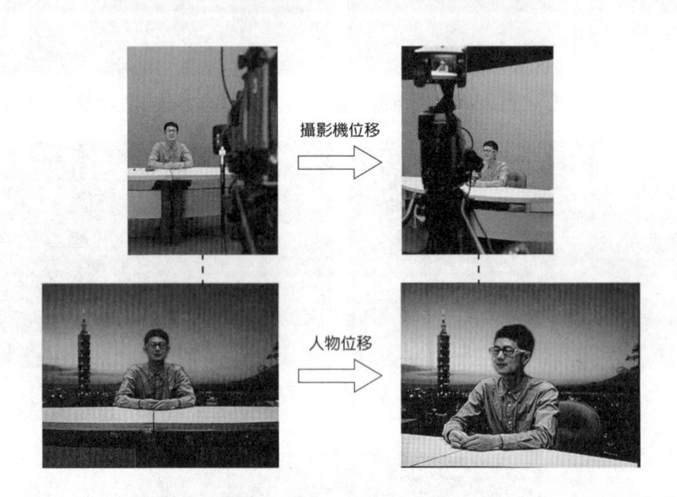

圖 9-10　在 2D 虛擬攝影棚中，當攝影機位移，合成影像無法同步移動變換

圖 9-11　在 3D 虛擬攝影棚中，當攝影機位移，合成影像可同步移動至對應角度

隨著科技進步，「虛擬攝影棚」(virtual studio) 漸成主流。相對於前述的「實景」，虛擬攝影棚是一種透過電腦後製來抽換、合成背景的新技術。

在虛擬攝影棚中，只需要一個「藍幕」(chroma-key，或稱 key 板)，讓主播站在藍幕前播報，再透過電腦程式抽走畫面中的特定顏色，並替換為另一個預錄好的畫面即可。

這個過程稱為「色彩嵌空」，只要「一指神功」就可瞬間變換背景，省去搭設實景的金錢與時間，而且不用特別將攝影現場拉到戶外，也能創造外景的感受，因此頗受歡迎。

虛擬攝影棚的缺點是，大部分的電腦特效都是以 2D 為主，無法辨認運鏡的位移。也就是說，虛擬攝影棚內的設備，無法根據鏡頭前人物的相對位移而改變背景。若是鏡頭移動，表現出來的效果就是布景不動，人物卻瞬間從鏡頭一隅移到別的位置，讓觀眾覺得相當不自然。

這樣的缺點近年來已被克服。部分的虛擬攝影棚內，在攝影機與攝影棚頂上會分別加裝「位移追蹤裝置」(tracking system)①，將鏡頭前的人物以三度空間的座標定位，再根據這組座標將資料傳至電腦合成，計算出人物與背景的相對位置，讓背景能隨攝影機運鏡而變化，人物因此不再會在同一個場景內瞬間移動。

不過，3D 虛擬攝影棚現在已經不夠看了。由於位移追蹤裝置已可透過定位克服 2D 虛擬攝影棚的缺點，因此有的攝影棚甚至還有「虛擬觸控」(virtual touch device) 的特殊效果。

圖 9-12　虛擬觸控攝影棚影像合成

① 位移追蹤裝置分為紅外線式和網格式。前者利用攝影棚內各角度的紅外線偵測器，偵測物體在三度空間的相對位置來定位。後者是在藍幕上建立大小不一的網格 (grid) 來定位，透過攝影機拉近、拉遠、移動，對照拍攝到的網格的移動變化，反推藍幕前物體的位置。

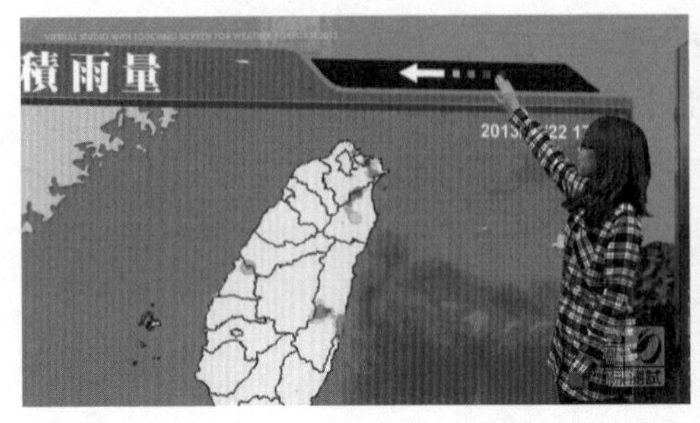

圖 9-13　按下虛擬觸控按鈕，呈現圖卡收回的動畫

若主播後方的電腦動畫布景做了一個可觸控的電視或按鈕，那麼當主播的手指點到那個地方時，便會自動出現觸控後的特效，就像按下按鈕啟動某種裝置一樣。但實際上，主播身後除了一片藍幕之外，其他什麼也沒有。

目前此技術應用在氣象播報居多，給觀眾帶來不同的視覺效果。

現在 3D 虛擬攝影棚，還可以結合實景的攝影棚，達到「虛實合一」的效果。除了保有實體攝影棚的設計，也可兼顧虛擬動畫效果的呈現。

在許多電視臺在虛擬技術達到一定水準後，便開始發展虛實合一技術，讓攝影棚的效果呈現更加多元化。

圖 9-14　在實景棚內，左方翻頁中的電視牆為虛擬電視，此即虛實合一攝影棚

圖 9-15　從四面八方打向幕前的燈光

㈡燈光 (lighting)

為了讓人物與場景看起來更為立體，燈光是必備的要素。對光線的控制和運用稱為「採光」，善用燈光可以替幕前的所有人、事、物遮瑕，將完美影像映入觀眾眼簾。燈光的用途，可分為以下 4 種：

1. **提供足夠燈光以供拍攝：**這是基本要求，沒有足夠的光，攝影機就拍不到東西。

2. **強調拍攝重點：**使用光和影來突顯或隱藏主體，可以讓觀眾很快地注意到畫面中的重點。

3. **創造立體感：**電視畫面通常會扁平一點，適度使用燈光和布景來強調物體的形狀、質地，立體感就會呈現出來了。

4. **傳遞美學意涵：**採光能將藝術、情感訊息傳達給觀眾。細緻的採光設計，能配合與強調人物表情，或醞釀場景氣氛。

光線依照光源可分成「硬光」(hard light) 與「柔光」(soft light)（見表 9–1）。兩者的差別，就好比無雲的晴天和多雲的陰天，不同天氣的光線照射大地產生了不同效果，只不過太陽光比起人為的燈光，是「範圍更大」的聚光燈。

一般採光時，都是硬光與柔光搭配使用，一方面突顯重點，一方面適度呈現陰影處的細節，並消除畫面上不需要的陰影。

表 9-1　光源形式比較

	硬　光	柔　光
光線形式	方向型	反射型
光線功能	集中照射（聚光）	光線散射（泛光）
陰影特性	強化光影對比	削弱光影對比
效　果	突顯主體	迷濛

㈢攝影機與讀稿機 (autocue/prompter)

攝影機須由現場的攝影師來操作，但隨著科技進步與為了節省人力，現在的非重點時段新聞，或需要精確的鏡頭移動、走位時，會改由副控室以電腦遠端操縱，不論是鏡頭位移或變焦皆可輕鬆完成。

新聞棚內的攝影機，與其他節目或外景攝影機的不同之處，在於鏡頭前會置入一臺讀稿機，供主播作為提示之用。

傳統作法是在鏡頭旁以人工手舉大字報，但這會導致主播眼神不斷飄移，而讀稿機則可讓主播專心直視鏡頭，跟觀眾有更多眼神接觸，讓觀眾感覺主播彷彿在和自己分享一個故事。

圖 9-16　鏡頭前加裝的讀稿機，與下方的監看電視

若經費與空間許可，一個攝影棚中通常會設置多臺攝影機，且於播出時同時運作、切換使用。

在實務上，會分別使用不同的攝影機，設定不同的背景、運鏡、畫面配置等，隨著主播轉身面向不同鏡頭而切換訊號，塑造不同的視覺效果。

例如，有些主播偏好播報時不斷地「大轉身」，就是希望讓新聞播出的節奏更為緊湊、活潑。

或是同時使用多臺攝影機，拍攝棚內不同角度的背景，並將 2 個畫面訊號同時呈現在螢幕上，就可以塑造在不同地方連線的情境。

圖 9-17　雙框中的 2 人看似在不同地方，實際上在同一個攝影棚

㈣監看電視 (monitors)

攝影棚的現場通常會有多臺監看電視，播送不同的訊號，以供主播與現場工作人員使用。按功能分類，監看電視可分為以下 3 種用途：

1.即時訊號呈現

監看電視可播出即時訊號，顯示當下正在播出的畫面，或是其他攝影機、合成影像的呈現效果。

例如，主播可與觀眾同時看到正在播出的新聞，回到現場後即可回應或解說先前的新聞。

2.影像提示

這個功能常使用在虛擬攝影棚中。站在藍幕前的主播，由於背景是單一色彩，無法知道各項資訊的相對位置，但透過監看電視上播出的合成訊號，就可知道各項資訊的所在。

例如，氣象主播在虛擬攝影棚播報時，並不知道臺灣位在何處，但透過監看電視，在輔以手勢解說時，就不會把菲律賓指成臺灣了。

3.他臺節目同步監看

觀看競爭對手正在播出的新聞，便可根據其資訊，調整新聞的播出順序。

例如，當重大新聞發生時，主播能透過監看電視獲知他臺已掌握的資訊，便可於播報時適時加入。對於兼任製作人的主播來說，這項工作就更為重要了。

整體來說，新聞攝影棚中的各種監看電視，位置如圖 9–18：

圖 9-18　虛擬棚內的多臺電視，除可提示主播虛擬場景的相對位置，也可監看他臺

二、副控室 (sub-control room)

副控室可說是整個攝影棚的中樞，掌控各項機器與設備，並指揮所有工作人員。若新聞播出好比一場戰爭，那麼副控室就是一間作戰指揮室，負責控制並組合攝影棚所拍攝的影像與聲音。

副控室的設備依據種類，可分為視訊設備、燈光設備、音效設備與其他設備。各項設備雖獨立運作，互不隸屬，但若是某個環節出錯，也會連帶影響其他設備。

圖 9-19　電視臺副控室與各項設備

例如，若是燈光設備出了問題，光源不足造成許多陰影，則視訊設備必須調整雜訊增幅，彌補光源不足的瑕疵。

又如，音效設備若無法正常運作，則除了可能使視訊設備錄下「默片」，也可能讓導播與主播內部溝通的聲音播送到觀眾前。

各自獨立的設備，對於整個播出卻是環環相扣，馬虎不得。

㈠視訊設備

常見的視訊設備，包括視訊切換控制器、特效機、字幕機、動畫機、錄放影機、無線訊號切換器、攝影機控制器、監視器、讀稿機等。如下表所示：

表 9-2　副控室視訊設備

設　備	圖　片	功　能
視訊切換控制器		各項訊號匯集處。根據畫面需求，設定訊號切換指令 多組視訊切換控制器可同時操控多個訊號，將訊號傳送至特效機合成在螢幕上
特效機		負責製作與合成影像，為播出畫面做變化 例如，在鏡面上開設不同的框架與畫面、虛擬攝影棚的影像色彩嵌空等

字幕機		負責各種文字、圖卡的呈現 例如，新聞預告的跑馬、該則新聞的標題字幕、受訪者口白字幕等
動畫機		新聞播出時，鏡面上的小動畫、背景的圖卡、開框動畫② 等，皆存在動畫機中，並送至特效機合成
錄放影機		可錄製節目或播出新聞帶。在配置上，至少錄、放影機各 1 臺 通常各家電視臺會配置更多套錄放影設備，方便各種訊號迅速切換與使用 現在已改用電腦點選錄製、播帶
無線訊號切換器	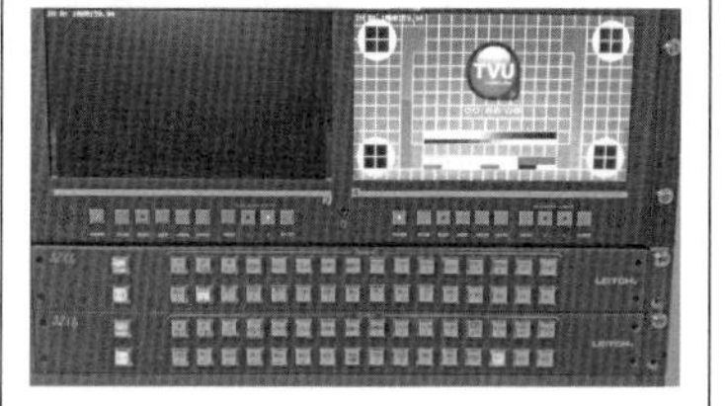	簡稱 NOC (network operation center)，是一種無線、衛星訊號的控制器，常用於 SNG 新聞播送、傳輸的影像收錄
攝影機控制器		遠端控制攝影棚內的攝影機，除了各種運鏡之外，還可控制攝影機的位移

② 開框動畫是指主播播報時，旁邊的畫面出現時的動畫效果。

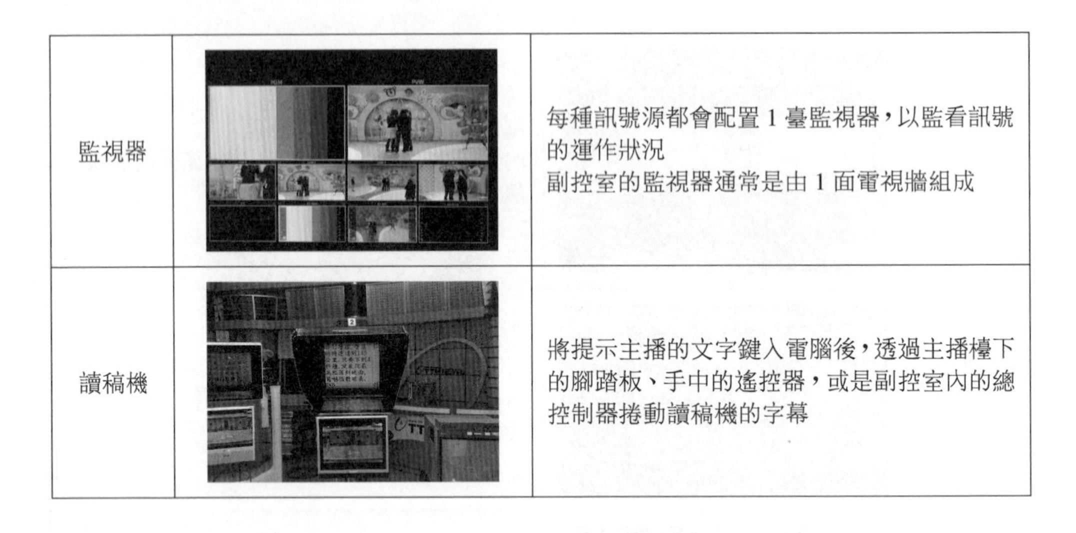

監視器		每種訊號源都會配置 1 臺監視器，以監看訊號的運作狀況 副控室的監視器通常是由 1 面電視牆組成
讀稿機		將提示主播的文字鍵入電腦後，透過主播檯下的腳踏板、手中的遙控器，或是副控室內的總控制器捲動讀稿機的字幕

㈡燈光設備

表 9-3　副控室燈光設備

設　備	圖　片	功　能
燈光控制器		控制攝影棚內各個燈光的開關與亮度

㈢音效設備

新聞播出時，除了主播的聲音之外，還會有其他聲音相互搭配，像是背景音樂、來賓的發言、事件現場的環境音等。處理這些音效的設備如下表所示：

表 9-4　副控室音效設備

設　備	圖　片	功　能
擴大機與混音器		所有音訊的整合輸出裝置，類似一般音響的控制盤，可調整音量並控制音訊的輸出與合成

無線麥克風訊號接收器		不論是別在胸前的迷你麥克風或手持麥克風，錄影現場的聲音來源通常都是無線麥克風，因此副控室就須安裝無線麥克風的訊號接收器
音源配置裝置		又稱為 audio patch ，為各種音訊來源的整合配置裝置
CD 播放器	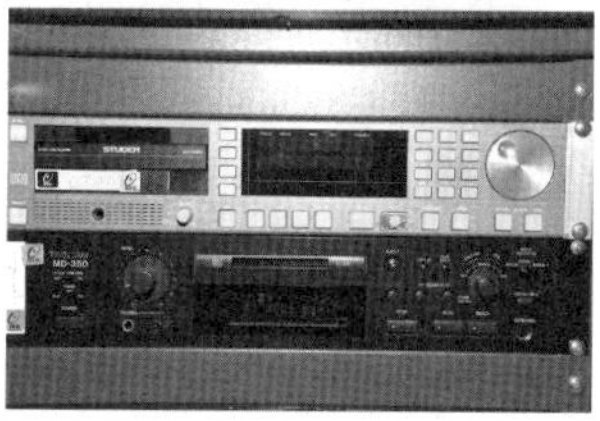	播放 CD、錄音帶的設備，通常用於播放背景音樂相似的設備有錄音帶播放器與電腦化的播放器

㈣其他設備

視訊與音訊設備，在播出的過程中扮演極為重要的角色，但仍需要其他非影音的輔助設備相互搭配，方能使播出順利進行。

表 9-5　副控室其他設備

設 備	圖 片	功 能
新聞編播系統		從記者寫稿、主管審稿、製作人製播、編輯修稿，以至於攝影棚內播報，新聞編播系統在整個製播流程中扮演極為重要的角色 現在的新聞編播系統甚至可以設定參數，讓讀稿機、字幕機等系統自動擷取，節省許多作業時間

對講設備		副控室的導播，隨時要與現場導播、棚內攝影師，以至於主播溝通，因此對講設備不可或缺通常主播會戴上隱藏式耳機接收指令，現場導播與攝影師佩戴耳掛式耳機麥克風，副控室內的導播則是用廣播系統溝通、下達指令

三、主控室 (master control room)

主控室是電視臺內部訊號整合與對外播送的窗口。所有節目訊號，不論是預錄的節目影帶，或是現場直播的訊號，都要先送到主控室處理後，才能傳送出去。

在非現場直播時，主控室收到各部門的節目影片後，會設定排程並按時播送。主控室也負責在適當時機插入廣告，並控制其播出狀況。

若是現場直播，就會與副控室或 SNG 車內的控制室合作。節目播出時，訊號由副控室控制。節目進廣告或結束時，訊號則切回主控室，播出廣告或其他節目。

圖 9-20　電視臺主控室與各項設備

主控室的設備與副控室幾乎相同，主要有切換各種訊號的控制盤、監看各種訊號的電視牆、播放預錄節目的放影設備，與各項訊號的接收與合成器，說明如下：

表 9-6　主控室各項設備介紹

設　備	功　能
訊號接收器	各項訊號的接收處，包括衛星訊號與各副控室的訊號
視訊切換控制器	各項訊號的匯集處，可根據畫面需求設定訊號切換指令 最常使用的功能是切換播出的節目與廣告，並將接收到的衛星訊號傳送至播出端或副控室
合成機	負責影像製作與合成，平常的工作只要合成電視臺標誌、節目訊號即可 碰到重大事件時，會透過預先設計的鏡面，合成節目訊號、快訊的跑馬等
字幕機	置入電視臺的標誌，以供與其他訊號合成 若碰到重大事件需要設定跑馬字幕時，同樣也須透過字幕機來設定
放影機	用以播出預錄好的節目影帶與廣告影帶 在配置上同樣會有多臺同時運作，提供多個訊號來源，方便各種訊號迅速切換與使用
監視器	每種訊號源都會配置 1 臺監視器，監看訊號的運作狀況 和副控室相同，通常也是由電視牆組成
對講設備	除了副控室需和攝影棚溝通外，主控室也需與副控室保持聯絡，像是主控室導播就必須透過對講設備，向副控室下達指令

貳、錄影相關人員的工作

觀眾透過螢光幕看到的新聞，乃至於節目間的廣告，背後需要龐大的團隊與複雜的分工方可完成。節目播出後，所有工作人員的名字會在螢幕上播放，下次不妨注意看看，到底有哪些分工吧。

以下將從攝影棚、副控室、主控室的各項分工，介紹錄影相關人員的工作。

一、攝影棚

㈠現場導播 (field director)

現場導播是副控室導播的左右手，也像是導播在棚內的代言人，負責傳達導播的命令，掌握攝影棚的所有狀況。例如，錄影現場倒數、溝通等工作，都由現場導播負責。

㈡攝影師 (cameraman)

拍攝過程中，攝影師通常都會配戴耳機與麥克風，根據導播的指示拍攝畫面；或是與導播溝通現場狀況，等候下一步指令。

根據攝影棚內單機或多機作業的情況，電視臺會配置 1 位至多位攝影師拍攝。

然而，隨著人事精簡與自動化設備普及，許多電視臺的非重點時段、不需要複雜鏡位變換的時段，則由副控室遠端操控攝影機，或省略現場導播的工作，改由攝影師兼任。

㈢主播 (anchor)

主播的工作是將新聞精準、清楚地傳達給觀眾。面對現場直播的鏡頭，主播除了傳達新聞資訊，還得作為電視臺的門面，吸引觀眾的注意力；遇到突發狀況時，還要能處變不驚，即時掌握、整合所有資訊並告訴觀眾。

錄影時，主播通常會戴上耳機，副控室的導播與製作人藉此傳達指令或訊息，因此主播常得一心多用，除了邊說、邊思考，還得接收耳機內的訊息，沒有高度的專注力與經驗，很難勝任（更詳細的內容請參閱第十章）。

二、副控室

㈠導播 (director)

在播出過程中，導播要對整個攝影棚、副控室的成員下指令，處理各項突發狀況，並控制訊號、切換設備，全權掌控整個播出流程，對節目能否順利播出負責。

㈡製作人 (producer)

該節新聞或節目的製作人，須根據節目的性質與時段，決定新聞播出的順序與討論的議題，以及整個節目的統籌規畫工作。

在新聞播出時，要特別注意新聞是否照原訂規畫進行。例如，在主要新聞時段(prime time) 須注意所有新聞帶是否到位，若帶子因故無法送回，或有突發事件需要插播等，製作人都要依當時情形判斷，更改新聞播出的順序與內容。

㈢助理導播 (assistant director)

主要工作為協助導播，並負責影片與現場倒數、計時，以及查驗、播放影帶等。

此外，部分助理導播也須代替導播與主控室聯絡，並根據導播及主控室的指令，切換副控室與主控室的播出訊號。

㈣技術指導 (technical director)

技術指導的工作在於，確保攝影棚與副控室的設備能正常運作，因此須對所有機械瞭若指掌。

播出前後均須確認所有設備的運作情形。播出時須協助導播，並排除所有突發的機械故障等狀況。

㈤音訊工程師 (audio engineer)

音訊工程師負責控制所有音源的輸出與輸入，平衡各種音源的音量。

通常在播出前，會先確認主播與來賓的音量與音質，並於播出時適當調整，以免音量不足或爆音。若講話聲音產生重大變化，或麥克風出現問題，都要立即調整。

㈥視訊工程師 (video engineer)

視訊工程師的工作主要是確認所有訊號來源無雜訊、色相偏差等問題。播出時，也要與助理導播合作，協助播帶、側錄、確認所有影像來源無誤等工作。

㈦字幕工程師 (subtitle engineer)

負責提供字幕與圖卡，包括主播與來賓的名字、新聞的主標題及各式副標、字幕等。此外，特殊事件的新聞跑馬，以及其他呈現在鏡面上的天氣、彩券號碼等資訊，也須透過字幕工程師操作。

通常這些資訊都已與新聞編播系統結合，只需注意參數是否正確輸入即可。

㈧燈光師 (light director)

燈光師負責控制棚內燈光的配置與效果。根據不同的時間、情境與節目的性質，選用適合的燈具、數量，強調畫質與色調，塑造不同的光影變換。除了要能讓攝影機在足夠的光線下拍攝，還得將藝術層次上的訊息傳達給觀眾。

㈨編輯 (editor)

每節新聞都會有編輯團隊負責。新聞播出時，至少會有 1 位編輯在副控室協助導播與製作人。

編輯主要的工作是根據製作人的指令，調整當節新聞的順序；也須與攝影棚外的新聞連線團隊保持聯絡，作為製作人的窗口。有突發事件時，也得即時接收資訊，通知主播與製作人。

三、主控室

主控室的人員配置與副控室類似，主要的工作也包括播帶與訊號切換等，為節目播出前的最後一關。以下為主控室的主要工作：

㈠訊號接收、播送

不論是副控室傳送的現場直播訊號、透過衛星傳送回來的新聞報導或連線，或是將電視臺的節目透過衛星傳送到所有的接收端，主控室作為極重要的中介者，得將訊號分配到該接收或發送的地方。

㈡影帶播放、管理

這裡提到的影帶包括節目帶與廣告帶。在非現場直播的時段，所有節目帶都會送到主控室待播，並根據各節目帶事先設定好的節目資訊（例如破口、進廣告的時間等）來切換節目與廣告。

在現場直播的時段，則須與副控室相互聯絡，確認廣告及交接的時間，讓節目與廣告能無縫接軌。

以前這項工作必須透過人工不斷切換，只要一個環節出錯，黑畫面或停格許久的狀況就會發生。之後機械手臂等自動化設備出現，出錯頻率減少；現在都已透過電腦排程，自動切換節目與廣告。

㈢影像監控

影像監控主要是為節目播出做最後把關，並於播出時同步監看整個節目的播送狀況，確保一切流程順暢無誤。主控室內負責影像監控的人員，必須每日撰寫監控報告，記下節目出錯之處，作為各部門檢討之用。

㈣設定字幕與跑馬

在電視節目畫面的角落都會出現電視臺標誌，這些不是在後製或現場直播的訊號中就已加上的，而是透過主控室的字幕機加上的。

此外，部分電視臺還會加上節目名稱的截角，或是在重大事件發生時，在畫面側邊加上滾動的字幕跑馬，提供觀眾即時訊息與節目異動狀況，這些也都得仰賴主控室的字幕機。

參、棚外錄影

各家電視臺為了搶快，在各節新聞中都會有部分新聞採取現場連線報導；甚至碰到重大事件或節慶時，還會將攝影棚、主播檯搬到戶外去，帶領觀眾感受「新聞現場」的氣氛。

若副控室是掌控棚內直播現場的司令室，那麼棚外錄影、直播的核心就是 SNG 車了。

圖 9-21　棚外錄影現場

SNG 車內部就像是副控室與剪接室的迷你版，除了有剪接設備之外，還有副控室的訊號切換、影像傳輸與接收的機器，讓新聞團隊在戶外也能做到基本的錄影、播送工作。

例如，2012 年 10 月 16 日，中天與中視電視臺大樓的攝影棚發生火警，棚內新聞直播中斷，因此就將主播檯搬到戶外 ，利用 SNG 設備繼續播出新聞。如此克難的情境無法合成字幕等動畫，但卻成為電視新聞鏡面最為乾淨的時候。

圖 9-22　因攝影棚失火，主播與團隊克難播出

比起棚內錄影，棚外錄影的變數更多，不論是場景、光線、聲音等各項配置，都要特別注意才能達到良好的拍攝效果。以下將介紹棚外錄影可能碰到的狀況，以及預防與解決的辦法。

一、棚外的混雜程度

戲劇或節目出外景常會吸引民眾圍觀，遊行示威的激動人們也可能會衝到鏡頭前表達訴求。若是讓民眾在現場任意活動，除了可能影響錄影品質，也可能會因為推擠而造成意外。

因此，錄影現場的混雜程度必須確實掌控，必要時須「清場」，或設立管制區域，排除非相關工作人員。

此外，使用戶外場地前，也可與管理單位申請使用權，一來避免使用爭議，二來也可確保不被閒雜人等干擾。

二、棚外環境

棚外錄影不像棚內錄影可以調整布景、物件的位置。棚外的地形也不見得和棚內一樣平坦、安全，隨時可能會有「不速之客」，例如落石、棒球，或突然闖進的動物，對主持人或來賓的人身安全造成影響。

棚外錄影前，必須確認現場所有事物的分布狀況，了解哪些地方可能是「紅色警戒」區，在安排走位、道具時即可避免。

錄影時，工作人員必須隨時注意任何風吹草動；若發現苗頭不對，就要執行備案或中斷錄影，一切以安全為前提。

三、棚外天候

攝影棚內有多盞燈光照向檯前，也有空調設備保持舒適溫度，但場景挪到戶外時，這些都會受現場天候狀況影響。

最適合拍攝的天氣是有雲的晴天，或多雲。比較適合的拍攝時間則是早上 8、9 點前和下午 3、4 點前後，再根據季節而有所調整。

這是因為陽光太耀眼，光影反差會變強。天氣太陰暗，質感和色彩又會拍不出來。颳風下雨時，機器進水、鏡頭起霧說不定會發生，超過百萬元的機具有可能就此毀壞，不可不慎。

此外，室外溫度太冷或太熱，除了可能造成器械故障，對於穿著整齊套裝的主播來說，也是一大考驗——炎熱時汗流浹背，妝容花掉多回；寒流來襲時，狂風吹亂了造型，也得忍著哆嗦為觀眾報導新聞。

為因應瞬息萬變的天氣，可先從氣象預報室掌握相關數據，預擬多個計畫。

在光線方面，戶外拍攝除了可使用燈具，也可適當利用白板作為反光板或人工光源，當陽光太強或太弱時，即可取代陽光作為主光。原則上，就是讓拍攝主體對著光源，陰影處則以反光板或人工光源來補光即可。

溫度則較難控制，只能根據當時的情況調整人員的妝髮，並倚賴風扇或加熱器來輔助，盡力營造適合的拍攝環境。

例如，主播在東北季風來襲時，冒著低溫播報新聞，在鏡頭看不到的地方就有好多加熱器隨侍在側，甚至在主播檯底下還得蓋上厚棉被保暖。

又如，天公不作美，颳風下雨把衣服、彩妝全部打亂，也得敬業地在鏡頭上呈現最好的一面，可見戶外播報有多麼辛苦。

圖 9-23　主播在外不畏風雨播出，鏡頭外工作人員也辛苦維持播報環境

四、棚外收音

攝影棚為隔絕外界聲音的干擾，除了使用精密的麥克風收音，更會使用極佳的

隔音設備與材料。

然而，走到攝影棚外，有許多的「自然音」(natural sound)，或許是天籟之聲，也可能是噪音，但只要影響到收音效果，都被視為「雜音」。

雜音理應消除，但棚外音源無法掌控，像是示威遊行、蟲鳴鳥叫、風「呼呼」吹的聲音，都是無可避免的。

因此，只能靠事前準備與器材加以補救。例如，若知道某些時段、地點會有雜音，就可先行避免，或是與當事人溝通，預先移除這些因素。

盡力排除變數後，接下來就得靠器材與技術來補救。例如，透過指向性麥克風可捕捉到最多的人聲，減少自然音的干擾。此外，透過各項音控數值的微調，也可消除部分雜音，讓聲質更為清晰。

肆、結　語

攝影棚是攝影活動的場景，靠著美工人員用三夾板做出氣派的景片，或用電腦動畫合成不同場景，還可將場景拉到戶外，營造直擊現場的情境。

觀眾看到的是鏡頭前的世界，其實鏡頭以外的地方，可是超乎一般人的想像，有著無限可能。

除了攝影棚內美麗的場景，與光鮮亮麗的主播或主角之外，幕後副控室、主控室內，更有為數不少的工作人員，是你我無法輕易見到的無名英雄。

整節新聞的播出，需要一個團隊精神強的組織方可完成。曾有主播在播報新聞時做其他事，或說出不得體的話，幕後團隊又不經意將這些畫面傳送出去，結果使主播從此消失於螢光幕前，也賠上整個電視臺與新聞團隊的名譽，不可不慎。

其實在新聞播報完，副控室將畫面切到新聞片尾或廣告時，主播會摘下別在身上的麥克風、耳機等設備，一邊收拾稿子，一邊大聲地說「謝謝導播！謝謝大家！」感謝幕後工作人員的辛苦，因為他們不像主播容易被人看見，但也是需要受到肯定的。

所以下次看新聞時，不妨好好注意片尾工作人員名單，為他們鼓勵一番吧！

習題

1. 何謂攝影棚？是不是任何地方都可能變成攝影棚呢？
2. 攝影棚的基本設備包括哪些？
3. 通常攝影棚要有幾臺攝影機？何謂 2 機作業？何謂 3 機作業？多幾臺攝影機有什麼差別？攝影時通常不只使用 1 臺攝影機，用意為何？
4. 攝影棚的布景可以分為實體景與虛擬景，請問各自的優缺點為何？你偏好哪一種？為什麼？
5. 虛擬攝影棚又可分為 2D 與 3D 的攝影棚，差別為何？
6. 不論棚內或棚外攝影，光線都相當重要。設置光線時，應該注意什麼？
7. 主控室與副控室的差別為何？主控室與副控室分別有什麼設備？
8. 請簡述現場直播時，攝影棚與副控室內，各個工作人員的分工。
9. SNG 車內有剪輯設備、小型副控室，以及衛星訊號的發射與接收器，好比 1 個小型攝影棚。這是否意味著，若只有 SNG 車也能獨立播出節目？
10. 棚外攝影可能會有哪些狀況？該如何避免與解決？

第十章　如何成為好主播

在這一章你能學到：

1. 什麼是主播合宜的穿著、儀態和氣質
2. 如何從發音語調和斷句中學習悅耳的播報技巧
3. 如何培養主播的專業
4. 主持電視訪談要如何掌控全局問出好問題

主播有兩種，一種是以口調、聲音、美貌、臺風取勝，臺灣、中國大陸和日本的主播多屬於這類，以年輕女主播為多。

另一類主播則是刻意挑選年紀較長、經驗豐富、形象良好、觀眾信任的資深記者為主，英、美、德、法等國的主播多屬於這類。

以美國為例，哥倫比亞廣播公司 (Columbia Broadcasting System, CBS) 的名主播丹・拉瑟 (Dan Rather) 在 1981 年從華特・克朗凱 (Walter Cronkite) 手中接下晚間新聞主播一職時是 49 歲，已有 20 年的記者資歷。他在主播檯上又工作了 23 年後，直到 72 歲才退休。

美國的主播女王芭芭拉・華特斯 (Barbara Walters)，即便已過耄耋之年，還在從事新聞播報、人物專訪的工作，直到 2014 年，才以 85 歲的高齡從主播檯、記者退休，結束長達 53 年的廣電生涯，轉任美國廣播公司 (American Broadcasting Company, ABC) 監製。

在新聞節目中，主播就像船錨① 一樣重要，但並非所有坐在主播檯上的人都可稱作主播，不稱職者就只是個「播報員」(reader)。

面對現場直播的攝影鏡頭，主播的專業能力特別受到考驗。要如何精準、確實地表達新聞資訊，又能吸引觀眾的注意力，除了反應力和經驗的累積外，天分和努力缺一不可。主播看似是一個唸稿子的簡單工作，但其實是個高度專業又具有挑戰性的行業。

① 主播的英文 anchor，原意即為船錨。

壹、主播必須讓人賞心悅目

現在年輕主播當道，有優秀的播報技巧和亮麗外表固然重要，但由經驗累積出來的專業能力，與新聞責任的自我期許，卻是一位主播無法被他人替代的珍貴資產。

然而，實際上不管衛道分子或學院派如何抨擊主播明星化或花瓶化，觀眾不分文化、國別，總是比較喜歡看面貌姣好、聲音悅耳、氣質合宜的主播報新聞。這是事實，也無須規避。

美麗有很多面向。在主播檯上，端莊優於豔麗，親和勝過美貌，主播需要合宜的氣質作為創造知性氛圍和傳遞可靠訊息的橋梁。

主播的訓練包括聲音、表情、語調、臺風甚至穿著打扮，缺一不可。

一、合宜的穿著打扮

目前臺灣有超過 15 個頻道製播新聞，各臺主播無不以各種方式突顯自己。但過度的英雄主義甚至「藝人化」皆不足取，無助於觀眾對新聞事件的理解。簡單整潔、不使人分心才是最好的策略，以下分述之。

㈠棚內主播的穿著打扮

1.服　裝

選擇常見和基本的顏色即可。太鮮豔、條紋或幾何圖案的衣服容易使觀眾分心，也會造成視覺上的額外負擔。

太亮或太暗的顏色會使攝影師必須調整光圈，所以也不適合。即便調整了光圈，也容易使其他背景過亮或過暗。

和背景相近的顏色或圖案也應避免。例如，穿著與攝影棚的藍幕或綠幕顏色相近的服裝，容易造成新聞動畫合成時的困擾。

另外，也要依播報現場的情境和節奏來挑選服裝。例如，晚間新聞需要正式的套裝，而晨間新聞可以選擇輕鬆和亮色的款式，在襯衫外面搭配背心或毛衣。至於颱風天的外景播報，則以輕便為上。

2.化　妝

女主播上基本彩妝即可，看起來氣色好就是最佳的情況。太引人注目或特異的顏色，例如深綠色眼影、鮮紅色唇膏等，反而不恰當。

男主播只要用粉底打底即可，不需畫眼影、眼線。

3.首　飾

女主播可選配適合服裝的首飾，以呈現高雅、符合禮儀，但盡量避免垂吊式耳環，因為這類耳環會隨著主播的頭左右晃動，干擾觀眾的視覺。

4.髮　型

女主播留長髮容易讓人感覺沒精神，過短則顯得不莊重，通常以過耳不過肩為原則。男主播同樣不宜蓄長髮，平頭或太短的頭髮也顯得突兀。

主播頭髮的長短樣式沒有公式可循，也沒有學理可考，符合觀眾的直覺期待較容易被接受。

㈡棚外文字記者播報時的穿著打扮

文字記者經常要在外面做 stand 播報 ， 或臨時去支援突發事件做 SNG 現場報導，因此也要注意穿著。

女性記者通常也會上妝或攜帶化妝品，以備不時之需。雖說不用像棚內主播一樣的妝扮，但也需注意在鏡頭前是否賞心悅目。

二、從容大器的氣質儀態

㈠棚內主播的氣質儀態

1.肢體語言

主播要很有精神、態度沉著、反應靈活，並散發自信，但沒有經驗的主播往往過於強調肢體語言，反而轉移了焦點，有時還讓人覺得突兀、不協調。

如果主播在播報時需要走動，事前一定要跟攝影師演練好移動路線。如此一來，主播便能穩定維持在畫面內，才不會為了不走錯位置而顯得不自然。主播保持從容不迫的舉止，觀眾才會對報導更有信心。

2.眼　神

主播要篤定地注視鏡頭，直接接觸觀眾的眼神，這是取得觀眾信賴的第一步。若現場有受訪者，主播的角色就是代表觀眾和受訪者互動，這時眼神就須自然地注視受訪者。

3.消除緊張的方法

人在鏡頭前難免緊張，資深主播也不例外。這不是壞事，因為人在緊張時分泌的腎上腺素，能使精神更集中。

消除緊張的方法包括很常見的深呼吸等，但最重要的莫過於充足的事前準備和經驗累積，經驗愈充足愈能在鏡頭前處之泰然。

㈡棚外文字記者播報時的氣質儀態

文字記者在上鏡頭時必須注意的事項和主播在棚內雷同，需要和攝影記者協調，了解現場狀況和走位動線。

貳、主播的話語必須悅耳動聽

凱勒與霍金斯指出，一個好的口語表達要注意 6 個項目：發音 (enunciation)、斷句 (phrasing)、音調 (pitch)、速度 (pacing)、語調 (tone) 與重音 (emphasis)(Keller & Hawkins, 2002)，分述如下：

一、發　音

一般人講話習慣將很多字含糊帶過或縮短尾音 (即「吃字」)，這發生在日常對話中不致引起太大的困擾，但在播報新聞時就有可能導致誤解。例如：

（×）1 個不經意的壞習慣，「翠」此付出了慘痛的代價。

（○）1 個不經意的壞習慣，「卻為」此付出了慘痛的代價。

吃字最常發生在配音最後的臺呼中，例如：「記者彭××、廖○○的報導」。大部分記者會草草唸過臺呼，但讓觀眾聽清楚記者的名字，不僅是基本禮貌，也是一個讓觀眾認識自己的好機會。

一般人其實不用太在意發音，因為面對面溝通比較不容易聽錯。但主播透過鏡頭面對觀眾，聲音和距離的遙遠感，再加上主播說話速度通常很快，若咬字不清就會讓觀眾聽起來很吃力。

二、斷　句

斷句有調節呼吸、強調重點、美化節奏和變換音調等四大功能。斷句就像樂曲中的休止符，有 16 分之 1 拍、8 分之 1 拍等，讓節奏更多變。更重要的是讓觀眾的耳朵在短暫休息後，能享受更悅耳的聲音。

然而，斷句的方式不同，整句話的意思往往也會跟著改變，不可不慎。例如，「幹細胞」新聞炒得火熱時，有些事前不順稿的主播臨場一唸，就出了讓人噴飯的紕漏。以下再舉一例：

「下雨天留客天留我不留」這句話可以有多種解讀，端看如何斷句。僅舉其中 2 種如下：

1. **下雨天留客，天留我不留**。（下雨天時留住客人，主人自問，天要留人，但我不願留）
2. **下雨天留客，天留我？不留**。（下雨天時留住客人，客人自問，天要留住自己嗎？最終決定不留）

此外，政治新聞也發生過類似的斷句謬誤。以下 2 個例子在觀眾聽來會是完全不同的意思（下文以「//」表示斷句位置）：

1. 身兼政黨發言人的 S 大學教授羅××，才剛結束中國行的兩岸研討會，卻被名嘴陳○○砲轟「三流 // 大學教授」，如果不是因為政治因素，哪去得成？
2. 身兼政黨發言人的 S 大學教授羅××，才剛結束中國行的兩岸研討會，卻被名嘴陳○○砲轟「三流大學 // 教授」，如果不是因為政治因素，哪去得成？

第一句話的意思為「三流『的』大學教授」，第二句話的意思則為「三流大學『的』教授」，批評的對象也因而改變，意思完全不同。

三、音　調

主播如果只用同一個音調說話，就會像機器發出聲音一樣，很難帶觀眾進入新聞的情境，讓觀眾感到無聊和煩躁。合宜的音調變化則可詮釋新聞、引領情境，讓播報流暢悅耳，也使話語負載感情。

音調的變化還有標示重點的功能。例如，1990 年代的知名綜藝節目「超級星期天」的開場白「超級星期天，SUPER！」若以一般音調詮釋，效果便不如高 8 度音後的版本來得聚焦。

此外，音調變化還可表達各種複雜情緒——高音突顯喜悅、興奮、緊張，低音表達沉痛、憂傷、感慨。例如，主播在播報颱風災情與體育賽事的新聞時，音調必然不同。

當一句話以較高的音調做結，通常聽起來會像是一個問句。例如，「今天上午還是風和日麗，但是到了下午，鋒面過境會帶來一場豪大雨？」就給人一種不確定感。若以較低的音調做結，則會給人篤定的感覺，適合用在評論或總結。

剛開始練習播報時都會有音調變化不足的情形，建議多聽聽其他有經驗的主播播報新聞，再透過模仿來練習，或是把自己播報的聲音錄起來，請一些不同年齡層的朋友幫你聽、提供建議。

四、速　度

另一個技巧是變換句子的步調，也就是唸句子的速度。主播若能巧妙運用速度來詮釋新聞，也能強調出重點，還能讓觀眾隨著節奏呼吸喘息。

例如，「守備失誤連連、打擊熄火，金鶯吞下 3 連敗」這個句子可以分成 3 小段，用不同的速度唸唸看，會得到不同的效果：

1.第 1、2 段放慢，最後 1 段加快：

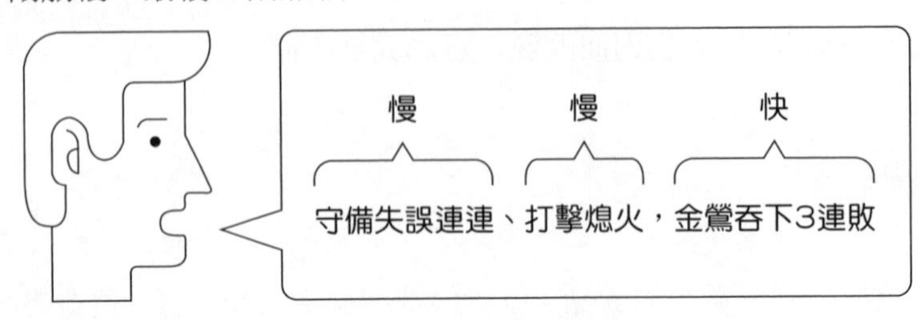

2.第 1、2 段加快，最後 1 段放慢：

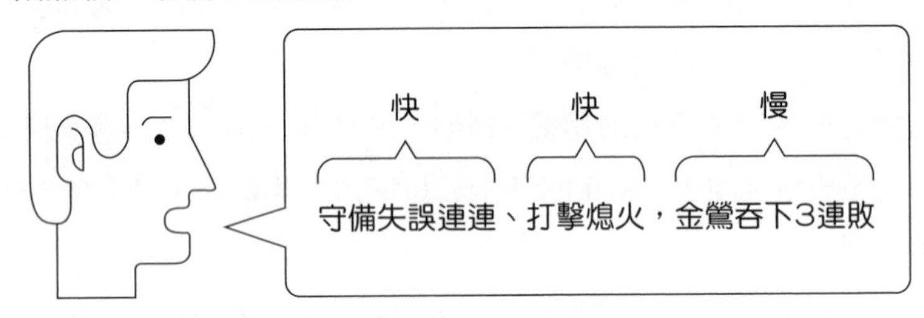

3.第 1 段加快，第 2 段放慢，第 3 段再加快：

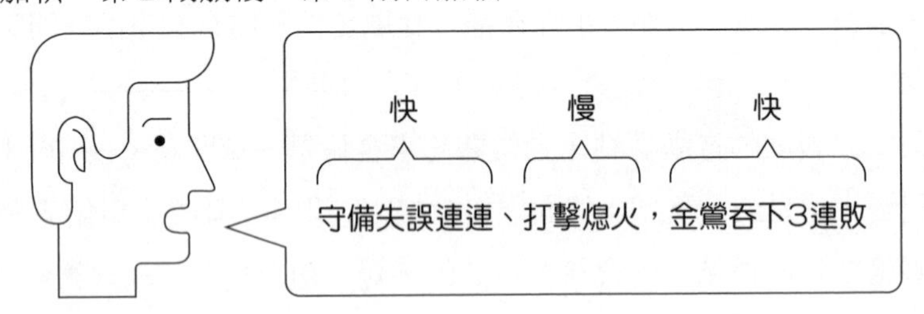

放慢語速的地方，通常是重點所在。以上述範例來說，範例 1 強調金鶯隊的攻擊、守備都出問題；範例 2 強調「3 連敗」恐怕對常勝軍來說，是相當丟臉的事；範例 3 則強調原本打擊猛烈的金鶯隊，打線表現不佳。

不論語速如何配置，最重要的是適當的節奏，讓觀眾聽起來順暢不違和。

五、語　調

語調是情感、音調和速度的綜合體。例如，我們會用低沉的音調表達沉重，高亢的聲音則會因為程度的不同，而流露愉悅溫暖，或反映激動憤怒。此外，我們也會用簡短的用字表示果斷的意志，或以銳利的口吻表達負面的情緒。

至於主播，則更是必須運用語調來表現情境。除了不同的主題要用不同的語調，就連訪問時也要不停變換語調來開啟新的話題。

例如，主持人要訪問總統，一開始可用輕鬆的語調提出「最近家裡的愛貓、愛犬怎麼樣」之類的輕鬆話題，讓受訪者緩和緊張情緒、鬆懈心防，為後續較嚴肅或敏感的話題鋪路。

一旦主持人要切入正題時，語調就可以時而沉穩、時而急促，配合變換的語調，或追問、或質疑。這猶如文章的起承轉合，有助於掌握受訪節奏，對觀眾進入情境亦有所助益。

六、重　音

重音與音調的不同之處，在於重音有特別的聚焦功能。底下以這句耳熟能詳的《聖經》金句為例：

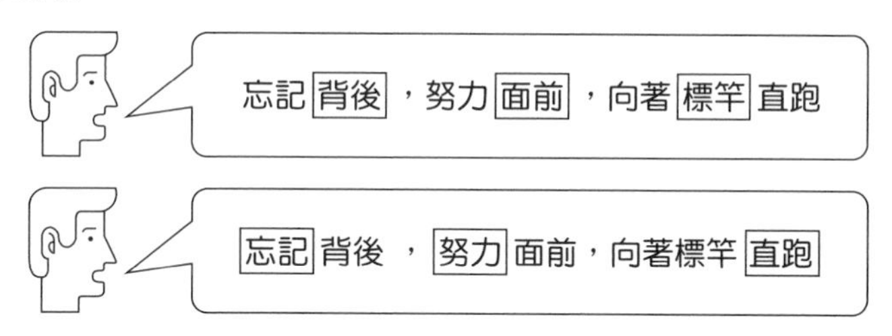

把重音放在「背後」和「面前」，是要聚焦於現在和過去的對比，闡述事物或情境在兩個時間點之間的落差。把重音落在「標竿」，則有強調「目標」之意味。

把重音放在「忘記」和「努力」，則是要強調遺忘和努力活在當下的對比。把重音落在「直跑」，則是聚焦於堅持信念、努力不懈的行動。

從以上的分析可知，口語表達要做到好，必須同時關注多種面向，而訣竅無他，就是多練習，找出最適當的搭配。以下舉音調、速度與重音的其中 4 種組合方式為例：

1. 每個字的速度都保持一致，而且盡量不改變音調：

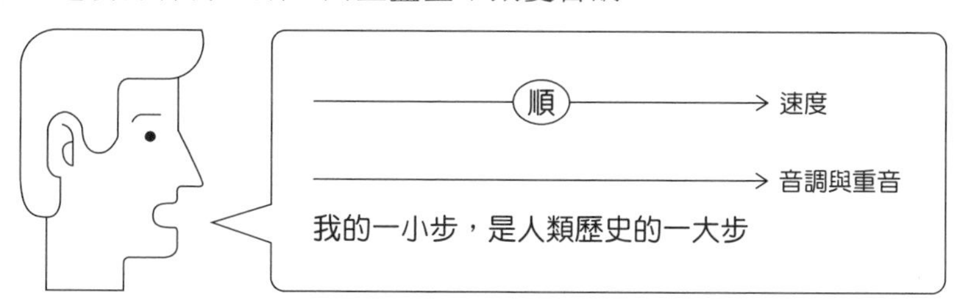

2.分成 2 段，用下沉的音調在第 2 段放慢速度，並強調「一大步」：

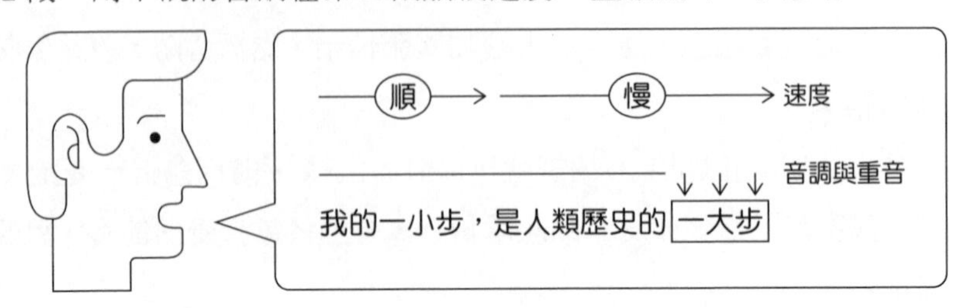

3.分成 2 段，第 1 段放慢，第 2 段加快。重音放在「我的」以及「一大步」：

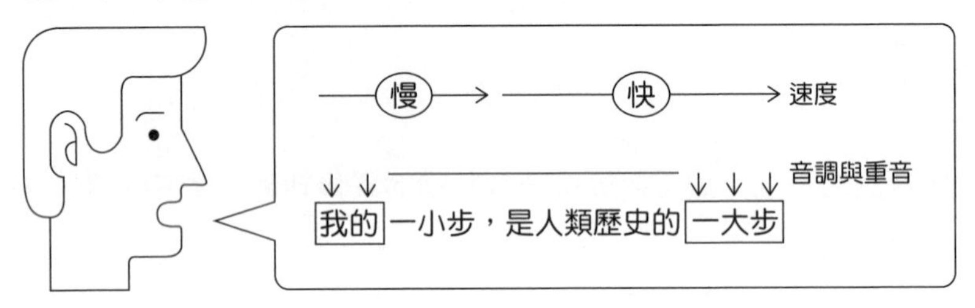

4.分成 2 段，第 1 段放慢，第 2 段加快，並且把重音放在「一小步」上：

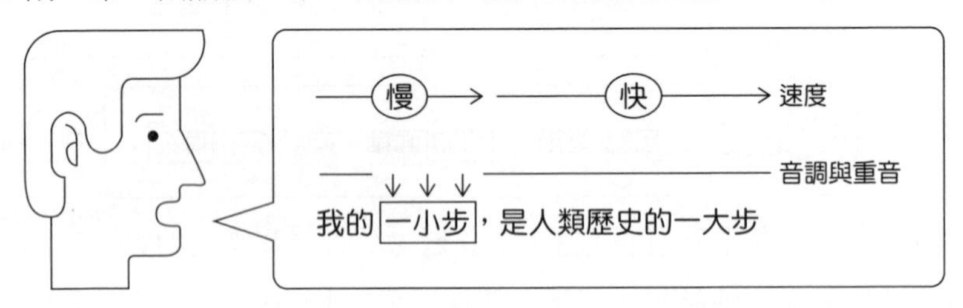

總而言之，善用這些技巧是很重要的，它們不僅能幫助你更精確地傳達意義，甚至還能進一步塑造個人形象。業界有許多主播久而久之都會養成自己的風格，甚至成為一種流行文化。

例如，前台視新聞主播盛竹如，緩慢沉穩的聲音，儼然成為類戲劇的最佳代言人。又如，前緯來體育主播徐展元，用「變了心的女友，回不去了」、「好想要贏韓國」等經典播報詞句，讓他一夕暴紅。

在主播多如過江之鯽的年代，善用自己的優勢，就能為自己打開知名度。

參、主播是專業還是花瓶？

一、什麼是主播的專業？

不論是外表、聲音，或是觀點、態度，透過這些口語和非口語訊息，主播可以說是整節電視新聞和新聞臺的形象代表。

觀眾會透過主播的稿頭，決定要不要繼續收看，更重要的是主播的形象能不能欣賞和信任？主播的專業素養能不能反映在新聞的篩選和詮釋上？這些形於內或表現於外的素質，都是主播展現專業，有別於「花瓶」之譏的分野。

卡斯卡特曾分析 62 位受訪者對電視新聞主播的印象，其中最符合觀眾需求的類型具有以下幾個特質 (Cathcart, 1970)：

1. 知識充分、經驗豐富的新聞權威。
2. 不只是讀新聞，必須清楚自己所說的每一句話。
3. 播報時有自信而且篤定。
4. 告知觀眾而非說服，報導客觀而不涉入個人意見或情緒。
5. 沉穩熟練，態度輕鬆而不輕浮，不突顯個人。誠實不誇張，真誠值得信賴。
6. 使複雜的新聞條理清晰、簡單易懂。
7. 遣詞用字精準，不會冗言多話。

馬克漢則讓北伊利諾大學的 596 名學生，在觀賞完播報的影片後填寫量表，分析出 8 個影響電視新聞播報人員之「可信度」的主要因素 (Markham, 1968)：

1. 對新聞內容的陳述方式合於邏輯且一致。
2. 新聞內容本身是否合乎邏輯。
3. 播報的態度是否合宜。
4. 態度是否堅定明確而又能兼顧輕鬆。
5. 是否有同理心且值得信賴。
6. 報導是否持平客觀。
7. 講話速度是否快慢得宜。
8. 是否開朗樂觀、親切隨和。

除了上述特質之外，主播也要具備即席報導的能力，並對新聞內容有所了解，才能表現專業的權威（黃新生，1994）。主播必須經得起民眾、團體、學者的檢視，其立場、專業度、用字遣詞，可說是無所遁形。

例如，CBS 的招牌新聞節目「60 分鐘」(60 Minutes) 的王牌主播丹・拉瑟，在 2004 年的一則報導中，出示美國前總統小布希 (George W. Bush) 服役期間受到優待的備忘錄，但經過鑑定之後，證實這份文件根本是偽造的。

丹・拉瑟在第一時間向全美觀眾公開道歉，但 CBS 已聲譽掃地，高層幾乎全部下臺，而丹・拉瑟 40 年的專業形象也毀於一旦，以辭職收場。這個事件帶來「知恥近乎勇」的省思。反觀臺灣，有主播因為錯報重大新聞而下臺的嗎？

當遭遇突發的新聞狀況時，正是檢驗主播的最佳時刻。因為主播唯有具備廣泛的新聞知識，才能帶領觀眾了解來龍去脈。

成為主播前的採訪經驗，像是記者實際跑新聞所遇到的各種問題，正是新聞知識的基石。基於這些基礎，並在攝影棚累積即時處理消化、掌握各方訊息的能力，也是需要不斷培養的。

二、主播的基礎訓練

像林書豪這樣一位萬眾矚目的籃球球星 ，私底下要經過無數的體能和心理訓練。如俗話說：「臺上 1 分鐘，臺下 10 年功。」才能如《聖經》所言：「含淚撒種的，必歡笑收割。」

運動選手必須每天自主訓練，確保每一塊小肌肉都能被鍛鍊到。此外，國外每一個球星，幾乎都有心理醫師訓練他們的心理成熟度。這樣全方位的訓練，才能培養出傑出的選手。

一位優秀的主播，平日也要做好各種訓練。例如，發聲、咬字、閱讀、穩定情緒等。臨上臺前，更是要如運動選手一樣，做各種暖身練習，以下將詳細介紹。

㈠暖　身

播報員就像是運動員，在正式播報前需要暖身運動，讓肌肉溫暖而放鬆。從呼吸、聲帶、嘴唇、舌頭，甚至是臉部的肌肉，都是暖身時需要注意的部位。

具體來說，你可以試著不斷發出以下這些音來暖身：

1. 碰撞嘴唇的子音，例如ㄅㄅㄅㄅㄅ。
2. 與腹部發聲有關的音，例如ㄏㄏㄏㄏㄏ。
3. 其他不同嘴型的音，例如ㄒㄒㄒㄒㄒ。

㈡呼　吸

1.腹式呼吸法

腹式呼吸法是正確的呼吸方式，有助於發音更紮實，也讓說話不容易累。

實際作法是吸氣後肚子會漲漲的，有壓迫到橫膈膜[②] 的感覺。另外建議練習時採取平躺的姿勢，如此便能更自然地帶動腹式呼吸。

2.空氣的呼出

完整地吸入空氣後，有兩個出口可以呼出空氣：鼻腔與口腔。通過鼻腔的空氣會發出濃濃的鼻音，通過口腔的則會振動聲帶，所以後者是比較好的發聲管道，能讓聲音更圓潤悅耳。

㈢忌　口

靠聲音吃飯的人都會很重視聲帶的保養，其中最重要的就是忌口：

1. 過於油膩的食物與牛奶都不能碰，因為聲帶會被包住，沒辦法完整地震動。
2. 咖啡因會讓聲帶變緊。
3. 碳水化合物會使人胃脹，沒辦法正確地呼吸。
4. 酸性食物會刺激唾液分泌，影響播報者的咬字、語氣和節奏控制。
5. 辛辣的食物會傷害喉嚨。
6. 燒烤、上火的食物容易讓聲帶乾燥、緊縮。
7. 酒容易讓人反應遲緩、音質變差、手心冒汗，最嚴重的是會讓人上癮，影響工作品質。烈酒尤其傷害喉嚨，更要完全杜絕。

---

② 橫膈膜 (thoracic diaphragm) 是哺乳動物體內的 1 層骨骼肌薄膜，延展及肋骨底部，將胸腔與腹腔相分隔，對呼吸執行重要功能。

8. 抽煙會傷肺，使呼吸變短促，沒辦法正確發聲，還會讓喉嚨變乾或容易咳嗽。
9. 毒品也千萬不要碰。毒品對音質的影響可見英國伯明罕大學 (University of Birmingham) 在 2010 年製播的反毒廣告③，對比了已故美國歌手惠妮・休斯頓 (Whitney Houston) 吸毒前後的嗓音變化，最後以「有任何問題嗎？」(Any Question?) 結尾，震撼力十足。

㈣備　稿

進攝影棚前，主播一定要熟悉新聞稿的內容，唸過幾次，把稿順過，還要準備一些話來串聯上下則新聞，把恰如其分、引人入勝的「哏」練習幾遍。

目前臺灣有部分主播習慣「解釋」新聞，把稿頭說得又長又複雜，甚至喜歡賣弄文采，或是在進畫面之前就把新聞說完了。這固然可以「博鏡頭」，但對觀眾而言這都是多此一舉。

肆、主播@新聞現場

觀眾多半會根據主播是否出錯、新聞影片是否有黑畫面等，來判斷新聞播出是否圓滿順利，而這些最基本的環節，其實都是群體合作的結果。

一、導播的指令

新聞播出時，現場導播的指令內容大多是關於播出時間、剩餘時間、播報速度、音量大小、鏡頭方向、音響和緊急突發狀況（包括穿幫畫面、調整衣襟領帶、臨時加入道具等）等。

而在實務上，每個製作單位表示指令的方式會有些微差異，可以藉由棚內的對講系統、新聞編輯系統、大字報，或透過現場導播、執行製作與主播直接溝通。

如果主播要和一個不熟悉的團隊合作，最好在節目開始之前先跟現場導播預習指令表達的方式。一個專業的主播，對於現場導播的指令必須反應迅速並且表現得

③ <PSA-Whitney Houston-I will always love you OUT OF TUNE!!!> http://www.youtube.com/watch?v=tQYPGxRpGGU

體，彼此也要培養默契。

二、播出的節奏

現場播出時，導播和主播必須讓節目準時播出和結束。雖然主播可以從耳機聽到新聞帶播出前的倒數，但現場導播的手勢和讀秒有加強提醒的作用，特別是在現場訪談或主播即興發揮時，現場導播的節奏掌握不可或缺。

此外，主播得確知自己能在這段時間內掌控多少內容。就算必須在節目的最後幾分鐘塞進大量的重要訊息，同時還要聽取導播和製作人的指令，甚至是來自副控室的訊息，主播在鏡頭前還是得表現出氣定神閒的樣子，要有隨時在限定時間內加詞或結束的心理準備。

三、提詞裝置

這個裝置是新聞播報或演講中的必備工具，它可以讓觀眾看到主播平順自然地傳達新聞訊息。

主播讀提詞裝置上的訊息時，眼神和儀態要格外自然，緊盯著提詞裝置固然可以保持專心、不易出錯，但眼神和儀態勢必會落入一個框框當中，顯得僵硬且刻意。因此，如何讓眼神在提詞裝置和現場環境間自然流暢地移動，是一門學問。

以下介紹兩種較為常見的提詞裝置：大字報和讀稿機。

㈠大字報 (cue cards)

通常以手寫的方式，將簡短的字句提示在紙上。注意字不能寫得太小，以看得清楚為原則。

節目開始前，主播必須和現場導播一起確認大字報上的指令。

節目進行時，大字報通常是由現場導播拿著並盡量貼近鏡頭，但不擋住主播的視線。若現場導播忘了適時換上大字報，主播要能隨機應變、即興發揮。

大部分的時間主播要把視線維持在鏡頭上，再將目光和表情切換於鏡頭、大字報和來賓之間，千萬不要僅用眼角餘光去「瞄」大字報，以免顯得不自然。

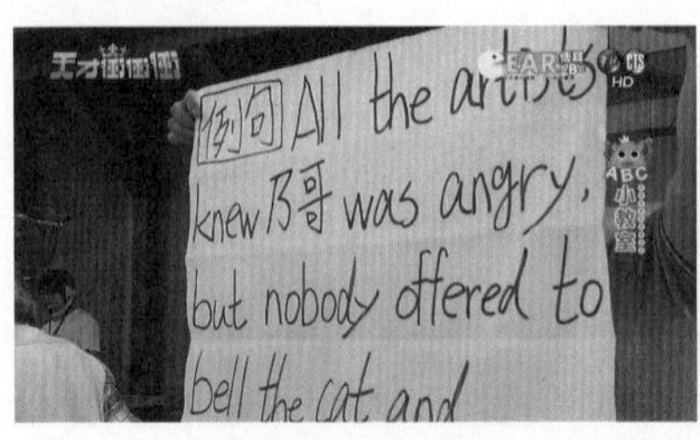

圖 10-1　錄影現場大字報，由工作人員手拿作為提示用

圖 10-2　讀稿機

㈡讀稿機 (autocue/prompter)

除了聲音與儀態之外，主播的目光也是很重要的。良好或友善的眼神可以縮短觀眾與主播的距離。為了方便主播在看稿、唸稿之餘，能與觀眾之間有眼神交流，才發明了讀稿機（張勤，1991）。

提詞字幕機 (prompter) 或自動指令機 (autocue) 都可稱為讀稿機，它有一個螢幕可顯示提示字句，另有一片鏡子以適當的角度將字句反射到攝影鏡頭的螢幕上，如此一來主播就能從鏡面上讀到提示字句。這些提示通常會先用電腦打字輸入，再傳送到讀稿機上。

主播也應持有一份提示的書面副本（稱為手稿），以備不時之需。特別是現場有相關的立即訊息進來時，主播往往只能根據手上的書面資料，迅速消化後播報。

此外，主播最好在手稿的重要地方加註記號，提醒自己加重語氣或是適時做出動作，讓觀眾感覺主播的態度真切又自然。

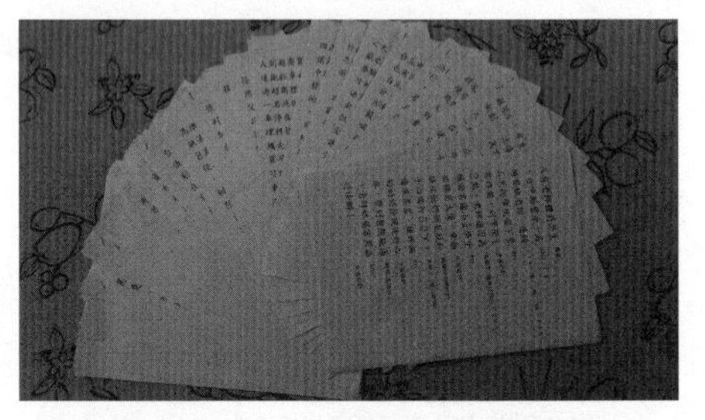

圖 10-3　一節新聞的主播手稿

警消搶救　③

蘇花公路搶救，陸	配音
續尋獲部分遺體和	ENG:　48"
殘骸，經過和來台	***　字　幕　稿　***
大陸家屬ＤＮＡ比	@22
對，創意團成員龔	記者與應變小組
艷已經確定罹難，	召集人姚大光對話
龔艷的姊姊和丈夫	朱先生打算用什麼方式
整晚情緒無法平復	把龔小姐帶回去
，上午立刻前往宜	L1
蘭地檢署，要親自	沒有　還沒有討論
確認ＤＮＡ比對結	R1
果。	宜蘭/林立晨，吳家銘
	R1
	台北/許惠美，黃良聖

圖 10-4　主播的手稿上常常會有一些註記，幫助自己順稿

不過，讀稿機雖然好用，但它的缺點在於，攝影機與主播的距離必須夠近，能讓主播看清楚提示，卻又不能近到讓觀眾發現主播在看字幕。

四、畫面上，任何瑕疵都會放大

播報時，主播透過鏡頭跟觀眾產生眼神交流，讓觀眾注目的焦點全集中在主播身上，所以任何些微的小動作，像是眼神飄移，或是稍微地擠眉弄眼，在一般的對話情境裡可能容易忽略，但在鏡頭上，卻是再明顯不過。

此外，只要是在鏡頭前，所有不適當的動作、言語都要禁止，因為只要團隊工作中有一個環節出錯，就有可能把這些「老少不宜」的畫面播送出去。

例如，曾有主播趁新聞帶播出時吃起香蕉。又如，主播在播報北韓軍艦對南韓延平島砲襲的衝突事件時，進入新聞帶後竟說「終於為臺灣報復了！哈哈哈」。

還有主播在攝影棚內試音時，脫口說出「要總統吃大便」的話。

甚至在美國的脫口秀中，曾有主播在廣告時間上廁所時，把自己與丈夫的床笫之事說了出來。

上述這些畫面或聲音，因為副控室的操作疏失，都曾出現在電視畫面上，使主播與電視臺新聞團隊的形象受損。

因此在鏡頭前，不論是現場直播或是節目錄影，播出中或播出空檔，都要提醒自己現在正在鏡頭前，一舉一動都有人注意，隨時保持端莊的儀容及妥切的言語是非常重要的。

伍、電視新聞訪談

中國大陸的楚天廣播電臺「城市之聲」節目製作人胡大源說：

> 主持人或者記者在採訪中會碰到有著不同生活閱歷的各種人物。雖然每一次成功的訪談，對採訪者和被訪者都應該是一次衝擊，但並不是每次都能有這樣的效果。只有在採訪者和被採訪對象的思維產生共鳴和互動的時候，才會達到這樣的效果。

電視新聞訪談，不論是受訪者的字字血淚的生活經驗，或是從失敗到成功的心路歷程，都能帶給觀眾無比感動。

比起一般的新聞播報，電視新聞訪談需要更高段的技巧，因為不單是靠口語的詮釋，更要形塑情境並引導受訪者，用適切的方式與口吻，說出撼動人心的故事。

新聞訪談性節目或電視新聞裡主播和來賓的簡短對話，不論是現場直播或錄影節目，即使看起來輕鬆容易，實際上卻需要完整的企畫、抓好時間點，十分考驗主播或主持人的反應。

想做好訪談，可從前輩的經驗來學習，但更要從自己實踐過的成功案例或失敗教訓中，不斷豐富自己的技巧。以下將從不同的訪談階段來說明。

一、事前準備

主持人在採訪開始前做好下列功課，往往能為採訪加分：

1. 擬定一個暫訂的焦點或主題。
2. 準備各種熱身題，用來拉近與受訪者間的距離。
3. 蒐集到的資料不能僅著重在事實上，而要去思考其意義和可能原因。
4. 與受訪者本人或周邊有關的其他故事或新聞，也可以是訪問重點。
5. 若是時間較長的深度訪問，事前可以和受訪者本人或他的祕書、助理、經紀人等溝通，確定是否有禁忌話題。
6. 考量「觀眾會想知道這個人的什麼？」
7. 確認受訪者姓名的寫法。
8. 決定恰當的訪談標題。
9. 準備好可安插在訪談中的新聞帶和其他資料。這些資料會讓觀眾對受訪者或主題有更豐富的了解，也讓節目內容更有變化。
10. 因為訪問時間有限，受訪者平常講話的方式對電視新聞或節目來說會比較冗長，所以主持人要告知對方訪談的重點是什麼、有多少時間作答。甚至可以跟對方建立好暗號，用來提醒他時間不夠了。
11. 如果是現場節目，主持人要先和攝影師設計好鏡頭的切換如何與現場人物的互動做搭配，一旦講好就盡量不再變更。

二、訪談開始

如何讓訪談有個好的開始，可以從以下技巧著手：

1.問好、打招呼。

2.閒談。

3.拋出開頭話題。

4.找出對方願意交談的關鍵。

5.克服對方的顧慮。

雖說閒聊比較容易得到真實的訊息 ， 但受訪者不可能整天無所事事等著被訪問，所以主持人還是必須有效率地利用時間。

此外，主持人也要夠敏銳，能感受受訪者是緊張或開心、警戒或敞開，並以適當的話題或表情幫助對方適應訪談。

畢竟，除非是經常上節目的人，否則一般的受訪者面對鏡頭都會有些不適應，尤其是訪談剛開始的時候。

在鏡頭這一方面，通常先是主持人開場，畫面再移至受訪者，此後鏡頭會依據講話的對象，或是現場畫面的需求，而不時地帶到受訪者、主持人和其他部分。

如同先前所述，鏡頭的順序要讓攝影師充分理解，主持人也要盡量避免突然移動，才不會讓攝影師抓不到畫面。

三、訪談中

在一問一答之間，訪問者應不斷思考，要怎麼做才可以得到最多觀眾想知道的訊息，以下為一些相關技巧。

㈠問出好問題

1.問題應環繞在 5W1H 上。

2.避免以「是」或「否」便可含糊交代的問題，與非 A 即 B 的問題。一般而言，就受訪者的切身之痛與最近的經驗來提問，而非一般泛泛之論，更能問得結果。

3. 把觀眾真正有興趣的主題記在心上，問觀眾想知道答案的問題。
4. 少用主觀性很強的問句，例如「你覺得怎麼樣？」。盡量採用中性的問法，例如「他做這個選擇，您有什麼看法？」。
5. 問題盡量簡短，避免使用長問題。
6. 一次問一題，同一題內不要包含兩個不同的概念，否則雙方都容易混淆。
7. 問得直接而明確，用字遣詞必須清楚，避免使用模稜兩可的字眼，好讓對方可以具體回答。
8. 問問題好比說故事：熱身→漸入佳境→製造高潮→問出結論。
9. 隨著訪談進行而可能提出愈來愈敏感的、具衝突性的問題，這類問題最好留在後面，並留意受訪者的尊嚴。
10. 保持禮貌、不擅自臆測而激怒對方，抱持追求事實的態度即可。千萬不要用你心目中的理想答案去引導受訪對象，使得他連提都不提其他可能的答案。
11. 讓受訪者把心中所有的答案滔滔不絕地一洩而出，並不是個好作法。然而，倘若連一個答案也掌握不到，那也是灰頭土臉。必須視情況打斷、引導受訪者回答問題，營造適當的訪談氛圍與節奏，使節目流暢地進行。

㈡傾聽的藝術

主持人願意傾聽，受訪者便願意透露。主持人也可在傾聽過程中，找出訪問的精華與新聞的剪輯素材。了解愈多細節，便愈能在有限的時間內提供有用的資訊。

相反地，若主持人自認為掌握整個狀況，甚至直接做出結論，則往往會消除受訪者的話。

為了避免此類情形，最好將聽到的資訊重複一次。若有必要，則有禮貌地打斷對方發言，向對方確認剛才說的話。

丟出問題後，主持人可適時地保持緘默，讓受訪者講完話，或突顯受訪者的情緒反應，因為主持人是無法代替受訪者說明或評論的。

㈢靈活有趣的訪談情境

假如訪談太過正式，甚至讓受訪者感到不舒服，那麼受訪者只會想趕緊結束，當然也就不可能提供主持人想要的資訊。

因此，主持人應該盡量營造輕鬆的氣氛，與受訪者建立友誼及信任，如此一來受訪者自然會提供有益的內容。例如，主持人有時用「您」稱呼來賓以表示尊敬，有時則用「你」來表示親近。

另外，鼓勵受訪者看著主持人、忽略攝影機，或告訴對方表達不順暢的話有機會重來，也都能讓受訪者放鬆心情。

㈣掌握訪談節奏

主持人是時間和話題的掌控者，不是受訪者。如果對方說得太冗長，主持人要能適時打斷對方，或是用不會出現在鏡頭內的眼神或手勢提醒對方講重點。

㈤為訪談做結

當訪談邁向尾聲，主持人要為觀眾做摘要並複習重點，然後請教受訪者是否要做任何補充，這樣的過程經常會產生意想不到的點子。

訪談之後互留名片有助於後續的聯絡，也許能因此得到更深入的資訊。

最後，千萬別忘了禮貌，記得跟對方道謝。

訪談節目可以說是「大眾傳播」和「人際傳播」的辯證場域。訪談節目的大眾傳播可以看成是人際傳播的拓展——當主持人和受訪者談得盡興、內容具深度，才會吸引觀眾的注意。

陸、結　語

要成為主播，必須口齒清晰、聲音悅耳、外貌出眾、臺風穩健，常常是萬中選一的人。

一個好的主播，不只外在條件好，也具備內在的知識與涵養，能夠信手拈來、侃侃而談，且言之有物。

若要挑戰層次更高的主持工作，更是要做足準備，因應形形色色的狀況。這都仰賴平日的採訪、播報等基本功訓練，累積經驗。

一般而言，主播同時代表著電視臺的門面，也就是電視臺的形象指標。鏡頭前的所有儀態必須端正，言詞必須適當，絕不可因為處於節目空檔，而做出傷害新聞專業的行為。因為損害的不只是自己，更會賠上整個新聞團隊的成果。

然而，俊男美女主播當道的現代，似乎只要外表出眾的人，就會被推上主播檯。主播甚至成為許多人夢寐以求的職業或交往對象。

這樣的光環，甚至會讓某些主播把自己當作藝人經營，只想著在螢光幕前光鮮亮麗就好，忽略精進自己的知識與新聞專業。

因此，許多主播常被稱為「花瓶」，空有外表而無內涵，讓人覺得俗不可耐。

《中國時報》的形象廣告曾說：「知識讓你更有魅力。」每個人都有年華老去的時候，唯有充實自己，才能凸顯主播的個人價值，在長江後浪推前浪的主播市場中屹立不搖。

習　題

1. 有沒有具備實際採訪報導的經驗，對新聞播報是必要的嗎？
2. 為什麼現在的主播幾乎都是女性？
3. 「主播藝人化」的現象，對於有志從事主播一職的人會造成什麼影響？
4. 什麼主播會受到觀眾歡迎和信任？具有什麼特質的主播可以做得長久？
5. 平常還可以用哪些方法來訓練播報技巧和臺風？
6. 錄影專訪和現場專訪的原則分別為何？訪談節目和一般採訪要如何區隔？
7. 什麼主題比較容易安排電視訪談？電視訪談的時間相當短，其意義與獨特點為何？
8. 如果受訪者不擅言詞，或較為害羞內向，應該如何訪談又不造成引導式的回答？若受訪者詞不達意，主持人要如何操控現場氣氛？
9. 該如何擬定訪談問題？
10. 訪談節目中的問題跟回答，是否都是「套好招」的？
11. 主持人或主播適合發表自己的看法嗎？為什麼？

第十一章　電視節目企畫製作

在這一章你能學到：

1. 電視節目製作的人力與物力資源
2. 電視節目的製播形式、流程與策略
3. 各類型電視的特色與注意事項
4. 電視節目製播流程各環節、角色的交互作用

電視節目除了傳遞資訊，也提供娛樂和教育功能，更屬於藝術的作品。

電視節目是一個團隊合作的過程。製作一個叫好又叫座的節目，是每個電視節目製作團隊的期望。

為了達到這個目標，需從製作者、觀眾、經營者和廣告主 4 種既合作又衝突的立場去思考規畫。

製作者必須不斷地使用創意，掘取生活層面的精華，加以製作，將資訊、意念、感動與美呈獻給觀眾。因此，好的內容比起表現的技巧更加重要。

以下將詳細介紹電視節目製播各環節的重點、製作與受眾的互動關係，以及節目製作大環境的問題。

壹、電視節目製作概論

一、製作團隊

與純粹播報新聞的情況不同，電視節目可能不會有編輯的相關工作，取而代之的是一個節目的製作團隊，包括節目企畫、執行、後製等。

㈠監製 (production manager)

監製通常是電視臺的高層或是節目投資者，負責控制節目的預算，監督製作團隊的所有工作以及節目品質，確保無任何不妥之處。

以新聞臺來說，新聞與新聞節目的監製多為新聞部的總負責人，也就是新聞部經理或是新聞部總監。

不過，有時候監製會由電視臺的老闆或是製作公司的負責人掛名，但不見得會發揮實質功用。

㈡製作人 (producer)

一般的新聞節目製作人可能只有一人，不過其他電視節目的節目製作人，常常不是一個人，而是由一個小組，或是一間公司組成。

不論是委製節目或內製節目，製作人的工作就是管理整個電視節目製作的過程，把電視臺交付的節目企畫，從頭到尾執行完畢，交給電視臺播出。

就節目的製作人而言，可依照與電視臺的聘僱關係分為 3 類：

1. 電視臺編制內的專任製作人
2. 向外聘請、論件計酬的特約製作人
3. 擁有長期合約，但非電視臺編制內員工的基本製作人

㈢編審 (editorial officer)

編審是節目播出流程的最後一道把關，凡節目的製作過程、腳本、字幕、旁白、音效等作業，編審必須審查有無缺失、錯誤、違反規定之處。

在電視新聞的作業過程中，編審通常是由資深的新聞編輯、製作人或其他高階主管擔任，因為他們熟知整個電視新聞的製播流程，是最了解節目最有可能在哪出錯的人。

㈣執行製作人 (executive producer)

執行製作人有點類似製作人的副手，實際執行整個節目的規畫。

執行製作人必須掌握整個節目的細節，並且與相關人員（例如製作人、來賓、主持人、工作人員等）溝通、協調。

後製時，也必須將節目「初剪」，搭好整個節目的架構與節奏後，再與後製團隊配合剪輯節目。

㈤企畫 (programmer)

企畫負責規畫節目走向與發想節目內容，並根據節目所需撰寫腳本。節目若有需要演繹的部分，則企畫必須身兼編劇，撰寫劇本。

因此企畫必須具備創意，發想最新、最有趣、最有意義的內容，還要懂得行銷節目，讓更多觀眾看見團隊的作品。

㈥執行製作／製作群 (assistants)

製作群是節目助理的集合，負責節目製播過程中的一切雜務，包括聯絡、準備道具、處理突發狀況等。錄影時還要幫忙計時、舉大字報。

通常職稱為執行製作，若非編制內的員工，通常由節目團隊的工讀生兼任。

二、製作制度

依照節目本身的付費方式，電視節目製作可分為以下 4 種（陳定邦，2002）：

㈠內製內包

由電視臺編制內的專任人員自行企畫製作，或由特約製作人員依照電視公司的規畫來製作節目。

內製節目的製作費均由電視臺支付或吸收，人員、場地、設施、器材大多也由電視臺提供。

正因製播節目及廣告都由電視臺負責，所以電視臺必須擔負節目經營的風險。但優點是電視臺可直接掌控節目品質，有絕對的主控權。

㈡內製外包

電視臺依據內製方式企畫，但在製作、執行時，將部分事項委由外製單位幫忙，結合外製單位的製作經驗與電視臺的人力，讓彼此都能獲益。

或者，由電視臺製播節目，傳播公司承攬廣告業務。如此一來，電視臺既能掌控節目理想，又不必負責廣告業務。但前提是，節目必須有知名度及影響力。

㈢外製內包

電視臺根據臺內或外製節目單位之企畫提案，委託外製單位製作節目，由電視臺出資製作。

或者，企業請製作公司規畫，委託電視臺製作，稱為「委製」，也算是外製內包的一種。

外製內包雖可解決人才荒的問題，但電視臺沒有主控權，亦可能會使節目內容流於廣告化，甚至產生嚴重偏離電視臺定位、宗旨及形象等負面結果。

㈣外製外包

電視臺將時段賣斷，交給承包商經營，由承包商負責節目製作並延攬廣告。

電視臺除了配合製作期間可能使用的棚內設施、器材、人員等之外，大多不干涉節目製播，對於節目品質也沒有主控權。

三、製播形式

製播形式因節目性質而不同，大致上可依製播時間與製作場地來分類。

㈠依製播時間分

1.現場直播

節目與播出同步進行，無法剪接、重製。一般的新聞、call-in 節目都是如此。

2.延遲現場直播

節目進行與播出並非同時，而是間隔一段時間，且未經剪接、重製，僅做一些簡單的特效處理（例如上字幕）後才播出。例如，部分談話節目、運動競賽等。

3.非現場直播

將錄下的節目後製、剪輯後播出，可以掌控內容、做精細的修飾，一般節目多以此方式進行。

㈡依製作場地分①

1.棚內製作

棚內製作指節目錄製皆在攝影棚內進行，好處是製作成本較低，而且能掌控燈光、收音、攝影等拍攝過程中的各項要素，再加上現在數位攝影棚技術發達，能輕易更換錄影場景，使得製作單位在考量成本的情況下，都會選擇在棚內製作。

一般的新聞播出、新聞節目、談話性節目等，都是在棚內製作。

2.外景製作

棚內製作雖然可以透過技術改變場景，但就算動畫精美、道具精良，在棚內仍然無法做到「徜徉大自然」的效果，因此棚內製作仍無法完全取代外景製作。

此外，由於衛星傳輸技術發達，再加上許多新聞節目（尤其談話性節目）講求「親近民眾」，因此很多製作單位也會將攝影現場搬到戶外，而外景製作在新聞節目裡也愈來愈普遍。

貳、電視節目製播流程

電視節目的製作流程，共可分為企畫、錄影、後製、播出等 4 個階段。其中錄製與播出的部分，已於前面章節介紹相關技術，故本節將關注於節目製作單位應注意的事項。

一、企畫與準備

企畫又稱為前期階段，也就是節目開始前的一切前置作業。包括計畫、場地勘查、準備道具、決定出場人員等設定，都是在這個階段應該完成的。

電視節目的企畫與準備流程，大致可分為以下幾個階段：

① 有關棚內攝影與外景攝影的相關內容，請見第九章〈錄影現場的萬千世界〉。

㈠確定節目方向

「內容」是節目的靈魂，所以需要以節目內容為出發點來做企畫。製作人或劇作家決定了節目的主要製作方式及內容以後，再根據這些構想去設計節目的製作方式與流程。

企畫節目時也可透過媒體調查公司了解一般收視情況，實際評估觀眾的口味與需求，再來設計主要的製作方向。甚至在節目播出中，隨時根據觀眾反應與需求，靈活變動節目內容與製作方式。

㈡蒐集資料

製作人構想好大致的節目內容後，接下來的工作便是資料蒐集。蒐集的方法有（蔡念中等，1996）：

1. 從電視臺資料庫找出過去類似的節目存檔。
2. 到各大圖書館閱讀相關資訊。
3. 參照國外的節目製作方式。
4. 從網路上去找。
5. 參閱最新的報章雜誌。
6. 請教有經驗的前輩。
7. 從生活中去觀察。
8. 使用問卷調查的方式。
9. 請教專家、學者、業者。
10. 憑空想像，自己創造，隨時紀錄。

近年來還流行一種方式，稱為「資料庫行銷」。

首先，建立一個社群討論網站，將搜集到的相關資訊，以及過去節目的片段，放在網站中。

接下來，撰寫新聞稿在各媒體上曝光，吸引讀者上網註冊與登錄基本資料。

此外，還可以在節目中提供贈品給觀眾，但條件是註冊網站帳號，於線上參加抽獎活動。也可以用廠商提供的贈品作為誘因，邀請觀眾參與討論。

當我們有了這群觀眾的相關資料，便可以開始寄發節目預告電子報，提醒他們按時收看。

再分析線上問卷與討論區的人氣指數，了解節目製作方向，滿足觀眾的需求。

總而言之，重要的是從資料中擷精取要，進行分類和統整，既可減少將來的時間浪費，而且一旦釐出頭緒後，還會做得愈來愈有方向與順暢（黃健峻，2008）。

㈢腳本撰寫

有了材料以後，接下來確認故事大綱，包括故事要怎麼連貫到最後，以及人物和風格的大致樣貌。

這看似在拍連續劇，但其實節目製作也要有腳本，讓現場的工作人員知道整個節目的流程與主題，也讓主持人與來賓熟悉接下來的細節，才不至於在正式錄影時離題，還要另外花時間重新整理議題與錄製。

所以，就算是可自由發揮的政論節目或談話節目，其實都有一套腳本，維繫整個錄影過程的。

㈣企畫書撰寫②

腳本完成後，就可以開始寫企畫書了。

企畫書是用來簡要說明節目主要面向，跟主管單位溝通，確認製作需求和評估效果的憑據（企畫書範例請見本章附錄③）。

一般來說，企畫書的格式雖沒有固定，但主要有以下項目：

1.節目基本資料

⑴**節目名稱**。

⑵**節目主旨**。例如，讓 8～12 歲兒童擴充科學知識。

⑶**節目類型**。例如，談話節目、政論節目、新聞節目等。

⑷**節目長度**。

---

② 網路上可以找到許多電視節目標案，皆可當作電視節目企畫的相關範例。以下為哇哈哈製作公司「客家小英雄」節目企畫：http://school.hyes.tyc.edu.tw/upfiles/school/board/office1_756_1.doc

③ 附錄為公共電視對外徵案所提供的企畫書格式，取自：http://web.pts.org.tw/php/newsletter/file/1/471/4.doc

(5)**播出時段**。包括該節目在何時播出，以及節目是週一至週五每天播出的帶狀節目，還是一週僅播出幾次的塊狀節目。

(6)**訴求對象**。即該節目的主要觀眾群。

(7)**針對訴求對象來評估、規畫的訴求方式**。

2.操作方式

(1)**設計內容**：在節目時間內，設計出節目的段落和順序。

(2)**表現方式**：參考相同類型的節目如何表現，哪些是自己的節目可以運用的。

(3)**進度規畫**：列出該節目何時開拍、結束，某一部分的拍攝程序如何。

3.評估與預測

(1)**經費預算**：

a.攝影、收音、燈光、剪輯、車子等器材以及耗材。

b.攝影棚、拍攝場地的租金。

c.編劇費、製作費、編曲費等製作和技術人員的薪資。

d.道具、服裝、化妝品的費用。

e.與拍攝過程相關的其他雜支。例如，交通費、伙食費、住宿費。

(2)**預期效果**。

(3)**節目特色**。

4.附　件

企畫書本文外的附屬文件，亦可視為整個企畫的內容之一，包括企畫書的資料來源，或對某部分企畫內容的附註說明。

㈤企畫會議與籌備工作

籌備過程中，企畫會議包含了演員或來賓的遴選、拍攝場景的選定、主題音樂、服裝、道具、美工等構想的確認，並安排接下來製作會議的流程，以及所有製作人員確認工作權責和共識。

種種項目都確認以後，便正式進入籌備工作。所有節目的製作人員和技術人員，包括製作人、導播、助理導播、技術指導、舞臺導播（例如編舞老師）、演員、場務等，都要為拍攝工作做好準備。籌備工作有：

1. **審查腳本：**除了基本的內容審查之外，有時還會根據臺內政策，進行不當內容或對白審查。
2. **工作分配：**若情況允許，盡量提前幾天發送劇本給演員、主持人與來賓，好讓所有角色都能熟悉自己要負責的內容。
3. **製作服務：**製作部應與各級人員開會，並收取各部門工作內容。
4. **布景：**導播、執行製作要提出每一場景的主要拍攝分鏡圖的草圖，設計場景平面圖、確認臨時更衣與化妝間，以及外景牆的拆運等事項。
5. **美術工作：**字幕與畫面設計等。
6. **特殊效果：**確認拍攝過程中是否要使用濾光鏡等。
7. **服裝：**負責人員拿服裝單與導播討論。
8. **道具：**應提前擬妥清單，並妥善管理。
9. **音樂：**例如主題曲、配樂等。
10. **影棚設備：**與電視臺或攝影公司的工程部進行協調。
11. 事前錄音或拍攝影片。
12. **棚外的預演：**在排演場地，與場景設計圖一樣的定位點（攝影機位置、道具、布景、演員走位），貼上有色膠帶。導播從「攝影機的角度」，也就是透過攝影機的螢幕，觀察畫面結構恰不恰當；並調整麥克風位置，解決收音和成音的問題。
13. **現場預演：**若有時間，必須提前預演，熟悉狀況。而預演又可分為鏡頭外及上鏡預演，與最正式的總綵排這兩種。
14. **時間控制：**精確製作時間表，並控制錄影時間，按表操課。

二、錄　影

一切準備工作就緒後，接下來即進入節目製作的中期階段——錄影，將節目企畫付諸實行。

錄製前，執行製作必須確認所有道具、設備是否就定位，所有演員、來賓、主持人是否準時出席等，並隨時與製作人和導播回報。一切準備工作都就緒後，才可開始錄影。

錄影過程中，最重要的就是掌握時間，確保所有工作都能按照計畫進行。因為攝影棚、租借設備、來賓與所有工作人員等，都有時間限制；若是超時，額外成本可是相當可觀的。而現場播出的節目，也根本不可能讓製作單位延長播出。

為了控制預算，錄製過程能否按表操課就變得非常重要。最好的方法就是避免NG，即可避掉大部分超時錄影的情況。

其他關於錄影的注意事項，已在第六章、第七章與第九章詳細介紹，本章就不再重複說明，請參閱相關章節。

三、後　製

節目製作的後期，最重要的工作是「後製」。後製就是後期製作，也就是錄影結束後的所有整備工作，通常是非現場直播節目的必經之事。

後製時，必須整理所有影帶，並且剪輯、加入特效，必要時還要補上所有對話的字幕，才可成為節目影帶。

經過整理後，才能發現缺少什麼畫面，或是有什麼不合邏輯之處，若有機會（通常微乎其微），則必須重新錄製；但更多時候，反而必須思考如何重新串接，畢竟實際錄影時，常常是沒有機會重來的。

後製工作通常由執行製作統籌規畫。後製完成後，必須要由製作人、編審、監製等較高層的負責人看過成品，確認沒有問題後，才可送交主控室，安排後續播出事宜。

若是現場直播的節目，則是由上述負責人同步監看，當碰上內容有問題時，就要即時發號施令，修正節目的內容與流程等。

相關內容可參考第七章、第九章關於剪輯、攝影棚的部分，另有詳細的介紹。

四、播出與反饋

節目完成後，即進入播出程序，將內容呈現給觀眾。

然而，這不代表節目製作工作已告一段落。一個好的製作團隊，會更重視這個階段。

因為觀眾的收視反應與回饋，將是重要的參考資料，決定節目能否繼續播出、需要做什麼調整。

節目播出後，企畫必須蒐集「輿情」，觀察「市場」上，顧客對產品——也就是對節目的反應，提供給製作人參考。蒐集的方式有以下幾種：

㈠收視率調查

閱讀收視率報告是最簡單的方法。跟同時段、同類型的節目相互比較，收視率誰輸誰贏高下立判。

透過收視率報告，可以約略知道節目中各片段收視率的變化，並可藉此推測什麼內容讓收視率上升或下降。

收視率調查可以細到以每分鐘為單位，看出新聞中的哪個觀點、哪段故事、哪個畫面叫座；也可以分析政論節目中，哪個名嘴有票房，哪段談話讓人想轉臺。

㈡觀眾投書

觀眾的反應除了表現在收視率上，更有些熱心、熱情的觀眾，會將意見直接反映給電視臺。

在早期，是透過書信，寄給電視臺的公關、客服部門。近年來，各電視臺則開闢專線電話或專用信箱，專門處理觀眾的建議與投訴。

此外，若節目引起廣大觀眾注意，變成公共討論的議題（不論是好事或壞事，但通常為後者），觀眾的意見也可能出現在報章雜誌的新聞評論、社論等地方，這也是觀眾投書的一種。

㈢觀眾訪談

製作單位可透過設計問題與問卷，號召觀眾參加訪談。

比起一般的民意調查、訪問來說，這種訪談的好處是可以問一些較為特定、針對性、開放式的問題，讓問題更為聚焦。

與收視率那種純粹的數字統計比較起來，訪談也能獲得許多意想不到的答案。

㈣網路留言

資通訊科技發達後，網路也成為獲取節目回饋的重要管道。

透過電視臺節目網頁的留言板，或是臉書等社群網站的社團、粉絲團專頁，也能得知觀眾對於節目的反應。

再加上新媒體技術的運用，不僅可以在直播時，直接回應網友，也可以輕易地知道觀眾看到與節目相關的新聞報導時有何反應，進而即刻調整修正。

五、檢討與修正

透過各種方式蒐集好觀眾對節目的意見後，接下來就是製作群的會議，通常有以下幾件事必須討論：

㈠前次錄影檢討

每次錄影都會出現許多狀況，很少能完全按照預定計畫進行。會議中必須檢討前次錄影時的缺失，並尋求改進之道，避免再犯同樣的錯誤。

㈡節目內容調整

根據收視率等資料，並對應播出內容，可知道節目哪個時段、單元的反應。

通常1、2次的播出資料，參考價值比較不高；若累積一段時間（例如1個月、1季）的觀眾反應，就可以歸納出一個趨勢，藉此討論應該增刪哪些節目內容，或是節目需不需要延長、縮短或調整時段，甚至節目會不會因此腰斬、提前停播。由此可見，觀眾的反應是多麼重要。

真正了解節目製播的人，會特別重視節目播出後的觀眾反應。這個流程所需要的時間，絕對不亞於前置作業。了解觀眾的反應，才能讓節目不只叫好，還能叫座。

參、電視節目性質

打開電視，我們每天能收看的節目有千百種，包括戲劇、娛樂、卡通、綜藝、新聞、政論、談話等，可說是不勝枚舉。

以下列出幾種電視新聞臺曾經製播，或是與新聞有關的節目，討論製播該類型節目的特色與注意事項。

一、一般新聞節目

一般新聞節目即為每日播出的新聞，除了每日的國內、外大事之外，也可規畫一些小型新聞專題，探討社會現象。

前面的章節已介紹了製作上的相關注意事項，以下為簡單的總結。

㈠評估每日新聞素材

新聞的素材包括主播稿、錄影畫面、新聞稿（也就是記者的口白）、照片、電腦製圖等後製效果。

在新聞內容上，製作人要掌握當節新聞的分量、品質，判斷每一則新聞的重要性及出現的順序。

在影音呈現上，則要注意聲音與影像的結合，可以彼此幫補。

㈡新聞報導的方向

從記者的程度、新聞選材、呈現方式、播出流程、觀眾收視情形等，選擇可行又創新的方式。

同樣的新聞題材，可以用不同的角度來呈現，也可以考量是否要將不同的新聞題材整併成套稿，整合後播出。

㈢新聞專題的發想

一則電視新聞的時間短，難以深入。但在經費許可的情況下，可以用小規模的電視新聞專題報導，觀察社會現象，找到有發展潛力的題材，並利用現有的資源，創造出與其他臺的不同之處，營造高收視的契機。

例如，以民生消費為主軸，則可以多發展一些民生議題，讓新聞的實用性更高；或是發展國際新聞報導，成為該臺的特色。為與深度專題節目區隔，此類新聞通常會製作 1 到 3 條較短的 SOT 新聞，在一般新聞時段播出。

二、新聞評論、時事座談、訪談節目

有線電視剛開放時，討論時事、評論政局的節目一炮而紅，例如 2100 全民開講、大話新聞等節目，都是當時臺灣流行的節目型態。

這些節目以時事評論為宗旨，邀請各專業領域人士、民意代表或政府官員上節目表達意見，某些節目甚至也提供民眾用電話 call-in 等方式參與討論。

在這類節目中，來賓以「揣測」的推論和言論評論時政，頗具「娛樂」效果，再加上這類節目只要找來賓上節目，也不需要每次都特別準備道具或布景，可說是最容易又最便宜的節目製作方式，因此目前在臺灣仍非常普遍。

但是，某些談話節目卻刻意安排吵架對罵的橋段炒作收視率，讓觀眾感覺似是而非，節目也難脫造假之嫌，若要歸類於「非戲劇節目」、「非綜藝節目」，實屬諷刺。製作時該注意的事項有：

㈠來賓的挑選

挑選時要考慮來賓的專業知識、社會貢獻、背景資料，是否有權威性、代表性。外表儀態和口語表達能力是基本的要求，個性穩定、反應快、能精確掌握評論議題的核心，也是挑選來賓的重要原則。

找名人作來賓，可以滿足觀眾想了解名人的欲望。若來賓並非家喻戶曉，也可根據他的專長，或最近發生在他身上的事件、話題等做專題講解。

有時候節目會邀請立場對立的來賓，呈現正反兩方的觀點，使討論內容有更多交鋒。這種情況的處理原則就是，各個立場都有代表人物，且不要偏袒任一方。

㈡討論內容的安排

從新聞片段、資料庫、歷史書等來源，蒐集與主題相關的資料，然後集思廣益，確立核心問題以後，再根據各個次要論點，延伸討論命題，作為討論大綱。

挑選題材時要注意，該題材是否對社會有影響力，跟大眾生活相關，當然也要具有時效性和衝突點，各方觀點不同，這便是值得討論的題材。

㈢主持人的角色

主持人要有開朗的個性、鮮明的人格特質、良好的思考和口語表達能力，負責連貫整個節目，從開場白、丟出討論命題、給予來賓尊重和發言空間、控制來賓發言時間和順序，到仔細聆聽、補充說明、適度串場、維持節目步調輕快明確、製造有很多互動的討論氣氛，以及必要時安撫發言激動之來賓的情緒。

但目前臺灣的部分政論節目，受限於主要收視群的政治立場，在邀請來賓時，可能產生專業不符，或立場以多打少的偏誤。主持人的串場、引導任務變成「煽風點火」，放任來賓對罵，甚至動武、逼走來賓。即使只是一場秀，都不是好現象。

㈣評論稿的內容

評論奠基於確定的事實，要有足夠的證據支持評論。評論要有邏輯、有層次，讓觀眾清楚重點所在。評論節目最重要的是保持客觀中立，不做人身攻擊或表現政治立場。

三、深度專題節目

目前國內電視頻道的深度專題節目，多在假日晚間播出，例如客家新聞雜誌、民視異言堂、華視新聞雜誌、60 分鐘、熱線追蹤、一步一腳印發現新台灣、台灣亮起來等。

這類節目可以彌補一般新聞報導因時間短促所造成的不足，而且可以經由較廣泛的資料蒐集應用，使這類知性節目顯得生動豐富。

由於涉及層面的廣泛，深度專題節目需要一個有活力和多元的製作小組，而且對於製作團隊、採訪記者、主持人的要求，又比一般新聞節目更高。以下是應注意的事項：

㈠企畫原則

在取材上應包括硬性及軟性等各類素材，包含社會人文、自然科學等範疇。另一方面，應走向生活化的報導路線。

深度專題節目可說是介於綜藝節目、記錄性節目、新聞報導間的節目型態。比新聞報導多一些人情趣味，表現形式較為輕鬆但不輕浮，給予觀眾知識和娛樂。

㈡題　材

製作團隊要對生活事物具有好奇心，靈感來源除了每日新聞、或與新聞事件相關、可深入探索的題材之外，還可以主動從大眾生活中去尋找。適合的個案會是比較好的切入點。

深度專題節目既為「雜誌」型節目，便要有更深入的觀點、更豐富的畫面，或是更特殊的題材，必須和每日新聞有所區隔，觀眾才有興趣觀看較長篇幅的內容。

㈢主持人

記者或主播比較有「新聞感」，由資深的主播擔任主持人，可以強化主題的討論價值，讓觀眾信任，也能掌握製作單位的節奏。

四、實況轉播節目

必須實況轉播的節目，通常是發生在國內外、大眾很關心或有興趣的事件。例如，球賽或國慶典禮轉播。這類節目要注意的事項有：

㈠評估轉播價值

首先評估主題是否具有一定的收視群和重要性，以及評估成本，即是否達到廣告收益和財務支出的平衡，或是可以為電視臺製造正面的或在某方面具有指標性的形象。

㈡確定作業程序

確定有轉播價值以後，就是一連串的行政和技術工作。例如，向相關單位申請轉播權、舉行計畫會議、訂出工作時程和分工、現場勘查，以及最後的工作執行和播出。

切記，必須做好事前準備，而其中首重跟主辦單位做好協調。

㈢做好現場勘查

當天的執行人員必須親自到場了解地形、位置、轉播技術的需求，以及攝影機、線路、內容輸送管道、照明設備、收音設備等。

此外，必須做好當天幕前、幕後人員，以及梳化作業和更衣室的安排。也要考慮是否有現場觀眾，要有了解觀眾心理的專門人員負責群眾秩序的維護。

㈣掌握轉播內容

充分了解節目的進行順序、重點內容、背景資料，讓轉播可以順暢進行。

有時運動是瞬間萬變的，轉播人員要如何捕捉球的飛行，或運動員的表情、動作，都是要注意的重點。甚至要注意進廣告的時間，避免廣告占去現場正在發生的關鍵事件。

五、生活資訊節目

生活資訊節目的內容通常為烹飪、健康、消費等與生活息息相關的資訊，又因收視族群多為家庭婦女，所以又被稱為「媽媽節目」。此類節目大都在白天或晚餐後播出，以迎合婆婆媽媽的收視習慣。

生活資訊節目要貼近婦女心理和生活層面的需求，可由私領域生活取材，從生活情趣、生活品質、美感因素去發展內容，節目基調一般而言比較溫和、柔軟。這類節目要考慮的因素有：

㈠婦女作息時間

家庭主婦和職業婦女看電視的時間不同。早上 10 點到 12 點，以及下午 3 點到 5 點屬於家庭主婦的時間。

㈡主持人選

「媽媽節目」的主持人選，要能捕捉女性觀眾的心情。這個人選可以是專精於女性知識的名人，能以說服力取信於觀眾；或是如鄰家大嬸般親切的人，讓觀眾無距離感。

主持人不同於主播，也要有一定的人生歷練，因此太年輕、缺乏學養或人生經驗者皆不適宜。

㈢主　題

節目主題可從生活各個面向出發。傳統的生活資訊節目主題包含家事、醫療、健身、美容保養、兒童養育等。近來的主題包括旅遊及建築裝潢，亦漸受歡迎。

更細緻的節目主題設計，則可以依頻道屬性，根據不同職業、年齡來設計。

六、教育知性節目

教育知性節目除了探討科學、介紹新知的專題節目之外，還有電視紀錄片，以歷史和同一時代重要事件為題材，重回事件現場，以專業人士和相關人士的說法，配合資料文獻，試圖將事件還原，或是以拍片者自己的觀點來陳述，引發啟示④。或是透過鏡頭，帶領觀眾深入文化祕境，探討地方、民族與文化的特色等。這類節目需要特別注意的項目如下：

1. 考慮目標觀眾的興趣和需要，題材選擇除了科技、文學、藝術之外，更要重視精神層次的表現。
2. 題材表現避免曲高和寡，要深入淺出。
3. 製作方式強調「解釋性」，以感性方式表達理性內容。
4. 主持人要具知性且穩重高雅，最好有某種特殊的專業，可以迅速成為某領域的代言人。

七、特別節目

特別節目並不是依節目類型來區分，而是依製作時機及目的，為某一特殊主題

④ 然而，有時拍攝者過度涉入或誤用畫面，很容易引發爭議。例如，名紀錄片導演李惠仁在部分紀錄片中除了本身導演、記者的身分外，甚至自己就是事件的當事人，曾引發新聞倫理相關問題的探討。2007 年三立新聞臺的 228 專題誤植畫面事件，也是一個非常不好的示範。相關案例將於第十三章說明。

或事件而製作的單集節目，比專輯節目更具特殊性，往往對大眾生活有重大影響力和意義，例如選舉開票節目。

特別節目的呈現方式和類目很多，和一般經常性的節目製作有別。這類節目必須留意的事項有：

1.確定節目目標。2.創造節目特性。3.安排適當搭配。4.製作方式。5.掌握節目節奏。6.注意團隊合作。7.注意特殊製作和花費。8.宣傳。

特別節目須注意即時性，把握時效和製作節目的時機。

先求內容充實，再求形式變化。先考量人事物本身，再考慮內容的搭配，最後設計可吸引觀眾的特殊形式。

特別節目通常是單集製播，缺少連續性收視印象，更要下工夫在宣傳上。

肆、電視節目製播環境

電視節目製播過程中，製作團隊和觀眾的互動最為明顯。但整個節目製播環境除了製作團隊和觀眾之外，經營者與廣告商對節目的影響力也是不容小覷的。

簡言之，一個成功的節目，必須在一個互動良好的優質製作生態中發展。而建立優質生態，必須兼顧製作面、經營面、市場面及閱聽眾面。

一、製作規畫的互動

㈠製作面

節目規畫就如主廚進廚房，先要考慮冰箱有什麼菜，能在市場上進什麼菜，以及廚師們的拿手絕活是什麼。

製作節目要先考慮團隊成員過往的經驗與擅長，是政論節目、國際新聞、還是深度報導，擅長現場節目還是後製，軟性議題還是時事議題。千萬不要找柯比・布萊恩去打棒球，在起風的時候選擇溜直排輪而不放風箏。

確立節目方向與內容後，便要思考巧婦有多少米可炊。例如，後製時間是否充裕？可否做效果及上字幕？現場有沒有電視牆？有多少影像資源？等。

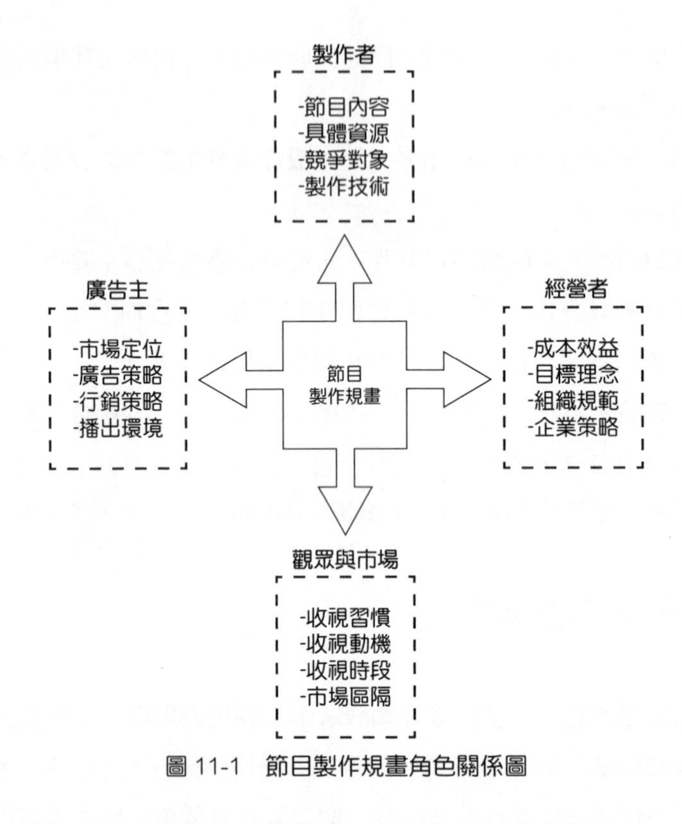

圖 11-1　節目製作規畫角色關係圖

此外，也要考慮在眾多類似的節目中，自己的節目定位是什麼，和競爭對手比起來又有什麼優勢。

㈡經營面

先決定是大成本還是小確幸，非賺錢不可還是做口碑的；打算參加金鐘獎、博取收視率、製造話題、還是名留青史的。上述這些和經營者（通常是大老闆）的企圖心和經營策略有關。

有的節目以小成本換小眾收視率，賺點小錢、笑罵由人，例如某些類置入的生活、美容、健康節目；有的節目則不惜砸錢博口碑，鎖定菁英收視階層，例如國際新聞節目。

經營面的策略，包括成本效益、目標理念、組織理念、企業策略等，需要節目製作團隊和經營者充分溝通，合則「試」、不合則「隱」，替理念相同的經營者工作，才能半夜不做惡夢。

㈢廣告主

廣告主在節目中的角色有 3 種：

一是冠名贊助。例如，美國職棒轉播節目和中國大陸的選秀節目。而臺灣自 2012 年 10 月國家通訊傳播委員會 (NCC) 通過「電視置入性行銷規範」之後，此一型態漸受歡迎。第一個接受冠名贊助的節目是「Kanebo SS 小燕之夜」，此類節目在節目名前會加上贊助單位名稱。

二是固定以廣告支持某個特定節目。例如，健康食品的廠商會與某些健康資訊節目合作，指定在該節目廣告時段固定播出其商品廣告。

三是一般依收視率高低投放廣告的廣告主。電視臺的廣告銷售實際運作，將於第十二章詳細說明。

㈣市場及閱聽人面

觀眾是永遠的衣食父母，製作電視如不以市場導向為原則，終究只能曲高和寡，徒呼負負而面臨停播的命運。以下是幾個須留意的面向：

1.收視習慣

思念是一種很玄的東西　如影隨行

無聲又無息出沒在心底　轉眼吞沒我在寂寞裡

——王菲《我願意》

歌手王菲在知名歌曲《我願意》中，詮釋人們對愛情的思念，「是一種很玄的東西」。收視習慣也和「思念」一樣，是一種「很玄的東西」。

有些觀眾就是習慣鎖定在某些電視臺、某些節目，即使進入廣告，也不想轉臺。詢問其原因，也沒有特殊理由，完全習慣成自然。

例如，有些政論節目，即使進入廣告時段，也有約 0.3 的收視率。0.3 的收視率對絕大部分的節目，包括有線電視的新聞在內，是極難達到的水準。

2.收視動機

製作節目時，總要從消費者的角度思考，問自己為什麼要收看這個節目？看這個節目有什麼好處？有什麼收穫？收視動機大致上可分為以下幾種：

⑴獲得訊息

這類觀眾會收看新聞性節目，或教育知性節目。

⑵滿足嗜好

這類觀眾多半會看球賽、服裝秀、旅遊節目來滿足興趣。

⑶紓解壓力

這類觀眾的行為較為分歧。有的人會藉著連續劇高潮迭起、甚至無厘頭的劇情放鬆心情。也有人是透過綜藝、搞笑節目來紓壓。甚至有些政論節目的忠實觀眾，可以透過他人拌嘴、飆罵的場面釋放壓力。

⑷尋求認同

這類觀眾常透過立場相同的新聞或政論節目獲得理念或意識型態的共鳴，特別是臺灣政治立場鮮明的各電視臺旗下的談話節目，更是許多人藉以尋求認同、支持與宣洩不滿情緒的管道。

3.收視時段

晚間 6 點到 12 點是電視收視的高峰期，也是賣廣告的黃金時段。中午 12 點到 1 點是另外一個收視高峰，通常以午餐時間收視新聞的人口居多。

收視時段與收視族群的生活型態息息相關。例如，上班族觀眾必須在晚上 7、8 點之後才會出現。

注重健康、養身資訊的銀髮族，通常也是早鳥族，早上 6 到 8 點對他們來說，就是個不錯的時段。

家庭主婦的收視時段則是早上 10 點到 12 點及下午 3 點到 5 點。

了解節目的收視族群與該族群收視時段的關連性，是製作節目首先必須釐清及認真分析思考的重要環節。關於各新聞時段的特色介紹，請參閱第十二章。

4.市場區隔

要進入既有市場分一杯羹，還是要另起爐灶、區隔市場，這是個兩難的課題。

這就像是究竟要在臺北市著名的「牛肉麵街」桃源街賣牛肉麵，還是賣泡沫紅茶。在桃源街賣牛肉麵的好處，是可以確知在這條街出入的人潮，幾乎都是來吃牛肉麵的。缺點是左右前後都在賣牛肉麵，你要如何殺出血路、分一杯羹？

以遙控器的角度思考，一個節目最大的競爭對手是左右頻道。如果左右頻道都有高收視，那麼節目已經占有收視人潮路過的優勢，但要以同類型節目分食收視率，也相當不容易。

例如，晚間眾多的政論節目分別集中在 50 臺左右及 55 臺附近的兩個區塊，則需要以特別的內容吸引觀眾。

這就好比你在一家老字號的紅燒牛肉麵店旁邊開新店，顯然地，你要以紅燒牛肉麵打敗老字號的鄰居，難度極高。但如果改賣牛肉涼麵或炒麵，也許是個異軍突起的機會。

二、當前的大環境

上述觀點從製作規畫與傳播過程出發，討論節目製播各方勢力的影響。此外，當前節目製作的大環境，還面臨以下幾種狀況：

㈠臨時的製作團隊

電視節目製作團隊大都是一個臨時工作小組，成員來自各個部門。節目完成後，臨時工作小組解散，成員各自回到原工作單位，或加入其他節目的製作團隊。

㈡成本相當有限

新聞製作的資金都相當有限。在製作經費不足的情況下，團隊只能用最少的人製作節目，卻又被老闆要求「包山包海」，壓力可想而知。

時間則代表了另一個意義的成本。一般電視節目的製作可說是分秒必爭，總是被截稿時間追著跑，很少有餘裕讓製作團隊來反應、辯論或分析決策，因此出錯、品質良莠不齊時有所聞。

㈢創新與重複作業的矛盾

每個電視節目的創意，都是無前例可循的。一齣新的連續劇或綜藝節目，其內容與表現方式，都不會和過去的節目完全相同。但在製作流程上，卻是重複、相同的。如何協調創意與重複兩者間的矛盾，就是作業管理的重點。

㈣意外事件與經驗累積

電視節目的製作過程中，常需要解決非常態的突發事件。例如，棚外錄影沒有雨天備案，或在節目現場播出時，來賓打起架，或是丟下麥克風走人。這些都是很寶貴的作業管理經驗。

㈤「終點」隨時在改變

電視節目常因為收視率好，為了滿足觀眾及增加廣告收入，必須延長時段及增加後續的錄製工作，或是因為收視率不高或其他因素而提前下檔。

例如，壹電視的「正晶限時批」因為收視反應良好，播出時間就從週一至週五，增加時段變成週一到週日播出。

又如，三立新聞臺的「新台灣加油」與「54 新觀點」，這兩檔政論節目原本各播出 2 小時，後因收視率消長，變成各播出 1.5 小時，之後又改為在 3 到 3.5 小時總時間不變下，依兩個節目的收視狀況，個別調整播出長度。

由此可知，節目哪時要收播，沒人知道。節目的「終點」，隨時在改變。

㈥團隊合作與非循序完成

電視節目製作模式可視為一個系統，必須靠著團隊努力與各部門活動的配合，才能達成目標。因此，兩者間各自活動的過程，是相互關連且有前後關係的。

然而，電視作業與傳統製造業最大的區別，在於電視作業往往可以忽略各個作業之間的循序關係。例如，場景可以跳拍或先拍，聲音與影像也可以分別作業，最後再利用剪接或其他後製技術合併起來。

㈦稀少的關鍵資源

電視媒體中的部分資源並不是非常容易取得，例如受歡迎的名嘴、當紅的偶像明星、收視率保證的製作人、具觀眾緣的主播等。

由於個人風格或創意難以模仿，甚至造成這些資源不可替代的特性，往往成為各部門或其他媒體爭相邀請的對象。

於是，在電視節目的製作過程中，便常出現搶奪關鍵資源的情形，成為作業系統中的瓶頸 (bottleneck) 或限制 (constraints)，影響製作進度與績效。

伍、結　語

與單純的新聞播報節目相比，製作電視節目時要思考更多面向，難度更高。

但比起電視新聞，因為電視節目能有更豐富的變化與型態，所以較有機會「小兵立大功」，在眾多新聞臺環伺、夾殺下異軍突起、一炮而紅，達成經濟或理念宣傳上的效益。

然而，受到收視率激烈競爭的影響，大部分的電視臺經營者、廣告商都是「在商言商」。就算是公共頻道，「叫好不叫座」的節目也很難經營下去，以停播收場。

節目製播過程中，製作者、廣告主、經營者、觀眾與市場的交互作用，決定了什麼節目能夠「適者生存」。

不論身為哪種角色，都必須奉行一個理念——所有節目都要去蕪存菁，保留優質節目，不可劣幣驅逐良幣。

觀眾用手中的遙控器汰劣存優，經營者與廣告主投資具有正面影響力的節目，製作者更用心經營、提升節目品質，才能共創良好的節目製播環境。

習　題

1. 電視節目的製作團隊有哪些角色？他們分別負責什麼工作？
2. 電視節目的製播制度有哪些？若你是電視臺高層，你會喜歡哪種製播制度？為什麼？
3. 請根據本章介紹的製播流程，與同學組成節目製播團隊，嘗試製播一個塊狀節目與帶狀節目。
4. 請根據節目製播團隊的企畫書，分別練習一個棚內節目、外景節目，或是現場直播節目。
5. 節目製播前後，必須了解節目可能的觀眾群及其反應。請問該如何調查，或取得相關資料？

6. 一般電視臺有哪些性質的節目？哪些可能在電視新聞臺播出？哪些不太可能在電視新聞臺播出？你能否挑戰將這些不可能在電視新聞臺播出的節目，設計成能在電視新聞臺中播出呢？
7. 請比較棚內節目與外景節目，製作單位須做的準備有何異同。
8. 請比較現場直播節目與後製節目，製作單位須做的準備有何異同。
9. 請簡述電視節目製播過程中，4 個主要角色及其互動情況。
10. 現在你的角色是觀眾，你能做什麼以提升臺灣電視製播環境的品質？將來你成為製作者、甚至是經營者或廣告商時，又會如何做？

【附錄】

財團法人公共電視文化事業基金會
九十一年公開徵選優良節目節目企畫書書寫格式

一、節目名稱（可暫訂 1 至 3 個）

二、節目型態

三、節目主旨（請詳述預期目標及訴求對象）

四、節目長度（含節目總集數及每集長度）

五、節目內容（含每集名稱及分集大綱）

六、節目特色（含表現方式及畫面風格）

七、製作方式（含前製研究、實際拍攝及後製作計畫）

八、工作人員名單（含製作人、導演、主要演員、主持人等）

九、推廣計畫（含宣傳規畫、節目之行銷潛力分析等）

十、諮詢顧問（請詳列其姓名、職稱、地址、電話）

十一、製作預算（不同類型節目有不同「製作預算表」，填寫單集各項經費與累計金額）

第十二章　每日開「獎」的成績單

在這一章你能學到：
1.什麼是收視率
2.如何計算收視率
3.影響收視率的因素與調查盲點
4.爭奪收視率的亂象
5.如何改進收視率調查方法

某電視臺辦公室門口旁的布告欄上，有滿滿幾張被紅筆圈寫的單子，只要上頭的數字多了 0.01%，或是名次進步一名，就會被大大讚揚。綜藝節目主持人也常說「衝 8！衝 8！」這些數字就是收視率。

對「電視人」來說，每天早上收到的收視率報告，就像是一張每天開「獎」的成績單，自己的前程與工作的心情，都會隨著這份報告而起伏。新聞節目的走向，以及綜藝、戲劇的編排，也深深地受到收視率左右。

壹、收視率是什麼？

收視率代表多少家戶能夠收到某個節目，以及實際收視該節目的家庭百分比。

也就是說，收視率代表此時有多少家庭開著電視、有多少人在收看某個節目。

收視率是一種估計值，運用統計學的原理，以樣本觀眾來推估整體觀眾收視的情形，常被用來作為判斷節目成敗、營收多寡的重要指標。

一、收視率的計算方式

學習計算收視率前，我們必須先認識「開機率」與「收視占有率」。

1.開機率

所有接受收視率調查的家庭戶數中，有開機收看電視的戶數的比率。

2.收視占有率

所有接受收視率調查的家庭戶數中，有開機收看電視的戶數，占所有收看電視的戶數的比率。

簡單來說，收視率的計算方式就是開機率乘以收視占有率，是一種非常概括推估的數字呈現方式。簡單整理如下列公式：

收視率 = 開機率 × 收視占有率

開機率 = 打開電視的調查家戶數 ÷ 所有調查家戶數

收視占有率 = 打開電視收看某節目的調查家戶數 ÷ 打開電視的調查家戶數

若以實際數字來舉例，2015 年臺灣地區的家戶數大約是 846 萬[①]，而電視機的普及率為 99%[②]，兩者相乘得到 2015 年臺灣地區的收視戶數（含無線電視、有線電視）約有 838 萬，再以節目收視率 1% 計算，兩者相乘後便知道有 8.38 萬戶收看該節目。

二、收視率的種類

㈠依調查對象分

先前介紹的收視率，若更精確地說，應該稱為「家戶收視率」。若收視率調查的樣本精確到以個人為單位的話，則稱為「個人收視率」。兩者定義整理如下：

1.家戶收視率

擁有電視機的家戶中，以家戶為單位，在某個時間收看某電視節目的比例。

2.個人收視率

擁有電視機的家戶中，以家戶成員為單位，在某個時間收看某節目的比例。

---

① 根據主計總處統計資料，2015 年總戶數為 8,468,978 戶（行政院主計總處，2016）。

② 根據主計總處統計資料，2015 年電視普及率為 99%（行政院主計總處，2016）。

上述的調查資料，還可再根據人口統計變項細分，如年齡、性別、居住地、教育程度等。例如，以年齡分類，最常使用的收視率為全體收視率（4 歲以上）、中壯年收視率（15 到 44 歲）兩種。

㈡依調查時間分

收視率調查的單位時間，現在可以精確到以分鐘為單位；也可根據需求，變換為其他單位時間的收視率，或是某節目的收視率。常用的收視率如下：

1.每分鐘收視率

以分鐘為單位，計算個人、家戶的收視率。例如，19:00:00 到 19:01:00 的收視率，即為每分鐘收視率。

這種收視率通常可對應到每則新聞、節目的某橋段或某來賓發言的收視率。

2.每 15 分鐘收視率

若將每分鐘收視率，以 15 分鐘為單位，將每分鐘收視率加以平均，則可獲得每 15 分鐘收視率。

通常是以每小時的 0 分到 15 分、15 分到 30 分、30 分到 45 分、45 分到 00 分為分組，計算各組平均收視率，從中可看出節目收視率在播出時間內的趨勢變化。

3.各段收視率

將節目不同段落的每分鐘收視率加以平均，即為各段收視率。通常可以廣告、整點來分段。

例如，若是上午 6 點到 9 點的晨間新聞，電視臺可能就會以小時為單位，計算 6 點、7 點、8 點各段的收視率。

4.各節目收視率

將節目播出時間的每分鐘收視率加總、平均後所得到的收視率，代表了節目整體的表現。例如，上述晨間新聞的收視率，就是計算上午 6 點到 9 點這 180 分鐘收視率的平均值。

但節目不見得會在整點切割地非常乾淨。例如，無線電視臺晚間新聞是 18:58 到 20:00 這 62 分鐘，因此節目收視率就是這 62 分鐘的平均。

新聞臺的整點新聞，於每個整點前 5 分鐘開播。例如，下午 3 點的 1500 整點新聞，播出時間為 14:55 到 15:55，節目收視率就是這段時間的平均值。

㈢加總收視率

上述的收視率，通常是同時段各節目比較的基準。

除了比較同一時段，各電視臺也會將每小時或每 15 分鐘的收視率進行加總，計算加總收視率，作為當日各頻道的績效。

例如，在圖 12-1 與圖 12-2 中，民視的總收視率就是從 02:00 開始，每 15 分鐘加總 1 次，最後求得 34.29，即為加總收視率。

比較民視與 TVBS 新聞臺，兩者的加總收視率分別為 34.29 及 35.33，雖然差不多，但民視的收視主力集中在晚間 8 點之後的綜藝節目，而 TVBS 新聞臺則比較平均。

透過加總收視率與其他分段收視率的比較，也可作為節目鋪排與調整的參考。

三、收視率的報告形式

收視率調查業者將資料蒐集完成後，會依照買家的需求製作表格。常用的形式如下：

㈠每分鐘收視率

每分鐘收視率是收視率調查的原始資料，是一切收視率報表的基礎，將其列表即如圖 12-3。也可繪製成折線圖，比較競爭對手的收視狀況，如圖 12-4。

㈡每 15 分鐘收視率

將每分鐘收視率，以 15 分鐘為單位加總、平均後，即為每 15 分鐘收視率。詳情已於本章「收視率的種類」中介紹，其形式如圖 12-2。

此報表就如考試每一大題的平均分數，更概括地反映收視狀況。

台灣艾傑比尼爾森媒體研究公司　　收視率開放小數點兩位僅為方便「節目排序」、而非為提供

15-44歲　每15分鐘個人收視分析　　「更精確的分析」用，代表的樣本誤差與小數點一位無異。

資料日期：2016/7/3　地 區：臺灣地區　總人口數(*000)：10093

星期日　時 段：02:00-25:59　個人樣本數　：2982

	15-44歲	台視	中視	華視	民視	三立台灣台	三立都會台	SETM	TVBS	TVBS新聞台	TVBS歡樂台	NBCHTV	年代新聞台	東風衛視	東森電影台	東森綜合台	東森新聞台	東森洋片台	東森戲劇台	GTV第一台	GTV綜合台	GTV戲劇台	中天新聞台	中天綜合台	中天娛樂台	民視新聞
8	02 00	0.31	0.01	0.00	0.00	0.03	0.07	0.11	0.03	0.08	0.00	0.01	0.00	0.00	0.11	0.04	0.09	0.30	0.03	0.00	0.00	0.03	0.14	0.03	0.03	0.08
9	02 15	0.23	0.00	0.00	0.00	0.03	0.07	0.17	0.00	0.06	0.00	0.00	0.01	0.00	0.08	0.06	0.09	0.14	0.03	0.00	0.00	0.02	0.15	0.03	0.01	0.03
10	02 30	0.20	0.00	0.00	0.00	0.04	0.05	0.16	0.00	0.04	0.00	0.00	0.00	0.00	0.06	0.06	0.10	0.06	0.03	0.00	0.00	0.00	0.12	0.02	0.00	0.00
11	02 45	0.17	0.00	0.00	0.00	0.04	0.01	0.08	0.00	0.05	0.00	0.00	0.00	0.00	0.08	0.06	0.10	0.05	0.04	0.00	0.01	0.00	0.05	0.02	0.01	0.01
12	03 00	0.10	0.00	0.00	0.00	0.00	0.00	0.03	0.00	0.01	0.00	0.00	0.00	0.00	0.08	0.06	0.06	0.09	0.03	0.00	0.03	0.00	0.03	0.00	0.00	0.03
13	03 15	0.05	0.00	0.00	0.00	0.00	0.00	0.00	0.00	0.00	0.00	0.01	0.00	0.00	0.09	0.06	0.06	0.07	0.03	0.00	0.03	0.00	0.00	0.00	0.00	0.03
14	03 30	0.03	0.00	0.00	0.00	0.00	0.00	0.02	0.00	0.00	0.00	0.02	0.00	0.00	0.07	0.06	0.05	0.06	0.03	0.00	0.02	0.00	0.00	0.00	0.00	0.01
15	03 45	0.03	0.00	0.00	0.00	0.00	0.00	0.03	0.00	0.01	0.00	0.00	0.00	0.00	0.07	0.07	0.04	0.04	0.00	0.00	0.00	0.00	0.00	0.00	0.01	0.00
16	04 00	0.03	0.00	0.00	0.00	0.00	0.00	0.03	0.00	0.02	0.00	0.00	0.03	0.00	0.07	0.06	0.05	0.03	0.00	0.00	0.00	0.00	0.01	0.00	0.00	0.00
17	04 15	0.03	0.00	0.00	0.00	0.00	0.00	0.03	0.00	0.06	0.00	0.00	0.02	0.00	0.04	0.06	0.03	0.04	0.00	0.00	0.00	0.00	0.00	0.00	0.00	0.00
18	04 30	0.03	0.00	0.00	0.00	0.00	0.00	0.02	0.00	0.08	0.00	0.00	0.00	0.00	0.04	0.06	0.00	0.05	0.00	0.00	0.00	0.00	0.00	0.00	0.00	0.00
19	04 45	0.03	0.00	0.00	0.00	0.00	0.00	0.00	0.00	0.05	0.00	0.00	0.01	0.00	0.04	0.03	0.00	0.04	0.00	0.00	0.00	0.00	0.00	0.00	0.00	0.00
20	05 00	0.03	0.00	0.00	0.00	0.01	0.00	0.00	0.00	0.04	0.00	0.00	0.01	0.00	0.02	0.00	0.02	0.02	0.00	0.00	0.00	0.00	0.00	0.00	0.00	0.01
21	05 15	0.03	0.00	0.00	0.00	0.00	0.00	0.02	0.00	0.04	0.00	0.00	0.00	0.00	0.00	0.00	0.01	0.02	0.00	0.00	0.00	0.00	0.01	0.00	0.00	0.00
22	05 30	0.03	0.00	0.00	0.00	0.00	0.01	0.00	0.00	0.04	0.00	0.01	0.00	0.00	0.00	0.00	0.06	0.02	0.00	0.00	0.00	0.00	0.03	0.00	0.00	0.05
23	05 45	0.00	0.00	0.00	0.00	0.00	0.01	0.05	0.00	0.01	0.00	0.01	0.00	0.00	0.00	0.00	0.04	0.02	0.00	0.00	0.00	0.00	0.01	0.00	0.00	0.06
24	06 00	0.02	0.00	0.01	0.00	0.03	0.03	0.01	0.00	0.00	0.00	0.00	0.00	0.00	0.00	0.00	0.10	0.02	0.00	0.00	0.00	0.00	0.00	0.00	0.00	0.08
25	06 15	0.02	0.00	0.00	0.00	0.04	0.03	0.01	0.01	0.05	0.00	0.00	0.04	0.00	0.02	0.00	0.11	0.01	0.00	0.00	0.02	0.00	0.04	0.02	0.00	0.09
26	06 30	0.00	0.02	0.00	0.00	0.01	0.02	0.06	0.04	0.03	0.00	0.00	0.04	0.00	0.05	0.00	0.14	0.02	0.00	0.00	0.02	0.00	0.16	0.04	0.00	0.08
27	06 45	0.00	0.01	0.00	0.02	0.02	0.01	0.06	0.01	0.24	0.00	0.00	0.06	0.00	0.03	0.00	0.17	0.00	0.00	0.00	0.00	0.00	0.15	0.06	0.02	0.11

圖 12-1　各電視臺 2016 年 7 月 3 日 15-44 歲每 15 分鐘收視率一覽表（節錄）

15-44歲	台視	中視	華視	民視	三立台灣台	三立都會台	SETM	TVBS	TVBS新聞台	TVBS歡樂台	NBCHTV	年代新聞台	東風衛視	東森電影台	東森綜合台	東森新聞台	東森洋片台	東森戲劇台	GTV第一台	GTV綜合台	GTV戲劇台	中天新聞台	中天綜合台	中天娛樂台	民視新聞	緯來綜合	緯來日本	緯來體育台
18 00	0.57	0.18	0.49	0.43	0.40	0.16	0.32	0.22	0.98	0.22	0.04	0.18	0.01	0.05	0.19	0.38	0.15	0.06	0.09	0.10	0.07	0.32	0.13	0.15	0.29	0.06	0.09	0.10
18 15	0.95	0.20	0.48	0.38	0.36	0.22	0.45	0.17	1.08	0.23	0.08	0.13	0.00	0.24	0.41	0.61	0.14	0.07	0.03	0.13	0.07	0.43	0.14	0.18	0.30	0.08	0.10	0.10
18 30	1.81	0.23	0.29	0.28	0.86	0.17	0.33	0.23	1.13	0.29	0.02	0.25	0.00	0.26	0.56	0.63	0.15	0.06	0.10	0.08	0.08	0.53	0.20	0.12	0.36	0.13	0.14	0.15
18 45	1.83	0.28	0.26	0.28	1.04	0.19	0.70	0.19	0.92	0.29	0.02	0.23	0.00	0.23	0.64	0.70	0.14	0.11	0.03	0.09	0.04	0.58	0.31	0.14	0.55	0.21	0.22	0.13
19 00	1.52	0.48	0.30	0.50	1.16	0.24	0.67	0.06	0.91	0.30	0.04	0.21	0.02	0.21	0.78	0.75	0.21	0.01	0.00	0.08	0.10	0.64	0.30	0.15	0.84	0.13	0.29	0.12
19 15	1.25	0.69	0.26	0.59	1.34	0.23	0.65	0.06	1.10	0.26	0.00	0.14	0.12	0.33	0.79	0.84	0.20	0.03	0.03	0.13	0.05	0.82	0.31	0.07	0.75	0.20	0.34	0.14
19 30	0.98	0.51	0.32	0.75	1.58	0.28	0.57	0.10	0.97	0.27	0.00	0.29	0.05	0.32	0.73	0.76	0.20	0.05	0.02	0.14	0.09	0.86	0.33	0.11	0.56	0.21	0.26	0.11
19 45	0.74	0.70	0.39	0.92	1.49	0.41	0.43	0.12	0.85	0.38	0.02	0.19	0.01	0.38	0.70	0.54	0.22	0.04	0.01	0.16	0.09	0.39	0.34	0.14	0.42	0.26	0.24	0.14
20 00	0.61	0.70	1.00	1.82	0.78	1.42	0.53	0.09	0.76	0.09	0.00	0.18	0.00	0.42	0.13	0.56	0.21	0.06	0.06	0.24	0.13	0.15	0.54	0.08	0.29	0.22	0.16	0.05
20 15	0.60	0.88	1.09	2.06	0.66	1.44	0.30	0.03	0.68	0.08	0.04	0.20	0.00	0.37	0.05	0.63	0.19	0.14	0.03	0.40	0.18	0.15	0.67	0.10	0.42	0.15	0.10	0.11
20 30	0.62	0.87	1.13	2.34	0.68	1.74	0.27	0.07	0.43	0.02	0.01	0.12	0.04	0.41	0.04	0.44	0.19	0.18	0.04	0.44	0.19	0.22	0.74	0.05	0.41	0.08	0.10	0.17
20 45	0.56	0.87	1.40	2.58	0.56	1.82	0.24	0.12	0.41	0.06	0.01	0.14	0.08	0.52	0.05	0.50	0.26	0.19	0.02	0.45	0.16	0.29	0.75	0.08	0.22	0.07	0.05	0.15
21 00	0.51	0.73	1.60	2.43	0.58	2.35	0.39	0.06	0.41	0.01	0.05	0.17	0.02	1.18	0.06	0.75	0.20	0.16	0.02	0.43	0.16	0.30	0.65	0.07	0.14	0.03	0.03	0.11
21 15	0.50	0.89	1.28	2.24	0.72	2.51	0.41	0.11	0.38	0.04	0.05	0.10	0.00	1.38	0.07	0.60	0.23	0.11	0.03	0.56	0.17	0.49	0.66	0.07	0.10	0.03	0.03	0.11
21 30	0.75	0.70	1.04	2.33	0.88	2.63	0.27	0.07	0.29	0.14	0.05	0.09	0.01	1.47	0.07	0.58	0.43	0.11	0.06	0.49	0.19	0.43	0.62	0.06	0.14	0.05	0.10	0.11
21 45	0.87	0.63	1.21	2.40	0.86	2.21	0.23	0.10	0.52	0.15	0.06	0.06	0.03	1.46	0.15	0.46	0.37	0.13	0.18	0.35	0.19	0.42	0.63	0.05	0.15	0.04	0.05	0.11
22 00	1.59	0.71	0.72	1.31	0.58	0.87	0.26	0.05	0.26	0.21	0.01	0.09	0.01	1.50	0.56	0.46	0.31	0.22	0.24	0.09	0.28	0.44	0.24	0.08	0.22	0.19	0.13	0.11
22 15	1.95	0.77	0.61	0.96	0.41	0.65	0.21	0.06	0.24	0.14	0.00	0.11	0.02	1.67	0.66	0.38	0.34	0.22	0.32	0.03	0.43	0.42	0.28	0.14	0.18	0.29	0.10	0.13
22 30	1.86	0.72	0.51	0.89	0.28	0.61	0.28	0.04	0.24	0.11	0.01	0.16	0.02	1.71	0.63	0.27	0.29	0.14	0.33	0.05	0.35	0.33	0.30	0.25	0.07	0.41	0.09	0.10
22 45	1.69	0.79	0.48	0.91	0.32	0.67	0.13	0.04	0.21	0.16	0.01	0.26	0.01	1.54	0.54	0.33	0.39	0.13	0.23	0.06	0.33	0.18	0.25	0.32	0.16	0.38	0.07	0.08
23 00	1.78	0.40	0.45	0.93	0.32	0.48	0.23	0.01	0.36	0.13	0.02	0.23	0.00	0.58	0.53	0.34	0.41	0.20	0.10	0.09	0.30	0.29	0.12	0.37	0.21	0.09	0.07	0.03
23 15	1.68	0.31	0.46	0.88	0.26	0.29	0.21	0.00	0.35	0.10	0.01	0.27	0.01	0.35	0.51	0.47	0.71	0.19	0.12	0.04	0.31	0.16	0.09	0.50	0.14	0.09	0.11	0.02
23 30	1.34	0.30	0.44	0.43	0.15	0.26	0.08	0.01	0.40	0.01	0.01	0.21	0.02	0.38	0.13	0.48	0.82	0.21	0.08	0.06	0.33	0.32	0.05	0.49	0.20	0.17	0.04	0.00
23 45	0.74	0.37	0.41	0.09	0.22	0.29	0.08	0.01	0.34	0.02	0.01	0.16	0.04	0.21	0.11	0.32	0.55	0.16	0.00	0.05	0.32	0.36	0.05	0.44	0.15	0.14	0.02	0.03
24 00	0.49	0.41	0.18	0.06	0.21	0.18	0.18	0.03	0.55	0.05	0.03	0.17	0.04	0.32	0.14	0.40	0.27	0.09	0.01	0.01	0.17	0.30	0.08	0.18	0.31	0.19	0.06	0.04
24 15	0.37	0.38	0.00	0.00	0.17	0.14	0.17	0.01	0.50	0.00	0.00	0.19	0.01	0.30	0.19	0.34	0.29	0.03	0.02	0.03	0.20	0.22	0.12	0.11	0.25	0.16	0.06	0.06
24 30	0.35	0.10	0.06	0.06	0.05	0.15	0.12	0.04	0.28	0.01	0.00	0.16	0.04	0.41	0.14	0.17	0.28	0.06	0.04	0.00	0.19	0.22	0.08	0.06	0.42	0.17	0.16	0.02
24 45	0.36	0.01	0.04	0.06	0.10	0.14	0.08	0.20	0.17	0.00	0.00	0.12	0.03	0.29	0.20	0.07	0.27	0.07	0.04	0.00	0.19	0.07	0.15	0.05	0.24	0.22	0.10	0.01
25 00	0.34	0.05	0.06	0.10	0.07	0.18	0.12	0.14	0.15	0.02	0.00	0.06	0.00	0.29	0.23	0.13	0.19	0.07	0.05	0.01	0.20	0.09	0.04	0.05	0.03	0.13	0.05	0.01
25 15	0.19	0.05	0.01	0.09	0.07	0.16	0.14	0.16	0.12	0.01	0.00	0.06	0.00	0.20	0.15	0.11	0.15	0.10	0.04	0.02	0.21	0.09	0.02	0.08	0.08	0.11	0.02	0.03
25 30	0.10	0.00	0.02	0.05	0.00	0.18	0.10	0.03	0.09	0.00	0.00	0.02	0.00	0.01	0.08	0.12	0.14	0.11	0.01	0.01	0.12	0.05	0.01	0.01	0.06	0.09	0.00	0.02
25 45	0.07	0.00	0.00	0.00	0.00	0.13	0.03	0.00	0.04	0.00	0.00	0.02	0.00	0.00	0.12	0.16	0.09	0.07	0.00	0.01	0.13	0.04	0.00	0.00	0.08	0.05	0.00	0.01
合計	41.66	19.98	24.87	34.29	27.23	35.78	19.08	6.64	35.33	7.20	1.95	10.50	1.16	31.09	17.78	29.01	16.25	5.96	4.24	15.01	9.02	20.98	13.20	6.32	21.37	9.73	8.09	6.47

AGB Nielsen Media Research *個人收視率*

95%信心水準下之誤差界限 $= \pm 1.96 \times \sqrt{\frac{收視率 \times (100-收視率)}{樣本數}}$

圖 12-2　各電視臺 2016 年 7 月 3 日 15-44 歲每 15 分鐘收視率一覽表（節錄）

Variable	Date						
TVR	2015/09/17						
Target	4+歲							

Day Part \ Channel	ERA	ET-N	SETN	TVBS	TVBSN	CTiN	FTVN	NTVN
06:00:00-0	0.12	0.19	0.08	0.03	0.19	0.03	0.07	0.04
06:01:00-0	0.12	0.23	0.06	0.01	0.19	0.04	0.09	0.07
06:02:00-0	0.12	0.24	0.09	0.01	0.20	0.03	0.09	0.07
06:03:00-0	0.06	0.21	0.08	0.01	0.20	0.03	0.13	0.11
06:04:00-0	0.12	0.22	0.08	0.01	0.18	0.03	0.10	0.11
06:05:00-0	0.13	0.18	0.11	0.01	0.17	0.03	0.14	0.11
06:06:00-0	0.22	0.21	0.09	0.01	0.18	0.05	0.17	0.04
06:07:00-0	0.21	0.26	0.10	0.01	0.20	0.03	0.14	0.04
06:08:00-0	0.21	0.26	0.10	0.01	0.20	0.04	0.17	0.02
06:09:00-0	0.20	0.31	0.13	0.02	0.16	0.03	0.12	0.02
06:10:00-0	0.20	0.33	0.11	0.01	0.17	0.04	0.12	0.00
06:11:00-0	0.18	0.29	0.12	0.01	0.15	0.08	0.14	0.01
06:12:00-0	0.20	0.27	0.12	0.02	0.12	0.08	0.18	0.02
06:13:00-0	0.18	0.29	0.14	0.00	0.16	0.15	0.15	0.01
06:14:00-0	0.17	0.24	0.12	0.00	0.17	0.17	0.20	0.01
06:15:00-0	0.18	0.28	0.12	0.00	0.20	0.13	0.21	0.01
06:16:00-0	0.18	0.35	0.16	0.00	0.20	0.07	0.20	0.01
06:17:00-0	0.18	0.34	0.18	0.03	0.20	0.06	0.20	0.00
06:18:00-0	0.19	0.31	0.25	0.02	0.20	0.11	0.21	0.00
06:19:00-0	0.22	0.27	0.25	0.02	0.23	0.11	0.24	0.01

圖 12-3　有線新聞臺 2015 年 9 月 17 日每分鐘收視率表（節錄）

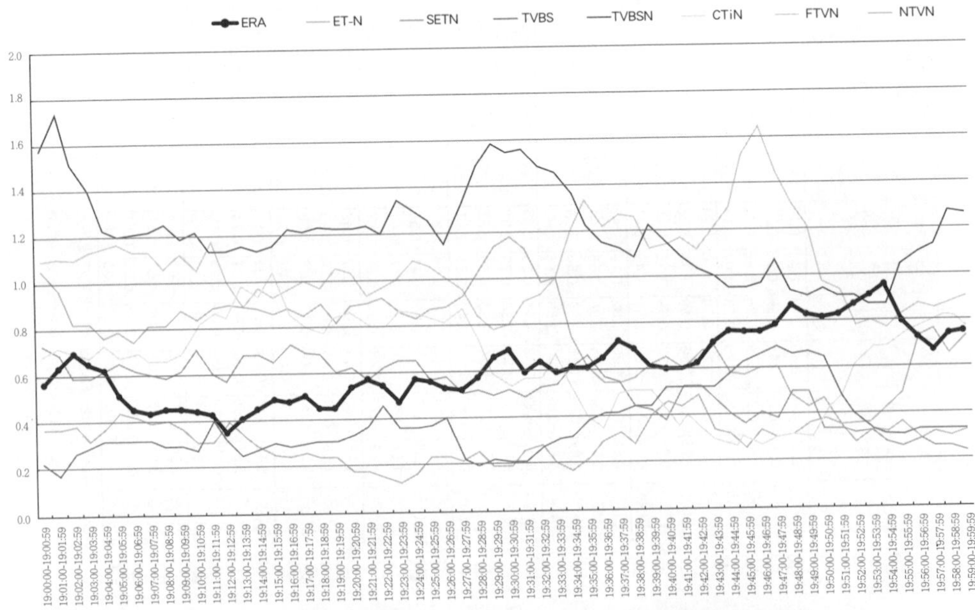

圖 12-4　有線新聞臺 2015 年 9 月 17 日每分鐘收視率折線圖

㈢各頻道每日節目收視率

調查業者每日依照各頻道、各節目、播出時間與結束時間排序，將當天所有節目的平均收視率列表。

各頻道每日節目收視率就像是成績單一樣，列出各頻道、節目的收視表現。

	A	B	C	D	E	F	G	H
1	Reported date(s):2016/7/3;							
2	Selected target(s):15-44歲							
3								
4						Target	15-44A	
5	Counter	Description	Channel	Start time	End time	Due	TVR	
6	1	週六後菜鳥的燦爛時代大誠	TTV/台視	02:00	02:45	45	0.24	
7	2	午夜優質匯竑阿薩姆我和我	TTV/台視	02:45	04:15	89	0.07	
8	3	午夜優質匯竑阿薩姆翻轉十	TTV/台視	04:15	04:30	15	0.03	
9	4	午夜特區百萬小學堂	TTV/台視	04:30	06:30	119	0.03	
10	5	0630設計家	TTV/台視	06:30	07:30	60	0.00	
11	6	0730魔導少年二	TTV/台視	07:30	07:59	29	0.00	
12	7	美食好簡單	TTV/台視	07:59	08:29	30	0.00	
13	8	幸福一點通	TTV/台視	08:29	08:59	30	0.01	
14	9	幸福一點通	TTV/台視	08:59	09:58	58	0.04	
15	10	台灣名人堂	TTV/台視	09:58	10:58	60	0.01	

圖 12-5　2016 年 7 月 3 日 15-44 歲各頻道每日節目收視率（節錄）

Nielsen 節目總排名表-25-49歲

排名頻道．台視/中視/華視/民視/衛視中文/衛視電影/超視/AXN/TVBS/MUCH-TV/TVBSG/TVBSN/年代電視/東森電影台/東森綜合台/東森新聞S/YOYO TV/東森新聞台/東森洋片台/東森戲劇台/三立台灣/DISNEY/緯來綜合/三立都會/SETN/Jet TV
中天新聞台/中天綜合台/中天娛樂台/GTV第一台/GTV綜合台/GTV戲劇台/緯來電影/龍祥電影/緯來日本/緯來體育/Discovery/民視新聞/非凡商業/非凡新聞/CARTN/衛視西片/國家地理頻道/國興/緯來戲劇/東風衛視/霹靂頻道/衛視體育/ESPN/緯來洋片台

日期：2016/7/3 星期日　時段：02:00~25:59　區：臺灣全省　總人口數值('000)：8879　時段：02:00~25:59　樣本數：2746

排	節目名稱	台別	Start tim	Endt tim	收視率	市場佔有率	排	節目名稱	台別	Start ti	Endt ti	收視率	市場佔有率
1	綜藝大集合娘家益生菌	FTV	20:00	22:00	2.64	10.67	41	1700整點新聞	TVBSN	17:00	18:00	0.57	4.28
2	航海王22	TTV	18:26	18:57	2.01	10.19	42	中天晚間新聞	CTiN	17:45	20:00	0.57	2.85
3	綜藝玩很大OB嚴選	SL2	19:59	21:59	1.95	7.87	43	龍貓	*SCM	16:54	18:49	0.56	3.76
4	蟻人	*SMIT	20:59	23:19	1.73	7.42	44	文茜的世界周報	CTiN	21:00	22:00	0.55	2.19
5	台視晚間新聞	TTV	18:57	20:00	1.54	6.64	45	MIT台灣誌	CTV	12:30	13:28	0.55	3.84
6	大誠保險經紀人狼王子	TTV	21:59	23:33	1.52	7.15	46	1100中天新聞	CTiN	11:00	11:45	0.53	4.85
7	華視天王豬哥秀	CTS	20:00	22:02	1.32	5.35	47	名模出任務	CTS	22:02	00:02	0.53	2.74
8	火影忍者劇場版慕留人	ET-M	20:58	23:03	1.29	5.42	48	週日後菜鳥的燦爛時代大	TTV	14:34	16:09	0.53	4.89
9	超級紅人榜小三美日	SANLI	18:29	19:59	1.28	5.79	49	1230蠟筆小新	GTV-C	12:29	12:59	0.53	3.70
10	大誠保險經紀人狼情蜜意	TTV	23:33	23:48	1.18	7.66	50	1600整點新聞	TVBSN	16:00	17:00	0.53	4.68

圖 12-6　2016 年 7 月 3 日 25-49 歲節目收視率總排名表（節錄）

㈣各頻道每日節目收視率排名

透過各頻道每日節目收視率列表，調查公司通常會將所有節目進行排名，列出節目收視排行榜，如圖 12–6。

若電視臺上榜的節目愈多，通常意味著更受觀眾、廣告主的青睞。

通常每天的調查資料回收後，即可同步產生收視率。

但每月、每季、甚至每年，業者也會另外進行趨勢分析，找出各電視臺、節目收視率的消長，作為電視臺營運，或是廣告績效的重要參考。

貳、如何調查收視率？

隨著科技的進步，收視率調查從傳統的簿記，演變成電話調查，甚至是自動記錄。調查方法介紹如下：

一、簿本登記法

這是最傳統的收視率調查方式。業者將調查簿送至各樣本家戶中，由樣本家戶填寫，再由調查員定期回收、發送新的調查簿。

這種方法的成本最低，但樣本家戶有可能因為懶惰或不小心忘記而未填寫，或是等回收調查簿前根據記憶填寫，造成調查的偏誤。

二、電話調查法

業者透過電話簿隨機抽樣，打電話到各家戶中，詢問收視情況後加以記錄。依照調查時間的不同，電話調查法可分為以下 2 種：

㈠事後回溯

業者在通話過程中，請受訪者回憶 24 小時前收看電視的情況，並加以記錄。由於屬於事後回溯，受訪者回憶與實際情況的差異，就是本方法最大的偏誤。

㈡同時訪問

在節目播出的同時，業者打電話到受訪者家中，詢問當時正在收看哪個節目。比起事後回溯，本方法更能精確地記錄收視狀況。

但電話調查的結果，深受調查時間與受訪者的影響。

例如，週間晚上，絕對調查不到夜市從業人員。週末晚間，在家的人通常是較年長或年幼的家庭成員，抽樣到年輕人的機會較低。

此外，接電話的人多是家庭主婦，最後的調查結果，恐怕會是全臺灣家庭主婦的收視率，無法測出精確的結果。

三、收視記錄器調查法

業者在徵求樣本家戶同意後，於電視旁安裝收視記錄器。

從電視機開啟到關閉期間，記錄器將記錄家戶收看的頻道、平臺（例如 MOD、有線電視、數位無線電視、錄放影機等）、轉臺情況等。

隔日凌晨再透過電話數據機或網路，將收視資料傳送至業者的伺服器。

記錄器基本上以家戶為單位，也可在加入家戶成員的資料後設定個人代號。

當家戶成員收看電視時，同步按下遙控器上的代號，離開時再按下取消，即可記錄個人收視率。

相較於前 2 種方法，收視記錄器更能精確記錄收視情形，同時也設有提醒機制，若未同步開啟記錄器，則會出現提示訊息，避免樣本戶漏記。

然而，收視記錄器所費不貲，調查成本也是所有方法中最高的。

參、影響收視率的因素

天時、地利、人和，眾多因素相互搭配，才可創造高收視率。以下介紹各種影響收視率的因素，以及提升收視率的方法。

一、節目畫面

以電視新聞來說，畫面對收視率的影響是非常直接的。從第三章到第七章的學習中，我們已經了解畫面的聲光效果，決定了觀眾的目光能否停駐。觀眾的眼球總是會被最精彩的那一幕所吸引，進而黏滯在該頻道持續收看。

例如，若要描述一個車禍現場，衝撞的瞬間是最有衝擊力的畫面。假設當天各電視臺的記者取得的素材，分別為行車記錄器的錄影錄音、行車記錄器的錄影、車禍現場照片、車禍現場模擬動畫，這 4 種呈現方式因為聲光效果有所差異而有不同的收視率，其中包含驚險瞬間影像與聲音的呈現方式，最能吸引觀眾注意。

此外，鏡面設計也會影響收視意願。例如，螢幕角落時常出現的「獨家」字樣、吸引人的小標題、新聞標題底下的跑馬燈，都是可以吸引觀眾注意的設計。

二、節目時段

收視率會因為一天當中的時段，以及一週當中的日子而有所差別。

以時段來看，每天的晚間到夜間都是收視高點。以日子來看，週末的收視率也會略比週間高。主要是因為這些時間，都是一般人在家的時間，收視率當然較高。

以下將以新聞為例，分析各時段、日子的編排策略。

㈠以時段分類

1.晨間時段 (06:00～09:00)

這段時間通常是一般人起床、吃早餐、準備出門的時段。

各臺通常播出晨間新聞，讓觀眾接收最新資訊，這也是白天當中收視率較高、一天當中收視率中等的時段。

收視率通常在 0.10 到 0.30 之間徘徊。

2.上午時段 (09:00～12:00)

這段時間往往是白天收視率最低、一天當中次低的時段。除了家庭主婦、年長者之外，其他人大多都已外出。

因此本時段的節目以重播為主，若播出整點新聞，也以重點新聞為主、最新消息為輔，非首播的新聞、節目比例高。

收視率通常在 0.00 到 0.20 之間徘徊。

3.中午時段 (12:00～14:00)

午餐時間也是一般人的休息時間，此時的收視率將提升至白天最高點，也是一天當中收視率較高的時段。

各電視臺多播出首播的節目，新聞也大多為當日首播，中午時段可說是最「新」的時段。

收視率通常在 0.20 到 0.40 之間徘徊。

4. 下午時段 (14:00～18:00)

午餐、休息時間過後，收視率明顯下降，觀眾群與上午時段相似。大約在 16 時後，下班、下課的人漸漸回家。

所以下午時段在一天當中的收視率雖低，但略比上午時段佳，因此也是以重播的節目或新聞為主。

收視率通常在 0.10 到 0.30 之間徘徊。

5. 晚間時段 (18:00～21:00)

晚間時段又稱為黃金時段或主要時段，通常是一天的收視高峰。不論新聞或節目，幾乎全是「首播」，提供觀眾最新的內容，也是電視臺兵家必爭之地。

到了 20 時，由於觀眾習慣收看戲劇，新聞的收視率比 18 時、19 時略低，但也吸納部分因加班、交通堵塞而晚歸的觀眾群，因此 20 時的新聞收視率，通常僅次於 18 時、19 時的晚間新聞。

收視率通常在 0.50 到 1.50 之間徘徊。

6. 夜間時段 (21:00～00:00)

夜間時段的收視率僅次於晚間時段。由於大部分的觀眾會收看戲劇、綜藝節目，因此這段時間的新聞收視率會下降。

為了與晚間新聞時段做出區別，現在許多新聞頻道會在夜間時段改播談話節目，增加頻道的多元性搶收視率。

也有頻道持續走新聞路線，播出專題式、深入報導的新聞，也經營出固定觀眾。

收視率通常在 0.40 到 0.80 之間徘徊。

7. 深夜時段 (00:00～06:00)

這段時間由於大部分的人都已入睡，收視率自然是全天最低。不論是新聞，或是其他節目，大多以重播為主，較少首播節目，以節省製播成本。

收視率通常在 0.00 到 0.10 之間徘徊。

整體而言，電視臺一天的收視率變化如圖 12–7：

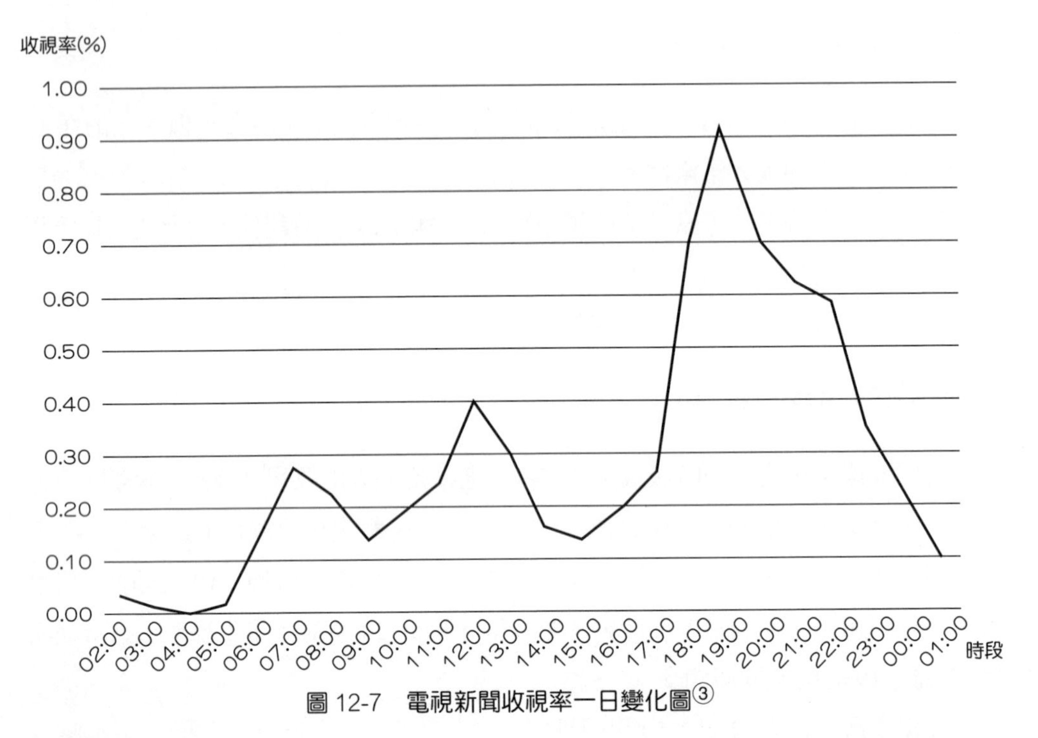

圖 12-7　電視新聞收視率一日變化圖[③]

㈡以日子分類

1.週間時段（週一全日至週五晚間）

相較於週末，週間因為上班上課、各式活動的關係，一般民眾在家的時間較短，因此整體收視率較週末時段來得差。

以新聞來說，會以整點新聞為主，新聞節目的時段相對較少。

但週五晚間因假日開始的緣故，被稱為「小週末」，收視率通常較週一至週四來得高，收視型態似週末時段。

2.週末時段（週五晚間至週日全日）

由於週末時段為休假日，因此週末在家的民眾較週間多，整體收視率較週間好，因此電視臺願意投注較多資源，在週末製播節目，取代不斷重複的整點新聞。

又因為電視臺週末上班的人數較少，因此產製的新聞量也少，順勢讓節目數量增加，用長專題取代短新聞，吸引觀眾長時間鎖定該頻道，搶食收視率。

③　此圖以 2016 年 7 月 4 日 TVBS 新聞臺一日收視變化為例。

三、節目內容

㈠節目型態

電視節目型態通常與播放時段共同影響。若電視頻道是百貨公司，播出的內容就是櫥窗裡的展示商品。電視臺的主管必須決定要與其他臺播出相同型態的節目，或是不同型態的節目。收視表現會因此變好或變差，則沒有一定的規則可循。

例如，在午間時段、晚間時段，一般觀眾通常習慣看新聞，假設在晚間 7 點改播政論節目，「異軍突起」的結果，因為違背收視習慣，通常收視率會變差，一般節目鋪排也不會如此。

例如「新聞深喉嚨」節目原本設定在 19:30 播出，但因為觀眾仍希望收看新聞而流失原本的觀眾群，因此又調整至 20 時播出，收視才漸有起色。

不過「異軍突起」也有成功的例子。過去夜間時段，各新聞臺也是以整點新聞為主，但部分電視臺開始走不一樣的路，在此時段開闢談話節目。

例如，政論性的「新台灣加油」、「新聞面對面」，或是綜合性的「關鍵時刻」、「新聞龍捲風」等，起初收視率不甚理想，但經營一段時間，並調整節目內容後，收視率便節節高升，讓其他電視臺爭相模仿，使得夜間時段從新聞變成節目的黃金時段。

節目型態影響收視的例子可見一斑，但沒有一定的準則，完全取決於觀眾的習慣。只要播出適合觀眾群型態的節目或新聞，都是「票房良藥」。

㈡節目長短

好看的節目永遠不嫌短，難看的節目永遠都太長。被觀眾嫌難看的節目，播愈久收視自然愈差。

節目的長短取決於精彩程度，精彩的節目若時間太短，則搶不到收視率。若一直播出精彩節目而無其他內容調劑，觀眾也容易疲乏而轉臺。因此節目時間的拿捏，必須取決於觀眾的特點與節目的內容、節奏而定。

現今的電視新聞或節目，通常以半小時或 1 小時為鋪排單位，也會把新聞分成好幾節，一方面以 1 節為 1 個節目的方式增加收視率排行榜前幾名的節目數量，另一方面也可防止觀眾感到疲憊。

四、節目編排

收視率會受到內容與時段的影響，但也非絕對。在節目鋪排上，也可用收視率較高的節目，拉抬收視率較低的節目，期盼提升電視臺的總收視率。

有學者對常見的節目鋪排方式進行分類如下（劉蕻南，2000）：

㈠橋梁式

橋梁式的編排通常會在收視率強的節目播畢之後，立刻播出下一個節目，直接留住觀眾繼續收看該頻道。

例如，有些電視臺常在晚間新聞前播卡通節目，讓小朋友看完後，爸爸媽媽「順便」收看接下來的新聞。

又如，新聞臺在1700的整點新聞製作一個交接的橋段，「無縫接軌」提早讓1800晚間新聞播出。

圖 12-8　晚間新聞提早於 17:46 交接

㈡吊床式

吊床式的編排是透過兩檔較強的節目，拉抬中間收視率較差的節目，因為中間低、兩端高的形式，故稱為吊床式。

例如，某電視臺20時的戲劇、22時的綜藝節目收視率較佳，那麼21時的節目，就可以靠20時、22時節目「抬轎」來刺激收視成長。

在新聞臺中，若19時的晚間新聞與22時的夜間新聞收視率較好，當電視臺想開設一個談話節目，就可能設定在 20 時至 22 時播出，藉由晚間新聞、夜間新聞來拉抬新節目的收視率。

㈢針鋒相對式

針鋒相對式也稱為「硬碰硬」策略。當對手節目很強的時候，自己也推出類似的節目，並將播出時段調至與對手節目一樣，以吸引對手的觀眾群。

例如，「新聞面對面」收視率不錯，對手電視臺便開設「正晶限時批」節目，將播出時間安排在同一時段，與對手硬碰硬。

㈣迴避式

迴避式與針鋒相對式正好相反，避免與強勢的對手硬碰硬，改推不同類型的節目因應，藉以開發不同的觀眾群，吸納收視率。

例如，21 時、22 時在新聞臺中是談話節目的天下，收視表現也不俗。這時不必與對手硬碰硬，改用整點新聞來搶收視，也是不錯的選擇。

㈤延伸式

通常收視較好的節目會採用延伸式，希望藉由延長播出時間，或是增加一星期中的播出日數，搶得更多的收視率。

例如，「54 新觀點」的收視表現不俗，原本在午夜 12 點就播畢，但電視臺為了搶更多的收視率，可能會延長至午夜 00:15 結束，甚至延長 1 小時播出。

又如，14 時的政論節目原本是週一到週五播出，但因為收視亮眼，就會延伸至週六、週日也播出。

五、節目主持人

主持人負責傳達訊息，並引導節目進行，因此被視為節目的門面。

既然是門面，從商業利益的角度來看，主持人的任務在於激發大眾對節目的欲望，所以外型便無可避免地成為考量因素之一。

以主播為例，以前只要夠端莊、口齒清晰、應變能力強，即有機會坐上主播檯。

但現今主播在螢幕上露臉的時間，比起演藝人員甚至有過之而無不及。主播的新聞專業與資歷，似乎已非電視臺的主要考量了。

六、非常態因素

㈠突發事件與社會環境的變動

當天災、人禍發生時，觀眾勢必會想知道最新狀況，此時新聞就是首選。

例如，2016 年小年夜發生的臺南地震，維冠大樓倒塌釀成嚴重死傷，以及 2015 年初的復興航空墜毀基隆河事件，都是顯例。

又如，2015 年底國民黨撤換總統提名人洪秀柱的「換柱事件」，反映了社會環境的變動。

這些重大新聞發生時，除了新聞臺吸納大部分觀眾，收視率暴增外，老三臺之類的綜合性頻道也撤掉原本的節目，改播電視新聞「特別報導」，期望搶食收視率。

㈡重大活動

重大活動最典型的就是體育賽事與頒獎典禮。

以頒獎典禮為例，像是金曲獎、金鐘獎、金馬獎、奧斯卡頒獎典禮時，觀眾們也會擠在電視機前，希望自己支持的巨星能一舉得獎。

獲得轉播權的電視臺，吸納了大部分的觀眾群，是一年之中爭奪收視率的最好時機。

體育賽事也是影響收視率的重要活動。例如，4 年 1 度的奧運或世界棒球經典賽，中華隊出場的賽事必定是收視焦點，轉播的電視臺也因此獲得高收視。

另外也有媒體分析人士指出，運動員的好成績對電視轉播收視率有不小影響。

例如，當年陳金鋒、王建民等臺灣棒球選手在美國職棒大聯盟出賽時，掀起全民看棒球的熱潮，FOX、ESPN、民視、公視等轉播臺的收視率都大幅提高，各新聞臺無不爭相報導當日賽況。

公視球評袁定文就曾說：「王建民投 1 天休息 4 天，臺灣觀眾的熬夜程度也跟著王建民『投 1 休 4』。」

㈢電視臺本身狀況

電視臺本身的政治立場與經營狀況，也會影響收視率。

例如，在 2016 年總統大選前，因為執政黨聲勢疲弱，政治立場偏藍的電視臺收視率也跟著疲軟，反而偏綠的電視臺收視率節節高升。

曾幾何時，2008 年時剛好相反，偏藍的電視臺收視率在當時可是如日中天。

經營狀況也會影響觀眾收視意願。

例如，1999 年環球電視臺因經營權爭奪、斷訊風波而鬧得沸沸揚揚，雖然造成當時電視臺內部的混亂，卻也因此獲得觀眾的注意而提升了收視率。

又如，2011 年反媒體壟斷正流行，當時主要的抗議對象為收購中天、中視的旺旺集團，由於學者與公民團體發起抵制，這兩家電視臺的收視率很明顯地下降。

肆、收視率調查的問題與亂象

收視率實屬「樣本推估」數字，光是裝機樣本、開機率精準與否，就對收視率有極大的影響。收視率背後的各項影響因素，造成調查的偏誤，進而產生許多追求收視率的亂象。

一、調查機構與研究方法的問題

㈠調查機構問題

在臺灣，主要的收視率調查公司是尼爾森公司 (AGB Nielsen)。自 1994 年起，尼爾森公司開始進行收視率調查。

這 20 幾年之間，雖有廣電人等機構進行收視率調查，但臺灣的收視率調查幾乎是尼爾森公司一家獨大（台灣智庫，2012）。

由廣電基金籌組的「廣電人市場研究」於 2002 年成立，但短短 3 年之後就黯然退場。

時任廣告公會理事長的黃奇鏘表示，廣電人因為沒有深入了解臺灣收視率調查的生態，與尼爾森公司同質性過高，無法做出市場區隔，因此無法提供買家購買收視率報告的誘因，最後不堪虧損而退出市場（林昆練，2005）。

只有一家調查公司壟斷的結果，就是只有單一指標能參考，藉此作為分配每年250億電視廣告預算的準則，勢必衍生許多追求收視率的亂象（台灣智庫，2012；尼爾森，2016）。詳情將於下一部分討論。

㈡樣本結構問題

尼爾森公司調查收視率的方式，是從全臺灣846萬家戶中，藉由「分層隨機抽樣」的方式，選出大約1千8百個樣本戶，再透過收視記錄器調查法，進行收視率調查（台灣智庫，2012；尼爾森，2016）。

理論上，若能完全隨機抽樣，樣本具有代表性，信度也較高。

但一般來說，民眾會注重自己的隱私，因此拒絕裝設收視記錄器。而社經地位愈高者，愈容易拒絕裝設。

尼爾森公司並未透露拒絕安裝的比例，以及實際樣本的組成狀況，因此時常有人質疑樣本戶選取的隨機性，而這樣做出來的收視率，能否反映臺灣社會的真實狀況，也令人起疑。

此外，尼爾森公司每年以15%到20%的更換率替換樣本戶，但因為採取「自然淘汰法」的緣故，幾乎是調查戶主動退出，而非由業者主動淘汰，因此部分的樣本，恐怕這20餘年間從未更換過。

樣本缺乏流動，使得收視率調查趨於僵化，無法隨著社會變遷，真實反映收視狀況（林照真，2009，頁261）。

㈢收視率抽樣誤差小

收視率調查結果是一個區間估計的概念。在統計學中，抽樣誤差的公式為：

$$\pm d = \pm Z \times \sqrt{\frac{p(1-p)}{n}}$$

d：抽樣誤差；Z：常態分配Z值；p：收視率；n：樣本數

假設某節目的收視率為1%，在95%的信心水準下，抽樣誤差為：

$$\pm 0.46\% = \pm 1.96 \times \sqrt{\frac{1\%(100\% - 1\%)}{1{,}800}}$$

樣本的抽樣誤差為正負 0.46%，表示實際的收視率有 95% 的機會落在 1% 的正負 0.46% 區間內。也就是說，真正的收視率應該介於 0.54% 到 1.46% 之間。

根據 2016 年 7 月 3 日的 15～44 歲個人收視率資料，各電視臺包含 19 時晚間新聞的收視率與信賴區間如表 12–1 與圖 12–9。

表 12-1　2016 年 7 月 3 日晚間新聞收視率分析表

電視臺	節目	收視率 (%)	抽樣誤差 (%)	收視率下界 (%)	收視率上界 (%)
台視	台視晚間新聞	1.14	0.38	0.76	1.52
中視	中視新聞全球報導	0.58	0.27	0.31	0.85
華視	華視晚間新聞	0.32	0.20	0.12	0.52
壹電視	晚間新聞	0.22	0.17	0.05	0.39
年代新聞	年代晚報	0.18	0.15	0.03	0.33
東森新聞	東森晚間新聞	0.54	0.26	0.28	0.80
中天新聞	中天晚間新聞	0.52	0.26	0.26	0.78
民視新聞	民視晚間新聞	0.60	0.28	0.32	0.88
三立新聞	台灣大頭條	0.49	0.25	0.24	0.74
TVBS 新聞	晚間 67 點新聞	0.99	0.35	0.64	1.34

註：15～44 歲個人樣本數為 2,998。

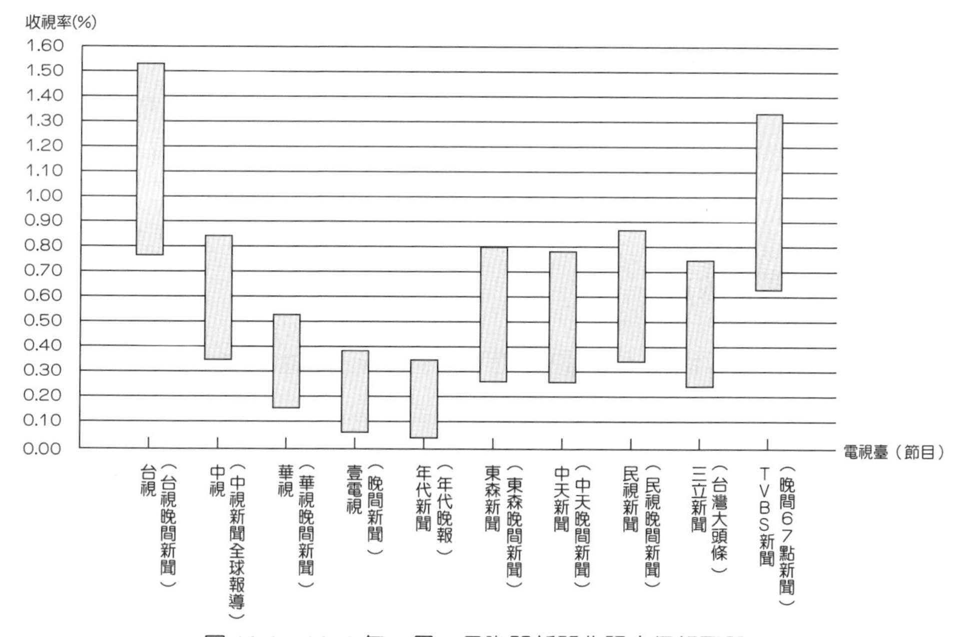

圖 12-9　2016 年 7 月 3 日晚間新聞收視率信賴區間圖

從上圖可知，其實各電視臺晚間新聞的收視率信賴區間範圍差異不大，重疊的區間很多。也就是說，在統計上沒有顯著差異，若無考量調查的誤差範圍，並無法反映出真正的收視率排名。

然而，各電視臺皆把收視率當成絕對的數字，而非區間估計，因此東森晚間新聞收視率 0.54%，與中天晚間新聞收視率 0.52%，兩者僅僅相差 0.02%，某些主管就為了這不到誤差範圍內的差距而檢討呢。

二、收視數字代表一切

(一)量化調查無法反映節目品質

收視率用數字表示節目受歡迎的程度，但收視率高的節目，是叫好叫座，還是把低俗當有趣？收視率低的節目，是曲高和寡，還是品質也有待加強？這些都是無法用數字反映出來的。

具有公共性、公益性質的頻道，其目的是為目標收視族群製播優質節目，而非追求收視利益。用收視率作為節目優劣的衡量指標，對這些頻道不甚公平。

例如，公廣集團的公共電視、客家電視，以及原住民族文化事業基金會的原住民族電視臺，其節目的優點就無法用現行的收視率調查呈現出來。

現今許多節目以灑狗血、腥羶色的方式博取高收視率，認真探討社會現象的文教、新聞節目卻是慘澹經營。量化的收視率調查，反映出這個社會「低俗文化」成為主流。是否真是如此值得商榷，當前的傳播研究也多有著墨。

(二)收視數字 = 廣告效益

收視率在商業上可代表「市場占有率」，是廣告主、電視臺、節目製作公司在計算投資、廣告收益的參考指標。

電視臺的主要營收來源就是廣告，而廣告主購買廣告的唯一準則就是收視率。廣告主都會依照收視率的高低，購買特定時段節目的廣告。

根據《廣播電視法》④ 與《衛星廣播電視法》⑤ 的規定，每小時的廣告時間基

④　《廣播電視法》第 31 條：電臺播送廣告，不得超過播送總時間百分之十五。

有關新聞及政令宣導節目，播放之方式及內容，不得由委託播送廣告之廠商提供。

本上是規範在一定範圍內，因此收視率高的節目，廣告主勢必擠破頭都想買下廣告時段，廣告費自然也比較高。

廣告主購買廣告時段的方式主要有以下 2 種：

1.檔次購買制

檔次購買制，又稱為批發制。通常由電視臺在節目播出前一段時間，就已與廣告主達成協議，因此不會因為播出時的收視率起伏，影響當下已賣出的廣告價格。但收視率仍會影響之後電視臺與廣告主對廣告價格的談判。

過去老三臺的時代，由於電視臺少，電視廣告資源非常珍貴，再加上各電視臺節目的收視率表現相當穩定，各臺的勝負幾乎是常態。因此為了爭奪電視廣告，廣告主通常會於事前包檔，直接高價標下電視臺的廣告時段。

不過，因為當前臺灣的有線頻道過多，廣告時段供過於求，又無法看出收視率的顯著差異，因此檔次購買制在現今的電視生態中並不適用。

2.每單位收視點成本 (cost per rating points, CPRP)

1 個收視點的單位是 1% 收視率，而 CPRP 就是購買每單位收視點的成本，通常是 1 檔廣告 1% 收視率的價格。

廣告主會根據收視率報告，決定向電視臺開出購買該臺廣告時段的價格。因此收視率愈高，廣告價格也愈高。

這種「零售」廣告時段的方式，是臺灣現階段大部分頻道採用的交易機制。

假設現在 1 小時有 10 分鐘（6 百秒）的廣告，以 10 秒鐘為 1 檔廣告的單位，則 1 小時有 60 檔廣告。在每單位收視點價格為 5 千元、節目平均收視率為 1.5% 的情況下，廣告收入計算如下：

$$5{,}000\text{（元）}\times 60\text{（檔）}\times \frac{1.5\%\text{（節目收視率）}}{1\%\text{（CPRP 單位收視率）}} = 450{,}000\text{（元）}$$

廣告應於節目前後播出，不得於節目中間插播；但節目時間達半小時者，得插播一次或二次。

⑤ 《衛星廣播電視法》第 36 條：廣告時間不得超過每一節目播送總時間六分之一。

單則廣告時間超過三分鐘或廣告以節目型態播送者，應於播送畫面上標示廣告二字。

電視臺這 1 小時的廣告收入理論上為 45 萬元，但廣告出售時可能還會有退傭、折扣等問題，因此淨收入可能只有廣告收入的 7 成，也就是 31.5 萬元。

但 CPRP 是一個絕對數值的概念，而非收視率調查區間估計的概念，因此若各電視臺的收視率差異，都在抽樣誤差的範圍內時，CPRP 就像是「亂槍打鳥」，廣告價格無法顯示真正的收視率排序。

此外，現今的 CPRP，更進化成「保證 CPRP」，也就是電視臺會在跟廣告主簽約時，保證會有多少 CPRP。若是未達標準，就會持續在其他檔次補足，以達到合約簽訂的數字。

這樣的制度，讓收視率高低決定廣告收入的成果，由電視臺概括承受，進而衍生許多追求收視率的亂象。

三、為達收視率不擇手段

曾有傳播學者說過，收視率會「殺人」（陳炳宏，2006）。而「人」指的是節目，也可以是節目中的名嘴、戲劇中的虛構人物。

例如，電視劇《家和萬事興》中，飾演邱金蘭的丁國琳因劇情需要被「賜死」後，卻因收視率不佳，編劇又讓她復活，以挽回收視低迷的頹勢（朱方蟬，2011）。

又如，政論節目中，某名嘴只要一開口，收視率立刻驟降，製作單位自然不會再與他聯絡。久而久之，這位名嘴也就消失在螢光幕前，形同被「賜死」了。

追求收視率的花招五花八門，電視新聞同樣如此。以下介紹 3 個精選案例：

㈠一個報告，各自表述

收視率報告是電視臺與廣告主協議廣告價格的籌碼，雙方經由協調找出供給與需求間的最適價格。

只是如前所述，業者可以依照性別、年齡等人口統計變項，以及透過節目分段、加總等方式，製作不同類型的收視率報告。

當報告出爐，電視臺得知節目「收視第一」時，常常會製作廣告昭告天下來提升其形象。但終於，一個弔詭的新聞出現了！

2005 年 4 月，許多電視臺接受訪問時，都宣稱自己是收視第一：

中視新聞主播沈春華稱自己的晚間新聞收視率全國第一，領先各臺超過 100 天。

TVBS 新聞臺則說自己的全日收視率（加總收視率）達到 28.83，是各臺第一。

中天新聞臺則說主播方念華入主晚間新聞以來，73 天內獲得 50 天第一名，才是真正的收視第一。

當時剛入主三立晚間新聞的主播張雅琴表示，首播第一小時的收視率，贏過宣稱真正第一名的中天主播方念華。

東森新聞臺為自家新聞造勢，替當家主播盧秀芳披戰袍加冕「新聞女王」，也暗示自己是凌駕各臺的第一名（林淑娟、葉文正，2005）。

同一份收視率調查，卻有好幾個人跳出來宣稱自己是第一名。難道有人說謊？

根據報導的線索，檢視 2005 年 4 月 12 日的收視率，以及前後一陣子的收視率報告後發現，以晚間新聞來說，沈春華的中視新聞全球報導收視率超過 2.5%，是全國第一名。

當日 TVBS 新聞臺的晚間 67 點新聞雖未贏過中視，但頻道的加總收視率，的確是各新聞頻道中的第一名。

中天新聞臺與其他新聞頻道相比，當日晚間新聞收視雖不佳，但其他日子的部分段落確實穩坐冠軍。

三立晚間新聞在 19 時該節的收視率約 0.54%，確實勝過中天晚間新聞約 0.01%～0.02%。

東森新聞 19 時的新聞，平均收視約 0.94%，在有線新聞臺中奪下第一，獲稱新聞女王也不無道理。

收視率報告就像一座山，「橫看成嶺側成峰，遠近高低各不同」，端看拿到報告的人如何解讀。各個部分都能有「第一名」，各電視臺只要「各取所需」，能向老闆與廣告主交代即可，因此才會出現「一個報告，各自表述」的現象。

㈡一個節目，支離破碎

追求收視第一的另一個花招，就是將節目「分解」得支離破碎。檢視 2005 年 10 月 31 日的收視率排行榜（圖 12-10），可以看到一個有趣的現象。

從圖 12-10 的排行榜報表中可發現許多同名的節目，但用不同名稱表示，可能是用單元名稱或第幾單元來分類。重新整理後，各節目上榜的次數如表 12-2：

Nielsen 節目總排名表-所有4歲以上個人

日期：2005/10/31　星期一　時段：02:00~25:59　地區：臺灣全省　總人口數值('000)：21399　樣本數：6144

排名	節目名稱	台別	節目時間	收視率	市場佔有率%	排名	節目名稱	台別	節目時間	收視率	市場佔有率%
1	意難忘PART4	FTV	21:23-21:40	7.53	26.05	41	新聞夜總會III	TVBS	23:29-23:43	1.91	12.03
2	意難忘PART3	FTV	21:10-21.23	7.35	25.29	42	中視氣象報告	CTV	19:53-20.00	1.88	7.16
3	意難忘PART2	FTV	20:44-21:10	6.91	23.98	43	台視新聞看世界	TTV	19:29-19:35	1.86	7.21
4	意難忘	FTV	20:00-20:43	5.67	20.33	44	大家來說笑	CTV	18:00-18:32	1.84	9.66
5	民視新聞53台快報	FTV	20:43-20:44	5.26	17.98	45	焦點新聞	CTS	18:37-18:37	1.75	7.64
6	親戚不計較PART2	FTV	19:48-19:59	4.35	16.46	46	台視晚間新聞	TTV	18:58-19:19	1.71	6.74
7	中視新聞掃描	CTV	19:19-19:20	4.3	16.72	47	民視七點晚間新聞	FTV	19:22-19:30	1.7	6.59
8	金色摩天輪PART4	SANLI	21:29-21:39	4.16	14.39	48	新聞夜總會II	TVBS	23:14-23:29	1.69	9.83
9	中視新聞全球報導	CTV	18:58-19:19	4.1	16.2	49	麻辣天后宮PART3	*CHIN	22:39-22:53	1.68	7.92
10	中視新聞全球報導	CTV	19:20-19:29	4.08	15.85	50	民視新聞氣象PART2	FTV	19:17-19:22	1.65	6.41
11	中視新聞全球報導II	CTV	19:29-19:40	3.92	15.11	51	1230金色摩天輪PART4	SANLI	13:51-14:03	1.63	17.54
12	金色摩天輪PART3	SANLI	21:02-21:29	3.83	13.2	52	鳥來伯與十三姨	SANLI	18:58-19:28	1.57	6.2
13	金色摩天輪PART2	SANLI	20:49-21:02	3.72	12.97	53	新聞最勁報	CTV	12:15-12:31	1.56	12.41
14	金色摩天輪	SANLI	19:59-20:49	3.3	11.78	54	華視晚間新聞精選頭條	CTS	18:58-19:10	1.56	6.23
15	中視氣象報告	CTV	19:40-19:53	3.21	12.1	55	麻辣天后宮PART2	*CHIN	22:23-22:39	1.54	6.78
16	關鍵時刻	FTV	21:40-21:53	3.12	12.25	56	邊城小子三	CTV	20:58-21:17	1.5	5.21
17	大家來說笑PART3	CTV	18:46-18:58	3.06	12.5	57	哆啦A夢	CTS	18:27-18:37	1.47	6.68
18	2100全民開講IV	TVBS	21:56-22:05	2.97	12.23	58	邊城小子四	CTV	21:17-21:31	1.46	4.99
19	親戚不計較	FTV	19:30-19:48	2.9	11.07	59	1230金色摩天輪PART3	SANLI	13:30-13:51	1.45	14.16
20	大家來說笑PART2	CTV	18:32-18:46	2.78	12.08	60	邊城小子二	CTV	20:20-20:58	1.45	5.03
21	戲說台灣	SANLI	19:28-19:59	2.75	10.48	61	邊城小子	CTV	20:00-20:20	1.44	5.35
22	重點新聞	CTV	18:32-18:32	2.65	11.93	62	華視晚間新聞政經人正	CTS	19:10-19:13	1.42	5.57
23	2100全民開講VIII	TVBS	22:47-23:01	2.64	13.17	63	舊情綿綿PART2	CTS	20:52-21:10	1.37	4.76
24	關鍵時刻PART2	FTV	21:53-22:45	2.61	11.15	64	楚漢驕雄IV	TVBS	20:45-20:59	1.35	4.68
25	2100全民開講V	TVBS	22:05-22:20	2.59	10.91	65	華視新聞最in話題	CTS	19:17-19:25	1.34	5.22
26	2100全民開講III	TVBS	21:43-21:56	2.5	9.92	66	民視七點晚間新聞	FTV	18:57-19:17	1.34	5.3
27	好愛邊城小子	CTV	19:53-19:53	2.35	8.83	67	華視晚間新聞關心自己	CTS	19:13-19:17	1.33	5.2
28	2100全民開講VII	TVBS	22:29-22:47	2.23	10.12	68	麻辣天后宮PART4	*CHIN	22:53-23:00	1.31	6.63
29	2100全民開講II	TVBS	21:32-21:43	2.23	8.03	69	世界午報	CTV	12:31-12:49	1.29	9.89
30	2100全民開講VI	TVBS	22:20-22:29	2.19	9.32	70	台視新聞氣象	TTV	19:35-19:54	1.29	4.88
31	哆啦A夢	CTS	18:37-18:44	2.11	9.14	71	舊情綿綿PART4	CTS	21:21-21:29	1.28	4.36
32	新聞夜總會I	TVBS	23:01-23:14	2.09	11.36	72	世界非常奇妙PART2	CTV	21:56-22:30	1.23	5.18
33	2100全民開講I	TVBS	20:59-21:32	2.05	7.07	73	1230金色摩天輪PART2	SANLI	13:17-13:30	1.23	10.84
34	台視晚間新聞	TTV	19:20-19:29	2.04	7.92	74	美鳳有約	FTV	12:28-12:51	1.22	9.35
35	哆啦A夢	CTS	18:45-18:57	2.03	8.33	75	美鳳有約PART2	FTV	12:51-12:56	1.21	9.33
36	台視新聞第一現場	TTV	19:19-19:20	2	7.79	76	文茜小妹大	CTV	22:30-23:11	1.18	5.78
37	KERORO軍曹	CTS	18:44-18:45	2	8.49	77	舊情綿綿	CTS	19:59-20:52	1.18	4.21
38	新聞夜總會IV	TVBS	23:43-24:02	2	13.95	78	航海王第三季PART2	TTV	18:48-18:58	1.18	4.8
39	黃金夜總會	SANLI	21:39-22:08	1.99	7.96	79	台視搶先報	TTV	18:29-18:30	1.18	5.49
40	華視晚間新聞	CTS	18:57-18:58	1.94	7.89	80	楚漢驕雄III	TVBS	20:32-20:45	1.17	4.05

圖 12-10　2005 年 10 月 31 日全體觀眾收視率排行

表 12-2　收視率排行榜節目上榜次數統計表

節目名稱	頻道	上榜次數
2100 全民開講	TVBS	8
中視新聞全球報導	中視	7
意難忘	民視	5
哆啦 A 夢	華視	5
台視晚間新聞	台視	5
華視晚間新聞	華視	5
金色摩天輪（首播）	三立台灣臺	4
大家來說笑	中視	4
新聞夜總會	TVBS	4
邊城小子	中視	4
民視七點晚間新聞	民視	3
麻辣天后宮	衛視中文臺	3
1230 金色摩天輪	三立台灣臺	3
舊情綿綿	三立台灣臺	3
親戚不計較	民視	2
關鍵時刻	民視	2
中視午間新聞	中視	2
楚漢驕雄	TVBS	2
美鳳有約	民視	2
航海王第三季	台視	2
戲說臺灣	三立台灣臺	1
黃金夜總會	三立台灣臺	1
烏來伯與十三姨	三立台灣臺	1
世界非常奇妙	中視	1
文茜小妹大	中視	1

註：節目以不同單元（例如 2100 全民開講 II）、分段（例如中視氣象報告）表示者，以及同一時段插播的廣告（例如好愛邊城小子）、新聞預告（例如重點新聞），次數皆計入同時段的主節目中。

從表 12–2 可以發現，不論是戲劇、新聞、綜藝，還是政論節目，都分拆成許多部分。主要目的有二：

其一為增加進入排行榜的次數，顯示節目受歡迎的程度，或是電視臺可以告訴廣告商本臺進入排行榜的比例，比其他臺還要高。

其二為增加上榜機率，因為只要某一段的收視率衝高，進入排行榜，就代表整個節目進入了排行榜（劉旭峰，2006，頁 56；廖士翔，2013，頁 19）。

曾任電視臺新聞部主管的劉旭峰認為，這樣切割節目爭取收視率的手段，已經到令人匪夷所思的地步（劉旭峰，2006）。

㈢為追獨家，造假誤植

近年來，各臺習慣用專題報導做出市場區隔，屬於較良性的競爭。

但在 2000 年到 2010 年間，新聞臺蓬勃發展的時期，各臺為求獨家新聞，可說是到「不擇手段」的地步。包括「腳尾飯事件」、「228 專題誤植事件」、「周政保事件」，都是新聞學界多次研究的對象。

這些事件後來也讓各新聞臺開始自律，減少為了追求高收視而產生的亂象。

1.腳尾飯事件

2005 年 6 月間，曾是東森新聞主持人、時任臺北市議員的王育誠，獨家踢爆有殯葬業者於告別式後，將祭祀死者的「牲禮」與「腳尾飯」送到自助餐廳中，製作成菜餚販售給民眾食用。這則新聞由議員提供給 TVBS 新聞臺當成獨家爆料新聞播出。

但後來發現，這竟然是王育誠找助理與臨時演員，以及東森新聞 S 臺的前同事共同拍攝，是一齣自編、自導、自演的假新聞與假揭弊，這讓議員、電視臺的信譽受損，也害無辜店家生意一落千丈。

對此，東森新聞 S 臺宣稱協助拍攝的人非該臺現役員工，以及播出相關新聞的時間並不多。

但當時播出相關新聞的電視臺，幾乎都被新聞局裁罰，而且同年度剛好是衛星電視臺更換執照的時間，東森新聞 S 臺就因為本次事件，慘遭撤銷執照。

雖然東森新聞 S 臺於 2006 年 7 月復播，但撤照重罰讓各臺都有所警惕。

2. 228 專題報導爭議事件

2007 年 2 月，228 事件屆滿 60 週年，行政院新聞局以限制招標的方式，以 117 萬的價格委託三立電視製播「228 走過一甲子」特別報導，共計 13 個單元。

該節目收視率遙遙領先他臺同時段節目，甚至比第二名多出 1 倍，還獲得廣電基金 2007 年第一季優良電視節目的肯定（東森新聞報，2007；高凌雲，2007）。

但《聯合報》踢爆三立涉嫌造假，將「血染基隆港」橋段的紀錄畫面，以國共內戰上海軍隊處決畫面代替。此外，希特勒於第二次世界大戰中的屠殺畫面，也被三立當成 228 事件罹難者的慘況。

對此，三立發出聲明，反控《聯合報》報導不實。《聯合報》也反批三立不要轉移焦點。

隔天，三立召開記者會，總編輯陳雅琳公開道歉，並表示影片來源為阮朝日 228 紀念館創辦人阮美姝的紀錄片，畫面引用錯誤純屬「誤植」。

但政壇已出現許多批評與討論，最後新聞局以「重要瑕疵」為由，認定三立違約，故不支付任何製播費用。

本事件牽涉到追求收視率與媒體購買、置入性行銷的問題，NCC 事後要求三立加強審查機制，並建議修法，明文禁止政府、政黨或企業以金錢直接或間接購買或置入新聞。

在修法之前，各新聞臺之新聞節目如接受委託、贊助或任何對價，應於報導同時明白標示或告知，希望藉此杜絕相關亂象（國家通訊傳播委員會，2007）。

3.周政保事件

2007 年 3 月，TVBS 新聞臺接獲中部新聞中心的一則新聞帶，由該臺駐地記者史鎮康獨家取得，內容是一名幫派分子周政保在鏡頭前亮槍恐嚇，並坦承犯下槍擊案與命案。

TVBS 當時為了保護記者安全，不願透露採訪與影帶取得過程。但警方調查發現，拍攝這則影片的就是史鎮康。

媒體成為黑道傳聲筒，引發輿論撻伐，時任 TVBS 總經理的李濤，在其主持的「2100 全民開講」中公開道歉，並開除中部新聞中心相關主管、記者。

對此，NCC 除開罰 2 百萬元，並做出特殊的行政處分，要求 TVBS 撤換總經理，行政主管不可兼任主播、主持人等職務。其他電視臺跟進報導周政保影帶，同樣被裁罰 15 到 40 萬元（蘋果日報，2007）。

該則新聞播出當時，獲得了 1.42 的高收視率（傳播學生鬥陣，2008）。這個案例凸顯出各新聞臺為追求每分鐘收視率，已達不擇手段的地步。

在此之後，7 家有線電視新聞臺組成新聞自律委員會，與 AGB 尼爾森公司共同簽訂了一份協議，不再採計每分鐘收視率，改而參考每 15 分鐘家戶收視率，藉以杜絕追逐收視率的歪風（黃慧敏，2007）。

只可惜，各臺在檯面下仍能取得每分鐘收視率，這樣的自律機制淪為參考。

伍、改善收視率亂象的方法

對於追求收視率所造成的亂象，主管機關與媒體自律機構，都曾針對個案做出處分，並研議改進機制。然而，收視率調查的供給與需求，仍有許多結構面的問題需要改進。

一、避免單一公司壟斷收視調查

電視臺之間爭奪收視率，廝殺到見血，屬於競爭市場，但收視率調查卻是由一家公司來做，屬於壟斷市場。這種資訊不對稱的調查，讓臺灣的電視與廣告市場變得極端扭曲。

為了改善這種亂象，政府應該鼓勵成立其他收視率調查公司，吸取廣電人失敗的經驗，針對臺灣電視生態的特殊性，設計更完善的調查機制與呈現方式，提供不一樣的選擇。

無線電視、有線電視、MOD 等平臺，皆漸漸完成數位化的工作，觀眾須透過數位機上盒，才可收看電視節目。這提供了收視率調查的新契機——當數位機上盒與系統平臺業者進行連線，同步回傳電視選臺訊號，各家戶的收視狀況就可以紀錄下來。

這時，收視率調查就可以從抽樣調查變成普查，直接了解母體的狀況，去除統計方法造成的抽樣誤差，更能夠精確反映實際的收視狀況，甚至能即時反映當下的收視率。

二、引進收視質調查的概念

隨著網路科技的發達，以及行動裝置的普及，觀眾看電視的習慣也跟著改變，電視廣告未必收到與收視率等比的廣告效果（台灣智庫，2012）。

由此可見，若用收視率作為廣告收費的唯一準則，甚至影響節目是否能繼續播出，這樣武斷地決定「生死」，確實存在很大的檢討空間。

數字真的能反映所有狀況嗎？其實量化調查只能表現平均的狀況，並與其他變項交叉分析，找出部分規律，呈現節目的吸引力 (appeal)、衝擊力 (impact)、觀眾欣賞評價 (appreciation evaluation)，以及收視動機，並從中了解節目品質與觀眾滿意程度（李美華，2001；丁榮國，1999）。

不過，人類行為是相當複雜的，若是能輔以質化的研究方法，調查觀眾的偏好與節目的內容特徵，將可提供收視率調查的另一蹊徑。

收視率的質化調查，近年來最常提及的就是「收視質的評量」(quality assessment)，以及「質化收視率」(qualitative ratings) 的概念，調查觀眾對節目的感想與評價。外國的收視質調查的主要評量方法如下（李美華，2001）：

㈠英國的收視質調查

英國獨立廣播協會 (IBA) 與廣播者觀眾研究局 (BARB) 研發出一種「欣賞指數」(appreciation index)，包含興趣指數 (interest index) 和享受指數 (enjoyment index)2 種評量，讓觀眾回憶過去看過的節目，在這 2 種評量中以 0 到 100 分為節目評分，研究者可藉此判斷節目受歡迎的程度。

巴威斯與科堡的研究發現，嚴肅節目的收視率雖低，欣賞指數卻高；同類型的節目，收視率與欣賞指數呈現正向關係；節目的忠實觀眾，對節目的欣賞指數也比較高。這樣的結果，反映了部分叫好不叫座節目的優點，這是一般收視率調查無法呈現的 (Barwis & Ehrenberg, 1988)。

欣賞指數是近年來各式收視質調查的基礎，許多國家也參考英國的作法，相繼發展其他的收視質研究。

例如，荷蘭、澳洲與香港沿用欣賞指數，個別進行調整後，觀察觀眾的收視質。加拿大廣播公司 (CBC) 提出「享受指數」(enjoyment index)，觀察節目與觀眾的互動情況。紐西蘭使用「F 積分」和「Q 積分」2 種指標，測量曾觀看某節目和喜歡某節目的人數比率（李美華，2001）。

㈡美國的收視質調查

美國從 1958 年起，由市調公司發起 TVQ 調查，訪問全美 1 千 2 百個家庭，用熱情係數 (enthusiastic quotient) 與演藝者係數 (performer quotient)，呈現觀眾對節目與參與節目的藝人，有什麼樣的感受。這算是美國首度進行的收視質調查。

1979 年，也有公司請受測者針對節目的優良程度、資訊性、可信度、趣味性等指標，將個人評價透過遙控器輸入收視率記錄器，直接記下受測者當下的反應（蘇鑰機，1999，頁 143）。

美國公共廣播公司 (CPB) 與 Arbitron 收視調查公司，曾研發出一種收視質評鑑指標，稱為「吸引指數」(appeal index)。

CPB 邀請受測的觀眾填寫紀錄表，針對節目的娛樂性、資訊性、實用性及獨特性評分。之後再改良許多指標，統整為吸引指數。

研究顯示，吸引指數愈高代表對節目愈死忠。這也成為收視率以外，另 1 種衡量節目的收視指標（蘇鑰機，1999，頁 144）。

近年來，國內也正在發展質化收視率的研究，將來收視質調查可望和收視率調查相互為用。

畢竟，收視率數字並不代表節目的一切，必須用其他的研究方法，探討節目的趣味性、知識性、教育性、娛樂性、實用性等指標，綜合考量後，才能客觀地判斷節目的優劣。

三、改變電視臺與廣告主的心態與交易制度

由於現階段臺灣使用「保證 CPRP」的方式來交易電視廣告，使得電視臺往往要不斷補滿檔次，才能達到合約要求。

若是小眾、公益的電視臺，恐怕無法透過這個方式獲得廣告收益，因為其受眾範圍本來就小，能否抽樣到相對應的觀眾群，藉以得到參與廣告大餅分配的入場券，令人費解。

為了打破這種廣告主與電視臺間的不平等關係，近年來也有人建議改採「每單位曝光成本」(cost per impression, CPM)，用曝光 (impression) 作為節目廣告費用的衡量標準。

在電視節目領域，曝光就是實際收看電視的人數，如此即可精確地計算廣告費用，讓小眾、公益的電視臺也能生存（臺灣智庫，2012）。

CPM 是一種新的廣告費用計算概念，必須要有精準的收視數字才可執行，最好的方式就是透過普查。若臺灣的數位電視能夠發展完備，相信這種制度將可取代「保證 CPRP」制，改變扭曲的臺灣電視生態。

陸、結　語

雖說收視率只反映了部分民眾對於節目的喜好，並不代表一切，然而相當現實地，收視率直接影響了電視臺的營收，進而影響了節目品質與設計。

電視臺製播了優質的國際新聞或深度報導，但收視率沒任何起色，也只能被迫腰斬。電視臺說，觀眾不支持優質節目，使他們無力製播；觀眾反批電視臺只播爛節目，他們無從選擇。這種「雞生蛋、蛋生雞」的邏輯，使得劣幣驅逐良幣，讓電視生態向下沉淪。

電視臺應發揮媒體公器的角色，善盡改善風氣的社會責任，製播優質節目。觀眾的素質也要同步提升，不論調查方法為何，都能將好的反饋傳達給好節目，讓它們繼續叫好又叫座下去。

習　題

1. 電視臺常常要拼收視率，目的為何？收視率又如何創造電視臺的收入？
2. 收視率對於新聞來說，代表什麼意義？收視率為何這麼重要？除了有廣告費以外，還有其他因素嗎？如果沒有收視率，媒體界會變得如何？
3. 收視率對媒體界的影響，哪些是正面的？哪些是負面的？
4. 收視率等於民意嗎？收視率是否容易偏於盲從？
5. 現在的新聞多以觀眾為天。究竟新聞的「教育性」是否重要？或者，「教育性」早已不復存在？

6. 因為節目長度的關係，各家電視臺進廣告的時機都不同。請問將廣告平均分散播出，或是集中至節目後段一次播完，哪一種比較常被採用？
7. 為何收視率調查會變成獨占事業？要如何改變這種窘境？
8. 少數觀眾的意見會改變節目作風嗎？
9. 觀眾對節目的看法若和收視率產生矛盾，要以何者為基準來改善節目品質？若收視率無法精確反映觀眾的看法，又該如何做才可得知觀眾的真實想法？

第十三章　新聞倫理：記者的為與不為

在這一章你能學到：
1. 新聞倫理的重要原則
2. 新聞倫理的自律與他律
3. 檢驗新聞品質的組織與獎項
4. 相關案例討論

凡事都可行，但不都有益處。凡事都可行，但不都造就人。

——《聖經・哥林多前書》

一般民主社會均會充分保障新聞自由，例如《美國權利法案》第 1 條[1]（《憲法第一修正案》）就明示：「國會不得制定關於下列事項的法律：……剝奪言論自由或出版自由……」。

而《中華民國憲法》第 11 條提到「人民有言論、講學、著作及出版之自由」，司法院大法官釋字第 364 號解釋[2] 也肯認新聞自由受到第 11 條的保障。

新聞工作者享有很大的自由，影響力也不容小覷，因此有人稱新聞媒體為行政、立法、司法三權之外的第四權或「無冕王」。但也因此，民主社會便會要求新聞媒體自我約束，因而有新聞倫理 (journalism ethics) 及新聞自律組織的出現。

新聞倫理是指媒體自律訂定的成文或不成文規範，是非官方、非法律性質、無強迫性、無處罰條款的行為準則。

但新聞倫理並非萬能，當過度的媒體自由導致媒體亂象時，最主要的制衡管道還是法律。此外，社會組織的意見也是很重要的制衡方式。

例如，「臺灣廣告主協會」(Taiwan Advertisers' Association, TAA)[3] 就曾對報導

---

① 全文：Congress shall make no law respecting an establishment of religion, or prohibiting the free exercise thereof; or abridging the freedom of speech, or of the press; or the right of the people peaceably to assemble, and to petition the Government for a redress of grievances.

② 全文可參考：http://www.judicial.gov.tw/constitutionalcourt/p03_01.asp?expno=364

不當的媒體祭出「抽廣告」的「處罰」。

至於一般大眾，也可以透過收視率調查、投書、電話表達對媒體的意見，或是組成團體，對有不當行為的媒體進行制裁。

壹、新聞倫理的原則

擁有近萬名會員的「美國專業記者協會」(Society of Professional Journalists, SPJ) 成立將近百年。1926 年，SPJ 就已制定了「新聞倫理規範」(Code of Ethics)，並於 1973 年、1984 年及 1987 年 3 度修訂內容。

1987 年的修訂版本在結語部分誓言「新聞記者應該積極主動地自我檢討，並防止違反規範中的各種行事標準。而且，新聞記者應該鼓勵所有新聞工作者相互監督彼此的行為」、「專業記者協會將要藉著開辦教育課程和其他辦法，來鼓勵記者遵守規範中的基本原則，並且要讓印刷和電子新聞機構的負責人體認到，他們有責任制定一套能夠被組織內的受雇者接受及執行的倫理規範，以作為達成工作目標的指導原則」。

在中國，1926 年《大公報》的創辦人之一張季鸞提出「不黨、不賣、不私、不盲」的新聞倫理觀念（蔡曉濱，2011）。

而我國第一部成文的新聞倫理規範，是由第一位留學美國學習新聞的馬星野④撰寫的「中國記者信條」12 條，並於 1957 年由「報紙事業協會」及「台北市新聞記者公會」通過遵行（政治大學傳播學院，2011）。

今天的媒體環境與當時不同，和消息來源的相處方式及報導過程也不一樣。雖然這些信條、規範或守則在現代社會不一定都適用，但還是有值得我們參考、思考的地方。

③ 臺灣廣告主協會每年固定 6 個月委託民間團體觀察媒體現象，並提供媒體觀察報告給會員，作為廣告預算安排及媒體購買的依據。

④ 有關馬星野的簡傳，可參考政大新聞系 50 期校友駱訓詮寫的〈馬星野：一代新聞宗師〉。網址：http://www.jour.nccu.edu.tw/introduction/hsinchuang/2-1

貳、新聞工作者自律及他律組織

一、新聞工作者自律及他律組織的類型

有國內傳播學者指出，媒介若能從以下 3 方面著手，自我控制的效果應該是良好的（潘家慶，1991）：

㈠新聞評議組織

由新聞媒介自行組成評議團體，使它盡量超然獨立，並接受評議的建言。

世上第一個新聞自律組織「報業榮譽法庭」於 1916 年在瑞典創立，由當時的三大新聞組織各推選 3 人組成，主席與副主席由最高法院的法官擔任。

1946 年，日本成立日本新聞協會。1947 年，英國成立第一次皇家報業委員會，1953 年創立英國新聞評議會。1961 年，韓國跟進成立報業倫理委員會。

1967 年，美國的地方性新聞評議會成立，1972 年創立全國性的新聞評議會（陳世敏，1989；莊克仁，2012）。

表 13-1　各國報業自律組織表⑤

成立時間	國　名	組織名稱
1916	瑞典	報業榮譽法庭
1927	挪威	報業評議會
1946	日本	日本新聞協會
1947	英國	皇家報業委員會
1953	英國	英國新聞評議會
1961	韓國	報業倫理委員會
1963	中華民國	報業評議會
1964	加拿大	報業評議會
1965	印度	報業評議會
1965	菲律賓	報業評議會
1967	美國	地方性新聞評議會
1972	美國	全國性新聞評議會

華語世界的新聞自律概念，可追溯到 20 世紀初期。名記者邵飄萍建議非法律性制裁的 2 個途徑：一為社會制裁，一為同業團體制裁，可說是自律觀念的開始（邵飄萍，2008）。

⑤ 引自莊克仁 (2012)。

1963 年 9 月 2 日，當時的四大報負責人——《中央日報》曹聖芬、《聯合報》王惕吾、《徵信新聞》（現在的《中國時報》）余紀忠、《大華晚報》耿修業，所籌組的台北市報業新聞評議委員會正式成立，為我國第一個新聞自律組織（王洪鈞，1971）。

當時的委員人數 7 人，由報業公會聘請新聞先進學者及法律人士擔任。主席由委員互選產生，任期 2 年。

然而，委員會的經費幾乎全由報業公會提供，且只有被動申訴的權利，沒有具體的制裁方法，每年申訴案件也只有 1、2 件。

1970 年 8 月擴大組織，由台北市報業公會、中華民國廣播事業協會、中華民國電視學會、台北市通訊事業協會及台北市記者公會 5 個新聞團體成立台北市新聞評議委員會。

1974 年 9 月 1 日記者節，台北市新聞評議委員會擴大為中華民國新聞評議委員會，成為全國性的新聞自律機構。

1974 年、1976 年、1982 年分別加入台灣省報紙事業協會、新聞編輯人協會、高雄市報紙事業協會。

2001 年，轉型為中華民國新聞自律協會（彭家發，1999；台北市廣告代理商業同業公會，2009）。

然而，其決議目前並未受媒介尊重，可見現行評議會制度上的瓶頸仍難突破。

㈡專業人員團體

臺灣地區的專業性媒體工作人員組織不少，例如記者公會、編輯人協會、廣播電視業協會等。

不過，它們的「禮儀性」大於「自律性」，「形式」多於「實質」，各團體並沒有發揮自律等應有的功能。新聞人員組織流於一般聯誼性質，甚至被某些「不當媒體」把持，反而產生許多亂象，如後所述。

㈢業者自我批評

由媒體工作人員透過組織，特別是對外發行「出版品」，從事媒介批評工作。

例如，1961 年創立、由哥倫比亞大學領導的《哥倫比亞新聞評議》，其主要撰稿者即為各大報資深記者。

又如，1968 年芝加哥首先成立了地區性的自律出版品《芝加哥新聞評論》，公平評斷媒介的新聞處理、操縱與攻擊行為，而臺灣目前很缺乏這種機制。

二、臺灣的新聞工作者自律及他律組織

目前臺灣的新聞工作者自律或他律組織，茲列舉幾項：

㈠中華民國電視學會 (ATTNT)

中華民國電視學會（簡稱電視學會）成立於 1970 年 3 月 16 日，由「老三臺」臺視、中視、華視共同成立。

目前成員皆為「無線電視臺」，以研究電視學術，培植電視人才，改進電視技術，發展電視事業為宗旨。

其下設有 8 個委員會，包括研究發展委員會、工程研究發展委員會、業務委員會、法務委員會、新聞委員會、節目委員會、著作權委員會、修法委員會。

電視學會關於新聞自律最重要的項目，就是 2000 年 6 月 1 日通過的《電視節目製播自律公約》。

該公約要求成員在節目製播時，應該避免煽情、偏頗，不可損害當事人與其親友的身心、人格、名譽等。

在用詞上，也應該避免歧視、誹謗、汙衊、猥瑣、嘲弄的言語。

報導社會事件時，應避免血腥、暴力的情節，更不可對犯罪、自殺、殘暴行為等手法及經過詳細描繪。

㈡中華民國衛星廣播電視事業商業同業公會 (STBA)

1996 年 1 月，東森、三立、八大、年代、中天、緯來、衛視、HBO 等 34 家國內外知名公司、72 個頻道，共同成立「中華民國衛星廣播電視事業商業同業公會」（簡稱「衛星電視公會」），目前會員已拓展至 47 家（中華民國衛星廣播電視事業商業同業公會，2017）。

衛星電視公會下分 4 個委員會，包括策略發展委員會、廣告業務協調委員會、

政策法規委員會、新聞自律委員會。

其中新聞自律委員會，負責協調新聞頻道聯合採訪、製播、合作，及蒐集各界對新聞之內容意見，並適時檢討改進。

此外，媒體通常會成立新聞倫理委員會或新聞自律委員會，為自己的新聞把關。

㈢台灣新聞記者協會 (ATJ)

台灣新聞記者協會（簡稱「台灣記協」）成立於 1995 年 3 月 29 日，起源於 1994 年自立報系經營權轉移事件。

當時一群跨媒體新聞工作者，為了聲援自立報系保障新聞自主，向新資方爭取簽訂「編輯室公約」的理念，因此在 9 月 1 日記者節，成立「901 新聞自主推動小組」並走上街頭。遊行活動主旨是「為新聞自主而走」。成員遊行後，宣布籌組新聞專業組織。

為成立台灣記協，901 新聞自主推動小組於 1995 年 1 月 14 日舉行發起人大會，並於同年 3 月 29 日正式成立，以「爭取新聞自由、提升專業水準、保障新聞工作者獨立自主、落實新聞媒體為社會公器之責」為目標。

㈣台灣媒體觀察教育基金會（媒觀）

財團法人台灣媒體觀察教育基金會（簡稱「媒觀」）成立於 1999 年 9 月 21 日，成立宗旨為「維護新聞自由、落實媒體正義、促進媒體自律、保障人民知之權利」。

由於 1988 年解除報禁、1993 年開放有線電視成立後，媒體數量激增造成同業惡性競爭，因此由學界、媒體實務界以及公民團體聯合發起，組成臺灣第一個建制化的媒體監督暨改造團體。

媒觀期許深化媒體改革，建構更良善的民主社會，以「好媒觀，好媒體，好社會」為目標，持續監督媒體運作。

㈤行政院新聞局與國家通訊傳播委員會 (NCC)

政府相關監理單位，包括行政院新聞局（簡稱「新聞局」）與國家通訊傳播委員會（簡稱 NCC）。新聞局成立於 1947 年，NCC 成立於 2006 年。2012 年因應政府組織改造，新聞局走入歷史，相關業務轉移至 NCC、外交部、文化部主理。

1947年5月2日，新聞局於南京成立，掌理國內外宣導、傳播業輔導、新聞分析的業務。在NCC成立前，是我國媒體產業的主管機關，管理新聞、節目製播。

2004年1月7日，《通訊傳播基本法》公布施行。2005年11月9日，《國家通訊傳播委員會組織法》也公布施行。2006年2月22日，國家通訊傳播委員會正式成立，開啟了我國通訊傳播監理的新頁。

NCC是一個獨立於行政部門之監理機關，置委員7人，均為專任，掌理通訊傳播專業管制性業務。

2005年衛星電視更換經營執照時，有鑑於當時電視新聞亂象層出不窮，新聞局做出附帶決議，要求所有通過換照的電視臺，應該建立媒體自主管理機制。作法包括建立外部公評人的公共參與及監督制度，並建議每週製播新聞檢論節目。

在當時，各電視臺陸續開播諸如「新聞觀測站」、「與觀眾有約」、「新聞檢驗室」、「向觀眾報告」等節目，蔚為一股風潮。

這些節目的型態皆為現場直播的談話性節目，邀請專家學者共同評論，也開放民眾打電話call-in，作為一個觀眾直接向媒體反映、監督媒體的平臺。

然而風頭一過，這些節目現在也不復見。

參、新聞工作者須知

在強烈的商業競爭環境下，現在的電視新聞往往朝著可以刺激收視率的方向發展，但若是過分「維護」觀眾對於個人隱私的窺探欲望，往往會犧牲了受訪者的權益，而這些資訊對觀眾來說也並非真的有用。

針對這種現象，除了以法律來規範以外，最有效的還是新聞工作者之間的自律，以及來自其他組織的他律。以下是新聞工作者一定要知道的倫理守則：

一、與消息來源相互尊重

記者與消息來源維持良好關係，是應該的。和消息來源做朋友，不僅可以擴展你的生活範圍，也會幫助你得到更好的資訊，而不是硬逼對方不情願地透露給你無用的表面資訊。

當然，記者和消息來源間的關係是非常微妙的。聰明的記者會在報導正面消息時適度地「加強」雙方關係，但在報導負面消息時也要誠實告知。

記者常常有更多新聞以外的問題得面對。記者常接觸第一線的狀況，有時比當事人家屬更早抵達現場，因此偶有社會案件的當事人家屬向記者詢問案情，作為訴諸公堂的資料。對記者來說，當事人家屬的詢問是另一種資料來源，但答與不答難以取捨。

通常案情資訊都是由檢調單位提供。對檢調來說，偵查不公開是大原則，面對新聞採訪需求，會先簡略說明來龍去脈，再與記者溝通，透露某部分案情僅做說明，不宜見報。在此情況下，為保護消息來源，若將案情資訊透露給當事人家屬，就實屬不宜了。

二、應適當拿捏涉入事件程度

有些記者涉入新聞事件太多，反而失去了報導的立場。

例如，2005 年 8 月 24 日，有名記者在採訪場合當眾對總統嗆聲，雖然記者有表達意見的自由，但在這裡卻誤用了。

記者能進去現場，無疑是憑靠記者這個身分，撇開政治立場問題不論，該記者藉由身分所帶來的便利，卻做工作以外的事，怎麼都說不過去。

更深入的問題是「記者該不該救人」？是該繼續拍，還是該救人？

例如，2007 年 12 月 6 日，5 名記者和 1 名警察在臺灣民主紀念館前遭抗議民眾開車撞倒，但其他同業多未參與救援，引發討論。

對於記者的責任，《聯合報》攝影組長楊光昇認為，若災難現場只有記者「一個人」，那麼應該發揮人的良善本性去救助。但若已有救難人員在現場，則記者應該善盡本分——採訪新聞。

但要注意，不必七手八腳意圖協助，因為可能反而妨礙了救護人員。

三、獨家的迷思會讓你跌倒

獨家對媒體而言是刺激收視率的藥方，也是新聞工作者天天追逐的目標。但若為了搶獨家，而忽略監督政府的職責，也就失去媒體身為第四權的格調了。

前民視「民視異言堂」製作人高人傑說，新聞工作者要有「抗拒誘惑」的能力。新聞工作者搶獨家上了頭版，獲得掌聲與老闆賞識，臺灣的新聞文化逐漸朝這個方向靠攏。但搶獨家可能付出的代價就是喪失自主性，淪為消息來源的宣傳工具。因此當某消息來源特地且祕密地告訴你獨家時，一定要考慮清楚：

1. 這件事是真的嗎？真正的前因後果是什麼？
2. 我「何德何能」，讓他把這個消息放給我？
3. 這個人會不會已經告訴其他媒體？只是因為之前沒有達到宣傳效果才來找我？
4. 消息來源和指涉對象的表面關係如何？是否有私下關係？
5. 如果報導出來，會造成什麼影響？
6. 如果不報導，又會造成什麼影響？

四、新聞娛樂化、八卦化

電視新聞競爭激烈，各臺紛紛端出不同於他臺的菜色以吸引觀眾，新聞娛樂化便是其中一種手法，娛樂新聞往往是必爭版圖。

新聞的確要有娛樂功能，才能吸引觀眾，但如果做得太過，新聞工作者變成譁眾取寵的狗仔隊，無所不用其極地使用腥羶色的手法，滿足集體偷窺的欲望，卻侵害受訪者的隱私，只會留下不可彌補的傷害，也給我們的下一代帶來不良影響，讓他們以為新聞裡面只看得到八卦。

新聞走八卦取向常是因為沒有好的題材或切入點，才會跟著八卦媒體報導，並不是長久之計。長久之計應該是花心思經營人脈，用心發掘新聞點，這樣也未嘗不可發展出一條好的獨家新聞來。

五、隱性採訪的為與不為

隱性採訪又稱為祕密採訪，指的是使用祕密的攝錄影音工具進行新聞採訪。最常見的手法包括使用錄音筆錄下與受訪者的對話，或是使用微型攝影機，完整紀錄整個採訪過程。前者平面媒體較常使用，後者則是電視新聞調查報導的重要方式。

適當使用隱性採訪可發揮媒體公器的力量。反之，則可能成為假第四權之名，行破壞隱私之實的殺手。

1970 年代起，電視新聞調查報導開始流行，如英國 BBC 的 “Inside Story”（內幕故事）或美國 CBS 的 “60 minutes”（60 分鐘），都是著名的調查報導節目。

在臺灣，超視製播的「調查報告」，即為這類節目的代表之一。之後的「民視異言堂」、「紀錄觀點」等，也都有調查報導。

這些節目都曾使用攝影設備，祕密紀錄事件的來龍去脈，揭發許多不為人知的醜陋真相，叫好又叫座，後來連一般的電視新聞報導也開始採用。

隨著影音攝錄設備變得愈來愈輕薄短小，就連常見的行動電話，也成為隱性採訪的重要工具。記者只要手持行動電話與受訪者交談，就可在神不知鬼不覺的情況下，紀錄所有的互動內容。

試想，若不知情的社會大眾因此成為電視新聞的男女主角，是否以後與陌生人互動時，還得擔心自己的一切行為，將暴露於全國觀眾之前？

以隱藏式攝影機揭發不公不義，這是媒體的重要功用，值得肯定。但對於濫用隱性採訪的指控，大多數的新聞工作者皆會宣稱民眾有知的權利，為了公義而侵犯部分隱私是必要之惡。

或許在法律的討論上的確如此，但隱性採訪的手法爭議頗大，還是得思考是否必須如此、有無替代方法，若真無其他可行之策後再進行 (Liao, 2013)，才對得起自己的職業道德與良心。

六、面對誘惑和好處

在報禁開放後，任何人都可以成立媒體，於是在某些廠商的記者會中，尤其是消費線、生活線，可以看到某些人打著「記者」的名義，四處要求好處。如果拿不到好處，甚至會大吵大鬧。這些人，線上記者戲稱他們為「丐幫」。

令人痛心的是，現在線上記者的素質也是良莠不齊，甚至有大媒體記者或實習記者有樣學樣，主動要求他們不應該獲得的好處。甚至以不報導或放大負面消息作要脅，向消息來源索賄。

這無疑是陷害全體新聞工作者沾惹罵名的重大原因。新聞工作者若想建立自己的名聲，分際一定要拿捏得很清楚。

不過，華人圈是講情面的社會，饋贈有時只是代表一份情意。有句話說「水至清則無魚，人至察則無徒」，如何堅守原則又和受訪對象維持關係，是一門學問。

若記者會有發送禮物，前輩、同業都拿了，不拿的人反而造成尷尬。這種時候，聰明的記者會事後退回，或代為捐出，不當場打壞面子。如果真的碰到很難判斷的狀況，可以向長官報告。總之，一切透明，就不會「給魔鬼留餘地」。

《蘋果日報》合約書上明定「新聞記者，操守第一」，記者不得收取超過 500 元價值的東西；現金無論多寡則一概禁止。

新聞記者最基本要做到的是：不能讓新聞當事人影響到你的下筆，也不能跟新聞報導對象有任何曖昧不清的往來。

七、處理新聞別走偏鋒

違反新聞倫理的案例層出不窮，在第十二章中，我們曾介紹過 3 個因追求收視率而傷害新聞倫理的案例，即 2005 年東森新聞 S 臺的「腳尾飯事件」、2007 年三立新聞臺的「228 專題報導爭議事件」與 TVBS 的「周政保事件」。

雖然東森新聞 S 臺當年因此被撤銷執照，但隔年卻訴願成功得以復播。三立和 TVBS 也有類似的結果，在法律可允許的範圍內，NCC 做出了行政職務不得兼任主持人、上新聞倫理課程等處罰。

只是這樣的處分，卻突顯了現有法制的不合宜，無法有效處罰媒體的不當表現。雖然後來各新聞媒體有所自律，造假已經減少，但問題始終沒有解決，走偏鋒的情況並未改善。例如，2013 年初，淡水河畔的一樁兇殺案，又讓一齣荒謬的媒體戲碼再度上演。

2013 年 2 月 26 日，新北市八里區的淡水河畔發現一具浮屍，死者為富商陳進福；4 天後，陳妻張翠萍的遺體也在淡水河畔找到。

警方原從意外方向偵查，但隨後根據新的跡證，改以兇殺案偵辦，附近媽媽嘴咖啡店的店長因涉有重嫌遭收押，同店另外 3 人也列為犯罪嫌疑人。

這段時間，各媒體無不大幅報導，部分電視臺的新聞呈現更是超乎一般想像。中天新聞臺晚間 9 點的「新聞龍捲風」節目，播出主持人戴立綱與來賓彭華幹來到案發現場的影片⑥。兩人在現場討論案情時，採用邊討論、邊模擬的方式進行。

由於當時檢方認為3位犯罪嫌疑人極可能參與其中，因此戴、彭在對話中，不斷出現3人城府頗深、一定是兇手的「合理推論」。此外，兩人在淡水河邊，根據檢方調查的推論，模擬犯罪過程，並說得猶如親眼所見般。

當天中天新聞臺的確獲得高收視率，但在普級時段播出社會新聞的模擬畫面，並不斷以「有罪推定」的原則，描述犯罪嫌疑人即是真兇，引起不少爭議。

事後調查發現，3人應與命案無涉，當時的節目片段因此顯得格外諷刺。

「新聞龍捲風」的呈現方式，反映出臺灣電視新聞的一種奇特現象。過了晚間8點後，幾乎各家新聞臺都未播出新聞，而是製播談話節目，邀請名嘴討論新聞時事或奇人異事。

「模擬」甚至成為常態，作為提振收視的一帖良藥。

談話節目成本低，又能創造高收視，新聞臺群起效尤，相似節目一個個製播。

只是新聞臺沒有新聞，反倒多了猶如綜藝節目的元素，令人堪慮。

臺灣的新聞環境需要的應該是從上到下的道德、品格自持，而非以追求低成本、高收視為目標，不斷地走偏鋒。

肆、其他臺灣媒體的特殊現象

除了正式的媒體從業人員組織外，臺灣還有許多「記者」成立的「協會」、「公會」、「××通訊社」、「××報」等「一人媒體」。

這些「記者」獲得好處的方式就是「結盟」，進而拉攏線上記者加入，把他們當作後盾，就可以「耀武揚威」。

有許多「一人媒體」是邊做「記者」邊拉廣告，常打著「××媒體週年慶」的名號，打電話去各公司要求「刊登廣告」，擺明索賄。

其實有些「一人媒體」曾是新聞工作者。部分記者認為，新聞界也講倫理，他們是老前輩，總不好出言不遜或杯葛，看到這些「記者」還是會打招呼。

然而，在社會觀感上，這些「記者」的「吃相」過於難看，連帶讓新聞界承擔不少誤會。

⑥　相關影片請見：http://www.youtube.com/watch?v=MENPxXdFYPg

有些記者協會也已經被這些「一人媒體」滲入，甚至位居會長等要職。曾有記者私下痛批，部分記者協會應該要改成「吃飯協會」，「跑新聞沒看到，吃飯就是一大票」。當廠商請客沒被邀請，還會去鬧場。

至於為什麼「一人媒體」可以當上會長？

有線上記者認為，因協會審核的制度有問題，或者說「根本沒審核」。就算是賣藥電臺的工作人員、「全民大悶鍋」裡「阿洪之聲」的土豆、收音的工程人員、常 call-in 的陳先生，只要媒體給他一個證件，就能以「記者」名號加入記者協會。

這些「媒體」加起來，影響力完全不如任何一家全國性媒體，但在一人一票的民主制度中，卻能屢屢在改選中得到席次，無法推翻。

目前臺灣已經有部分地區另外成立記者「公會」，有別於被滲入的「協會」。

其實許多記者很有理想，面對這種不為人知的亂象都很擔心，但經常束手無策。

臺灣某個縣也面臨一樣的問題，但某些線上記者推翻了這種制度。

由大媒體記者出面找小媒體記者，半威脅半勸說。小媒體記者自知在資源和人脈上難以匹敵，或許就會賣面子（但也是有失敗的時候）。要不然就只能等到「利益團體」內部分配不均，自己解散。

記者圈其實和其他行業沒有不同，一樣會結盟、打關係。有許多認真用心的記者，但也有追求特定利益和偏頗立場的不肖分子。

讀者以後若從事新聞工作，面對記者「協會」或「公會」的邀請，不可不慎。

伍、閱聽人監督新聞機構機制

一、監督的前提

若要透過閱聽人來監督媒體，有 2 大前提：

㈠社會大眾對媒體有基本的認識

有接受媒體識讀教育⑦ 的社會大眾，才會有功能正常的媒體。否則只會流於情

⑦ 媒體識讀教育包括：⑴了解媒體組織、⑵探討媒體型態、⑶思考媒體報導、⑷監督媒體等。更多說明可參考媒體識讀推廣中心網站：https://www.facebook.com/tvcrcenter/

緒化、認知錯誤或以訛傳訛的批評，對媒體環境沒有任何幫助。

㈡媒體足夠自主、專業化

媒體工作者不應只尋求自保，更要讓公眾了解媒體、評鑑媒體、幫助媒體，讓媒體本身接納大眾的意見。

二、監督的方式

㈠閱聽人投書

觀眾、讀者等閱聽人的投書，目前仍受各媒體的重視。

大多數媒體收到指責報導錯誤的信件後，會告知相關人員，並加以查證。若錯誤屬實，將寫信向閱聽人致歉，並告知媒體的處置措施。

就新聞倫理原則而言，除了回信致歉外，還應在報上更正。更正啟事應和錯誤的新聞刊登在同一版上，篇幅大小亦應大致相等，才是負責的作法。

㈡向新聞自律協會或其他團體陳訴或檢舉

新聞自律協會對於違反新聞倫理之新聞、評論、節目及廣告，除了會主動審查外，還接受各界人士的陳訴或檢舉。

若媒體未主動更正，也未做其他適當處置時，閱聽人可以向新聞自律協會或其他團體尋求協助。

然而，新聞自律協會的影響力，可能僅限於那些比較願意遵守倫理原則的新聞機構及記者，對於嚴重違反新聞倫理、最需要譴責與制裁的媒體與記者，反而沒有太大的約束力量。

㈢司法訴訟

多年來，誹謗一直是新聞界面臨最嚴重的法律問題。以美國新聞界為例，每年各級聯邦及地方法院審理的誹謗案件，多達 1 千件以上，而庭外和解的誹謗案件更是難計其數。

提出誹謗訴訟時，不僅可以控告撰稿記者，還可以控告審稿編輯。若媒體高層也知情或曾參與審核，亦可一併提告。

以電視新聞為例，報導新聞的文字、攝影記者，負責審核的採訪組長、主任，製播新聞的編輯、主編、製作人、新聞主播，甚至更高層的新聞部經理、副理、編審，或是電視臺臺長、總監、總經理，都可能成為訴訟被告。

新聞機構被控告誹謗後，除了要支付龐大的訴訟費用，涉嫌誹謗所造成的精神困擾，更使新聞機構及記者承受莫大壓力，因此訴訟是對抗不當報導的有效方法。

陸、媒體工作者的省思

了解整個新聞編採、製播，甚至於道德法律層面的新聞倫理後，身為媒體工作者，以下幾個問題值得省思。

一、客觀中立的新聞學存在嗎？

傳統的「客觀中立」新聞學，現在已經不太適用了！

從生理上來說，人的雙眼視力範圍最多只有 160 度左右，而新聞是 360 度都在發生的，記者看不到四面八方，因此新聞很少是「客觀」的。從實務上來說，從記者寫稿、編輯編排，再到新聞室的各種控制。新聞在經過層層取捨後，已經不太可能呈現「客觀」的原貌。倘若新聞工作者涉入議題太深，也不容易看到「真相」。

由此看來，是否真有一個能夠被稱為準則的新聞學，還有待驗證。

二、記者的工作與專業是什麼？

記者的工作在於「盡可能地將採訪到的各個狀況重新查證、還原真相，並盡可能地問到各方說法」。

記者的專業在於「無論碰到什麼狀況，甚至是時間壓力極大的情況下，都能把事件清楚、即時、簡要、通俗地向閱聽人解釋；並且遵守新聞現場遇到的法律、道德、倫理問題」。

現在的新聞由於搶快、搶獨家，許多較「偷懶」的記者，只是上網找資料，稍加改寫後就變成新聞；或是仰賴消息來源「餵養」新聞線索，而不是自發性地跑新聞、挖掘內幕。更甚者，就直接抄襲網站內容，或是對受訪者所講的話「有聞必錄」。也不免被民眾揶揄記者只會抄襲，甚至在網路世界中，也有「記者快來抄喔」的流行語。如此偷懶的行徑，就是背棄記者的專業。

三、為什麼新聞界會產生亂象？

新聞界的亂象，原因不出滿足觀眾、拚收視率的惡果。

什麼樣的觀眾造成什麼樣的媒體，什麼樣的媒體養出什麼樣的觀眾。這是個雞生蛋、蛋生雞的問題。

人總是有原始的偷窺欲和尋求認同欲。所以低級的綜藝節目和政論吵架節目很難倒掉。有些媒體的問題，用基本人性去想，就會得到答案。

許多新聞現場的處理方式已脫離教條，常見的是「權衡之下的操作」。新聞實務中包含了太多的選擇。新聞工作者的抵抗、接受、鬆綁、轉變、妥協，都是選擇。

身為新聞工作者，應該「為所當為」，有自己的「中心思想」後，不論新聞界有什麼樣的亂象，這種「核心價值」常在我心，時時警惕莫忘初衷，就能避免自己成為「亂象」的一員。

柒、國內外的新聞獎項

在不好的時代，也有一批兢兢業業的新聞工作者，為了改善媒體、社會環境而努力，他們也受到社會的尊重和獎勵。

一、國外重要獎項

㈠普立茲獎 (Pulitzer Prize)

以美國為例，目前最崇高的新聞獎當推「普立茲獎」。一年一度的普立茲獎是

由報人普立茲 (Joseph Pulitzer) 捐款創立的，由哥倫比亞大學新聞研究所負責徵選與評審工作，鼓勵符合公共利益的新聞。

第一屆普立茲獎只有公共服務、報導、社論寫作 3 個新聞獎項。

直到今天，新聞類已累積高達 14 個獎項，包括公共服務、突發新聞報導、調查報導、解釋報導、獨家報導、國內報導、國際報導、特寫寫作、評論、批評、社論寫作、社論漫畫、突發新聞攝影及特寫攝影獎。

㈡美國專業記者協會獎項 (SPJ Awards)

美國專業記者協會 (SPJ) 也有設立新聞獎項，其中最重要的是西格馬‧德爾塔齊獎⑧ (Sigma Delta Chi Awards)，共分 49 個獎項，涵蓋報紙、雜誌、通訊社、電視、廣播、網路等新聞類型，報紙類還區分為發行量 10 萬份以上及 10 萬份以下，以保障小眾媒體的得獎空間，並且在各類別中都設有公共服務獎。

此外，SPJ 也設有「新聞倫理獎」(Ethics in Journalism Award)，表揚新聞工作者在新聞倫理上的優秀表現。資深媒體工作者則有最高榮譽「終身成就獎」(Lifetime Achievement Award) 的表揚。

而在學術界，SPJ 另頒發「新聞學傑出表現獎」(Journalists' Mark of Excellence Awards)，表揚新聞系所中的優秀學生。優秀的新聞教育工作者有「傑出新聞教育獎」(Distinguished Teaching in Journalism Award) 的鼓勵。

二、國內重要獎項

我國的三大新聞獎是曾虛白新聞獎、吳舜文新聞獎與卓越新聞獎，簡介如下：

㈠曾虛白新聞獎

曾虛白是政大新聞研究所的創所所長，他創立了「曾虛白先生新聞獎基金會」，每年頒發公共服務報紙報導獎、電視報導獎、廣播報導獎、報紙攝影獎、報紙評論獎、新聞學術獎。得獎者可獲獎金新臺幣 10 萬元和獎座 1 座。

⑧ 因美國職業記者協會 (Society of Professional Journalists, SPJ) 在 1988 年更名前的名稱為西格馬‧德爾塔齊共濟會 (Sigma Delta Chi Fraternity)，故獎項沿用其名稱。

㈡吳舜文新聞獎

前裕隆集團董事長、前《自立晚報》社長吳舜文女士，長期關心新聞與性別議題，於 1986 年捐出新臺幣 2 千 5 百萬元成立「財團法人吳舜文新聞獎助基金會」。當年設置評論獎、採訪獎、特寫獎、攝影獎共 4 個獎。

直到今日，已擴大為 8 個獎項：新聞即時報導獎、新聞深度報導獎、新聞評論獎、地方新聞報導獎、文化專題報導獎、新聞攝影獎、國際新聞報導獎、雜誌專題報導獎。

頒獎典禮固定在每年 12 月 5 日舉行，得獎者可獲獎金新臺幣 25 萬元和獎座 1 座。

㈢卓越新聞獎

從新聞公平客觀的角度而言，新聞工作者應拒絕接受政府及政黨頒發的新聞獎勵和補助。

前新聞局長蘇正平任內，已經廢除官方所頒發的金鐘獎、金鼎獎之新聞獎項，之後於 2002 年 1 月由企業界共同捐助成立「卓越新聞獎基金會」，透過頒發年度新聞獎，為新聞倫理及新聞專業建立標竿。

捌、結語：有為者亦若是

「這是一個最好的時代，也是一個最壞的時代，是最光明的時代，也是最黑暗的時代」，這是狄更斯《雙城記》中的名言，很適合形容現在的臺灣媒體環境。

新聞是光鮮亮麗、非常迷人的工作，也是時時刻刻被閱聽大眾檢驗的工作；是具備崇高權力的工作，也是容易招來罵名的工作。新聞工作，更是貼近基本人性的工作。

最後，本書旨在介紹電視新聞的各項專業培育。然而不論具備什麼專業，最後還是要回歸道德的正軌。本書希望能讓一般讀者對電視新聞有基礎的認識，也能對有志於新聞傳播的學生有所幫助。

習題

1. 什麼是新聞倫理？
2. 新聞媒體有許多自律與他律的機制，請各舉一種詳細說明。
3. 你知道哪些監督新聞媒體的政府或非政府組織？請說明它們如何運作。
4. 檢警調查案件，或是案件當事人追問記者消息來源時，該不該「全盤托出」？如何拿捏說與不說的分際？
5. 目前我國的三大新聞獎有哪些？請試著搜尋看看，除此之外還有什麼新聞獎，並了解其設立宗旨與獎項等細節。
6. 請根據自己收看電視新聞的經驗，選擇一個恐違反新聞倫理的案例，討論其可議之處，又該如何避免、改進。
7. 請找一位線上的電視新聞記者進行訪談，討論其工作經驗中「為與不為」陷入兩難的困境，以及最後的選擇與理由為何。
8. 身為觀眾，我們如何淘汰劣質媒體，並鼓勵兢兢業業的新聞工作者？

參考資料

第一章

◎網路參考資料

李學文（2007 年 2 月 21 日）。〈WiMAX-HDTV 會是次世代的電視嗎？〉，UDN 數位文化誌。上網日期：2011 年 8 月 18 日，取自 http://mag.udn.com/mag/dc/storypage.jsp?f_ART_ID=59267

◎英文參考書目

Keller, T. & Hawkins, S. (2002). *Television News: A Handbook for Writing, Reporting, Shooting, and Editing*. Scottsdale, AZ: Holcomb Hathaway.

Zettl, H. (2003). *Television Production Handbook* (8th ed.). London: Wadsworth.

第二章

◎網路參考資料

尹德瀚 （2006 年 3 月 30 日）。〈新聞臺邁向國際英語成通行證〉，《中國時報》。 取自 http://blog.xuite.net/english.tutor/englishlearning/5785818

周佑政 (2017–1)，〈「覺得開會都在吵架」 國會頻道沒人想看〉，《ETtoday 東森新聞雲》，網址：https://udn.com/news/story/1/2325939

周佑政 (2017–2)，〈國會轉播費亂開價？公視要 1.3 億竟變 0.3 億〉，《ETtoday 東森新聞雲》，網址：https://udn.com/news/story/1/2325937?from=udn-referralnews_ch1artbottom

陳育仁、江祥綾 (2011)，〈「梁春姬」 悔稱：搶收視玩太大〉，《蘋果日報》，網址：http://www.appledaily.com.tw/appledaily/article/headline/20111222/33905787

賴映秀 (2016)，〈讓陽光照進立法院！國會頻道明起直播議事〉，《ETtoday 東森新聞雲》，網址：http://www.ettoday.net/news/20160407/676465.htm

http://abc.go.com/

http://beta.iset.com.tw/portal/about.php

http://cnnasiapacific.com/cnni/cnni_corpinfo/cnn/bureaus.asp

http://cnnasiapacific.com/cnni/cnni_corpinfo/cnn/CNNAsiaPacific.asp

http://cnnasiapacific.com/cnni/cnni_corpinfo/cnn/cnn-satellite.asp

http://cnnpressroom.blogs.cnn.com/cnn-fact-sheet/

http://edition.cnn.com/tour/learning/scavenger.hunt.key.html

http://en.wikipedia.org/wiki/American_Broadcasting_Company

https://gcis.nat.gov.tw/pub/cmpy/cmpyInfoAction.do?method=detail&banNo=18556774

http://gcis.nat.gov.tw/pub/cmpy/cmpyInfoAction.do?method=detail&banNo=20685000

http://info.broadcast.sinobnet.com/HTML/001/001/009/30610.htm

http://press.foxnews.com/corporate-info/

http://www3.nhk.or.jp/nhkworld/09020209/

http://www.abcmedianet.com/homepage/index.shtml

http://www.appledaily.com.tw/appledaily/article/headline/20111222/33905787

http://www.cnn.com/

http://www.fair.org

http://www.fox.com

http://www.museum.tv/archives/etv/A/htmlA/americanbroa/americanbroa.htm

http://www.ncc.gov.tw/chinese/files/09121/67_13311_110307_1.pdf

http://www.tvbs.com.tw/

http://www.youthrights.org.tw/images/tpl9/edm_detail.php?doc=708

http://zh.wikipedia.org

◎中文參考書目

汪文彬、胡正榮 (2001)。《世界電視前沿》(簡體)。新北市：華藝。

何丹曦 (1994)。〈CNN 新聞作業模式對我國電聞的啟示〉,《中華民國傑出新聞人員研究獎得獎人研習考察報告》。臺北：中華民國新聞評議委員會。

李良榮 (2002)。《當代世界新聞事業》。北京：中國人民大學出版社。

李瞻 (1966)。《世界新聞史》。臺北：政治大學新聞研究所。

余麗姿 (2007 年 4 月 12 日)。〈非凡商業頻道起家〉,《經濟日報》,頁 A4。

林亦堂 (1998)。《跨世紀的美國電子傳播事業》。臺北：廣播電視事業發展基金。

陳炳宏 (2003)。《解／構媒體：媒體公民教戰守則》。臺北：雙葉書廊。

陳萬達 (2002)。《現代新聞編輯學》。臺北：揚智。

黃新生 (1994)。《電視新聞》。臺北：遠流。

新聞鏡雜誌社編輯部 (1990)。《新聞界的他山之石》。臺北：華瀚文化。

蔡念中、劉立行、陳清河 (2000)。《電視節目製作》。臺北：五南。

謝章富 (1996)。《電視節目設計研究》。臺北：臺灣藝術學院。

◎英文參考書目

Broadcasting & Cable. New York: Oct. 7, 1996, Vol. 126, pp. 52–53.

El-Nawawy, Mohammed (2002). *Al-Jazeera: How the Free Arab News Network Scooped the World and Changed the Middle East*. Cambridge, Mass.: Westview.

Electronic Media, Nov. 13, 2000, Vol. 19, Iss. 46, p. 4.

Liao, S.S. (2014, July). *10th Anniversary of Hakka Television: A Study to Examine the Ethnic Broadcasting Policy in Taiwan*. Paper presented at the XVIII ISA World Congress of Sociology. Yokohama, Japan.

Media Week, Nov. 6, 2000, Vol. 10, Iss. 43, pp. 46–50.

PRIMEDIA Business Magazines & Media Inc.

U.S. News & World Report. Washington: Aug. 28, 2003, p. 1.

第三章

◎網路參考資料

中央氣象局 (2014a)。〈蒲福風級〉(Beaufort scale)。上網日期：2014 年 12 月 3 日取自 http://www.cwb.gov.tw/V7/knowledge/encyclopedia/me016.htm

中央氣象局 (2014b)。〈颱風的強度是如何劃分的？〉。上網日期：2014 年 12 月 3 日，取自 http://

www.cwb.gov.tw/V7/knowledge/encyclopedia/ty018.htm

白曉燕文教基金會 (2014)。〈白曉燕案影響〉。上網日期：2014 年 12 月 3 日，取自 http://www.swallow.org.tw/index.php/about/impact

翁嫆琄（2014 年 3 月 25 日）。〈SNG 車貼滿便利貼　民眾抗議報導偏頗〉，《新頭殼》。上網日期：2014 年 12 月 3 日，取自 http://newtalk.tw/news/2014/03/25/45657.html

第四章

◎網路參考資料

TVU (2016). Introduction of TVU TM8100. Retrieved July 2, 2016, from http://www.tvunetworks.com/products/tvupack/tm8100/

互動百科 (2011)。《濾光鏡》。上網日期：2011 年 8 月 29 日，取自 http://www.hudong.com/wiki/%E6%BB%A4%E5%85%89%E9%95%9C

◎中文參考書目

公共電視 (2007)。《節目製播準則》。臺北：財團法人公共電視文化事業基金會。

◎英文參考書目

Zettl, H. (2003). *Television Production Handbook* (8th ed.). London: Wadsworth.

第五章

◎網路參考資料

黃敏惠、方起年 (2010)。〈本尊差很大？藝人無不修片！〉，華視新聞網。上網日期：2016 年 9 月 13 日，取自 http://news.cts.com.tw/cts/entertain/201004/201004150451366.html#.V9jL_fl96Uk

廖士翔、廖昱成（2016 年 11 月 30 日）。〈砍 7 天假朝野協商　柯建銘再槓黃國昌〉，壹新聞。上網日期：2016 年 12 月 1 日，取自 http://www.nexttv.com.tw/news/realtime/politics/11738153/%E7%A0%8D7%E5%A4%A9%E5%81%87%E6%9C%9D%E9%87%8E%E5%8D%94%E5%95%86%E3%80%80%E6%9F%AF%E5%BB%BA%E9%8A%98%E5%86%8D%E6%A7%93%E9%BB%83%E5%9C%8B%E6%98%8C

劉涵竹、張嘉玲、張志旻、趙英光 (2006)。〈颱風、加上鬼門開　市場湧搶菜人潮〉，TVBS 新聞網。上網日期：2016 年 9 月 13 日，取自 http://news.tvbs.com.tw/politics/357221

第六章

◎中文參考書目

王泰俐 (2011)。《電視新聞感官主義》。臺北：五南。

邱玉蟬 (1996)。《電視新聞影音結構對回憶的影響》。國立中正大學電訊傳播研究所碩士論文。

黃新生 (1993)。《電視新聞》。臺北：遠流。

黃葳威 (1993)。〈電視新聞配樂對閱聽人的影響〉，《廣播與電視》，1(3): 67–90。

◎英文參考書目

Allen, R. C. (1993). Audience-Oriented Criticism and Television. In Allen, R. C., *Channels of Discourse, Reassembled: Television and Contemporary Criticism*. NC: University of North Carolina Press.

第七章

◎中文參考書目

陳清河 (1989)。《ENG 攝錄影實務》。臺北：合記。

第八章

◎網路參考資料

廖士翔、吳永安（2016 年 10 月 17 日）。〈不認同國歌？　藍委批許志雄：幹嘛當大法官〉，壹新聞。上網日期：2016 年 10 月 19 日，取自 http://www.nexttv.com.tw/news/realtime/politics/11700444/%E4%B8%8D%E8%AA%8D%E5%90%8C%E5%9C%8B%E6%AD%8C%EF%BC%9F%E3%80%80%E8%97%8D%E5%A7%94%E6%89%B9%E8%A8%B1%E5%BF%97%E9%9B%84%EF%BC%9A%E5%B9%B9%E5%98%9B%E7%95%B6%E5%A4%A7%E6%B3%95%E5%AE%98

◎中文參考書目

黃新生 (1993)。《電視新聞》。臺北：遠流。

◎英文參考書目

Yoakam, R. D. & Cremer, C. F. (1989). *ENG, Television News and the New Technology* (2nd ed.). New York: Random House.

第十章

◎中文參考書目

江佳陵 (2003)。《電視新聞臺主播形象指標之建構》。私立世新大學傳播研究所碩士論文。

何安達、盧子健 (2002)。《有問必答：面對傳媒要訣》。香港：世聯培訓顧問。

張勤 (1991)。《電視新聞》。臺北：三民書局。

黃新生 (1994)。《電視新聞》。臺北：遠流。

謝向榮 (2004)。《報紙建構電視新聞主播形象研究》。國立臺灣師範大學大眾傳播研究所碩士論文。

蘇瑞仁 (1988)。《電視新聞播報人專業形象之研究》。國立政治大學新聞研究所碩士論文。

◎英文參考書目

Cathcart, W. L. (1970).“Viewers Needs and Desires in Television Newscasters,” *Journal of Broadcasting*, 14(1): 55–62.

Markham, D. (1968).“The Dimensions of Source Credibility of Television Newscaster,” *Journal of Communication*, 18: 57–64.

Teresa Keller, T., Stephen, A. & Hawkins, S. A. (2002). *Television News*. Scottsdale, Arizona: Holcomb Hathaway.

第十一章

◎網路參考資料

陳定邦 (2002)。《廣播節目概論》。臺北：國立空中大學。上網日期：2016 年 10 月 27 日，取自 http://lhl.nou.edu.tw/~research/radio/radio00.htm

黃健峻 (2011)。〈電視節目如何運用資料庫行銷〉。上網日期：2011 年 12 月 3 日，取自 http://www.easydm.com/c43.htm

◎中文參考書目

陳東園、陳清河 (2016)。《廣播節目企劃與製作》。臺北：國立空中大學。

蔡念中、劉立行、陳清河 (1996)。《電視節目製作》。臺北：五南。

第十二章

◎網路參考資料

台灣智庫 (2012)。〈收視質調查與收視率稽核——數位媒體時代的收視調查機制〉,《台灣智庫國會政策中心》。上網日期:2016 年 7 月 3 日,取自 http://www.taiwanthinktank.org/page/chinese_attachment_1/2604/__________ __________________.pdf

朱方蟬 (2011 年 8 月 19 日)。〈丁國琳死完再復活　回鍋《家和》太瞎〉,《中國時報》。上網日期:2016 年 7 月 3 日,取自 https://tw.news.yahoo.com/%E4%B8%81%E5%9C%8B%E7%90%B3%E6%AD%BB%E5%AE%8C%E5%86%8D%E5%BE%A9%E6%B4%BB-%E5%9B%9E%E9%8D%8B-%E5%AE%B6%E5%92%8C-%E5%A4%AA%E7%9E%8E-213000456.html

行政院主計總處 (2016)。〈人口靜態統計——村里鄰戶數暨人口數按戶別分〉。上網日期:2016 年 6 月 30 日,取自 http://sowf.moi.gov.tw/stat/year/y02-12.ods

林昆練 (2005 年 4 月)。〈廣電人熄燈打烊〉,《動腦雜誌》,348。上網日期:2016 年 7 月 3 日,取自 http://brain.com.tw/News/NewsContent.aspx?ID=7150#ArchorAlert

林淑娟、葉文正 (2005 年 4 月 14 日)。〈張雅琴馬上造勢　踩周慧婷痛腳〉,《自由時報》。上網日期:2016 年 7 月 3 日,取自 http://ent.ltn.com.tw/news/paper/10853

陳炳宏 (2006 年 7 月 11 日)。〈誰讓收視率成為亂源〉,《蘋果日報》。上網日期:2016 年 7 月 3 日,取自 http://www.appledaily.com.tw/appledaily/article/headline/20060711/2739925/

國家通訊傳播委員會 (2007)。〈NCC 針對三立新聞臺「228 走過一甲子」特別報導之處理〉。上網日期:2016 年 7 月 3 日,取自 http://www.ncc.gov.tw/chinese/print.aspx?table_name=news&site_content_sn=8&sn_f=1143

黃慧敏 (2007 年 4 月 11 日)。〈7 新聞臺與尼爾森簽約　收視率改 15 分鐘計算〉,《大紀元時報》。上網日期:2016 年 7 月 3 日,取自 http://www.epochtimes.com/b5/7/4/11/n1674858.htm

傳播學生鬥陣 (2008 年 2 月 28 日)。〈2007 年度媒大事 (下)〉,《台灣立報》。上網日期:2016 年 7 月 3 日,取自 http://www.lihpao.com/?action-viewnews-itemid-3123

影劇中心 (2007 年 5 月 8 日)。〈三立造假 / 上海槍決當基隆港屠殺　至少播 5 次　收視率飆冠〉,《東森新聞報》。上網日期:2016 年 7 月 3 日,取自 http://www.coolaler.com/showthread.php/152894-%E4%B8%89%E7%AB%8B%E9%9B%BB%E8%A6%96%E5%8F%B0%E5%B0%87%E5%9C%8B%E5%85%B1%E5%85%A7%E6%88%B0%E6%99%82%E6%9C%9F%E7%9A%84%E5%BD%B1%E7%89%87%EF%BC%8C%E7%95%B6%E4%BD%9C228%E4%BA%8B%E4%BB%B6%E7%9A%84%E7%95%AB%E9%9D%A2%E8%99%95%E7%90%86/page3

劉燕南 (2000)。《電視收視率解析》。北京:北京廣播學院出版社。上網日期:2016 年 6 月 30 日,取自 http://blog.qq.com/qzone/622008845/1257999263.htm

蘋果日報 (2007 年 3 月 31 日)。〈李濤不戀棧　2100 全民開講　不停播〉。上網日期:2016 年 7 月 3 日,取自 http://www.appledaily.com.tw/appledaily/article/international/20070331/3359834/

◎中文參考書目

Mosco, V. (1996). *The Political Economy of Communication: Rethinking and Renewal* (1st ed.). London: Sage Publications. (中譯:馮建三、程宗明譯 (1998)。《傳播政治經濟學——再思考與再更新》。臺北:五南。)

丁榮國 (1999)。〈電視收視率量與質的探討〉,《復興崗學報》,67: 191–222。

李美華 (2001)。〈公共電視節目之收視質的探討〉，「新視野：公共電視發展與未來國際研討會」，臺北。

林照真 (2009)。《收視率新聞學：臺灣電視新商品化》。臺北：聯經。

高淩雲（2007 年 5 月 10 日）。〈228 走過一甲子　曾獲選優良節目〉，《聯合報》。

黃葳威 (1999)。〈虛擬閱聽人？從回饋觀點分析臺灣地區收視 / 聽率調查的現況——以潤利、紅木、尼爾遜臺灣公司為例〉，《廣播與電視》，14: 25–61。

廖士翔 (2013)。《臺灣電視新聞偷拍採訪現象初探》。國立臺灣大學新聞研究所碩士論文。

蘇鑰機 (1999)。〈用欣賞指數量度電視節目品質——香港的經驗〉，《廣播與電視》，14: 139–166。

第十三章

◎網路參考資料

中華民國衛星廣播電視事業商業同業公會 (2016)。〈本會簡介〉。上網日期：2017 年 3 月 11 日，取自 http://www.stba.org.tw/index.php?option=com_content&task=view&id=26&Itemid=60

台北市廣告代理商業同業公會 (2009)。〈社團法人中華民國新聞媒體自律協會〉，《第 21 輯中華民國廣告年鑑 (2008–2009)》。上網日期：2016 年 11 月 16 日，取自 http://www.taaa.org.tw/userfiles/books-adbookyears21-ch9-17.pdf

政治大學傳播學院 (2011)。〈追憶創系元老　新聞系研討會向馬星野致敬〉，《政大校訊》。上網日期：2016 年 11 月 16 日，取自 http://www.nccu.edu.tw/zh_tw/news/%E8%BF%BD%E6%86%B6%E5%89%B5%E7%B3%BB%E5%85%83%E8%80%81-%E6%96%B0%E8%81%9E%E7%B3%BB%E7%A0%94%E8%A8%8E%E6%9C%83%E5%90%91%E9%A6%AC%E6%98%9F%E9%87%8E%E8%87%B4%E6%95%AC-75643115

彭家發 (1999)。〈新聞評議會：英國及臺灣經驗借鑑〉，《傳媒透視》。上網日期：2016 年 11 月 16 日，取自 http://rthk.hk/mediadigest/md9901/jan_front.html

◎中文參考書目

王洪鈞 (1971)。〈十年來新聞自律的組織與活動〉，台北新聞記者公會（編），《中華民國新聞年鑑》，185–195。臺北：台北新聞記者公會。

邵飄萍 (2008)。《邵飄萍新聞學論集》。北京：北京大學出版社。

陳世敏 (1989)。〈讀者投書：「接近使用權」的實踐〉，《新聞學研究》，41: 25–46。

莊克仁 (2012)。《圖解新聞學》。臺北：五南。

潘家慶 (1991)。《媒介理論與現實》。臺北：天下文化。

蔡曉濱 (2011)。《中國報人》。臺北：秀威出版。

◎英文參考書目

Liao, S. S. (2013, September). *Pervasive Interviewing: A Study on TV News Gathered Via Hidden Camera in Taiwan.* Paper presented at the 2013 International Conference on Information and Social Science. Nagoya, Japan.

圖片來源

圖 1–3 翻攝自 YouTube 網站

圖 1–4 翻攝自 Facebook 社群網站

圖 3–1、圖 9–10 王釗東／攝

圖 3–2 引自翁嫆琄 (2014)。〈SNG 車貼滿便利貼民眾抗議報導偏頗〉，《新頭殼》，網址：http://newtalk.tw/news/2014/03/25/45657.html

圖 3–3、圖 3–4、圖 8–4 客家電視臺提供

圖 4–1、圖 4–2、圖 4–14（上）、圖 4–20、圖 4–22、圖 6–1（右）、圖 6–2（右）、圖 6–3（右）、圖 6–4（右）、表 6–1（左中）、表 6–1（左下）、表 6–1（右下）、圖 6–10、圖 6–11、圖 6–12、圖 6–13、圖 6–15、圖 8–1、圖 8–2、圖 9–2、圖 9–3、圖 9–4、圖 9–9、圖 9–15、圖 9–16、表 9–2（視訊切換控制器（上）、讀稿機）、表 9–4（無線麥克風訊號接收器、音源配置裝置、CD 播放器）、表 9–5（新聞編播系統）、圖 9–21、圖 10–2 台灣電視臺提供

圖 4–3、圖 4–4、圖 4–8、圖 4–36、圖 4–37、圖 4–38、圖 4–39、圖 4–40、圖 4–44、圖 4–45、圖 4–46、圖 4–47、圖 4–52、圖 4–53、圖 4–54、圖 4–55、圖 4–56、圖 4–57、圖 4–58、圖 4–59、圖 4–60、圖 6–5、圖 6–6、表 6–1（左上）、表 6–1（右上）、表 6–1（右中）、圖 6–16、圖 9–19、表 9–2（視訊切換控制器（下）、特效機、字幕機、動畫機、錄放影機、無線訊號切換器）、表 9–3、表 9–5（對講設備）、圖 10–3、圖 10–4、圖 12–1、圖 12–2、圖 12–3、圖 12–4、圖 12–5、圖 12–6、圖 12–10 廖士翔／攝、提供

圖 4–5 引自 TVU Networks：http://www.tvunetworks.com/products/tvupack/tm8100/

表 4–5、圖 4–12、圖 4–13、圖 4–14（下）、圖 4–18、圖 4–42、圖 4–43、圖 4–48、圖 6–14、表 9–2（攝影機控制器、監視器）、表 9–4（擴大機與混音器）、圖 9–20 徐偉真／攝

圖 4–10 彭文正／攝

圖 4–11 引自 Vanguard：http://www.vanguardworld.tw/photo_video_tw/ph-111v.html

圖 4–15 引自 CamMy TV：http://www.cammy-tv.com/product_show.php?id=105

圖 4–16 引自 TIFFEN：http://www.tiffen.com/steadicam_zephyr.html

圖 4–17 引自 Libec：http://www.cameragrip.com/libec-jb50-camera-jib-arm/

圖 4–19 引自 DV forums：http://www.dvforums.com/forums/cee-lo-green-performance-single-camera

圖 4–21 引自 PROVIDEO COALITION：http://www.provideocoalition.com/review_induro_hi-hat/

圖 4–50、圖 4–51 翻攝自 YouTube：https://www.youtube.com/watch?v=SfZWtbuKLzk

圖 4–61 翻攝自 BBC：https://www.youtube.com/watch?v=eyCDagFLW3M

圖 4–62 翻攝自 TVBS 新聞臺：https://www.youtube.com/watch?v=4rzLLyth2eM

圖 4–63 翻攝自東森新聞臺：https://www.youtube.com/watch?v=1KPvSvt4bVg

圖 4–64 翻攝自台灣電視臺：https://www.youtube.com/watch?v=JWO5CYemWww

圖 7–5 引自西安晚報：http://www.kaixian.tv/gd/d/file/201608/07/7f9fb14290fba55187f6c0bc8e78c10c.jpg

圖 7–8、圖 7–9、圖 7–10 翻攝自 Windows：https://www.youtube.com/watch?feature=player_embedded&v=7Uiyi35ac-k

第七章附錄圖引自 Adobe 作業系統

圖 8–3 翻攝自 NHK：http://gigazine.net/news/20110317_police_water_cancel/

圖 8-5 翻攝自 TVBS 新聞臺：http://youtu.be/O4HDNA92pnY

圖 8-6 翻攝自壹電視：http://www.nexttv.cm.tw/

圖 8-7 翻攝自年代新聞臺

圖 8-8 翻攝自三立新聞臺：http://youtu.be/zrZOt1dAsmo

圖 8-9 翻攝自 TVBS 新聞臺

圖 8-10 翻攝自壹電視：https://www.youtube.com/watch?v=RoJJxktGKqE

圖 8-11 翻攝自 NTV 財經臺：https://www.youtube.com/watch?v=-pjvSVBSgRI

圖 8-12 翻攝自壹電視

圖 9-1 翻攝自經濟日報：https://www.youtube.com/watch?v=RpG3u54_AYM&t=277s

圖 9-5 翻攝自 BBC：https://www.youtube.com/watch?v=eyCDagFLW3M

圖 9-6 翻攝自 itv：https://www.youtube.com/watch?v=eyCDagFLW3M

圖 9-7 翻攝自 RTL Nieuws：https://www.youtube.com/watch?v=eyCDagFLW3M

圖 9-8 翻攝自テレビ朝日：http://newskei.com/?p=40904

圖 9-11 翻攝自 itv：https://www.youtube.com/watch?v=NDckzLQJ3ZQ

圖 9-12、圖 9-13 翻攝自壹電視：https://www.youtube.com/watch?v=6xv1osynpzE

圖 9-14 翻攝自 Viasat：https://www.youtube.com/watch?v=qgcW3muvy8s

圖 9-17 翻攝自テレビ朝日：https://www.youtube.com/watch?v=bXR0J9bAqic

圖 9-18 翻攝自中華電視公司：https://www.youtube.com/watch?v=7AU-8fyofTM

圖 9-22 翻攝自中天新聞臺：https://www.youtube.com/watch?v=SNRbZa6H6Qg

圖 9-23 引自 TVBS 新聞臺：http://news.tvbs.com.tw/other/452004

圖 10-1 翻攝自中華電視公司：https://www.youtube.com/watch?v=wVOMQ9MhB2w

圖 12-8 翻攝自東森新聞臺：https://www.youtube.com/watch?v=ApTkOM9QnnU

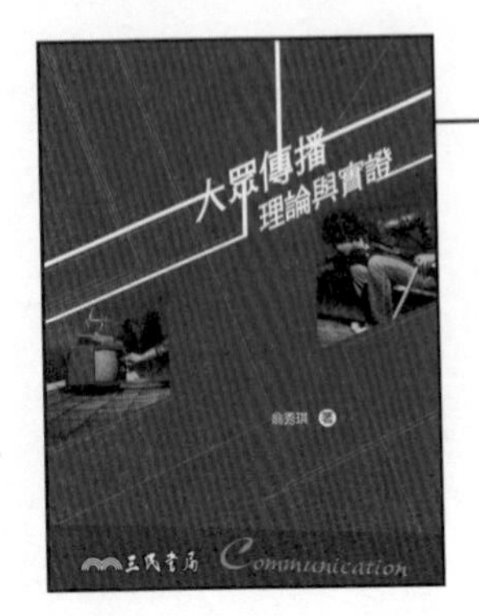

大眾傳播理論與實證　翁秀琪／著

暢銷十餘年的不敗經典

本書共分兩大部分。第一部分按年代先後介紹歐美的各種大眾傳播理論，舉凡各理論之源起、理論內涵、理論中重要概念之介紹及對各理論之批判與反省等，均予著墨。第二部分則收錄作者歷年來在大眾傳播領域所做之研究及學術論文，俾以實例輝映理論之探討，並藉此提供讀者大眾傳播理論較完整之面貌。

紀錄片：歷史、美學、製作、倫理　李道明／著

作者為金馬獎最佳紀錄片得主

有多少人還記得，史上第一部電影其實是紀錄片？在當代的劇情片中，也不乏紀錄片的手法。我們每個人其實都離不開紀錄片，因為它探究的常是我們不願面對的真相。讓我們跟著作者的腳步，回顧紀錄片百年來的美學發展，從中學習製作技巧、反思其倫理問題，並以他國紀錄片產業為借鑑，釐清臺灣紀錄片的經濟問題。

電影剪接美學——說的藝術　井迎兆／著

本書乃電影剪接藝術概論，從電影敘事簡史、影像敘事邏輯的策略、剪接理論，到當代的剪輯特點，都在討論範疇內。另外，本書將電影當成表意的藝術，特將它與語言類比，從「說」的各層面切入電影藝術。鑑於電影風貌的日新月異，本書希望在以往歷史的基礎上，繼續拓展電影剪輯藝術的新疆界，提供初學者作為認識電影的基礎工具。

國際傳播：全球視野與地方策略　唐士哲、魏玓／著

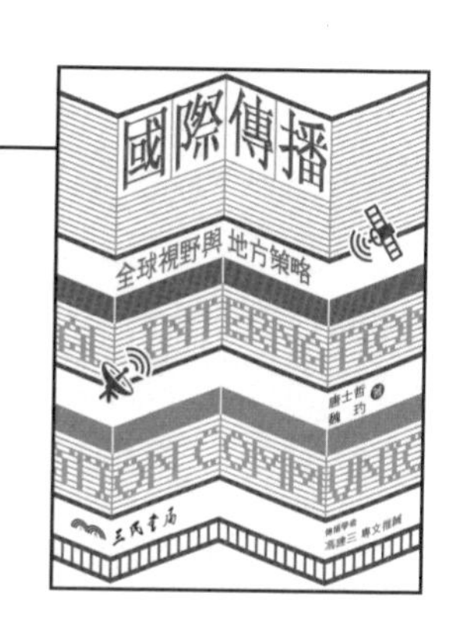

本書探討的範圍分為兩大部分：第一部分「全球視野」單元鋪陳全球或跨國訊息流通的現狀與幾個問題脈絡，討論了國際傳播的思潮演進、傳播與通訊市場、跨國治理、傳播科技，以及國際新聞交流等議題。第二部分「地方對策」單元則在國族的層次下，探究地方因應全球化的對策，討論了國族文化、閱聽人，以及傳播與文化治理策略。

人情趣味新聞料理　徐慰真／著

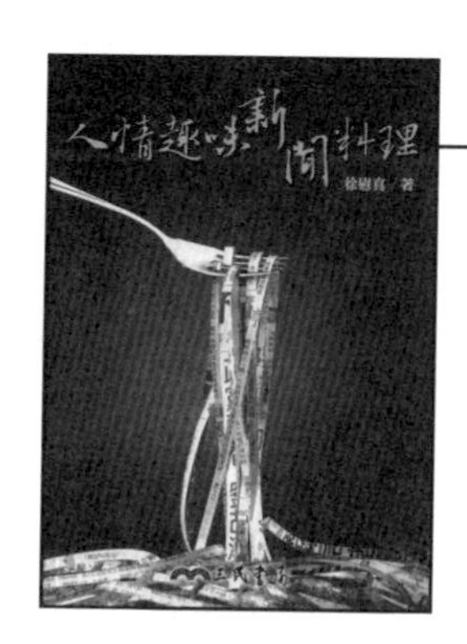

本書榮獲金鼎獎優良圖書出版推薦

作者凝聚中外新聞學有關人情趣味的精華，以二十多年的採訪經驗，加上細心蒐集的新聞實例，顛覆新聞教科書傳統寫法，除提示採訪技巧、專業省思等原則見解，時將作者個人實際經驗適切地嵌入其中，以相佐證，隨機融入的作者人生體悟，更使本書生色，是一本實務歷練與專業研究交融的書籍，也是中文世界第一本「人情趣味新聞」專著。

文字追趕跑跳碰　馬西屏／著

本書為第一本研究臺灣標題用字變遷，並建立規則的專著，其中所歸納的原理原則適用於各類文字工作者，記者、編輯或從事廣告、粉絲團經營等宣傳工作的從業人員及學生皆可以受用無窮，一般讀者也能從中增長見識，並得到欣賞、品評的樂趣。如何讓標題製作從「文字遊戲」進化到「文字魔術」，甚至是「文字藝術」，本書告訴您。

後電子媒介時代

陳清河／著

作者為王惕吾先生傑出新聞著作獎得主

我們每天都要接觸電子媒介，但我們對它了解多少？本書從年代史、產業史與社會思想史的角度記述電子媒介的發展，並深入分析這個產業的議題，例如科技的變遷如何使該產業趨向匯流、電子商務與互動電視的發展、相關政策法規與經濟策略的未來等，期望為產官學界帶來更多討論。

現代媒介文化──批判的基礎

盧嵐蘭／著

本書呈現當代媒介文化的主要批判觀點，它們皆是探討傳播媒介時的重要基礎，包括阿多諾與霍克海默的文化工業理論、葛蘭西的霸權理論、阿圖舍的意識型態理論、傅柯的論述理論、布迪厄的文化社會學、女性主義與後現代主義等。本書說明各個理論的主要內容，並分別闡述這些觀點所彰顯的媒介文化特性，為當前傳播社會提供基本與重要的批判架構。